Nora Roberts

La Imagen del Amor
El Arte del Engaño

Editado por HARLEQUIN IBÉRICA, S.A.
Núñez de Balboa, 56
28001 Madrid

I.S.B.N.: 978-84-671-8059-6
Depósito legal: B-11229-2010
Editor responsable: Luis Pugni
Impresión y encuadernación: LITOGRAFÍA ROSÉS, S.A.
C/. Energía, 11. 08850 Gavá (Barcelona)
Imágenes de cubierta:
Pareja: DREAMSTIME.COM
Mujer: YURI ARCUS/DREAMSTIME.COM
Fecha impresión Argentina: 28.10.10
Distribuidor para México: CODIPLYRSA
Distribuidores para Argentina: interior, BERTRAN, S.A.C. Vélez
Sársfield 1950 Cap. Fed./ Buenos Aires y Gran Buenos Aires,
VACCARO SÁNCHEZ y Cía, S.A.
Distribuidor para Chile: DISTRIBUIDORA ALFA, S.A.

ÍNDICE

LA IMAGEN DEL AMOR

Nora Roberts

I

La joven se giró bajo los focos. El brillante cabello negro formó un remolino a su alrededor al tiempo que una miríada de expresiones se reflejaban en su impresionante rostro.

—Eso es, Hillary. Ahora frunce un poco los labios. Son los labios lo que queremos vender —dijo Larry Newman, que seguía los movimientos de la joven al ritmo con el que se abría y cerraba el obturador de su cámara—. Fantástico —exclamó tras levantarse del suelo, sobre el que estaba agachado—. Ya basta por hoy.

Hillary Baxter se estiró y se relajó un poco.

—Menos mal. Estaba agotada. Ahora, me voy a casa a darme un buen baño caliente.

—Sólo piensa en los millones de lápices de labios que tu rostro va a vender, cielo.

Larry apagó las luces. Su atención ya empezaba a . vacilar.

—Asombroso.

—Mmm. Así es —respondió él, de modo ausente—. Mañana tenemos la sesión del champú, así que asegúrate de que tienes el cabello en el perfecto estado en el que se encuentra habitualmente. Casi se me había olvidado —añadió. Entonces, se dio la vuelta para mirarla directamente—. Tengo una reunión de negocios por la mañana. Tendré que buscar a alguien para que me sustituya.

Hillary sonrió con afectuosa indulgencia. Llevaba tres años trabajando como modelo y Larry era su fotógrafo favorito. Trabajaban bien juntos y, como fotógrafo, él era excepcional. Tenía un talento natural para los ángulos, el detalle y para captar el ambiente más adecuado para una fotografía. Sin embargo, era muy desorganizado y distraído sobre todo lo que no tuviera que ver con su adorado equipo.

—¿De qué reunión se trata? —preguntó Hillary con paciencia, sabiendo muy bien lo fácilmente que Larry confundía asuntos tan mundanos como las horas y los lugares cuando éstos no tenían que ver directamente con su cámara.

—Oh, es cierto. No te lo había dicho, ¿verdad? —preguntó. Hillary negó con la cabeza y esperó a que él continuara—. Tengo que ver a Bret Bardoff a las diez en punto.

—¿A Bret Bardoff? —replicó Hillary, completamente atónita—. No sabía que el dueño de la revista *Mode* se reuniera con simples mortales. Creía que sólo lo hacía con miembros de la realeza y con las diosas de la moda.

—Bueno, pues a este plebeyo le ha concedido una audiencia —respondió Larry muy secamente—. De hecho, la secretaria del señor Bardoff se puso en contacto conmigo y lo organizó todo. Me dijo que él quería hablar sobre un proyecto o algo por el estilo.

—Buena suerte. Por lo que he oído de Bret Bardoff, es un hombre al que no se puede ignorar. Duro como el acero y acostumbrado a salirse con la suya.

—No estaría donde está hoy si fuera inocente como un niño —dijo Larry defendiendo al ausente señor Bardoff—. Tal vez su padre consiguiera amasar una fortuna al inaugurar *Mode*, pero Bret Bardoff ha agrandado la suya dos veces al expandirse y desarrollar otras revistas. Es un hombre de negocios con mucho éxito y un buen fotógrafo. No le asusta mancharse las manos.

—Tú sientes simpatía por cualquiera que sepa distinguir una Nikon de una Brownie —le dijo Hillary con una sonrisa—, pero esa clase de hombre no tiene ningún atractivo para mí. Estoy segura de que a mí me daría un susto de muerte.

—A ti nada te asusta, Hillary —afirmó Larry mientras observaba cómo la alta y juncal mujer recogía sus cosas y se dirigía hacia la puerta—. Tendré a alguien para que tome esas fotografías aquí a las nueve y media de mañana.

Ya fuera del estudio, Hillary tomó un taxi. Después de tres años en Nueva York, se había acostumbrado completamente a aquel gesto. Casi había dejado de pensar en la Hillary Baxter procedente de una pequeña granja de Kansas para sentirse como en casa en la bulliciosa ciudad de Nueva York.

Tenía veintiún años cuando tomó la decisión de ir a Nueva York para tratar de abrirse paso en el mundo de la moda. Pasar de ser una muchacha de una pequeña ciudad a convertirse en modelo de la Gran Manzana había resultado difícil y en ocasiones aterrador, pero Hillary se había negado a sentirse atemorizada por la dinámica y abrumadora ciudad y, con resolución, había recorrido todas las agencias con su *book*.

Durante el primer año, los trabajos habían sido muy escasos, pero había aguantado. No quería rendirse para tener que regresar a casa completamente derrotada. Lentamente, se había ido construyendo una reputación y, poco a poco, se la había requerido con más frecuencia. Cuando empezó a trabajar con Larry recibió el espaldarazo necesario para lanzar su carrera. En la actualidad, su rostro aparecía casi constantemente en las portadas. Su vida se desarrollaba tal y como ella había deseado. El hecho de que su caché fuera el de una top-model había propiciado que pasara de vivir en un tercer piso sin ascensor a hacerlo en un cómodo apartamento cerca de Central Park.

Para Hillary, ser modelo no era una pasión sino un trabajo. No había ido a Nueva York en busca de un sueño de fama y glamour, sino con la resolución de tener éxito y de ganarse la vida. La elección de trayectoria profesional había parecido inevitable, dado que poseía una gracia y un aplomo naturales, además de un físico espléndido. Su cabello negro como el azabache y sus marcados pómulos le daban un aire de exótica fragilidad. Sus ojos grandes, de largas pestañas y de un profundo color azul, constituían un atractivo contraste con su dorado cutis. Tenía unos labios gruesos y bien formados, que esbozaban una hermosa sonrisa a la menor provocación. Además de su esplendorosa belleza contaba con una fotogenia innata que contribuía a su éxito en el mundo de la moda. La habilidad para componer un amplio abanico de poses para la cámara era algo natural en ella y no le suponía esfuerzo alguno. Después de que se le dijera el tipo de mujer que tenía que reflejar, Hillary se transformaba en ella inmediatamente. Sofisticada, sensual..., lo que se requiriera.

Tras entrar en su apartamento, se quitó los zapatos y hundió los pies en la suave moqueta de color marfil. No tenía ningún compromiso aquella noche, por lo que estaba deseando prepararse una cena ligera y pasar unas horas de sosiego en su hogar.

Treinta minutos más tarde, envuelta ya en una vaporosa bata azul, estaba en la cocina preparándose el festín de una modelo: una sopa y panecillos sin sal. Entonces, el timbre de la puerta interrumpió aquella cena tan poco digna de un gourmet.

—Hola, Lisa —dijo saludando a su vecina del otro lado del pasillo con una automática sonrisa—. ¿Te apetece algo de cenar?

Lisa MacDonald arrugó la nariz con un gesto de desdén.

—Prefiero engordar unos cuantos kilos que morirme de hambre como tú.

—Si me dejo llevar por la gula demasiado a menudo —afirmó Hillary mientras se golpeaba el liso vientre—, no haría más que importunarte para que me encontraras un empleo en ese bufete en el que tú trabajas. Por cierto, ¿cómo le va al joven y prometedor abogado?

—Mark ni siquiera sabe que estoy viva —se quejó Lisa mientras se desplomaba sobre el sofá—. Estoy desesperada, Hillary. Creo que es posible que pierda la cabeza y que lo asalte en el aparcamiento.

—Eso carece de clase —replicó Hillary—. ¿Por qué no intentas algo menos dramático, como ponerle la zancadilla cuando pase al lado de tu escritorio?

—Eso podría ser lo siguiente que haga.

Con una sonrisa, Hillary se sentó también y apoyó los pies sobre la mesita de café.

—¿Has oído hablar alguna vez de Bret Bardoff?

—¿Y quién no? —replicó Lisa—. Millonario, increíblemente guapo, misterioso, brillante hombre de negocios y sigue libre —añadió Lisa mientras contaba los atributos con los dedos de la mano—. ¿Por qué me hablas de él?

—No estoy segura. Larry tiene una reunión con él mañana por la mañana.

—¿Cara a cara?

—Eso es. Por supuesto, los dos hemos hecho fotografías para sus revistas antes, pero no me imagino por qué el esquivo dueño de *Mode* querría ver a un simple fotógrafo, aunque sea el mejor de todos. En el mundo de la moda, se habla de él con reverencia y, si hemos de creer lo que dice la prensa del corazón, él es la respuesta a las plegarias de toda mujer soltera. Me pregunto cómo será en realidad... —comentó Hillary frunciendo el ceño. Aquel pensamiento la obsesionaba—. Resulta raro... Creo que no conozco a nadie que haya tratado personalmente con él. Me lo imagino como un fantasma gigante, tomando las decisiones de un monumental conglomerado de empresas desde el Monte Olimpo de *Mode*.

—Tal vez Larry pueda darte todos los detalles mañana —sugirió Lisa. Hillary sacudió la cabeza. El ceño fruncido se convirtió en una sonrisa.

—Larry no se dará cuenta de nada a menos que el señor Bardoff esté en un rollo de película.

Poco después de las nueve y media de la mañana siguiente, Hillary utilizó su llave para entrar en el estudio de Larry. Como se había preparado el cabello para el anuncio de champú, éste caía en suaves y espesas ondas, con mucho volumen y muy brillante. En el pequeño tocador que había en la parte de atrás, se aplicó el maquillaje con habilidad y a las diez menos cuarto estaba encendiendo con cierta impaciencia las luces necesarias para las tomas de interior. A medida que fueron pasando los minutos, empezó a tener la incómoda sospecha de que a Larry se le había olvidado buscar un sustituto. Eran casi las diez cuando la puerta se abrió. Hillary se abalanzó sobre el hombre que entró.

—Ya iba siendo hora —le dijo, tratando de atemperar su irritación con una ligera sonrisa—. Llega tarde.

—¿Sí? —replicó el recién llegado enfrentándose a la expresión de enojo de Hillary con las cejas levantadas.

En aquel instante, ella se dio cuenta de lo atractivo que era aquel hombre. Su cabello, del color de la seda amarilla, era espeso y le crecía justo por encima del cuello del polo que llevaba puesto. Éste era de un color gris que reflejaba exactamente el de sus ojos. Tenía los labios fruncidos en una ligera sonrisa. En aquel rostro profundamente bronceado había algo vagamente familiar.

—No he trabajado con usted antes, ¿verdad? —preguntó Hillary. Se vio obligada a levantar un poco la cabeza dado que aquel hombre medía más de un metro ochenta.

—¿Por qué me lo pregunta? —quiso saber él. El modo en el que evadió la pregunta fue tan sutil que, de repente, Hillary se sintió incómoda bajo aquella penetrante mirada gris.

—Por nada —murmuró ella. Se dio la vuelta y sintió el impulso de ajustarse el puño de la manga—. Bueno, pongámonos manos a la obra. ¿Dónde está su cámara? —añadió. En aquel momento, se dio cuenta de que el hombre no portaba equipo alguno—. ¿Acaso va a utilizar la de Larry?

—Supongo que sí —contestó él. No hacía más que mirarla, sin realizar ademán alguno que indicara que se iba a poner manos a la obra con la tarea que tenían entre manos. Su actitud estaba empezando a resultar irritante.

—Entonces, pongámonos manos a la obra. No

quiero pasarme todo el día con esto. Llevo ya media hora preparada.

—Lo siento.

El hombre sonrió. Hillary se quedó atónita al ver el cambio que aquel simple gesto producía en su ya atractivo rostro. Fue una sonrisa lenta, llena de encanto, tanto que a la joven modelo se le ocurrió que podría utilizarla como un arma letal. Se alejó un poco de él para tratar de recobrar la compostura. Tenía un trabajo que hacer.

—¿Para qué son las fotografías? —le preguntó el hombre mientras examinaba las cámaras de Larry.

—¡Dios! ¿Es que no se lo ha dicho? —replicó. Se giró de nuevo para mirarlo frente a frente y, por primera vez, le dedicó una sonrisa—. Larry es un magnífico fotógrafo, pero es distraído hasta la exasperación. No sé ni cómo se acuerda que tiene que levantarse por las mañanas —añadió. Entonces, tomó un mechón de su cabello y dio un dramático giro con la cabeza—. Cabello limpio, brillante y sexy —explicó, con el tono de voz de un anuncio de televisión—. Lo que vamos a vender hoy es champú.

—Muy bien —respondió él.

Entonces, empezó a preparar el equipo de una manera tan profesional que tranquilizó mucho a Hillary. Al menos, aquel hombre conocía su trabajo.

—Por cierto, ¿dónde está Larry? —quiso saber el hombre, de repente.

—¿Es que no le ha dicho nada? Es tan típico de él...

Hillary se colocó bajo los focos y empezó a darse vueltas. Sacudió la cabeza y creó una nube de hermoso cabello negro para que él pudiera disparar la cámara mientras se agachaba y se movía alrededor de ella para captar su imagen desde ángulos diferentes.

—Tenía una cita con Bret Bardoff —añadió Hillary sin dejar de sonreír—. Que Dios lo ayude si se le ha olvidado. Ese hombre es capaz de comérselo vivo.

—¿Consume Bardoff fotógrafos habitualmente? —preguntó él, desde detrás de la cámara, con un cierto tono jocoso en la voz.

—No me extrañaría —contestó ella mientras se levantaba el cabello por encima de la cabeza. Tras un segundo, lo dejó caer de nuevo sobre los hombros como una maravillosa capa negra—. Creo que un hombre de negocios sin piedad alguna como el señor Bardoff tendrá muy poca paciencia con un fotógrafo distraído o cualquier otra cosa que no sea perfecta.

—¿Lo conoce?

—Dios, no. Y no creo que lo conozca —dijo ella, sin ocultar su alegría—. Está muy por encima de mí. ¿Se lo han presentado a usted?

—No precisamente.

—Ah, pero todos trabajamos para él en alguna ocasión, ¿no es cierto? Me pregunto cuántas veces habrá salido mi rostro en una de sus revistas. Seguramente millones. Sin embargo, nunca he conocido al emperador.

—¿Al emperador?

—¿Cómo si no describe una a un individuo tan altivo? Además, por lo que he oído, dirige sus revistas como si se tratara de un imperio.

—Parece que no es de su agrado.

—No —afirmó Hillary encogiéndose de hombros—. Los emperadores hacen que me ponga nerviosa. Yo sólo soy una simple plebeya.

—Su imagen no es ni simple ni plebeya —replicó él—. Bueno, creo que estas fotografías deberían vender litros de champú —añadió. Bajó la cámara y la miró a los ojos directamente—. Creo que ya lo tenemos, Hillary.

La joven se relajó. Entonces, se apartó el cabello del rostro y lo miró con curiosidad.

—¿Me conoce? Lo siento, yo no puedo decir lo mismo. ¿Hemos trabajado antes juntos?

—El rostro de Hillary Baxter está por todas partes. Yo debo reconocer los rostros hermosos...

—Bueno, me parece que usted tiene ventaja sobre mí, señor...

—Bardoff. Bret Bardoff —respondió él. Entonces,

disparó la cámara una vez más para captar la expresión atónita que se reflejó en el rostro de Hillary—. Ahora, ya puedes cerrar la boca, Hillary. Creo que tengo suficiente —añadió, con una amplia sonrisa en los labios. Ella obedeció inmediatamente, sin pensárselo—. ¿Te ha comido la lengua el gato?

En aquel momento, Hillary lo reconoció por las fotografías que había visto de él en los periódicos y en las revistas que él poseía. Se maldijo inmediatamente por la actitud estúpida que había mostrado ante él. Tardó unos segundos en encontrar la voz.

—Me ha dejado que hablara de ese modo —tartamudeó, con los ojos brillantes y las mejillas ruborizadas—. Se ha limitado a tomarme fotografías que no tenía derecho alguno a hacer para dejar que yo siguiera hablando como una idiota.

—Simplemente estaba siguiendo órdenes —dijo él. El tono serio y la expresión sobria de su rostro dieron a Hillary más motivos para sentirse avergonzada y furiosa consigo misma.

—Bueno, no tenía derecho alguno a obedecerlas. Debería haberme dicho antes quién era —susurró ella. La voz le temblaba de indignación. Por su parte, él se limitó a encogerse de hombros y a sonreír.

—Nunca me lo preguntaste.

Antes de que ella pudiera responder, la puerta

del estudio se abrió de par en par. Larry entró, con aspecto desazonado y confuso.

—Señor Bardoff —dijo mientras se dirigía hacia ambos—. Lo siento... Pensé que tenía que reunirme con usted en su despacho —añadió mientras se mesaba el cabello con agitación—. Cuando llegué allí, me dijeron que usted iba a venir aquí. No sé cómo me pude confundir de esa manera. Siento que haya tenido que estar esperándome.

—No se preocupe —le aseguró Bret con una sonrisa—. La última hora ha resultado muy entretenida.

—Hillary —susurró Larry, como si en aquel instante se hubiera dado cuenta de la presencia de la joven—. Dios santo... Ya sabía yo que me olvidaba de algo. Tendremos que tomar esas fotografías más tarde.

—No hay necesidad —afirmó Bret mientras le entregaba la cámara—. Hillary y yo ya nos hemos ocupado de ellas.

—¿Usted ha tomado las fotografías? —preguntó Larry, atónito.

—Hillary no vio razón alguna para desperdiciar el tiempo —contestó Bret. Entonces, volvió a sonreír—. Estoy seguro de que las fotografías resultarán adecuadas.

—De eso no me cabe ninguna duda, señor Bardoff —repuso Larry, con cierta reverencia—. Ya sé lo que es usted capaz de hacer con una cámara.

Hillary sentía unos enormes deseos de que el suelo se abriera y se la tragara. Tenía que marcharse de allí rápidamente. Nunca en su vida se había sentido tan estúpida, aunque reconocía que Bardoff había sido el culpable. ¿Cómo habría podido ser tan caradura como para dejarla creer que era un fotógrafo? Recordó cómo le había ordenado que empezara y las cosas que le había dicho. Cerró los ojos y se lamentó en silencio. Lo único que deseaba en aquellos instantes era desaparecer y, con un poco de suerte, no tener que volver a ver a Bret Bardoff en toda su vida.

Comenzó a recoger sus cosas con rapidez.

—Yo me marcharé para que podáis hablar de negocios. Tengo otra sesión al otro lado de la ciudad —anunció. Entonces, se colgó el bolso sobre el hombro y respiró profundamente—. Adiós, Larry. Ha sido un placer conocerlo, señor Bardoff —añadió. A continuación, trató de dirigirse hacia la puerta, pero Bret la agarró de la mano y se lo impidió.

—Adiós, Hillary —le dijo. Ella se vio obligada a mirarlo a los ojos. Al notar la mano de él sobre la suya, sintió que las fuerzas la abandonaban—. Ha sido una mañana muy interesante. Tendremos que volver a repetirla muy pronto.

«Cuando el infierno se hiele», le dijo ella con la mirada, sin pronunciar palabra alguna. Entonces, murmuró algo incoherente y se dirigió a la puerta. El sonido de las risas de Bret Bardoff fue lo último que escuchó antes de marcharse.

Mientras se vestía para una cita aquella noche, Hillary trató, sin éxito, de olvidarse de lo ocurrido aquella mañana. Sentía la completa seguridad de que su camino no volvería a cruzarse nunca con el de Bret Bardoff. Después de todo, en realidad había sido un estúpido accidente que se conocieran. Rezó para que fuera cierto el viejo adagio de que un rayo nunca cae dos veces en el mismo sitio, porque ella, efectivamente, se había sentido como atravesada por un rayo cuando él reveló su nombre. Al recordar aquel momento y el modo en el que ella le había hablado, las mejillas se le tiñeron de un color muy parecido al vestido de punto que llevaba puesto.

El sonido del teléfono la sacó de sus pensamientos. Cuando respondió, descubrió que la persona que la llamaba era Larry.

—Vaya, Hillary, me alegro de haberte pillado en casa —dijo. Su excitación era casi tangible.

—Pues ha sido por los pelos porque estaba a punto de salir por la puerta. ¿Qué ocurre?

—Ahora no puedo darte muchos detalles. Ya lo hará Bret mañana por la mañana.

Hillary se percató de que Larry se había desprendido ya de lo de «señor Bardoff».

—¿De qué estás hablando, Larry?

—Ya te lo explicará Bret mañana —contestó—. Tienes una cita con él a las nueve en punto.

—¿Cómo dices? —preguntó ella, atónita—. Larry, ¿de qué estás hablando?

—Es una oportunidad tremenda para los dos, Hillary. Bret te lo contará todo mañana. Ya sabes dónde está su despacho —afirmó. Todos los que trabajaban en el mundillo de la moda sabían dónde estaba el cuartel general de *Mode*.

—Yo no quiero verlo a él —replicó Hillary. Al pensar en los ojos grises de Bardoff, sintió que el pánico se apoderaba de ella—. No sé lo que te ha contado de lo que ocurrió esta mañana, pero hice el ridículo completamente. Pensé que se trataba de un fotógrafo. En realidad —añadió, con renovado enojo—, tú tienes en parte la culpa porque...

—No te preocupes de eso ahora —la interrumpió Larry—. No importa. Sólo limítate a estar allí mañana a las nueve. Hasta pronto.

—Pero, Larry...

Inmediatamente se interrumpió al darse cuenta de que no había razón alguna para seguir hablando. Larry había colgado. Desesperada, pensó que aquello era demasiado. ¿Cómo podía Larry esperar que fuera a aquella cita? ¿Cómo podía enfrentarse a

Bret Bardoff después del modo en el que le había hablado? Decidió que la humillación era algo para lo que ella no estaba preparada y cuadró los hombros. Seguramente, Bret Bardoff sólo quería otra oportunidad para reírse de ella por su estupidez. Muy bien, pues no iba a poder con Hillary Baxter. Con firme orgullo, se dijo que no se arredraría ante él. Aquella plebeya se enfrentaría al emperador y le demostraría de qué pasta estaba hecha.

Hillary se vistió para su cita de aquella mañana con mucho cuidado. El vestido blanco de fina lana y cuello de chimenea era muy hermoso por su simplicidad y se basaba en las formas que cubría para resultar atractivo. Se había recogido el cabello en lo alto de la cabeza para añadir un aire de profesionalidad a su apariencia. Aquella mañana, Bret Bardoff no se encontraría frente a una mujer que tartamudeaba y se sonrojaba con facilidad, sino con una fría y segura de sí misma. Se colocó unos suaves zapatos de piel y quedó satisfecha con el efecto que daban a su imagen. Los altos tacones de los zapatos añadían centímetros a su altura, por lo que no tendría que levantar la mirada para ver los ojos grises de Bardoff, sino que los miraría de frente.

Mantuvo la confianza en sí misma durante el

breve trayecto en taxi y hasta llegar a lo alto del edificio en el que Bret Bardoff tenía sus oficinas. Cuando estaba en el ascensor miró el reloj y se alegró de ver que iba a llegar con puntualidad a su cita. Tras el enorme mostrador de recepción encontró a una morena muy guapa a la que le dio su nombre. Después de una breve conversación telefónica, la mujer acompañó a Hillary por un largo pasillo hasta llegar a unas pesadas puertas de roble.

Entró en una sala grande y bien decorada en la que fue recibida por otra mujer muy atractiva que se presentó como June Miles, la secretaria del señor Bardoff.

—Por favor, entre sin esperar, señorita Baxter. El señor Bardoff la está esperando —le dijo a Hillary con una sonrisa.

Tras atravesar una puerta doble, Hillary casi no tuvo tiempo de examinar el despacho ni su fabulosa decoración. Su mirada se centró inmediatamente en el hombre que estaba sentado tras un enorme escritorio de roble, con una vista panorámica de la ciudad a sus espaldas.

—Buenos días, Hillary —dijo él levantándose para acercarse a ella—. ¿Vas a entrar o te vas a quedar ahí todo el día?

Hillary se irguió y contestó muy fríamente.

—Buenos días, señor Bardoff. Es un placer volver a verlo.

—No seas hipócrita —afirmó él suavemente, mientras la conducía a un asiento que había cerca del escritorio—. Te habría gustado mucho más no volver a verme.

Hillary no pudo encontrar réplica alguna a aquella observación tan certera, por lo que se contentó con sonreír vagamente.

—Sin embargo —prosiguió él, como si ella le hubiera dado la razón—, conviene muy bien a mis propósitos que estés hoy aquí a pesar de tu reticencia.

—¿Y cuáles son sus propósitos, señor Bardoff? —preguntó ella. La ira que sentía por la arrogancia de Bardoff aceró sobremanera el tono de su voz.

Él tomó asiento y miró a Hillary de la cabeza a los pies. Lo hizo de un modo lento, con el que esperaba desconcertarla. A pesar de todo, ella permaneció completamente serena. A causa de su profesión, la habían estudiado de aquel modo antes, por lo que estaba decidida a no permitir que aquel hombre supiera que su mirada estaba acelerándole el pulso.

—Mis propósitos, Hillary —dijo, mirándola a los ojos—, son, por el momento, estrictamente profesionales, aunque eso puede cambiar en cualquier momento.

Aquella afirmación resquebrajó en mil pedazos la fría coraza de Hillary y le provocó un ligero rubor en las mejillas. Se maldijo por ello mientras trataba de mantener la mirada firme.

—Dios Santo —comentó Bardoff levantando las cejas con un cierto tono jocoso—. Te estás sonrojando. Yo creía que las mujeres ya no se sonrojaban —añadió, sonriendo más ampliamente, como si estuviera disfrutando con el hecho de que sus palabras provocaran un rubor aún más profundo en las mejillas de la joven—. Probablemente eres la última de una especie en peligro de extinción.

—¿Podríamos hablar del asunto por el que estoy aquí, señor Bardoff? —preguntó ella—. Estoy segura de que es usted un hombre muy ocupado y, aunque no lo crea, yo también tengo muchos asuntos que atender.

—Por supuesto. Recuerdo perfectamente lo de «pongámonos manos a la obra». Tengo un nuevo proyecto para *Mode*, un proyecto muy especial —dijo mientras encendía un cigarrillo. Inmediatamente ofreció uno a Hillary, que ella declinó con un leve movimiento de cabeza—. Llevo pensando en la idea bastante tiempo, pero necesitaba al fotógrafo adecuado y a la mujer adecuada. Creo que ahora los he encontrado a ambos.

—Supongo que me dará más detalles, señor Bardoff. Estoy segura de que no suele entrevistar a las modelos personalmente. Esto debe de ser algo especial.

—Sí, eso creo —afirmó él—. La idea de este reportaje es la de una historia fotográfica sobre las diversas caras de una mujer —añadió. Entonces, se puso de pie y se apoyó sobre la esquina del escritorio. Inmediatamente, Hillary se vio afectada por su potente masculinidad, el poder y la fuerza que emanaban de su esbelto cuerpo—. Quiero retratar todas las facetas de la mujer: la mujer profesional, la madre, la atleta, la sofisticada, la inocente, la tentadora... Es decir, un retrato completo de Eva, la Mujer Eterna.

—Parece fascinante —admitió Hillary—. ¿Cree usted que yo resultaría adecuada para algunas de las fotos?

—Sé que eres adecuada... para *todas* las fotografías.

—¿Va a utilizar una única modelo para todo el proyecto? —preguntó ella, muy sorprendida.

—Voy a utilizarte a *ti* para todo el proyecto.

—Sería una idiota si no estuviera interesada en un proyecto como éste —dijo Hillary con sinceridad—, y no creo que lo sea. ¿Por qué yo?

—Vamos, Hillary —comentó él, con cierta impaciencia. Entonces, se inclinó sobre ella y le capturó la barbilla con la mano—. Estoy seguro de que tienes espejo y de que eres lo suficientemente inteligente como para saber que eres muy hermosa y extremadamente fotogénica.

—Hay montones de modelos hermosas y fotogénicas en Nueva York, señor Bardoff —insistió ella—.

Eso lo sabe usted mejor que nadie. Me gustaría saber por qué me está considerando a mí para su proyecto.

–No te estoy considerando –repuso Bret. A continuación, se puso de pie y se metió las manos en los bolsillos. Hillary notó que se estaba empezando a irritar bastante y aquel detalle le resultó bastante reconfortante–. De hecho, no creo que haya pensado en ninguna otra persona. Tienes una extraña habilidad para llegar al corazón de una fotografía y mostrar exactamente la imagen que se busca. Yo necesito versatilidad y belleza. Necesito honestidad en una docena de imágenes diferentes.

–Y, en su opinión, yo puedo hacerlo.

–No estarías aquí si no estuviera seguro. Yo nunca tomo decisiones precipitadas.

Hillary lo miró atentamente. De hecho, estaba segura de que Bret Bardoff calculaba hasta el más mínimo detalle. En voz alta, le preguntó:

–¿Sería Larry el fotógrafo?

–Sí. Evidentemente, hay una gran afinidad entre los dos que se transmite en las fotografías en las que los dos trabajáis. Por separado sois muy buenos profesionales, pero juntos podréis hacer un trabajo asombroso.

Aquel cumplido hizo que la joven esbozara una cálida sonrisa.

–No se trata de una alabanza, Hillary. Es tan sólo

un hecho. Le he dado a Larry todos los detalles. Los contratos están ya preparados esperando que los firmes.

—¿Los contratos? —repitió ella, con cierta cautela.

—Eso es —respondió él, sin dar importancia alguna a la duda que ella había expresado—. Este proyecto va a llevar cierto tiempo. No tengo intención alguna de andar con prisas. Quiero los derechos exclusivos de tu hermoso rostro hasta que el proyecto se haya terminado y el resultado esté en la calle.

—Entiendo —susurró ella. Inconscientemente, comenzó a morderse el labio inferior.

—No tienes que reaccionar como si yo te hubiera hecho una proposición indecente, Hillary —dijo Bret, con voz seca—. Sólo se trata de un acuerdo de negocios.

—Eso lo comprendo perfectamente, señor Bardoff —repuso ella en tono desafiante—. Lo que ocurre simplemente es que nunca he firmado un contrato para un proyecto a largo plazo.

—No tengo intención alguna de permitir que te escapes. Los contratos son obligatorios, para Larry y para ti. Durante los próximos meses, no quiero que os distraigáis con otros trabajos. Económicamente, os compensaré con creces. Si tenéis alguna queja en ese sentido, lo negociaremos. Sin embargo, mis derechos para disponer de tu rostro durante los próximos seis meses serán exclusivos.

Bret quedó en silencio mientras observaba la amplia variedad de expresiones que se reflejaban en el rostro de Hillary. Efectivamente, la joven se sentía muy atraída por el proyecto, aunque no por el hombre que se lo había propuesto. Sería un trabajo fascinante, pero le costaría atarse a un único cliente durante un periodo de tiempo tan largo. No podía evitar pensar que firmar un contrato era como perder su libertad. Un contrato a largo plazo equivalía a un compromiso a largo plazo.

Finalmente, se deshizo de toda su cautela y le dedicó a Bret una de las sonrisas que habían hecho que su rostro fuera conocido por todos los Estados Unidos.

—Tiene su rostro —dijo.

II

Bret Bardoff se movió muy rápidamente. En menos de dos semanas, se habían firmado los contratos y se había acordado que las sesiones fotográficas empezaran a principios de octubre. La primera imagen que habían de conseguir era la de la inocencia juvenil y la sencillez inmaculada.

Hillary se reunió con Larry en un parque que Bret había seleccionado. Aunque la mañana era fresca y luminosa y el sol se filtraba cálidamente a través de los árboles, el parque estaba desierto. Hillary no pudo evitar preguntarse si el autocrático señor Bardoff sería el responsable de aquella soledad.

Unos vaqueros remangados hasta la mitad de la pantorrilla y jersey de cuello de cisne de color rojo era la ropa que se había elegido para la sesión. Hillary se había recogido su brillante cabello con dos trenzas y se las había atado con cinta roja. Se había aplicado un ligero maquillaje, basándose simplemente en la natural belleza de su piel. Era la quintaesencia de la juventud sincera y vibrante y sus ojos azules oscuros brillaban de anticipación.

—Perfecto —le dijo Larry—. Joven e inocente. ¿Cómo lo has conseguido?

—Yo soy joven e inocente, vejestorio —replicó ella arrugando la nariz.

—Muy bien. ¿Ves eso? —le preguntó Larry mientras señalaba un parque infantil en el que había columpios, barras y un tobogán—. Ve a jugar, niñita, y deja que este vejestorio te tome unas fotos.

Hillary echó a correr hacia el columpio. Allí, se dio una total libertad de movimientos. Se estiró por completo e inclinó la cabeza hacia el suelo mientras sonreía al brillante cielo. A continuación, se subió al tobogán y levantó los brazos. Entonces, tras soltar un grito de desinhibida alegría, se deslizó hasta el suelo para acabar con el trasero sobre la tierra. Larry no dejaba de tomar fotografías desde varios ángulos, siempre dejando que fuera ella la que dirigiera la sesión.

—Parece que tienes doce años —dijo, con una risa ahogada tras la cámara.

—Tengo doce años —afirmó Hillary. Entonces, se subió a las barras—. Me apuesto algo a que tú no puedes hacer esto —añadió. Se había colgado boca abajo de una de las barras, de manera que las trenzas le barrían el suelo.

—Sorprendente...

Aquella afirmación no procedía de Larry. Cuando Hillary giró la cabeza, se encontró directamente con un par de pantalones hechos a medida. Al subir un poco más, se encontró con una chaqueta a juego y, un poco más arriba, con una sonriente boca y unos burlones ojos grises.

—Hola, niña, ¿sabe tu madre dónde estás?

—¿Qué está haciendo aquí? —replicó Hillary. Boca abajo se sentía en franca desventaja.

—Supervisando mi proyecto. ¿Cuánto tiempo piensas estar colgada de esa barra? La sangre debe de estar subiéndosete a la cabeza.

Hillary agarró la barra con las manos y lanzó las piernas en una limpia voltereta que la dejó cara a cara con Bardoff. Él le dio un suave golpecito en la cabeza, le dijo que era una buena niña y se volvió a hablar con Larry.

—¿Cómo ha ido, Larry? Me parece que has conseguido unas buenas fotos.

Los dos hombres comenzaron a hablar de los aspectos técnicos de la sesión mientras Hillary se columpiaba suavemente. Había visto a Bret en varias ocasiones durante las dos últimas semanas y, cada vez, se había sentido muy inquieta en su presencia.

Era un hombre vital y turbador, con un potente poder masculino, por lo que ella no estaba del todo segura de querer verse asociada con él. Su vida era ordenada y corría por los cauces que ella había trazado, por lo que no quería complicación alguna. Sin embargo, había algo en Bret Bardoff que sugería complicaciones con mayúsculas.

—Muy bien —dijo la voz de Bret—. Lo organizaremos todo en el club a la una en punto. Ya está todo preparado —añadió. Hillary se levantó del columpio y se dirigió hacia Larry—. No tienes que irte ahora, pequeña. Tienes más o menos una hora libre.

—Ya no quiero jugar más en los columpios, papá —replicó ella muy tensa. Entonces, agarró su mochila y se la colgó al hombro. Consiguió dar un par de pasos antes de que Bret le agarrara la muñeca.

—Veo que eres una niña mimada, ¿verdad? —murmuró—. Tal vez debería darte un azote sobre mis rodillas.

—Eso le resultaría más difícil de lo que cree, señor Bardoff —le espetó ella con toda la dignidad que pudo reunir—. Tengo veinticuatro años, no doce, y soy bastante fuerte.

—¿De verdad? —replicó él. Entonces, inspeccionó el esbelto cuerpo de Hillary como si lo dudara—. Supongo que es posible. Vamos. Me apetece tomar un café.

Le soltó la muñeca, pero entrelazó sus dedos con

los de ella. Hillary apartó la mano, sorprendida y desconcertada por la calidez que había encontrado.

—Hillary —dijo él, con la voz marcada por una tensa paciencia—. Me gustaría invitarte a tomar un café —añadió. Más que una invitación era una orden.

Bardoff avanzó por la hierba a grandes zancadas, arrastrando tras él a una reacia Hillary. Larry observó los movimientos de ambos y, automáticamente, tomó una fotografía. Decidió que componían un estudio muy interesante. Un hombre alto y rubio, vestido con un carísimo traje tirando de una esbelta mujer-niña.

Cuando ella se sentó frente a Bret en la pequeña cafetería, tenía el rostro arrebolado de la indignación y el esfuerzo que le había supuesto mantenerle el paso. Bret observó atentamente las sonrosadas mejillas y los brillantes ojos y sonrió un poco.

—Tal vez te debería comprar un helado para que te refresques —dijo él. La camarera apareció entonces, lo que le evitó a Hillary tener que responder. Inmediatamente, Bret pidió dos cafés.

—Té para mí —afirmó Hillary secamente. Le agradaba contradecirle en algo.

—¿Cómo has dicho? —preguntó él fríamente.

—He dicho que tomaré té, si no le importa. No bebo café. Me pone muy nerviosa.

—En ese caso, un café y un té —le informó Bret a la camarera antes de que ella se marchara—. ¿Cómo eres capaz de despertarte por las mañanas sin la inevitable taza de café?

—Soy una mujer de hábitos sanos.

—Efectivamente, en estos momentos pareces un anuncio de la vida sana —replicó él. Entonces, se recostó en su asiento y sacó un paquete de cigarrillos. Tras ofrecerle uno a ella, que no aceptó, se encendió su pitillo antes de seguir hablando—. Me temo que nunca aparentarías veinticuatro años con esas trenzas. No se ve a menudo un cabello tan negro... y mucho menos con ojos de ese color... Son fabulosos —añadió, tras mirárselos un instante—. A veces son tan oscuros que resultan casi violetas. Tan dramáticos... Además, tu estructura ósea es elegante y exótica. Dime, ¿dónde conseguiste ese rostro tan maravilloso?

Hillary se creía ya inmune a comentarios y cumplidos sobre su físico, pero, de alguna manera, las palabras de Bret la azoraron. Dio las gracias al ver que la camarera se acercaba con lo que habían pedido, porque así tuvo tiempo de recuperar la compostura.

—Según me han dicho, soy la viva imagen de mi abuela —dijo, tras tomar un sorbo de té—. Era una india arapahoe.

—Tendría que habérmelo imaginado. Los pómulos, la estructura ósea... Sí, se te notan los rasgos indios, pero los ojos despistan. No heredaste los ojos negros de tu abuela.

—No —respondió ella. Le costó mucho enfrentarse a la penetrante mirada de Bardoff con frialdad—. Me pertenecen a mí.

—A ti —repitió él—, y, durante los próximos seis meses, a mí. Creo que me gustará tener la propiedad conjunta. ¿De dónde eres, Hillary Baxter? Tú no eres de Nueva York.

—¿Tanto se me nota? Pensé que ya había adquirido la pátina de la Gran Manzana —comentó. Entonces, se encogió de hombros y agradeció que la intensidad del examen al que la había sometido Bardoff hubiera terminado—. Soy de Kansas. Vivía en una granja que hay a algunos kilómetros al norte de Abilene.

Bret inclinó la cabeza y levantó la taza de café.

—Pareces haber pasado del trigo al hormigón sin dificultad alguna. ¿No hay cicatrices de la batalla?

—Unas cuantas, pero ya han sanado. No creo que tenga que explicarle las ventajas de Nueva York, especialmente en el mundo en el que yo trabajo.

Bret asintió con una leve inclinación de cabeza.

—Resulta muy fácil verte tanto como una chica que vive en una granja de Kansas como una sofisticada modelo. Tienes una notable habilidad para adaptarte a lo que te rodea.

—Eso me hace parecer como si no tuviera personalidad alguna, como si fuera... Casi invisible.

—¿Invisible? —repitió Bret. Entonces, lanzó una

carcajada que hizo que varias personas se volvieran a mirar–. No, no creo que seas invisible, sino más bien una mujer muy compleja con una notable afinidad con el mundo que la rodea. No creo que sea un talento adquirido, sino más bien una habilidad intrínseca.

Aquellas palabras agradaron a Hillary. Tuvo que ponerse a remover su té para no mostrar lo avergonzada que se sentía. ¿Por qué un simple cumplido era capaz de dejarla completamente muda?

–Juegas al tenis, ¿verdad?

Una vez más, el rápido cambio de conversación la dejó completamente confusa. Lo miró fijamente, sin comprender, hasta que recordó que la sesión de aquella tarde tendría lugar en el campo de tenis de un elegante club de campo.

–Consigo golpear la pelota para que, de vez en cuando, pase por encima de la red –replicó ella.

–Bien. Las fotografías serán mejores si eres capaz de realizar correctamente los movimientos –dijo. Entonces, miró el reloj de oro que llevaba en la muñeca y sacó la cartera–. Tengo algunas cosas de las que ocuparme en mi despacho.

Bret se puso de pie y la ayudó a ella a levantarse. Una vez más, le dio la mano sin prestar atención alguna a los esfuerzos que Hillary hacía por soltarse.

–Te conseguiré un taxi. Te llevará algún tiempo

transformarte de niña pequeña en atleta. Tu atuendo de tenis ya está en el club y supongo que tienes todo lo que necesitas en esa pequeña maleta, ¿verdad? —dijo, señalando la bolsa que Hillary llevaba colgada del hombro.

—No hay por qué preocuparse, señor Bardoff.

—Llámame Bret —repuso él. De repente, empezó a acariciarle suavemente la trenza izquierda—. Yo no tengo intención alguna de dejar de llamarte por tu nombre de pila.

—No hay por qué preocuparse —repitió ella, evitando hacer uso del nombre de pila tal y como él le había dicho—. Cambiar de imagen forma parte de mi profesión.

—Resultará muy interesante verlo —murmuró él, aún con la trenza en la mano. Entonces, adquirió un tono más profesional—. La pista está reservada para la una. Hasta entonces.

—¿Va a estar usted allí? —preguntó Hillary. No pudo evitar fruncir el ceño. La turbaba el hecho de tener que volver a verlo.

—Es mi proyecto, ¿recuerdas? —afirmó. Entonces, la metió en un taxi, sin darse por aludido o sin darse cuenta del ceño fruncido de Hillary—. Tengo la intención de supervisarlo muy cuidadosamente.

Mientras el taxi se fundía con el tráfico, Hillary sintió que sus sentimientos estaban completamente revolucionados. Bret Bardoff era un hombre increí-

blemente atractivo que podría distraerla muy fácilmente. Además, había algo en él que la turbaba. La
idea de tener un contacto casi diario con él la in-
tranquilizaba profundamente.

«No me gusta», decidió con una firme inclinación de cabeza. «Es demasiado seguro de sí mismo,
demasiado arrogante, demasiado...». Trató de buscar
desesperadamente una palabra. *Físico*. Aunque de
mala gana, admitió que Bret Bardoff era un hombre muy sexual y que ese hecho la ponía nerviosa.
No sentía deseo alguno de que él la molestara. Había algo en el modo en el que la miraba, algo en el
modo en el que su cuerpo reaccionaba cuando estaba cerca de él.

Se encogió de hombros y empezó a mirar por la
ventanilla. No quería pensar en él. Mejor dicho,
pensaría en Bret Bardoff sólo como la persona que
la había contratado, no como un hombre. Aún sentía
en la mano el calor de la de él y, tras mirársela, suspiró. Era necesario para su tranquilidad mental realizar su trabajo evitando más contactos personales con
él. La relación que tendría con él sería exclusivamente profesional. Eso era, exclusivamente profesional.

La niña se había transformado en una tenista
muy a la moda. Un corto vestido blanco de tenis

acentuaba las largas y esbeltas piernas de Hillary y le dejaba al descubierto los brazos. Mientras esperaba sobre la pista de tenis, se los cubrió con una ligera chaqueta, dado que aquella tarde de octubre resultaba agradable aunque algo fresca. Llevaba el cabello recogido con un pañuelo azul, lo que dejaba sus delicados rasgos completamente al descubierto. Se había maquillado los ojos, acentuándolos con lápiz de ojos negro, y los labios, con un profundo carmín rosado. Unas impecables zapatillas de tenis completaban su atuendo, junto con la ligera raqueta que tenía entre las manos. El blanco inmaculado del vestido contrastaba muy bien con la piel dorada y el cabello negro de Hillary y le daba un aspecto muy femenino y profesional al mismo tiempo.

Detrás de la red, comenzó a calentar un poco y a servir pelotas a un compañero inexistente mientras Larry se ocupaba de encontrar los ángulos y las medidas correctas.

—Creo que sería mejor que alguien te devolviera la pelota.

Cuando Hillary se dio la vuelta, vio que Bret la estaba observando con un brillo jocoso en los ojos. Él también iba vestido de blanco, con la chaqueta de su traje de calentamiento arremangada hasta los codos.

Acostumbrada a verlo con traje, Hillary se sorprendió al ver la atlética apariencia de su cuerpo, esbelto, de anchos hombros, con brazos firmes y musculosos... En aquel momento, su masculinidad resultaba demasiado dominante.

—¿Es que no estoy bien? —preguntó con una sonrisa. Al escuchar aquellas palabras, Hillary se sonrojó al darse cuenta de que lo había estado mirando fijamente.

—Me sorprende verlo vestido de ese modo.

—Es más adecuado para el tenis, ¿no te parece?

—¿Acaso vamos a jugar? —preguntó ella, atónita.

—Me gusta bastante la idea de fotografía de acción. Te prometo que no seré muy duro contigo. Mis golpes serán suaves y fáciles.

Hillary necesitó toda su fuerza de voluntad para no sacarle la lengua. Jugaba al tenis a menudo y lo hacía bien. El señor Bardoff se iba a llevar una buena sorpresa.

—Trataré de devolverle la pelota —prometió, con el rostro tan ingenuo como el de una niña—, para así poder darle realismo a las fotografías.

—Muy bien —repuso Bret. Entonces, se dirigió al otro lado de la pista mientras Hillary tomaba una pelota—. ¿Sabes servir?

—Haré lo que pueda —respondió ella. Después de mirar a Larry para ver si estaba listo, lanzó la pelota suavemente al aire. Al ver que el rostro de Larry ya estaba oculto por la cámara, se colocó al otro lado de la línea y lanzó la pelota una vez más. Aquella vez, la golpeó con la raqueta y lanzó un buen servicio. Bret se lo devolvió con suavidad, pero ella golpeó la pelota con fuerza y se la mandó a la esquina opuesta de la pista—. Creo que también me acuerdo cómo se puntúa —añadió, frunciendo el ceño—. Quince a nada, señor Bardoff.

—Buen golpe, Hillary. ¿Juegas a menudo?

—De vez en cuando —replicó ella—. ¿Listo?

Bret asintió. La pelota viajó con rapidez de un lado al otro del campo. Hillary se dio cuenta de que él se estaba conteniendo para que a Larry le fuera más fácil tomar las fotografías, pero ella también lo estaba haciendo. Golpeaba la pelota con ligereza y sin ningún estilo. Permitió unos cuantos golpes más antes de lanzar la bola muy lejos de él, casi al otro lado de la pista.

—Oh —susurró ella. Se colocó un dedo sobre los labios, fingiendo inocencia—. Eso es treinta a nada, ¿verdad?

Bret entornó los ojos mientras se acercaba a la red.

—¿Por qué me está dando la sensación de que me estás tomando el pelo?

—¿Tomarle el pelo? —repitió ella, con los ojos muy abiertos—. Lo siento, señor Bardoff, no me he podido resistir —añadió. Entonces, se echó a reír—. Se estaba usted comportando de un modo tan condescendiente...

—Muy bien —replicó él, también con una sonrisa

para alivio de Hillary–. Ya no hay condescendencia que valga. Ahora, quiero sangre.

–Empezaremos desde el principio –dijo ella mientras regresaba a la línea–. No quiero que diga que yo tenía una ventaja injusta.

Bret le devolvió el servicio con fuerza. Los dos se movían con rapidez por la pista. Batallaban con ahínco por los puntos, llegaron a *deuce* e intercambiaron ventaja en varias ocasiones. Hillary se olvidó por completo de la cámara, dado que el clic de la misma quedaba completamente enmascarado por los golpes de las pelotas y los susurros de las raquetas contra el aire.

Hillary se maldijo cuando no pudo devolver una pelota limpiamente. Rápidamente tomó otra y se preparó para servir.

–Eso ha estado muy bien –dijo Larry, rompiendo así la concentración de la joven–. Tengo unas fotos fantásticas. Pareces una verdadera profesional, Hillary. Ya podemos dejarlo por hoy.

–¿Dejarlo? –replicó ella mirándolo con incredulidad–. ¿Has perdido la cabeza? Estamos en *deuce*.

Tras mirarlo durante unos instantes como si estuviera loco, retomó el juego rápidamente. Durante los siguientes minutos, los dos jugaron para recobrar la ventaja hasta que Bret la consiguió y lanzó la última pelota demasiado lejos para que ella pudiera devolverla.

Hillary se colocó las manos en las caderas y respiró profundamente.

—Bueno, ésa es la agonía de la derrota —dijo con una sonrisa. Entonces, se aproximó a la red—. Enhorabuena —añadió mientras extendía la mano—. Juega de un modo muy competitivo.

Bret aceptó la mano que ella le ofrecía, pero, en vez de estrechársela, se limitó a agarrarla.

—Te aseguro que me has obligado a ganarme la victoria, Hillary. Creo que me gustaría probar suerte en dobles, pero contigo a mi lado —dijo. La miró durante un instante antes de hacerlo con la mano que aún tenía cautiva entre las suyas—. ¡Qué mano tan pequeña! —añadió mientras las levantaba para examinarla cuidadosamente—. Me sorprende que pueda manejar una raqueta de ese modo...

Entonces, le dio la vuelta y, tras colocar la palma hacia arriba, se la llevó a los labios. Al sentir aquel beso, Hillary experimentó unas sensaciones extrañas por la espalda. Se miró la mano como hipnotizada, incapaz de hablar o de retirarla.

—Vamos —dijo Bret, consciente de la reacción que ella había tenido—. Te invito a comer. Y a ti también, Larry.

—Gracias, Bret —repuso Larry mientras recogía su equipo—, pero quiero irme a mi estudio a revelar esta película. Me tomaré un bocadillo.

—Bien, Hillary —murmuró Bret tras volverse de nuevo a ella—. Solos tú y yo...

—Se lo agradezco mucho, señor Bardoff —replicó ella. Se sentía al borde del pánico ante la perspectiva de almorzar con él—, pero no es necesario que me invite a comer.

—Hillary, Hillary... ¿Te cuesta siempre tanto aceptar una invitación o sólo es cuando la realizo yo?

—No sea ridículo —contestó ella. Trató de mantener un tono casual, pero cada vez la turbaba más notar la calidez de la mano de él sobre la suya. Miró fijamente las manos unidas y se sintió completamente indefensa—. Señor Bardoff, ¿me podría devolver la mano, por favor?

—Bret, Hillary —le pidió él sin prestar atención alguna a la petición que ella le había hecho—. Es muy fácil. Tan sólo tiene una sílaba. Adelante.

—Está bien —dijo ella. Sabía que, cuanto antes accediera, antes se vería libre—. Bret, ¿me podrías devolver la mano, por favor?

—Ya está. Hemos superado el primer obstáculo. No ha resultado tan difícil, ¿verdad? —repuso él, con una ligera sonrisa en los labios. En cuanto la soltó, Hillary se sintió inmediatamente más segura.

—No demasiado.

—Ahora, a almorzar —afirmó. Al ver que Hillary abría la boca para protestar, levantó una mano para impedírselo—. Comes, ¿verdad?

—Claro, pero...

—No hay peros. Casi nunca presto atención alguna a peros o a noes.

En poco tiempo, Hillary se encontró sentada frente a Bret en una pequeña mesa del club. Las cosas no iban tal y como ella había planeado. Resultaba muy difícil mantener una relación profesional e impersonal cuando estaba tan a menudo en su compañía. Era inútil negar que lo encontraba muy interesante, que su vitalidad la estimulaba y que Bret era un hombre tremendamente atractivo. Sin embargo, se recordó que él no era su tipo. Además, no tenía tiempo para relaciones sentimentales en aquel momento de su vida. No obstante, las señales de alerta que recibía su cerebro le decían que tuviera cuidado, que aquel hombre era capaz de trastocar sus cuidadosos planes.

—¿Te ha dicho alguien alguna vez lo buena conversadora que eres?

Hillary levantó los ojos para encontrarse con la mirada burlona de Bret.

—Lo siento. Estaba pensando en otras cosas —se disculpó. Una vez más, el rubor le había teñido las mejillas.

—Ya me he dado cuenta. ¿Qué vas a tomar para beber?

—Té.

—¿Sólo?

—Sí —afirmó. Entonces, se dijo que debía relajarse—. No bebo mucho. Me temo que no me sienta muy bien. Con más de dos copas me transformo en Mr. Hyde. Debe de ser el metabolismo...

—Me encantaría ser testigo de esa transformación —comentó él, tras soltar una carcajada—. Tendremos que organizarlo pronto.

Para sorpresa de Hillary, el almuerzo resultó ser una experiencia muy agradable, a pesar de que Bret reaccionó con cierto disgusto y puro desdén masculino por el hecho de que ella se inclinara por una ensalada. Ella le aseguró que era una comida más que adecuada y realizó un comentario sobre la brevedad de la carrera de las modelos con sobrepeso.

Cuando se relajó por completo, la joven se divirtió mucho y se olvidó de mantener las distancias entre Bret y ella. Mientras comían, él le habló de los planes que tenía para la sesión del día siguiente. Había escogido Central Park para más fotografías en el exterior en las que se resaltara una imagen atlética.

—Mañana tengo reuniones durante todo el día y no podré hacerme cargo de la supervisión. ¿Cómo puedes sobrevivir con eso? —le preguntó cambiando abruptamente de conversación. Estaba señalando la ensalada de Hillary—. ¿No quieres un poco de comida de verdad? Te vas a diluir.

Ella negó con la cabeza y sonrió mientras tomaba un sorbo de té. Bret, por su parte, musitó algo sobre las modelos medio muertas de hambre antes de retomar el hilo de la conversación.

—Si todo va según lo previsto, comenzaremos el próximo segmento el lunes. Larry quiere empezar temprano mañana.

—Como siempre —afirmó ella, con un suspiro—. Si el tiempo lo permite.

—Va a brillar el sol —comentó Bret, con absoluta seguridad en sí mismo—. Ya me he ocupado yo de ello.

Hillary se recostó en el asiento y contempló a Bret con una desinhibida curiosidad.

—Sí —afirmó—. Creo que podrías hacerlo. No se atrevería a llover.

Se sonrieron y, mientras se miraban a los ojos, Hillary experimentó una extraña sensación corriéndole por las venas, algo rápido, vital y anónimo.

—¿Te apetece algo de postre?

—Estás decidido a hacerme engordar, ¿verdad? —comentó ella, con una sonrisa—. Eres una mala influencia para mí, pero mostraré una determinación de hierro.

—¿Pastel de queso, tarta de manzana, mousse de chocolate? —preguntó, con una pícara sonrisa. Sin embargo, ella negó con la cabeza y levantó la barbilla.

—No te va a servir de nada. No voy a rendirme.

—Seguro que tienes una debilidad. Con un poco más de tiempo, la encontraré.

—Bret, cariño, ¡qué sorpresa verte aquí!

Hillary se dio la vuelta y observó a la mujer que acababa de saludar a Bret con tanto entusiasmo.

—Hola, Charlene —dijo él, refiriéndose a la elegante pelirroja con una encantadora sonrisa—. Charlene Mason, Hillary Baxter.

—Señorita Baxter —repuso Charlene con una inclinación de cabeza como saludo. Entonces, entornó los ojos verdes—. ¿Nos conocemos?

—No lo creo —respondió Hillary.

—El rostro de Hillary aparece en la portada de muchas revistas —explicó Bret—. Es una de las mejores modelos de Nueva York.

—Por supuesto —comentó Charlene. Hillary observó cómo la mujer entornaba aún más los ojos, la examinaba y la catalogaba como mercancía inferior—. Bret, tendrías que haberme dicho que estarías aquí hoy. Podríamos haber pasado un rato juntos...

—Lo siento —contestó él—. De todos modos, no voy a estar aquí mucho tiempo. Además, he venido por negocios.

Sin que pudiera evitarlo, Hillary se sintió algo desilusionada por aquella afirmación. A pesar de que sabía que era una reacción ridícula, irguió inmediatamente la espalda. «¿No te lo advertí?», se dijo. «Tiene razón. Sólo estamos aquí por negocios». Entonces, recogió sus cosas y se puso de pie.

—Por favor, señorita Mason, tome mi asiento. Yo ya me marchaba.

Se volvió para mirar a Bret y sintió una ligera alegría al ver que él se mostraba algo enojado por su apresurada marcha.

—Gracias por el almuerzo, señor Bardoff —le dijo. Al ver que él fruncía el ceño al escuchar su apellido, sonrió—. Ha sido un placer conocerla, señorita Mason.

Tras dedicarle a la pelirroja una cortés sonrisa, Hillary se dispuso a marcharse.

—No sabía que invitar a tus empleadas a almorzar era algo tan corriente, Bret...

Mientras se alejaba de la mesa, Hillary escuchó el comentario de Charlene. Sintió el deseo de darse la vuelta y decirle a la mujer que se ocupara de sus asuntos, pero se controló y se marchó sin escuchar la respuesta de Bret.

La sesión del día siguiente resultó más ardua. Con los brillantes colores otoñales de Central Park como fondo, las ideas que se le ocurrieron a Larry fueron variadas y llenas de energía. Tal y como Bret había predicho, el día era luminoso y soleado. Hojas de tonalidades doradas y rojizas caían de los árboles y cubrían el suelo. Con aquella variedad de tonos, Hillary posó, corrió, arrojó discos voladores, se subió a los árboles, alimentó a las palomas y se cambió tres veces de atuendo a medida que iba pasando el día. A lo largo de la sesión, se sorprendió varias veces buscando a Bret, aunque en realidad no lo esperaba. La desilusión que sintió por su ausencia la sorprendió y la desagradó a la vez y se recordó que la vida sería mucho más tranquila si nunca hubiera puesto los ojos sobre cierto hombre alto y esbelto.

—Alégrate, Hillary. Deja de fruncir el ceño —le ordenó Larry, sacándola así de sus pensamientos. Con resolución, ella apartó a Bret Bardoff de su cabeza y se concentró en el trabajo.

Aquella noche, introdujo su agotado cuerpo en la bañera y suspiró al sentir cómo el agua, cálida y perfumada, ejercía su efecto sobre sus doloridos músculos. «Gracias a Dios que he terminado hasta el lunes», pensó.

Aquella serie fotográfica era un proyecto muy importante y habría muchos días más como aquél. Además, aquel trabajo supondría un gran empuje para su carrera. Aparecer repetidamente en una revista con la reputación y la calidad de *Mode* le daría a su imagen un reconocimiento internacional. Además, con el apoyo de Bret, habría dado un paso de gigante para convertirse en una de las mejores top-models del país.

De repente, frunció el ceño sin saber por qué. «¿Por qué no me agrada esa perspectiva? Tener éxito en mi profesión es algo que yo siempre he deseado...». Cuando la imagen de Bret se abrió paso en sus pensamientos, sacudió la cabeza con fiereza para hacerla desaparecer.

–No, tú no –le dijo en voz alta a su imagen–. No voy a permitir que te introduzcas en mis pensamientos y confundas mis planes. Tú eres el emperador y yo tu humilde súbdita. Mantengámoslo así.

Hillary estaba sentada con Chuck Carlyle en una de las discotecas más populares de Nueva York. La música llenaba todos los rincones, inyectando el ambiente con su ritmo mientras que los efectos de luz reflejaban colores cambiantes sobre los bailarines. Mientras la música iba adueñándose de ellos, Hillary reflexionó sobre las razones que tenía para que su relación con Chuck siguiera siendo platónica.

No se debía a que no le gustara la compañía masculina ni a que no disfrutara con los abrazos o los besos de un hombre. Sin que pudiera evitarlo, un par de ojos grises de mirada burlona se entrometieron en sus pensamientos. Hillary frunció el ceño.

Si se mantenía apartada de las relaciones más íntimas no sólo era porque nadie le había llegado lo suficientemente adentro como para que ella sintiera el deseo de dejarse llevar por una aventura a largo o a corto plazo. Hasta aquel momento, el amor la había eludido, algo por lo que ella se sentía muy agradecida. Con el amor llegaban los compromisos, unos compromisos que no encajaban con los planes que tenía para su futuro inmediato. No. La relación con un hombre le llevaría complicaciones e interferiría con su ordenada vida.

—Es siempre un placer salir contigo, Hillary —dijo Chuck, sacándola así de sus pensamientos.

Hillary miró a su acompañante y vio que él sonreía y que, a continuación, miraba el vaso que ella había tenido entre las manos desde que llegaron al local.

—Además, me sales tan barata...

Hillary sonrió también y apartó sus pensamientos.

—Por mucho que buscaras por ahí, te aseguro que no encontrarías a otra mujer que se preocupara tanto por el bienestar de tu bolsillo.

—Es cierto —afirmó Chuck. Entonces, suspiró y adoptó una actitud de gran tristeza—. O van por mi cuerpo o por mi dinero. Tú, mi dulce Hillary, no vas detrás de ninguna de las dos cosas —añadió mientras le agarraba las manos y se las cubría de besos—. Ojalá te casaras conmigo, amor de mi vida, y me permitieras apartarte de toda esta decadencia. Encontraríamos una casa de campo rodeada de viñas, tendríamos 2,7 hijos y sentaríamos la cabeza.

—Sabes que si te dijera que sí, te caerías muerto inmediatamente, ¿verdad? —comentó ella, con una sonrisa.

—Cuando tienes razón, tienes razón —repuso Chuck—. Por eso, en vez de llevarte a una casa de campo rodeada de viñas, me conformaré con hacerlo a la decadencia.

Ojos llenos de admiración contemplaron a la alta y esbelta mujer vestida con un traje tan azul como sus ojos. La falda de Hillary tenía una abertura lo suficientemente atrevida como para revelar unas largas y torneadas piernas mientras giraba y se contoneaba con su acompañante. Los dos poseían una gracia natural para el baile y una afinidad tal con la música que su presencia resultaba espectacular sobre la pista. Terminaron el baile con un profundo y dramático movimiento en el que Chuck bajó a Hillary hacia el suelo. Cuando ella volvió a ponerse de pie, reía a carcajadas por la excitación del momento.

Se abrieron paso entre el resto de los bailarines y regresaron a su mesa. Chuck le había rodeado el hombro con los brazos. Sin embargo, las risas de Hillary enmudecieron cuando se encontró frente a los ojos grises que la habían turbado pocos minutos antes.

—Hola, Hillary —le dijo Bret, saludándola de forma casual. La joven se sintió muy agradecida por el hecho de que el sistema de luces la ayudara a ocultar el cambio de color que se produjo en su rostro.

—Hola, señor Bardoff —contestó ella. Se preguntó por qué había comenzado a sentir una sensación extraña en el estómago al verlo.

—Creo que ya conoces a Charlene.

—Por supuesto —afirmó ella al comprobar la presencia de la pelirroja—. Me alegro de volver a verla —añadió. Entonces, Hillary se volvió a su acompañante y lo presentó también. Chuck le dio la mano a Bret con gran entusiasmo.

—¿Bret Bardoff? ¿De verdad es usted Bret Bardoff? —exclamó Chuck, lleno de admiración.

—No conozco a ningún otro —respondió él, con una sonrisa.

—Por favor, únanse a nosotros para tomar una copa —sugirió Chuck mientras indicaba la mesa.

La sonrisa de Bret se hizo aún más amplia. A continuación, miró a Hillary, que estaba haciendo todo lo posible por ocultar la incomodidad que sentía.

—Sí, por favor —dijo ella, con escrupulosa cortesía.

Lo miró a los ojos directamente, decidida a ganar la batalla con los extraños y poco comunes sentimientos que le producía la presencia de Bret. No obstante, cuando miró a su acompañante, la incomodidad se transformó en regocijo al observar que Charlene Mason se alegraba tan poco como ella de estar en su compañía. Tal vez la molestaba tener que compartir a Bret con alguien, aunque fuera por un breve espacio de tiempo.

—Los dos habéis hecho una demostración impresionante en la pista de baile —comentó Bret—. Debéis de bailar muy a menudo para hacerlo tan bien juntos.

—No hay mejor compañera que Hillary —declaró Chuck. Entonces, tocó suavemente la mano de la joven con gran afecto—. Ella es capaz de bailar con cualquiera.

—¿De verdad? —preguntó Bret—. Tal vez me permitas que te la robe durante unos momentos para comprobarlo por mí mismo.

El pánico se apoderó de Hillary y se reflejó en sus expresivos ojos. Se levantó con un sentimiento de indignación cuando Bret se acercó a ella y la ayudó a ponerse de pie sin esperar a que ella accediera.

—Deja de parecer una mártir —le susurró él al oído mientras se acercaban a la pista de baile.

—No sea absurdo —afirmó ella con admirable dignidad. Se sentía furiosa de que él pudiera interpretarla tan fácilmente.

La música se había hecho más lenta, por lo que

Bret se colocó frente a frente con ella y la tomó entre sus brazos. Al sentir el contacto, Hillary sintió el abrumador impulso de separarse de él, aunque se esforzó para que no se notara tanta tensión. Bret tenía el torso firme, una masculinidad abrumadora. El brazo que le había colocado alrededor de la cintura la acercaba mucho a él, tanto que sus cuerpos parecían fundirse mientras se movían por la pista de baile. Inconscientemente, ella se había puesto de puntillas y había permitido que la mejilla descansara al lado de la de él. El aroma que emanaba del cuerpo de Bret asaltaba sus sentidos y le hacía preguntarse si se habría tomado su bebida con demasiada celeridad. El corazón le latía alocadamente contra el de él, por lo que tuvo que esforzarse para seguir los pasos que él marcaba.

—Tendría que haberme imaginado que se te daría muy bien bailar —murmuró Bret, contra la oreja de Hillary.

—¿De verdad? —replicó ella haciendo un gran esfuerzo por mantener un tono casual que no reflejara la excitación que experimentaba al notar la boca de él contra el lóbulo de la oreja—. ¿Por qué?

—Por el modo en el que caminas y en el que te mueves. Tienes una gracia tan sensual, un ritmo tan natural...

Hillary trató de reír al escuchar aquel cumplido cuando miró a Bret a los ojos. Sin embargo, se encontró perdida en ellos, incapaz de articular palabra. Los labios de ambos estaban a su suspiro de distancia...

—Siempre había creído que los ojos grises eran como de acero —murmuró ella, consciente de que estaba poniendo voz a sus pensamientos—. Los suyos parecen más bien nubes...

—¿Oscuros y amenazadores? —sugirió él sin dejar de mirarla.

—A veces —susurró Hillary, inmersa en el poder que emanaba de Bret—. Otras, son cálidos y suaves como la bruma de la mañana. Nunca sé si me voy a encontrar con una tormenta o con un chubasco. Nunca sé lo que esperar...

—¿No? —repuso él mientras le miraba los labios—. Ya deberías saberlo...

Hillary luchó contra la debilidad que la invadió al sentir aquella respuesta y se aferró a la sofisticación.

—¡Pero bueno, señor Bardoff! ¿Está usted tratando de seducirme en medio de una concurrida pista de baile?

—Uno debe aprovechar lo que está disponible. ¿Se te ocurre otro lugar? —replicó él.

—Lo siento —se disculpó ella. Entonces, giró la cabeza para que sus miradas ya no se cruzaran—. Los dos estamos comprometidos con otras personas. El baile se ha terminado —añadió, con la intención de soltarse de él.

Bret no se lo permitió. La estrechó con más fuerza contra su cuerpo y volvió a susurrarle al oído.

—No dejaré que te marches hasta que dejes de utilizar eso de «señor Bardoff» y empieces a usar mi nombre de pila. Yo estoy muy a gusto así —añadió, al ver que ella no respondía—. Eres una mujer destinada a estar entre los brazos de un hombre. De hecho, encuentro que encajas perfectamente en los míos.

—Muy bien —afirmó Hillary, entre dientes—. Bret, ¿te importaría soltarme antes de que me estrujes tanto que no se me pueda reconocer?

—Por supuesto —replicó él. Aflojó la presión, pero no la soltó—. No me dirás que te estoy haciendo daño, ¿verdad? —comentó, con una sonrisa.

—Ya te lo diré cuando me hayan hecho una radiografía.

—Dudo que seas tan frágil como tú quieres sugerir con esas palabras.

Mientras la conducía a la mesa, aún seguía rodeándola con el brazo. Se reunieron con sus respectivas parejas y el grupo charló durante unos minutos. Hillary sintió una inconfundible hostilidad por parte de la otra mujer, hostilidad de la que Bret no se dio cuenta o prefirió ignorar. No obstante, la joven modelo se sentía muy incómoda. Sintió un gran alivio cuando la pareja se levantó, después de que Bret rehusara la invitación de Chuck para que tomaran otra copa. Charlene mostraba un aburrimiento que no hacía nada por ocultar.

—Me temo que a Charlene no le gustan demasiado las discotecas —explicó Bret mientras rodeaba con un brazo los hombros de la pelirroja. Inmediatamente, Charlene le dedicó una sonrisa de descarada invitación. Por su parte, Hillary sintió una serie de emociones que se negó a identificar como celos—. Esta noche sólo ha venido para agradarme a mí. Estoy pensando en utilizar una discoteca en el proyecto —le dijo a Hillary, con una enigmática sonrisa—. Creo que ha sido una suerte encontrarte aquí esta noche, Hillary. Así he visto mucho más claramente cómo organizarlo todo. Hasta el lunes, Hillary —concluyó, mientras él y su acompañante se disponían a marcharse.

—¿Hasta el lunes? —repitió Chuck cuando se quedaron solos una vez más—. Menuda eres, Hillary. Ya veo que te querías guardar al señor Bardoff exclusivamente para ti.

—Eso no es cierto —le espetó ella, irritada por la conclusión a la que Chuck parecía haber llegado—. Nuestra relación es estrictamente profesional. Estoy trabajando para su revista. Él es mi jefe, nada más.

—Muy bien, muy bien —dijo Chuck. Su sonrisa se hizo aún más amplia al ver la vehemencia con la que Hillary lo había negado todo—. No me cortes la cabeza. Es una equivocación lógica y yo no soy el único al que le ha pasado.

—¿De qué estás hablando?

—Mi dulce Hillary, ¿acaso no sentiste cómo se te clavaban los cuchillos por la espalda mientras estabas bailando con tu famoso jefe? —preguntó. Al ver que ella lo miraba sin comprender, suspiró—. ¿Sabes una cosa? Después de llevar tres años viviendo en Nueva York, sigues siendo muy ingenua. Una cierta pelirroja te estuvo lanzando puñales con la mirada durante todo el rato que estuvisteis bailando. De hecho, yo casi estaba esperando que te desmoronaras en medio de un charco de sangre en cualquier momento.

—Eso es absurdo —afirmó Hillary—. Estoy segura de que la señorita Mason sabía muy bien que la única razón por la que Bret estaba bailando conmigo ha sido para preparar su maravilloso proyecto.

Chuck la observó atentamente durante un instante. Entonces, sacudió la cabeza.

—Como te he dicho antes, Hillary, eres increíblemente ingenua.

III

El lunes amaneció fresco y gris. Sin embargo, en la redacción de *Mode* los amenazadores cielos no eran un factor a tener en cuenta. Hillary decidió que, evidentemente, Bret había permitido que la naturaleza se revolucionara un poco cuando las sesiones fotográficas se iban a realizar en un estudio.

Bajo sus indicaciones, Hillary se puso en manos de una peluquera que la ayudaría a transformarse en una elegante y competente mujer de negocios. El cabello por el hombro se recogió en un peinado con mucho estilo que acentuaba la estructura ósea del rostro de Hillary. El traje gris de tres piezas, a pesar de su severidad, consiguió que la joven, en vez de parecer masculina, acrecentara su innata feminidad.

Cuando ella entró en el despacho de Bret, Larry estaba inmerso en la preparación del equipo fotográfico, de las luces y de los ángulos. Tras examinar la sala, Hillary tuvo que admitir que ésta era tanto elegante como adecuada para la sesión de aquella mañana. Observó con cariño y diversión a Larry, quien, completamente ajeno a su presencia, ajustaba objetivos y probaba enfoques sin dejar de murmurar para sí.

—El genio en su trabajo —susurró una voz al oído de Hillary.

Ella se dio la vuelta y se encontró frente a los ojos que habían empezado a obsesionarla.

—Eso es precisamente lo que es —replicó, furiosa por el modo en el que le latía el corazón al sentir la cercanía de Bret.

—Estamos algo nerviosa esta mañana, ¿no? —observó él con el ceño fruncido—. ¿Aún tienes resaca del fin de semana?

—Por supuesto que no. Nunca bebo lo suficiente como para tener resaca.

—Ah, sí. Se me olvidaba lo del síndrome de Mr. Hyde.

—Hillary, por fin estás aquí —dijo Larry, impidiendo así que Hillary pudiera encontrar una respuesta adecuada—. ¿Qué te ha llevado tanto tiempo?

—Lo siento, Larry. La peluquera se entretuvo bastante.

El brillo jocoso que había en los ojos de Bret pidió y recibió la respuesta de Hillary. Cuando la mirada de ambos se cruzó por encima de la cabeza de Larry con la peculiar intimidad de una broma compartida, una dulce debilidad se apoderó de ella, como una suave ola que barriera la arena de la playa. Aterrada, bajó los ojos y trató de olvidarse de las reacciones que Bret provocaba en ella sin esfuerzo alguno.

—¿Te asustas siempre tan fácilmente? —le preguntó él, con voz tranquila. Hillary lo miró con desprecio, airada con la habilidad que él parecía tener para leerle los pensamientos como si los llevara escritos sobre la frente—. Eso está mejor. La ira te sienta bien. Te oscurece los ojos y te ruboriza las mejillas. El espíritu es un rasgo esencial para las mujeres y... para los caballos —añadió, frunciendo levemente la boca.

Hillary se quedó atónita al escuchar la comparación. Trató de domeñar su genio sabido que si lo soltaba no tendría nada que hacer contra Bret en una batalla verbal.

—Supongo que es cierto —respondió, tras tragarse las palabras que le habían acudido a la cabeza—. En mi opinión, los hombres parecen carecer de la capacidad física del caballo y de la habilidad mental de las mujeres.

—Bueno, ese peinado te da un aspecto muy competente —comentó Larry mientras estudiaba a Hillary con ojos críticos sin darse cuenta de lo que había ocurrido en el despacho en los últimos segundos. Con un suspiro de derrota, Hillary miró al techo como pidiendo ayuda.

—Sí —afirmó Bret, con rostro serio—. La mujer ejecutiva, muy competente y muy elegante.

—Enérgica, agresiva y cruel —replicó Hillary dedicándole una gélida mirada—. Trataré de emularlo, señor Bardoff.

—Eso resultará fascinante —dijo él. Había levantado ligeramente las cejas—. Os dejaré con vuestro trabajo mientras yo me ocupo del mío.

Se marchó del despacho y cerró la puerta tras él. De repente, la sala pareció mayor y muy vacía. Hillary trató de olvidarse de lo ocurrido y se puso a trabajar. Haría todo lo posible por erradicar los pensamientos de Bret Bardoff de su cabeza.

Durante una hora, Larry le estuvo haciendo fotografías, ajustando la luz y dándole indicaciones mientras Hillary asumía la actitud de una ejecutiva.

—Tomémonos un descanso —dijo Larry. Entonces, le hizo una indicación para que se relajara, lo que ella hizo dejándose caer sobre una butaca en una postura informal y muy poco digna.

—¡Eres un demonio! —exclamó ella, cuando el fotógrafo le tomó una instantánea, capturándola en aquella posición tan desgarbada, con las piernas extendidas delante de ella.

—A mí me parece que será una buena fotografía —afirmó Larry con una sonrisa—. «Mujer muy cansada abrumada por su ingente trabajo».

—Tienes un extraño sentido del humor, Larry —replicó Hillary, sin moverse—. Creo que te viene del hecho de tener una cámara pegada a la cara todo el tiempo.

—Venga, venga, Hillary. No te pongas así. Levántate de esa butaca. Ahora vamos a ir a la sala de reuniones y tú, amor mío, serás la presidenta del consejo.

El resto de la sesión de aquel día fue largo y tedioso. Como Larry no estaba muy satisfecho con la luz, se pasó más de media hora ajustándola hasta que contó con su aprobación. Después de pasarse una hora más bajo la potente luz de los focos, Hillary se sentía tan cansada que se alegró mucho cuando Larry decidió terminar la jornada de trabajo.

Mientras salía del edificio, se encontró buscando a Bret por todas partes y se sintió bastante desilusionada cuando no lo vio y furiosa consigo misma por su reacción. Anduvo durante unos minutos, respirando el fresco aire de otoño y decidida a olvidar las sensaciones que él le producía. Se dijo que sólo era una atracción física, como las que le ocurrían a todo el mundo constantemente. La atracción física era muy frecuente y solía pasar con tanta rapidez como un virus de veinticuatro horas...

Decidió que necesitaba hacer algo para olvidarse de él, por lo que volvió a pensar en el camino que había trazado para su vida. El éxito en el campo que había elegido, independencia, seguridad... ésas eran sus prioridades. No había lugar para las relaciones románticas. Cuando llegara el momento de sentar la cabeza, ciertamente no lo haría con un hombre como Bret Bardoff, sino con alguien de fiar, alguien que no le pusiera los nervios de punta ni la confundiera a cada paso. Además, se recordó, no sin repentino abatimiento, que él no estaba interesado en tener un romance con ella. Parecía preferir a las pelirrojas bien proporcionadas.

Las sesiones fotográficas prosiguieron a la mañana siguiente, de nuevo en la redacción de *Mode*. Aquella mañana, Hillary iba vestida con una camisa azul marino y una falda por la rodilla de un tono más claro. Tenía que representar el papel de la mujer trabajadora. La sesión iba a tener lugar en el despacho de la secretaria de Bret, para regocijo de ésta.

—No le puedo decir lo emocionada que estoy, señorita Baxter. Me siento como una niña que va al circo por primera vez.

Hillary sonrió a la joven secretaria, cuyos ojos estaban iluminados por la anticipación.

—Admito que, a veces, me siento como un elefante amaestrado. Llámame Hillary.

—Yo soy June. Supongo que todo esto será una rutina para ti, pero a mí me parece muy glamouroso y emocionante —dijo. Entonces, miró hacia el lugar en el que Larry estaba preparando la sesión con su habitual dedicación—. El señor Newman es un verdadero experto, ¿verdad? Lleva un buen rato preparando las luces y las cámaras. Es muy atractivo. ¿Está casado?

Hillary se echó a reír y miró a Larry.

—Sólo con su Nikon.

—Oh —susurró June. Primero sonrió y luego frunció el ceño—. ¿Estáis los dos... quiero decir... estáis juntos?

—Sólo trabajamos juntos —respondió Hillary. Acababa de ver a Larry como un hombre atractivo por primera vez en su vida. Entonces, sonrió a June.

—Ya conoces el viejo refrán de «A un hombre se le roba el corazón a través del estómago». Sigue mi consejo. El modo de conquistar a ese hombre es a través de sus cámaras. Pregúntale sobre los enfoques.

En aquel momento, Bret salió de su despacho. Al ver a Hillary, esbozó una suave sonrisa.

—¡Ah! La eficaz secretaria, la mejor amiga del hombre.

Hillary trató de no prestar atención alguna a su corazón y adoptó un tono ligero de voz.

—Hoy no pienso tomar decisiones de empresa. Me han degradado.

—Bueno, así es el mundo empresarial —comentó él—. Un día se está en el despacho de los ejecutivos y, al siguiente, con el resto de las secretarias. Esto es una selva.

—Ya está todo preparado —anunció Larry, desde el otro lado del despacho—. ¿Dónde está Hillary? —añadió. Rápidamente se dio la vuelta y vio que los tres lo estaban observando. Entonces sonrió—. Hola, Bret, hola, Hillary. ¿Lista?

—Tus deseos son órdenes para mí, señor de los treinta y cinco milímetros —bromeó a Larry. Entonces, se acercó a él.

—¿Sabes escribir a máquina, Hillary? —preguntó Bret alegremente—. Te puedo dar algunas cartas y así podemos matar dos pájaros de un tiro.

—Lo siento, señor Bardoff —replicó ella con una sonrisa—. Los ordenadores y yo tenemos un acuerdo desde hace mucho tiempo. Yo no los aporreo y ellos no me aporrean a mí.

—¿Le importa que mire durante un rato, señor Newman? —pidió June—. No los molestaré. La fotografía me fascina.

Larry asintió de modo ausente. Después de mirar a su secretaria completamente asombrado, Bret se giró y se dispuso a volver a entrar en su despacho.

—Te necesitaré dentro de media hora, June, para el contrato Brookline —dijo.

La sesión avanzó rápidamente con Larry y Hillary progresando con su facilidad profesional. La modelo seguía las instrucciones del fotógrafo y a menudo anticipaba sus intenciones antes de que él hablara. Después de un rato, June desapareció a través de las pesadas puertas que llevaban al despacho de Bret. Ni Hillary ni Larry se dieron cuenta de su silenciosa marcha.

Algún tiempo después, Larry bajó la cámara y miró fijamente al espacio. Hillary mantuvo su silencio, sabiendo por experiencia que aquello no significaba necesariamente el fin, sino una pausa mientras se le formaba una nueva idea en la cabeza.

—Quiero terminar con algo aquí —musitó, mirando a través de Hillary como si ella fuera intangible. De repente, el rostro se le iluminó por la inspiración—. ¡Ya lo sé! Cambia la cinta de la impresora.

—Seguro que estás bromeando...

—No. Creo que será una buena fotografía. Adelante.

—Larry —protestó ella—. No tengo ni idea de cómo cambiar la cinta de una impresora.

—Entonces, finge que lo haces —sugirió Larry.

Con un suspiro, Hillary volvió a tomar asiento y miró la impresora.

—¿Has recogido trigo alguna vez, Larry? —aventuró con la intención de posponer su orden—. Es un proceso fascinante.

—Hillary...

Con otro suspiro, la joven modelo terminó por rendirse al temperamento artístico de su fotógrafo.

—No sé cómo abrirla —musitó mientras apretaba botones al azar.

—Debe de haber un botón o una palanca que abra la tapa —replicó Larry, con paciencia—. ¿Es que no tienen ordenadores en Kansas?

—Claro que sí. Mi hermano... ¡Oh! —exclamó, encantada de su descubrimiento, cuando consiguió que la impresora se abriera.

—Muy bien, Hillary —le ordenó Larry—. Simplemente finge que sabes lo que estás haciendo.

Hillary se puso manos a la obra y atacó el cartucho de tinta con entusiasmo. Frunció el ceño por la concentración y se olvidó completamente del hombre y de su cámara para entregarse al trabajo que tenía entre manos. Sin que pudiera evitarlo, se manchó los dedos tratando de sacar el cartucho y extendió la tinta por todas partes. Entonces, con gesto ausente, se rozó la mejilla con la mano y se la manchó de tinta negra. Justo en aquel momento, Larry tomó su última fotografía.

—Estupendo —dijo, tras bajar la cámara—. Un estudio clásico de la ineptitud.

—Gracias, Larry, pero te aseguro que, si utilizas alguna de estas últimas fotografías, te demandaré —bromeó—. Además, dejaré que seas tú quien le explique a June lo que le ha pasado al cartucho de su impresora. Yo ya he terminado.

—Por supuesto.

La voz de Bret resonó a sus espaldas. Hillary se dio la vuelta y vio que tanto June como él la estaban observando.

—Si alguna vez dejas el mundo de la moda, mantente alejada del trabajo de oficina. Eres un desastre —comentó.

Hillary trató de sentirse molesta por su actitud, pero, al mirar de nuevo el caos que había causado con el cartucho de la impresora, se echó a reír.

—Bueno, Larry, sácanos de ésta —le dijo a su compañero—. Nos han sorprendido con las manos en la masa en la escena del crimen.

Bret se acercó a ella y, con mucho cuidado, levantó una de las manos de Hillary.

—Yo diría con las manos en la tinta —replicó. Entonces, se echó a reír del modo que solía hacer que el corazón de Hillary realizara una serie de volteretas—. Y también tienes pruebas en la cara.

—¡Dios Santo! —exclamó ella—. ¿Se me va a quitar? —le preguntó a June. La secretaria asintió con una sonrisa–. Bueno, pues entonces me voy a lavar y te dejo a ti, Larry, para que te ocupes de los daños.

Antes de que pudiera abrir la puerta para salir del despacho, Bret lo hizo por ella y la acompañó durante unos pocos pasos a lo largo del pasillo.

–¿Acaso estás ejerciendo de Cupido con mi secretaria, Hillary?

–Podría ser. A Larry le vendría muy bien tener algo más en su vida que cámaras y cuartos oscuros.

–¿Y qué le vendría bien a la tuya, Hillary? –preguntó Bret. Entonces, le colocó una mano sobre el brazo y la obligó a mirarlo.

–Yo… yo tengo todo lo que necesito –tartamudeó. Bajo su atenta mirada, se sentía como una mariposa sujeta por un alfiler.

–¿Todo? Es una pena que tenga una reunión, porque si no podríamos hablar de esto con más detalle –susurró. Entonces, tiró de ella y dejó que sus labios rozaran los de la joven para sonreír después de un modo muy atractivo–. Ve a lavarte la cara… Estás hecha un asco.

Con eso, se dio la vuelta y dejó a Hillary con una mezcla de frustración y anhelo.

Como tenía la tarde libre, ella se marchó de compras, una táctica destinada a apaciguarle los tensos nervios. Sin embargo, no hacía más que pensar en el breve roce de sus labios, en la sonrisa que había visto en los ojos de Bret… Le pareció que

sentía una calidez en los labios que parecía despertar sus sentidos. De repente, una ráfaga de aire frío
la hizo volver a la realidad. Maldijo su traicionera
imaginación y llamó a un taxi. Tendría que darse
prisa para llegar a la cena que tenía con Lisa.

Entró en su apartamento después de las cinco.
Dejó sus compras en una silla del dormitorio. A
continuación, retiró el pestillo de la puerta para
que Lisa pudiera entrar sin problemas y se dirigió
al cuarto de baño. Allí, llenó la bañera con agua caliente y se dio un largo y aromático baño. Justo
cuando salía de la bañera y agarraba una toalla,
sonó el timbre de la puerta.

–Entra, Lisa –gritó–. O llegas temprano o yo voy
retrasada.

Rápidamente, se envolvió con la toalla y salió
del cuarto de baño, dejando el rastro del aroma de
fresas que llevaba en la piel.

–Estaré lista dentro de un minuto. Creo que me
he entretenido demasiado en la bañera. Tenía los
pies...

Se detuvo en seco. En vez de la menuda y rubia
Lisa, tenía delante la alta y esbelta figura de Bret
Bardoff.

–¿De dónde has salido? –le preguntó Hillary,
cuando pudo sobreponerse.

–¿Originalmente o sólo ahora? –replicó él, sonriendo ante la confusión que ella presentaba.

—Pensaba que eras Lisa.

—Ya me había dado esa impresión.

—¿Qué estás haciendo aquí?

—He venido para devolverte esto —respondió él. Entonces, se sacó del bolsillo un finísimo bolígrafo de oro—. Di por sentado que era tuyo. Tiene grabadas las iniciales H.B.

—Sí, es mío —comentó ella, algo confusa—. Debió de caérseme del bolso. No te tendrías que haber molestado. Me lo podrías haber dado mañana.

—Pensé que tal vez lo estabas buscando —observó él. Entonces, miró de arriba abajo la figura de Hillary, cubierta sólo por la toalla de baño. Se detuvo sobre las suaves piernas y, por último, descansó un instante sobre el inicio del pecho—. Además, creo que ha merecido la pena venir.

Hillary se miró y, al recordar cómo se había cubierto, abrió los ojos y se quedó completamente avergonzada. El rubor le cubrió las mejillas e, inmediatamente, se dio la vuelta y salió corriendo de la habitación.

—Volveré dentro de un minuto.

Con rapidez, se puso un pantalón de pana color chocolate y un jersey de mohair beige. Se peinó con rapidez el cabello y se aplicó un toque de maquillaje. Entonces, respiró profundamente y regresó al salón tratando de aparentar una calma que estaba muy lejos de sentir. Bret estaba sentado cómodamente en el sofá, fumando un cigarrillo con el aire de alguien que se sentía como en su casa.

—Siento haberte tenido esperando —dijo ella cortésmente—. Ha sido muy amable de tu parte tomarte la molestia de venir a devolverme el bolígrafo —añadió. Bret se lo entregó y ella lo colocó en una mesa—. ¿Puedo...? ¿Te apetecería...? ¿Quieres algo de beber? Aunque tal vez tengas prisa...

—No, no tengo prisa —respondió él—. Un whisky solo, si tienes.

—Tal vez tenga, pero tendré que comprobarlo.

Hillary fue a la cocina y comenzó a buscar en los armarios las botellas de alcohol que raramente utilizaba. Bret la había seguido por lo que, cuando la joven se volvió, sintió que se le aceleraba el pulso al ver cómo la presencia de él parecía empequeñecer la cocina. Retomó su búsqueda sin poder dejar de pensar en la postura tan relajada con la que él se había apoyado contra el frigorífico con las manos en los bolsillos.

—Por fin —exclamó, al encontrar la botella—. Whisky.

—Eso es.

—Te daré un vaso. ¿Has dicho que lo querías solo? Eso significa sin hielo, ¿verdad?

—Serías una camarera maravillosa —comentó él. Entonces, agarró la botella y el vaso y se sirvió él mismo.

—No bebo mucho...

—Sí, ya lo recuerdo. El límite es de dos copas. ¿Nos sentamos? —le preguntó. Entonces, tomó la mano de Hillary con la habitual familiaridad y la llevó de nuevo al salón—. Tienes una casa muy bonita —añadió, mientras se sentaban—. Abierta, simpática y colorida. ¿Refleja este hogar la personalidad de quien vive en él?

—Eso dicen.

—La simpatía es un rasgo admirable, pero no deberías dejar la puerta abierta. Estamos en Nueva York, no en una granja de Kansas.

—Estaba esperando a alguien.

—Pero recibiste la visita de quien no esperabas. ¿Qué crees que habría ocurrido si otra persona se hubiera encontrado con ese hermoso cuerpo que tenías envuelto solamente en una toalla? —le preguntó mientras la miraba de arriba abajo. Sin poder evitarlo, Hillary se sonrojó y bajó los ojos—. Deberías tener la puerta cerrada con llave, Hillary. No todos los hombres te dejarían escapar como lo hice yo.

Antes de que Hillary pudiera encontrar el modo de responder, se vio interrumpida por el sonido del teléfono. Aliviada, se levantó y fue a contestar.

—Lisa, hola. ¿Dónde estás?

—Lo siento, Hillary —respondió su amiga—. Ha ocurrido la cosa más maravillosa que te puedas imaginar. Espero que no te importe, pero tengo que cancelar lo de esta noche.

—Claro que no. ¿Qué ha ocurrido?

—Mark me ha pedido que vaya a cenar con él.

—¿Significa eso que seguiste mi consejo en lo de ponerle la zancadilla?

—Más o menos.

—Oh, Lisa... ¿De verdad lo hiciste? —preguntó Hillary, encantada.

—Bueno, no —admitió su amiga—. Los dos llevábamos unos pesados libros de Derecho y nos chocamos el uno contra el otro. ¡Bendito golpe!

—Ya me lo imagino —comentó Hillary, entre risas—. Tiene mucha más clase que lo de asaltarlo.

—¿De verdad no te importa lo de esta noche?

—¿Crees que sería capaz de permitir que una pizza se inmiscuyera con el amor verdadero? Vete y diviértete. Ya me contarás.

Cuando colgó el teléfono, vio que Bret la estaba mirando con abierta curiosidad.

—Tengo que admitir que ha sido el lado más fascinante de una conversación telefónica que he escuchado nunca.

Hillary le dedicó una sonrisa y, en breves palabras, le explicó la historia de amor de Lisa.

—Entonces, la solución que le diste a tu amiga fue que el pobre hombre acabara de bruces sobre el suelo —concluyó él.

—Le llamó la atención.

—Entonces, esa llamada significa que te han dejado plantada. Ibais a cenar pizza, ¿verdad?

—Mi secreto se ha desvelado —confesó ella mientras se sentaba en una silla frente a él—. Espero que pueda confiar en que nunca le dirás nada a nadie sobre eso, pero soy adicta a la pizza. Si no me tomo una a intervalos regulares, me da un ataque de ansiedad. No es algo bonito de ver.

—En ese caso, no podemos permitir que empieces a echar espuma por la boca, ¿no te parece? —afirmó. Dejó el vaso vacío sobre la mesa y se puso de pie—. Agarra un abrigo. Te llevo a comer pizza.

—Oh… En realidad no hay necesidad alguna… —susurró ella con una buena dosis de pánico.

—Por el amor de Dios, no empecemos con esto otra vez. Agarra un abrigo y vayámonos —le ordenó él—. A mí también me vendría bien algo de comer.

Sin poder evitarlo, Hillary se dispuso a obedecer. Se puso una cazadora de ante mientras él se colocaba la de cuero marrón que había dejado sobre una silla. Muy pronto, estuvieron en el pequeño restaurante italiano que Hillary le indicó. La mesa estaba cubierta con el inevitable mantel a cuadros rojos y blancos y había una vela con una botella por candelero.

—Bien, Hillary. ¿Qué vas a tomar?

—Pizza.

—Eso ya lo sé. ¿Con qué?

—Con extra de colesterol.

—¿Eso es todo? —preguntó él, con una sonrisa.

—No quiero excederme —bromeó ella—. Estas cosas se pueden ir fácilmente de las manos.

—¿Te apetece vino?

—No sé si mi cuerpo va a poder asimilarlo... —dijo. Tras considerarlo durante un instante se encogió de hombros—. Bueno, ¿por qué no? Sólo se vive una vez.

—Es cierto —replicó Bret. Entonces, le hizo una indicación al camarero y pidió la cena—. Tú, sin embargo —añadió, cuando estuvieron solos una vez más—, parece que hayas vivido antes. Eres una reencarnación de una princesa india. Me apuesto algo a que te llamaban Pocahontas cuando eras una niña.

—Si apreciaban su vida, no. Una vez, le rapé a un niño la cabeza sólo por eso.

—¿Cómo dices? —preguntó él, atónito—. Por favor, cuéntamelo todo.

—Está bien. Había un niño que se llamaba Martin Collins, del que yo estaba locamente enamorada. Desgraciadamente, él prefería a Jessie Winfield, una niña rubia muy mona que tenía unos enormes ojos marrones. Yo estaba loca de celos. Con once años, era demasiado alta y muy delgada. No era más que ojos y piernas. Un día, pasé a su lado y, destrozada, vi que él le llevaba los libros del colegio. Entonces, Martin gritó: «Todos a las colinas que viene Pocahontas» —suspiró—. Con aquello me fue más que suficiente. Yo era una mujer afrentada y planeé mi venganza cuidadosamente. Me fui a casa y agarré las tijeras de mi madre. Entonces, me pinté la cara con su mejor lápiz de labios y regresé para acechar a mi presa. Me acerqué a él con mucho cuidado, esperando pacientemente el momento más adecuado. Salté sobre él como una pantera, lo tiré al suelo y lo inmovilicé con el peso de mi propio cuerpo. Entonces, empecé a cortarle todo el pelo que pude. Él no hacía más que gritar, pero yo no tuve piedad alguna. En ese momento, llegaron mis hermanos y me apartaron de él. Como el cobarde que era, Martin salió corriendo para irse a casa con su mamá.

Bret lanzó una sonora carcajada.

—¡Debiste de ser un monstruo! —exclamó.

—Te aseguro que pagué por lo que hice —prosiguió Hillary mientras levantaba la copa de vino que él le había servido durante su historia—. Me pusieron un buen castigo, pero mereció la pena. Martin tuvo que llevar una gorra durante semanas.

Su pizza llegó por fin. Durante la cena, la conversación que mantuvieron fue mucho más agradable y relajada de lo que Hillary hubiera creído posible. Cuando consumieron el último trozo, Bret se recostó sobre su asiento y la miró muy serio.

—Nunca habría creído que eras capaz de comer así.

Hillary sonrió, relajada por la combinación de vino, buena comida y agradable compañía.

—No lo hago muy a menudo, pero, cuando como así, soy una lima.

—Eres una fuente constante de sorpresas. Nunca sé lo que esperar. Eres un estudio sobre las contradicciones.

—¿No es ésa la razón por la que me contrataste, Bret? —preguntó ella. Utilizó el nombre de pila de él por primera vez voluntariamente, aunque casi sin pensar—. ¿Por mi versatilidad?

Bret sonrió y se llevó la copa a los labios, pero no respondió.

Mientras subían al apartamento de Hillary, ella sintió que regresaba su anterior nerviosismo. Decidida a permanecer tranquila, inclinó la cabeza para sacar las llaves del bolso y aprovechó el tiempo para tratar de tranquilizarse.

—¿Te gustaría entrar para tomar un café?

Bret le quitó las llaves de la mano, abrió la puerta y sonrió.

—Pensaba que tú no tomabas café.

—No, pero todo el mundo lo toma, así que tengo café instantáneo.

—Con el whisky, sin duda —dijo él mientras entraban en el apartamento.

Tras quitarse la cazadora, Hillary retomó su papel como anfitriona.

—Siéntate. Sacaré el café dentro de un minuto.

Bret se quitó también la cazadora y la dejó sobre el brazo de una butaca. Una vez más, Hillary notó la fuerte constitución de su cuerpo bajo el jersey azul marino y los pantalones. Se dio la vuelta y se dirigió a la cocina.

Con movimientos automáticos, conectó el hervidor de agua y sacó tazas y platillos de un armario. A continuación, colocó un azucarero y una jarra de leche sobre una bandeja de mimbre y, por último, preparó el café para Bret y un té para ella. Entonces, regresó al salón y colocó la bandeja sobre la mesita de café. Vio que Bret estaba de pie, examinando su colección de discos, y le sonrió.

—Tienes una buena selección —comentó él, desde donde estaba de pie—, aunque es típico tuyo. Chopin para cuando te sientes romántica, Denver para cuando estás melancólica y echas de menos tu hogar, B.B. King cuando estás deprimida y McCartney para cuando estás alegre.

—Parece que me conoces muy bien —dijo Hillary. Sentía una extraña mezcla de diversión y resentimiento por el hecho de que hubiera sabido identificar con tanta exactitud la música que escuchaba según su estado de ánimo.

—Todavía no —replicó él mientras se acercaba a la mesa—, pero estoy en ello.

De repente, Bret estaba muy cerca. Hillary sintió la necesidad de decir algo.

—Tú café se está quedando frío.

Habló rápidamente y, cuando se inclinó sobre la bandeja para entregarle la taza, tiró una cucharilla por la agitación que se había apoderado de ella. Los dos se inclinaron para recogerla al mismo tiempo. Los fuertes dedos de Bret se cerraron sobre la delicada mano de ella. Al sentir el contacto, Hillary notó una corriente de electricidad por el brazo que se extendió rápidamente por todo su cuerpo. Entonces, levantó el rostro para mirar el de él.

No intercambiaron palabras mientras se miraban. Hillary comprendió la inevitabilidad del momento. Sabía que se habían estado acercando poco a poco hasta aquel instante desde el día en el que se conocieron en el estudio de Larry. Entre ellos existía una atracción básica, una necesidad imposible de definir que Hillary no se paró a cuestionar cuando él la ayudó a incorporarse. Sin poder contenerse, permitió que él la abrazara.

Los labios de Bret eran cálidos y suaves. La besó lentamente, con creciente presión, utilizando la lengua para separarle los labios mientras la estrechaba entre sus brazos y le aplastaba los senos contra la firmeza de su tórax. Hillary le rodeó el cuello con los brazos y respondió como nunca antes había respondido con ningún otro hombre. A través de la bruma que le nublaba el pensamiento, le pareció que ningún hombre la había besado de aquella manera, que nadie la había abrazado con tanta urgencia. Entonces, todo se desvaneció en la marea de la pasión.

No ofreció resistencia alguna cuando sintió que él la hacía tumbarse sobre el sofá mientras aún la estaba besando. El peso del cuerpo de Bret hundió el de ella en el sofá. Se le colocó entre las piernas, dejando muy claro cuál era su deseo. La boca empezó a recorrer la suavidad de la piel para comenzar haciéndolo con la firme columna del cuello. Hillary experimentó el fuego de una nueva e intemporal necesidad corriéndole por las venas. Sintió los latidos de un corazón, aunque no pudo estar segura si era el suyo o el de él, cuando los labios de Bret le acariciaron la garganta y el rostro antes de poseerle de nuevo la boca con ardiente pasión. Le deslizó la mano bajo el jersey para coparle un seno, que pareció henchirse con sus caricias. Hillary suspiró y se movió bajo él.

Se sentía perdida entre las nieblas del deseo y, movida por los besos y las caricias que él depositaba con tanta destreza sobre su cálido y dispuesto cuerpo, respondía con una pasión que había mantenido oculta hasta aquel momento.

Las manos de Bret comenzaron a recorrer la llanura del vientre de Hillary. Cuando sintió que él empezaba a desabrocharle los pantalones, comenzó a resistirse. Bret no prestó atención alguna a sus protestas y siguió devorándole la boca con la suya y dibujándole un tórrido sendero de pasión sobre la garganta.

—Bret, por favor, no sigas. Tienes que detenerte.

Él levantó la cabeza y la miró a los ojos, que en aquellos momentos parecían enormes por el miedo y el deseo. Bret también tenía la respiración entrecortada y Hillary comprendió que la decisión de detenerse o de seguir adelante no dependía ya de ella.

—Hillary —murmuró él. Entonces, se inclinó sobre ella para volver a reclamarle los labios. Sin embargo, Hillary giró la cabeza y lo empujó.

—No, Bret. He dicho que ya basta.

Cuando se apartó de ella, un largo suspiro se le escapó de los labios. Se puso de pie y sacó un cigarrillo de la pitillera de oro que había dejado sobre la mesa. Hillary se incorporó y se agarró las manos con fuerza sobre el regazo mientras mantenía la cabeza baja para no mirarlo a los ojos.

—Sabía que eras muchas cosas, Hillary —dijo él, tras lanzar una rápida y violenta bocanada de humo—, pero nunca pensé que eras capaz de calentar a un hombre de este modo para dejarlo después con la miel en los labios.

—¡Eso no es cierto! —protestó ella. Rápidamente

levantó la cabeza por la dureza del tono que él había empleado—. Es injusto que digas eso. Sólo porque he parado, porque no he permitido...

Las palabras se le ahogaron en la garganta. Se sentía confusa y avergonzada.

—No eres una niña —replicó él, con una ira que provocó que a Hillary le temblaran los labios—. ¿Cuál suele ser el resultado cuando dos personas se besan de ese modo, cuando una mujer permite a un hombre que la toque así? Tú me deseabas tanto como yo te deseaba a ti. Deja de jugar. Los dos sabíamos que esto ocurriría tarde o temprano. Eres una mujer hecha y derecha. Deja de comportarte como si fueras una niñita inocente.

Aquella afirmación tuvo un resultado inmediato. Un rubor delator cubrió rápidamente las mejillas de Hillary antes de que ella pudiera bajar el rostro para ocultar su incomodidad. Bret la miró boquiabierto. La ira trataba de sobreponerse a la incredulidad.

—Dios Santo... No has estado nunca con un hombre, ¿verdad?

Hillary cerró los ojos. Se sentía tan humillada que lo único que pudo hacer fue mantener un obstinado silencio.

—¿Cómo es posible? —preguntó Bret—. ¿Cómo puede ser que una mujer llegue a la edad de veinticuatro años con un físico como el tuyo y que se mantenga tan pura como la nieve recién caída?

—No me ha resultado muy difícil —musitó ella, con la cabeza baja—. Normalmente no consiento que la situación se me escape tan fácilmente de las manos.

—Tal vez sería mejor que le comunicaras tu inocencia a un hombre antes de que la situación se te escape de las manos —le aconsejó él con un cierto tono cáustico. Entonces, apagó el cigarrillo con más fuerza de la necesaria.

—Tal vez debería pintarme una «V» roja en la frente para que todo el mundo sepa que soy virgen. Así, no habría confusión alguna —le espetó ella, tras levantar la barbilla con gesto desafiante.

—¿Sabes una cosa? Te pones guapísima cuando te enfadas... Ten cuidado o volveré a intentar cambiar tu situación.

—No creo que fueras capaz de forzar a una mujer —replicó ella.

Bret hizo ademán de ponerse la cazadora, pero se detuvo. Se volvió para mirarla y la contempló con ojos entornados mientras la ponía de pie para besarla de nuevo, lo que hizo hasta que el rechazo inicial de Hillary se transformó en un flojo abrazo.

—No cuentes con ello —le dijo tras empujarla suavemente para que volviera a caer al sofá—. Siempre consigo lo que quiero —añadió mientras la miraba lentamente de pies a cabeza, deteniéndose especialmente en los labios, que aún estaban húmedos por sus besos—. No te equivoques. Podría poseerte aquí mismo y sin forzarte, pero...

Se interrumpió para dirigirse hacia la puerta.

—... pero puedo esperar.

IV

Durante las siguientes semanas, las sesiones fotográficas avanzaron sin complicaciones. Larry se mostraba muy entusiasta sobre los progresos que estaban haciendo y le mostró a Hillary un archivo de las fotografías para que ella viera los frutos de su trabajo.

La joven estudió las fotografías con objetividad profesional y admitió que eran excelentes, probablemente uno de los mejores trabajos que Larry y ella habían hecho juntos o por separado. Las fotografías ya estaban empezando a formar un buen estudio sobre las diferentes facetas de la mujer y habían realizado ya la mitad de las que necesitarían para terminar el proyecto. Si todo seguía igual de bien, terminarían mucho antes de lo previsto. Bret estaba pensando en preparar una edición especial, que saldría publicada a principios de la primavera.

Las sesiones proseguirían después del largo fin de semana de Acción de Gracias. Hillary se alegraba de tener algo de tiempo libre, no sólo para descansar, sino para poder separarse del hombre que ocupaba constantemente sus pensamientos e invadía sus sueños.

Después de la velada que pasaron juntos, ella había esperado notar cierta tensión entre ellos, pero Bret la había saludado con tanta normalidad que, de hecho, la joven pensó por un momento que se había imaginado todo lo ocurrido. No hubo mención alguna de la cena que tomaron juntos ni de la escena que se produjo a continuación. Bret volvió con aparente facilidad a su actitud de siempre.

A Hillary no le resultó tan fácil comportarse con indiferencia después de los sentimientos que él había despertado en ella. Sin embargo, logró mostrar una actitud que distaba mucho de reflejar el torbellino interior que sentía.

A pesar de todo, las sesiones fueron avanzando con normalidad. Si Larry se vio obligado a decirle de vez en cuando que no frunciera el ceño, estaba tan preocupado por su trabajo que no vio nada de extraño en ello.

Hillary estaba de pie frente a la ventana de su apartamento. Su estado de ánimo era tan sombrío como la vista que desde allí se veía. El cielo de noviembre mostraba una apariencia plomiza y parecía provocar un deprimente ambiente en la ciudad. Hacía mucho tiempo que las hojas habían abandonado los árboles y éstos mostraban una apariencia triste y desnuda. La hierba había perdido el alegre tono verde de la primavera y parecía una triste y amarilla alfombra. Aquel desolado día encajaba perfectamente con el estado de ánimo de la joven.

De repente, la melancolía se adueñó de ella. Sintió un fuerte deseo de volver a ver los dorados campos de trigo de su tierra natal. Se acercó al equipo de música y puso el disco de Denver. Sin que pudiera evitarlo, se quedó inmóvil al recordar que Bret había estado en aquel mismo espacio que ella estaba ocupando. El recuerdo de la firmeza de su cuerpo y de la intimidad que tan brevemente habían compartido se adueñó de ella y reemplazó rápidamente a la melancolía. En un instante, comprendió que la atracción que sentía por él era mucho más que física. Apretó el botón del equipo y dejó que la suave música llenara el ambiente.

Se recordó que enamorarse no había formado parte de sus planes y que hacerlo de Bret estaba fuera de lugar, ni en aquellos momentos ni nunca. Ese camino sólo la llevaría al desastre y a la humillación. Sin embargo, le resultaba imposible acallar la voz que le decía desde el interior de la cabeza que ya era demasiado tarde. Se sentó en una silla y permitió que la confusión y la depresión la cubrieran como una pesada niebla.

Había llegado muy tarde a casa después de reunirse con Lisa y Mark para celebrar el día de Acción de Gracias. A pesar de que las viandas eran deliciosas, Hillary había ocultado su falta de apetito por su preocupación por mantener la línea. Se había esforzado mucho por esconder su depresión y mostrar una apariencia normal y contenta. Justo cuando terminaba de cerrar la puerta, el teléfono comenzó a sonar.

—¿Sí?

—Hola, Hillary. ¿Has estado fuera de la ciudad?

No había necesidad alguna de que su interlocutor se identificara. Hillary reconoció a Bret inmediatamente. Se alegró mucho de que los fuertes latidos de su corazón no pudieran escucharse al otro lado de la línea telefónica.

—Hola, Bret —respondió ella, tratando de reflejar cierta frialdad en el tono de su voz—. ¿Siempre llamas a tus empleados tan tarde?

—Ya veo que estás algo enfadada —comentó él, impertérrito—. ¿Has pasado un buen día?

—Estupendo —mintió—. Acabo de llegar a casa después de haber cenado con unos amigos. ¿Y tú?

—Maravilloso. Me encanta el pavo.

—¿Has llamado para comparar menús o es que

hay alguna razón? –le espetó. Acababa de imaginárselo con Charlene en un estupendo y elegante restaurante.

–Sí, tengo una razón. Para empezar, se me había
ocurrido brindar por el Día de Acción de Gracias
contigo, si es que aún tienes esa botella de whisky.

–Oh... –susurró ella. La voz se le rompió y el pánico se apoderó de ella. Rápidamente se aclaró la
garganta para poder seguir hablando–. No, quiero
decir sí, claro que tengo la botella de whisky, pero
es muy tarde y...

–¿Tienes miedo?

–Por supuesto que no. Estoy algo cansada. De
hecho, estaba a punto de meterme en la cama.

–¿De verdad? –preguntó él, con un cierto tono
jocoso.

–Sí –replicó ella–. ¿Es que tienes que burlarte
constantemente de mí?

–Lo siento –dijo Bret, aunque su disculpa carecía por completo de convicción–. Es que te tomas
muy en serio las cosas. Muy bien, no beberé de tu
suministro de alcohol... al menos por esta noche.
Nos veremos el lunes, Hillary. Que duermas bien.

–Buenas noches –murmuró ella.

Cuando colgó el teléfono, sintió que el arrepenti-
miento la embargaba. Miró a su alrededor y sintió un
deseo irrefrenable de tenerlo allí, llenando el espacio
con su presencia. Suspiró y se levantó de la silla. Sabía

que no podía llamarlo para invitarle, aunque hubiera sabido dónde ponerse en contacto con él.

«Es mejor así», se dijo. «Es mejor evitarlo cuanto me sea posible. Si voy a tratar de superar la atracción que siento por él, la distancia será mi mejor medicina. Estoy segura de que él puede conseguir lo que quiere en otra parte. Charlene es más de su estilo. Yo nunca podría competir con su sofisticación. Ella probablemente sabe hablar francés y sabe mucho de vinos. Además, seguro que se puede tomar más de una copa de champán sin empezar a decir incoherencias».

El sábado, Hillary se reunió con Lisa para almorzar con la esperanza de que aquella salida pudiera animar su decaimiento. El elegante restaurante estaba abarrotado. Cuando vio a Lisa sentada frente a una de las mesas, la saludó con la mano y se dirigió hacia ella.

—Siento llegar tarde —se disculpó Hillary—. El tráfico era terrible y me costó mucho encontrar un taxi. Se nota que ya se acerca el invierno. Hace mucho frío.

—¿Sí? —preguntó Lisa con una sonrisa—. A mí me parece primavera.

—Aparentemente el amor te ha desequilibrado, pero, aunque te haya afectado al cerebro, ha hecho maravillas con el resto de tu cuerpo. Creo que podrías relucir en la oscuridad.

—Me parece que mis pies no tocan el suelo desde hace semanas —afirmó Lisa—. Supongo que te pone enferma verme flotar de este modo.

—No seas tonta. Me alegra muchísimo verte tan contenta.

Las dos mujeres pidieron su almuerzo y comenzaron a charlar con su habitual camaradería.

—Creo que debería buscarme una amiga con verrugas y nariz ganchuda —comentó Lisa de repente.

—¿Cómo dices?

—Acaba de entrar el hombre más fascinante que he visto en mucho tiempo. Por la atención que me ha prestado a mí, se podría deducir que soy invisible. Está demasiado ocupado observándote a ti.

—Probablemente sólo está buscando a alguien que conoce.

—Ya tiene a alguien que conoce colgada de su brazo como si fuera un apéndice —afirmó Lisa, sin dejar de mirar a la pareja—. Sin embargo, la atención de él está prendada en ti. No, no te vuelvas —le ordenó, cuando Hillary hizo ademán de girar la cabeza—. Dios Santo... Viene hacia aquí... Rápido —susurró—. Muéstrate natural.

—Tú eres la que está medio histérica, Lisa —dijo Hillary, muy tranquila y divertida por la actitud de su amiga.

—Vaya, Hillary, parece que no podemos estar mucho tiempo separados el uno del otro, ¿verdad?

Al escuchar aquella voz, Hillary contempló el rostro atónito de Lisa antes de volverse para encontrarse con la seductora sonrisa de Bret.

—Hola —respondió—. Hola, señorita Mason. Me alegro de volver a verla.

Charlene simplemente asintió. Por la expresión gélida que se reflejaba en sus ojos, resultaba evidente que estaba en completo desacuerdo con la cortesía de Hillary. Se produjo una pequeña pausa. Bret levantó una ceja.

—Lisa MacDonald, Charlene Mason y Bret Bardoff —dijo Hillary, presentándolos a todos al captar la indirecta de Bret.

—¡Oh! ¡Usted es el dueño de la revista *Mode*! —exclamó Lisa, muy emocionada.

—Más o menos.

—Yo soy una ávida lectora de su revista, señor Bardoff —prosiguió Lisa—. Casi no puedo esperar a que salga publicado el reportaje de Hillary. Debe de ser muy emocionante.

—Hasta ahora, ha sido una verdadera experiencia —comentó él mientras se volvía a mirar a Hillary con una enojosa sonrisa en los labios—. ¿No estás de acuerdo conmigo, Hillary?

—Sí, una verdadera experiencia —replicó ella, sin mucho entusiasmo.

—Bret —los interrumpió Charlene—. Creo que es mejor que vayamos a nuestra mesa y dejemos que estas chicas prosigan con su almuerzo.

Miró tanto a Hillary como a Lisa como si las dos no merecieran la pena.

—Me alegro de haberte conocido, Lisa. Ya nos veremos, Hillary.

Bret esbozó su habitual sonrisa, lo que hizo que el corazón de Hillary comenzara a latir de un modo que ya le resultaba familiar. Sin embargo, la joven consiguió murmurar unas palabras de despedida. Entonces, medio atenazada por los nervios, extendió la mano para tomar su taza de té esperando que Lisa no hablara de aquel encuentro.

Lisa permaneció mirando a Bret durante unos instantes.

—¡Vaya! —susurró mirando con intensidad a Hillary—. ¡No me habías dicho que era tan guapo! Cuando me sonrió, me licué literalmente.

—¡Qué vergüenza, Lisa! —exclamó ella fingiendo censurar la actitud de su amiga—. Se supone que tu corazón pertenece ya a otro hombre.

—Así es —afirmó Lisa—, pero sigo siendo una mujer. No me irás a decir que a ti te deja indiferente, ¿no? Nos conocemos las dos demasiado bien.

—Por supuesto que no soy inmune al devastador encanto del señor Bardoff, pero tendré que desarrollar un antídoto para los próximos meses.

—¿No te parece que el interés podría ser mutuo? No se puede decir que a ti te falte el encanto.

—¿Acaso no te has percatado de la pelirroja que se aferraba a él como la hiedra a un muro de piedra?

—Por supuesto que sí —comentó Lisa, con desprecio—. Me dio la sensación de que esperaba que yo me levantara y le hiciera una reverencia. ¿Quién se cree que es? ¿La reina de corazones?

—Es la pareja perfecta para el emperador —murmuró Hillary.

—¿Cómo dices?

—Nada. ¿Has terminado? Vayámonos de aquí.

Hillary se levantó sin esperar una respuesta, recogió su bolso y las dos mujeres se marcharon del restaurante.

El lunes siguiente Hillary fue caminando al trabajo. Al sentir los primeros copos de nieve de la temporada, levantó el rostro. Éstos parecían besar suavemente el rostro de la joven, por lo que ella sintió una fuerte emoción. La nieve le recordaba a su hogar, los paseos en trineo y las batallas de bolas de nieve. Tal fue la emoción que le produjo aquel fenómeno meteorológico que llegó al estudio de Larry tan contenta como una niña.

—Hola, viejo. ¿Cómo te ha ido el puente?

Hillary iba envuelta en un largo abrigo, con un

sombrero de piel a juego bien calado sobre el rostro. Las mejillas y los ojos le brillaban por la combinación del frío y de la emoción, por lo que estaba bellísima.

Larry dejó de ajustar la luz durante un instante para saludarla con una sonrisa.

—Mira lo que acaba de hacer entrar las primeras nieves. Eres un anuncio para las vacaciones invernales.

—Eres incorregible —comentó ella mientras se quitaba el abrigo y el sombrero—. Te imaginas todo enmarcado por un objetivo.

—Deformación profesional. June dice que el ojo que tengo para la fotografía es maravilloso.

—¿June? —preguntó Hillary, muy intrigada.

—Bueno, sí... He estado dándole unas clases de fotografía.

—Entiendo —repuso ella con una cierta ironía.

—Está... Está muy interesada en las cámaras.

—Sí, sí, claro, ya me lo imagino...

—Venga ya, Hillary —musitó Larry. Entonces, comenzó de nuevo a tocar los ajustes de la cámara.

—Tonto, dame un beso —dijo Hillary mientras le abrazaba con fuerza—. Ya sabía yo que tú también podrías hacerlo.

—Venga ya, Hillary... —repitió él. Se desembarazó de ella y miró el reloj—. ¿Qué haces aquí tan temprano? Aún te queda media hora.

—Resulta sorprendente que te hayas dado cuenta

del tiempo —comentó ella—. Pensé que podría echarle un vistazo a las fotografías que ya están reveladas.

—Están ahí —le indicó él señalándole un desordenado escritorio—. Ahora, ve a verlas y déjame terminar.

—Sí, señor.

Hillary se acercó a la mesa y buscó el archivador que contenía todas las fotografías de las que disponían hasta esos instantes. Después de estudiarlas durante unos minutos, sacó una de las instantáneas que se habían tomado en la pista de tenis.

—Quiero una copia de ésta —dijo—. Parezco muy competitiva...

Al no recibir respuesta alguna, miró a Larry y lo vio una vez más totalmente inmerso en su trabajo y ajeno a su presencia.

—Por supuesto que sí, Hillary —se respondió ella misma—. Lo que quieras. Mira qué pose... —añadió sin dejar de imitar a su compañero—. Una forma perfecta y una concentración propia de una campeona. Prepárate, Wimbledon. Los harás pedazos, Hillary... Gracias, Larry. Tanto talento y tanta belleza... Por favor, Larry, me estás avergonzando...

—Encierran a la gente en los manicomios por hablar consigo mismos —le susurró al oído una profunda voz. Hillary se sobresaltó y la fotografía se le cayó de las manos sobre el escritorio—. Y también estás muy nerviosa... Eso es mala señal.

Ella se dio la vuelta y se encontró cara a cara con Bret... De hecho, estaba tan cerca que, instintivamente, dio un paso atrás. Aquel gesto no pasó desapercibido para él porque frunció los labios con una de sus atractivas sonrisas.

—No te acerques a mí de ese modo.

—Lo siento, pero estabas tan absorta por tu diálogo...

De mala gana, Hillary sonrió también.

—Algunas veces Larry se pierde un poco en la conversación, por lo que me veo obligada a ayudarlo —comentó—. Míralo. Ni siquiera sabe que estás aquí.

—Mmm, tal vez debería aprovecharme de su distracción —susurró Bret.

Extendió la mano y agarró un mechón del cabello de Hillary y se lo metió detrás de la oreja. Ella notó enseguida la calidez de sus dedos, lo que provocó que el pulso comenzara a latirle a una alarmante velocidad.

—Oh, hola, Bret. ¿Cuándo has llegado?

Tras escuchar las palabras de Larry, Hillary lanzó un suspiro, sin saber si era por alivio o frustración.

Diciembre fue pasando poco a poco. El progreso que iban haciendo en el proyecto era mucho más avanzado de lo que habían esperado, por lo que parecía que todo estaría terminado definitivamente para antes de Navidad. El contrato que Hillary tenía con Bret llegaba hasta el mes de marzo, por lo que ella no dejaba de especular lo que haría cuando terminara el proyecto y él ya no la necesitara. Existía la posibilidad de que Bret la liberara de sus obligaciones, aunque estaba segura de que no era muy probable. Con toda seguridad no querría que trabajara para ningún otro competidor antes de que su propio proyecto estuviera publicado.

«Tal vez me encontrará alguna otra cosa que hacer durante esos meses», pensó. O tal vez podría estar sin trabajar durante un tiempo. Esto último le apetecía bastante, lo que la sorprendió. Le gustaba mucho su trabajo. Era duro, pero casi nunca resultaba aburrido. Por supuesto que disfrutaba con su trabajo. Era suficiente para ella y tenía la intención de mantenerlo en su vida durante los próximos años. Después de eso, podría retirarse o se tomaría unas largas vacaciones, viajaría... lo que fuera. Entonces, cuando todo estuviera en su lugar, tendría tiempo para encontrar el amor en serio. Hallaría a un hombre agradable, de fiar, con el que pudiera casarse y sentar la cabeza. Aquél era su plan, perfecto y sensato. Sólo que en aquellos momentos, cuando lo pensaba bien, le parecía demasiado frío y aburrido.

Durante la segunda semana de diciembre, el estudio de Larry estuvo mucho más concurrido de lo habitual. Aquella mañana en particular, las voces y los cuerpos se mezclaban en la sala en medio de un encantador caos. En aquella sesión, Hillary iba a compartir protagonismo con un niño de ocho meses, dado que tenía que representar la imagen de una joven madre.

Una pequeña parte de la sala estaba decorada como un salón. Cuando Hillary terminó con la peluquera, vio que Larry estaba muy ocupado comprobando su equipo. Bret estaba trabajando con él, compartiendo ideas sobre la sesión. Al ver que no pudo evitar contemplar su fuerte y esbelto cuerpo, se regañó en silencio.

Decidió dejar a los hombres con sus quehaceres y se dirigió a conocer a la joven madre y al niño que sería su hijo durante unos pocos minutos frente a las cámaras. El parecido que el pequeño tenía con ella la sorprendió y la divirtió al mismo tiempo. Andy, tal y como su madre lo presentó, tenía una mata de pelo tan brillante y tan oscura como el cabello de Hillary. Los ojos del niño, aunque no de un azul tan profundo como el de ella, se asemejaban mucho. Cualquier desconocido daría por sentado que aquel pequeño era su hijo.

—¿Sabes lo difícil que ha sido encontrar a un niño que se parezca a ti? —le preguntó Bret, que acababa de acercarse a ellos. Hillary tenía a Andy sobre el regazo y lo hacía saltar sobre sus rodillas. Al presentir su llegada tanto ella como el pequeño levantaron sus profundos ojos azules para mirarlo—. Cualquiera se quedaría atónito por tanta brillantez. Tal vez deberíais bajar un poco el voltaje.

—¿No te parece precioso? —preguntó Hillary mientras acariciaba suavemente las mejillas del pequeño.

—Es espectacular. Podría ser tuyo.

—Sí, el parecido es sorprendente —admitió ella, con los ojos bajos por el repentino anhelo que le causaron las palabras de Bret—. ¿Estamos listos?

—Sí.

—Muy bien, socio —le dijo al niño mientras se ponía de pie y se lo colocaba sobre la cadera—. Vamos a trabajar.

—Sólo tienes que jugar con él —le instruyó Larry—. Haz lo que te apetezca. Lo que estamos buscando es espontaneidad. Creo que me comprende —añadió, al ver que el pequeño lo miraba muy fijamente.

—Por supuesto —afirmó Hillary—. Es un niño muy inteligente.

—Esperemos que responda bien. Sólo podemos trabajar con niños durante sesiones de pocos minutos.

Se pusieron manos a la obra. Las dos cabezas oscuras se inclinaron la una muy cerca de la otra sobre la zona alfombrada. Mientras Hillary jugaba con los bloques de colores, Andy, lleno de alegría, destruía sus esfuerzos. Muy pronto los dos estuvieron inmersos en el juego y prestaron muy poca atención a los movimientos de Larry o al suave clic de la cámara. Hillary estaba tumbada boca abajo, con los pies en el aire, construyendo torre tras torre para que el niño pudiera demolerla. De repente, el pequeño extendió la mano. Parecía haberlo distraído un mechón del sedoso cabello de Hillary. Lo agarró con sus regordetes dedos y trató de llevárselo a la boca.

Hillary se dio la vuelta y se colocó de espaldas. A continuación, levantó al niño por encima de su cabeza. El pequeño comenzó a reír de alegría ante el nuevo juego. Ella se lo colocó sobre el vientre y, muy pronto, Andy sintió una profunda atracción por los botones de perlas que ella llevaba en la blusa verde claro. La joven observó atentamente la concentración del bebé y comenzó a trazar sus rasgos con la yema de un dedo. Una vez más, sintió una fuerte sensación de anhelo. Levantó al niño una vez más sobre su cuerpo y comenzó a hacer el sonido de un avión mientras lo movía por encima de ella. Andy gritó de felicidad. Hillary se colocó al pequeño de pie sobre el vientre y dejó que el niño saltara al ritmo de su propia música.

Después, se puso de pie con él y lo abrazó con fuerza. De repente, se dio cuenta de que aquello era lo que más deseaba. «Un hijo propio, unos bracitos tan pequeños como éstos alrededor del cuello. Un hijo con el hombre que amo», pensó. Cerró los ojos y se frotó la mejilla contra la de Andy. Cuando volvió a abrirlos, se encontró frente a la intensa mirada de Bret.

Lo observó fijamente durante un instante y, de repente, comprendió que aquél era el hombre que quería, el hombre cuyo hijo deseaba tener entre sus brazos. Llevaba algún tiempo sabiendo la verdad, pero se había negado a reconocerla. En aquellos momentos, no encontró modo alguno de negarla.

El fuerte tirón de pelo que Andy le dio rompió el hechizo. Hillary se dio la vuelta, aturdida por lo que acababa de admitir. Aquello no era lo que había planeado. ¿Cómo podía haber ocurrido? Necesitaba tiempo para pensar, tiempo para solucionar sus cosas. En aquellos momentos, se sentía demasiado confusa.

Cuando Larry marcó por fin la conclusión de la sesión, se sintió profundamente aliviada. Con un gran esfuerzo, Hillary mantuvo su sonrisa a pesar de que, en su interior, temblaba por lo que acababa de descubrir.

—Maravilloso —declaró Larry—. Los dos trabajáis como si fuerais viejos amigos.

En silencio, Hillary corrigió las palabras de su compañero. No era trabajo sino una fantasía. Había estado representando una fantasía, tal vez llevaba la vida entera haciéndolo. Una risa histérica se apoderó de ella, aunque la reprimió con fuerza. No podía permitirse hacer el ridículo en aquellos instantes ni pensar en los sentimientos que la recorrían por dentro.

—Vamos a tardar un rato en estar listos para el siguiente decorado, Hillary —le dijo Larry tras consultar el reloj—. Ve a comer algo antes de cambiarte. Date una hora.

Hillary asintió aliviada ante la perspectiva de poder pasar algo de tiempo sola.

—Yo te acompañaré.

—Oh, no —protestó ella. Rápidamente recogió su abrigo y se dispuso a marcharse con toda rapidez. Bret levantó una ceja—. Quería decir que no te molestes. Seguro que tienes trabajo que hacer. Estoy convencida de que hay algo que te reclama en tu despacho o algo así.

—Sí, mi trabajo nunca cesa —admitió él—, pero, de vez en cuando, tengo que comer.

Bret le quitó el abrigo para ayudarla a ponérselo. Cuando le colocó las manos sobre los hombros, la calidez que emanó de ellas atravesó la gruesa tela y le quemó la piel. Como respuesta, Hillary se tensó. Se sentía muy a la defensiva. Bret pareció notar su reacción, porque puso los dedos muy rígidos y la obligó a darse la vuelta.

—Mi intención no era tomarte a ti para almorzar, Hillary. ¿Es que nunca vas a dejar de sospechar de mí?

Cuando salieron al exterior, las calles estaban limpias de nieve, pero una ligera capa blanca cubría las aceras y los coches que había aparcados. Hillary se sintió atrapada en el coche de Bret, a su lado, mientras él conducía el Mercedes por las calles de Nueva York. Cuando llegaron a Central Park, ella trató de aliviar la tensión y el incesante tamborileo de su corazón.

—Mira, es precioso, ¿verdad? —comentó mientras indicaba las ramas desnudas de los árboles cubiertas de nieve, que relucían como si fueran diamantes—. Me encanta la nieve. Todo parece tan limpio y tan fresco. Hace que todo se parezca...

—¿A tu hogar?

—Sí —admitió ella.

De repente, pensó que, al lado de Bret, su hogar podría estar en cualquier parte. Sin embargo, comprendió que no debía revelar su debilidad. Él nunca debía conocer el amor que la embargaba por dentro y le batía el corazón como los vientos de los tornados que atraviesan Kansas a finales de la primavera.

Siguió hablando sin parar de todos los temas que le vinieron a la cabeza. Así, esperaba que él no pudiera vislumbrar el secreto que guardaba con tanto celo.

—¿Te encuentras bien, Hillary? —le preguntó Bret de repente, cuando ella se tomó un respiro—. Últimamente has estado muy nerviosa...

La miró atentamente y, durante un aterrador instante, Hillary temió que aquellos ojos le penetraran en el pensamiento y leyeran el secreto que albergaba.

—Claro que sí —dijo ella, con voz tranquila—. Sólo estoy muy emocionada por el proyecto. Vamos a terminar muy pronto y la edición de la revista estará en los puestos de periódicos. Estoy deseando ver cómo lo reciben los lectores.

—Si es eso lo único que te preocupa, creo que puedo decirte que la reacción será tremenda. Serás una sensación, Hillary —le aseguró él mientras la miraba durante un instante—. Recibirás ofertas de todas partes. Revistas, televisión, empresas de publicidad... Te aseguro que podrás elegir tus trabajos.

—Oh...

—¿Acaso no te emociona esa posibilidad? —preguntó él, al ver lo tibia que había sido su reacción—. ¿No es eso lo que siempre habías querido?

—Por supuesto que sí —afirmó ella, con más entusiasmo del que sentía—. Tendría que estar loca para no alegrarme y te agradezco mucho la oportunidad que me has dado.

—Ahórrate tu gratitud —replicó Bret, con una

cierta brusquedad—. Este proyecto será el resultado del trabajo en equipo. Lo que saques del proyecto te lo habrás ganado tú sola. Ahora, si no te importa, dime dónde te dejo antes de que yo regrese a mi despacho.

Hillary asintió. Le resultaba imposible comprender lo que ella había dicho para despertar su ira de aquella manera.

La fase final del proyecto estaba en camino. Hillary se cambió en una pequeña habitación del estudio de Larry. Al verse en el espejo, contuvo el aliento. El camisón le había parecido precioso, pero poco inspirado, cuando lo sacó de la caja. En aquellos momentos, se sintió abrumada por su belleza. Era blanco y transparente y parecía flotar alrededor de las esbeltas curvas del cuerpo de Hillary antes de caerle en suaves pliegues hasta los tobillos. Tenía un buen escote, aunque no excesivo, por lo que el abultamiento de sus senos simplemente se adivinaba bajo la tela. Sí. Mientras daba vueltas sobre sí misma, Hillary decidió que era maravilloso.

Poco antes aquel mismo día, había posado con un precioso abrigo de marta. Recordó el suave tacto de la piel contra la barbilla y suspiró. Larry había capturado su primera expresión de delicia y deseo cuando hundió el rostro contra el cuello del abrigo. Sin embargo, Hillary sabía que preferiría tener aquel camisón más que diez abrigos de marta. Tenía algo especial, como si se hubiera creado especialmente para ella.

Salió del improvisado probador y observó cómo Larry había completado el decorado. Aquella vez se había superado. La luz era cálida y suave, como si se tratara de un dormitorio iluminado por velas. Además, había colocado una luz trasera que se parecía a los rayos de la luz de la luna. El efecto final era romántico y sutil.

—Ah, estupendo. Veo que ya estás lista —dijo Larry. Entonces, se tomó un minuto para observarla—. ¡Vaya! Estás preciosa. Todos los hombres que vean tu foto caerán rendidos de amor por ti. Las mujeres, por su parte, soñarán con estar en tu lugar. Algunas veces, sigues sorprendiéndome.

Hillary se echó a reír y se acercó a él justo en el momento en el que se abría la puerta del estudio. Se dio la vuelta y vio que era Bret, con Charlene del brazo. Sus miradas se cruzaron durante un instante antes de que la mirada de él la recorriera lentamente con la intensidad de una caricia física.

Bret se tomó su tiempo en volver a mirarla a la cara.

—Estás extraordinaria, Hillary.

—Gracias —susurró ella. Entonces, se encontró con la gélida mirada de Charlene. El contraste fue como el de una ducha helada, por lo que Hillary deseó de todo corazón que Bret no la hubiera llevado.

—Estamos a punto de empezar —comentó Larry.

—En ese caso, no dejes que os entretengamos —afirmó Bret—. Charlene quería ver el proyecto que me ha mantenido tan ocupado.

Aquellas palabras parecían tener la implicación de que Charlene formaba parte de la vida de Bret, por lo que Hillary sintió que se le caía el alma a los pies. A pesar de todo, decidió sacudirse la depresión que sentía y se recordó que los sentimientos que tenía hacia Bret no eran correspondidos.

—Ponte ahí, Hillary —le indicó Larry. Rápidamente, ella se dirigió al lugar indicado.

La suave luz le dio un delicado brillo a su piel, tan suave como la caricia de un amante. Los focos traseros brillaban a través de la fina tela, resaltando así la silueta de su cuerpo.

—Muy bien —afirmó Larry—. Perfecto —añadió mientras encendía la máquina de viento.

La suave brisa de la máquina le alzó el cabello y provocó que el camisón se le pegara al cuerpo. Larry agarró su cámara y comenzó a hacer fotografías.

—Muy bien —comentó—. Ahora, levántate el cabello. Bien, bien... Los vas a volver locos... Ahora mira directamente a la cámara... Imagínate que es el hombre que amas. Se dirige hacia ti para tomarte entre sus brazos.

Sin que pudiera evitarlo, Hillary miró hacia el lugar del estudio en el que Bret estaba del brazo de Charlene. Su mirada se cruzó con la de él y un profundo temblor le sacudió el cuerpo.

—Vamos, Hillary. Quiero pasión, no pánico —le recriminó Larry—. Vamos, cielo, mira a la cámara.

Hillary tragó saliva y obedeció. Lentamente, permitió que los sueños se adueñaran de ella, permitió que la cámara se convirtiera en Bret. En un Bret que no sólo la mirara con deseo, sino también con amor y necesidad. La estaba abrazando tal y como recordaba. La estaba acariciando suavemente, mientras reclamaba los labios de ella con los suyos y le susurraba las palabras que ella deseaba escuchar.

—Eso es, Hillary.

Perdida en su propio mundo, ella parpadeó y miró a Larry sin comprender.

—Eso ha sido genial. Yo mismo me he enamorado de ti.

Hillary suspiró profundamente y cerró los ojos durante un momento para lograr superar su propia imaginación.

—Supongo que podríamos casarnos y tener camaritas —murmuró ella mientras se dirigía al probador. Sin embargo, las palabras de Charlene impidieron que Hillary siguiera avanzando.

—Bret, ese camisón es simplemente maravilloso, cariño. Me lo puedes conseguir, ¿verdad? —susurraba, con voz seductora.

—¿Mmm? Claro —afirmó él sin dejar de mirar a Hillary—. Si es eso lo que quieres, Charlene...

Hillary se quedó boquiabierta. El regalo que él estaba dispuesto a hacerle a la mujer que había a su lado le hizo más daño del que pudo imaginar. Lo miró fijamente durante unos momentos antes de desaparecer en el probador.

En la intimidad de aquellas cuatro paredes, se apoyó contra la pared para poder enfrentarse al dolor. ¿Cómo podía Bret hacer eso? Aquel camisón era especial, le pertenecía a ella, estaba hecho para cubrir su cuerpo. Cerró los ojos y ahogó un sollozo. Hasta se había imaginado cómo Bret la abrazaba con él puesto, cómo la amaba y... se lo iba a dar a Charlene. La miraría con los ojos llenos de deseo y le acariciaría el cuerpo a través de aquella vaporosa suavidad. En aquel momento, una terrible ira comenzó a reemplazar al dolor. Si aquello era lo que Bret quería, era muy dueño de hacerlo. Se despojó de la suave blancura del camisón y se vistió.

Cuando salió del probador, Bret estaba solo en el estudio, sentado tras el escritorio de Larry. Hillary hizo acopio de todo su orgullo y se dirigió hacia él. Entonces, depositó la caja con el camisón sobre el escritorio.

—Para tu amiga. Supongo que primero querrás llevarlo a la tintorería.

A continuación, se dio la vuelta para marcharse con tanta dignidad como le fuera posible. Sin embargo, Bret la agarró por la muñeca y se lo impidió.

—¿Qué es lo que te pasa, Hillary? —le preguntó tras ponerse de pie.

—¿Que qué me pasa? —repitió ella—. ¿A qué te refieres?

—Venga ya, Hillary. Estás disgustada y quiero saber por qué.

—¿Disgustada? —replicó ella. Entonces, tiró de la mano y trató de soltarse, pero le fue imposible—. Si estoy disgustada es asunto mío. En mi contrato no consta que tenga que explicarte a ti mis sentimientos.

—Dime qué te pasa —insistió Bret. Le soltó la mano, pero simplemente para agarrarla con fuerza por los hombros.

—¿Quieres que te diga lo que me pasa? Pues te lo diré —le espetó—. Te presentas aquí con tu amiga pelirroja y le entregas este camisón porque ella se ha encaprichado de él. Esa mujer agita las pestañas y dice la palabra exacta y tú le das todo lo que quiere.

—¿Y a eso viene todo esto? ¡Dios Santo, mujer! —exclamó él, exasperado—. Si quieres ese maldito camisón te conseguiré uno.

—No me trates como si fuera una niña —rugió ella—. No puedes comprar mi buen humor con tus baratijas. Guárdate tu generosidad para alguien que te la agradezca y suéltame.

—No te vas a marchar a ninguna parte hasta que te calmes y lleguemos a la raíz del problema.

De repente, los ojos de Hillary se llenaron de unas lágrimas incontrolables.

—No lo comprendes —susurró ella mientras las lágrimas le rodaban por las mejillas—. No comprendes nada...

—¡Basta ya! —exclamó Bret. Entonces, comenzó a secarle las lágrimas con la mano—. No puedo soportar las lágrimas... Basta ya, Hillary. No llores así.

—Sólo sé llorar de este modo...

—No sé a qué se debe todo esto. ¡No creo que un camisón merezca esta escenita! Toma, llévatelo... Evidentemente, es muy importante para ti —dijo. Tomó la caja y se la extendió para que ella la agarrara—. Charlene tiene muchos camisones...

Aquellas palabras, en vez de alegrar a Hillary, tuvieron precisamente el efecto opuesto.

—No lo quiero. Ni siquiera quiero volver a verlo —gritó, con la voz ronca por las lágrimas—. Espero que tu amante y tú lo disfrutéis mucho.

Con eso, se dio la vuelta, agarró el abrigo y salió corriendo del estudio con sorprendente velocidad.

En el exterior, se quedó inmóvil en la acera, pataleando sobre ella. «¡Estúpida!», se dijo. Efectivamente, sentía que era una estupidez mostrar tanto apego por un trozo de tela, pero mucho menos que hacerlo con un hombre arrogante y sin sentimientos cuyos intereses estaban en otra parte. Cuando vio un taxi dio un paso al frente para detenerlo, pero, de repente, notó que alguien la obligaba a darse la vuelta.

—Ya me he hartado de tus rabietas, Hillary. No pienso consentir que me dejes con la palabra en la boca —le espetó, en voz baja y muy peligrosa. Sin embargo, Hillary levantó la cabeza y lo miró directamente a los ojos.

—No tenemos nada más que decirnos.

—Tenemos muchas más cosas que decirnos.

—No espero que lo comprendas —replicó ella con exagerada paciencia, como si estuviera hablando a un niño—. Sólo eres un hombre.

Bret contuvo el aliento y dio un paso más para acercarse a ella.

—En una cosa tienes razón. Soy un hombre...

Entonces, la tomó entre sus brazos y le atacó la boca con un fiero beso que la obligó a abrir los labios para satisfacer lo que Bret demandaba. El mundo dejó de existir más allá de las caricias que él le proporcionaba. Los dos permanecieron juntos, sin prestar atención alguna a la gente que pasaba por la acera.

Cuando Bret la soltó por fin, Hillary dio un paso atrás. Tenía la respiración entrecortada.

—Ahora que ya me has demostrado tu masculinidad, tengo que marcharme.

—Vuelve al estudio. Terminaremos nuestra conversación.

—Nuestra conversación ha terminado ya.

—No del todo...

Bret comenzó a llevarla de nuevo hacia el estudio. Hillary comprendió que no podía estar a solas con él en aquellos instantes. Se sentía demasiado vulnerable. Él podría ver demasiado muy fácilmente.

—Mira, Bret —dijo, orgullosa de la tranquilidad de su voz—. No quiero montar una escena, pero si sigues jugando al hombre de las cavernas me veré obligada a gritar. Y te aseguro que soy capaz de gritar muy alto.

—No, no vas a gritar.

—Sí —replicó ella—. Claro que voy a gritar.

—Hillary, tenemos cosas que aclarar.

—Bret, todo esto se nos ha ido de las manos —observó ella, tratando de no prestar atención alguna a la debilidad que sentía en las piernas—. Los dos hemos tenido nuestra salida de tono... Dejémoslo así. Además, todo ha sido una tontería...

—A ti no te lo pareció en el estudio.

—Por favor, Bret, déjalo estar —insistió ella, sa-

biendo que estaba utilizando su última oportunidad–. Todos mostramos nuestro temperamento en
ocasiones.

–Muy bien –accedió él, tras una pequeña pausa–.
Lo dejaremos estar por el momento.

Hillary suspiró. Sentía que, si se quedaba al lado
de Bret más tiempo, corría el riesgo de aceptar
todo lo que él le dijera. De soslayo, vio que se acercaba un taxi y rápidamente se llevó los dedos a la
boca para detenerlo con un silbido.

Bret sonrió.

–Nunca dejas de sorprenderme.

La respuesta de Hillary quedó oculta por el
ruido que ella hizo al cerrar de golpe la puerta del
taxi.

V

La Navidad se acercaba y la ciudad lucía sus mejores galas. Hillary observaba desde la ventana de su apartamento cómo los automóviles y las personas bullían por las calles brillantemente iluminadas. La nieve caía con suavidad, lo que acrecentaba un poco más el espíritu navideño que ella sentía. Los enormes copos caían sobre la tierra como las blancas plumas de una almohada gigante.

Habían completado el proyecto, por lo que había visto muy poco a Bret en los últimos días. Comprendió que cada vez lo vería menos, por lo que una cierta tristeza oscureció su buen humor. Como su parte dentro del proyecto había finalizado, ya no habría contacto diario ni encuentros inesperados.

Suspiró y sacudió la cabeza. «Me marcho a casa mañana», se recordó. «A casa por Navidad».

Aquello era precisamente lo que necesitaba. Un
completo cambio de ambiente. Aquellos diez días
la ayudarían a sanar las heridas de su corazón y le
darían tiempo para volver a pensar en sus planes
para el futuro, que en aquellos momentos parecía
aburrido e insatisfactorio.

El timbre de la puerta la sacó de sus pensamientos.

—¿Quién es? —preguntó mientras colocaba la
mano sobre el pomo.

—Santa Claus.

—¿Bret? —tartamudeó, incrédula—. ¿Eres tú?

—Veo que no te puedo engañar, ¿verdad? Bueno
—añadió, tras una pequeña pausa—, ¿me vas a dejar entrar o tenemos que hablar a través de la puerta?

—Oh, lo siento.

Hillary retiró el pestillo de la cerradura y abrió
la puerta. Entonces, vio que el esbelto cuerpo de
Bret estaba apoyado de modo casual contra el
marco de la puerta.

—Veo que ahora cierras con llave —afirmó. Observó atentamente la bata de color perla que ella
llevaba puesta antes de volver a mirarle el rostro—.
¿Vas a invitarme a entrar?

—Oh, claro —dijo ella. Se hizo a un lado tratando
desesperadamente de buscar la compostura perdida—.
Yo... Creía que Santa bajaba por la chimenea.

–Éste no –comentó él mientras se quitaba el abrigo–. Me vendría muy bien una copa de tu famoso whisky. Hace mucho frío ahí fuera.

–Ahora sí que estoy completamente desilusionada. Yo creía que Santa se alimentaba de galletas y leche.

–Si es la mitad de hombre de lo que yo creo, estoy seguro de que tiene una petaca escondida en ese traje rojo que lleva.

–Cínico –le acusó ella. Entonces, se retiró a la cocina, donde encontró mucho más fácilmente el whisky. A continuación, le sirvió un poco en un vaso.

–Muy profesional –comentó Bret, que la observaba desde la puerta–. ¿No me vas a acompañar para que brindemos juntos por estas fiestas?

–Oh, no. Esto sabe como el jabón con el que me lavaron la boca una vez.

–No pienso preguntarte por qué tuvieron que lavarte la boca –afirmó él, tras tomar el vaso que ella le ofrecía.

–Tampoco te lo iba a contar –replicó ella con una sonrisa.

–Bueno, toma otra cosa. No me gusta beber solo.

Hillary abrió el frigorífico y sacó una jarra de zumo de naranja.

–Veo que vives muy peligrosamente –observó él.

Hillary levantó el vaso de zumo que se acababa de servir a modo de brindis. Entonces, los dos regresaron al salón.

—Me han dicho que te marchas a Kansas por la mañana —dijo él mientras se sentaba en el sofá. Hillary, por su parte, se sentó enfrente de él, en una butaca.

—Así es. Estaré en casa hasta el día después de Año Nuevo.

—En ese caso, te deseo una Feliz Navidad y un Próspero Año Nuevo por anticipado. Pensaré en ti cuando el reloj dé las doce campanadas.

—Estoy segura de que estarás demasiado ocupado para pensar en mí —replicó ella.

—Bueno, creo que podré encontrar un minuto libre —repuso él, con una sonrisa—. Ahora, tengo algo para ti, Hillary...

Se levantó y fue por su abrigo. Entonces, sacó un pequeño paquete del bolsillo. Hillary lo observó sin saber qué decir y luego levantó los ojos para mirar a Bret.

—Oh, pero... No creía que... Es decir... Yo no tengo nada para ti.

—¿No? —preguntó él haciendo que el rubor tiñera las mejillas de Hillary.

—Bret, no puedo aceptarlo. No me parece bien...

—Considéralo regalo del emperador a uno de sus súbditos —insistió Bret. Le quitó el vaso de zumo de la mano y se lo sustituyó por el paquete.

—Veo que tienes buena memoria —dijo ella, con una sonrisa.

—Como la de un elefante. Venga, ábrelo. Sabes que te mueres de ganas de hacerlo.

Hillary miró fijamente el paquete y suspiró.

—Nunca me he podido resistir a nada que vaya envuelto en papel navideño.

Rasgó el elegante envoltorio y abrió la caja. Al ver lo que había en su interior, contuvo el aliento. Eran unos pendientes de zafiros, que parecían parpadear desde el interior aterciopelado del estuche.

—Me recordaron a tus ojos, azules, brillantes y exquisitos. Me pareció un crimen que le pertenecieran a otra mujer.

—Son muy bonitos. Muy bonitos, de verdad —murmuró ella—, pero no tendrías que haberme comprado nada. Yo...

—A pesar de que no debería haberlo hecho, te alegras de que haya sido así —afirmó él.

—Sí, así es. Ha sido un gesto muy hermoso. No sé cómo darte las gracias.

—Yo sí... —afirmó él. Entonces, hizo que Hillary se levantara de la butaca y la rodeó con sus brazos—. Esto servirá perfectamente.

Los labios de Bret rozaron los de ella. Tras un momento de duda, la joven respondió, aunque se decía que sólo era para mostrarle su gratitud por el regalo. A medida que el beso fue durando un poco más, se olvidó de la gratitud. Cuando Bret apartó la boca, Hillary, como presa de un sueño, trató de apartarse del cálido círculo de sus brazos.

—Hay dos pendientes, cielo...

Una vez más, la boca de él afirmó su posesión, en aquella ocasión con más insistencia. El cuerpo de Hillary pareció fundirse con el de Bret. Le rodeó el cuello con los brazos y le enredó los dedos entre el pelo. Estaba perdida en un mundo de sensaciones en el que la única realidad era el tacto de la boca de Bret contra la suya y el modo en el que su firme cuerpo se fundía con la suavidad del de ella.

Cuando por fin separaron los labios, Bret la miró con los ojos oscurecidos por la emoción.

—Es una pena que sólo tengas dos orejas —dijo con voz ronca. Entonces, se dispuso a besarla una vez más.

Hillary apoyó la frente contra el pecho de él y trató de recuperar el aliento.

—Por favor, Bret —susurró tras colocarle las manos sobre los hombros—. No puedo pensar cuando me besas.

—¿No? —susurró él. Suavemente, le revolvía el cabello con los labios—. Es muy interesante —añadió. Entonces, le colocó la mano sobre la barbilla y la obligó a mirarlo—. ¿Sabes una cosa, Hillary? Acabas de admitir algo muy peligroso. Me veo tentado a aprovecharme de la ventaja que tengo... Sin embargo, esta vez no lo haré.

Cuando la soltó, Hillary tuvo que contener el impulso que la llevaba hasta él. Bret se acercó a la mesa, se terminó el whisky y se puso el abrigo. Entonces, desde la puerta, se volvió y le dedicó una de sus encantadoras sonrisas.

—Feliz Navidad, Hillary.

—Feliz Navidad, Bret —susurró ella justo cuando la puerta se cerraba tras él.

El aire era fresco y vivificante. Llevaba el limpio y puro aroma de su hogar. El cielo era de un azul brillante y estaba completamente despejado de nubes. Hillary se acercó a la granja y, durante un momento, se dejó llevar por los recuerdos.

—Tom, ¿por qué has dado toda la vuelta? —preguntó Sarah Baxter desde la cocina. Entonces, salió al porche mientras se limpiaba las manos en el blanco delantal—. Hillary... —susurró, al ver a su hija—. ¡Qué sorpresa!

Hillary echó a correr y abrazó a su madre.

—Oh, mamá, me alegro tanto de estar en casa...

Si su madre notó el tono de desesperación que había en las palabras de Hillary, no hizo comentario alguno. Se limitó a devolverle el abrazo con idéntico afecto. A continuación, dio un paso atrás y observó a Hillary con el ojo crítico de una madre.

—Te vendría muy bien engordar un poco.

—Vaya, vaya, mira lo que nos ha traído el viento desde la ciudad de Nueva York...

Tom Baxter se acercó a ellas y abrazó con fuerza a Hillary. Ella respiró profundamente y gozó con el aroma a heno fresco y a caballos que se aferraba a la piel de su padre.

—Deja que te mire —comentó él, realizando la misma inspección que su esposa—. ¡Qué hermosa estás! Menudo tesoro tenemos aquí, ¿verdad, Sarah? —añadió, dirigiéndose a la madre.

Algo más tarde, Hillary se reunió con su madre en la enorme cocina. Las cazuelas hervían sobre el fogón y llenaban el aire de un aroma irresistible. Hillary dejó que su madre le hablara de sus hermanos y de las familias de éstos y trató de contener el profundo anhelo que bullía dentro de ella.

Inconscientemente, se tocó las piedras azules que llevaba en las orejas. La imagen de Bret se apoderó de su pensamiento con tanta fuerza que casi le pareció que podía tocarlo. Apartó el rostro, esperando que la atenta mirada de su madre no se percatara de las lágrimas que le habían acudido de repente a los ojos.

En la mañana del día de Navidad, Hillary se despertó con el sol, pero se mostró algo perezosa para levantarse de la cama de su infancia. La noche anterior se había acostado muy tarde, pero no había conseguido dormir. Había estado dando vueltas entre las sábanas hasta altas horas de la madrugada. Bret se le colaba en el pensamiento por mucho que tratara de mantenerlo alejado de ella. Su imagen le rompía las defensas como una piedra hacía con el cristal. Para su desesperación, ardía en deseos de estar cerca de él, con una necesidad que vibraba profundamente en su interior. Sin dejar de mirar el techo, se dio cuenta de que no había nada que pudiera hacer. «Lo amo. Lo amo y lo odio por no ser correspondida. Sé que me desea... Eso no se ha molestado en ocultarlo, pero el deseo no es amor... ¿Cómo ha podido ocurrir esto? ¿Dónde están mis defensas?» Mentalmente, trató de enumerar todas sus faltas para así tratar de encontrar una vía de escape en su solitaria prisión. «Es arrogante, con mal genio, exigente y demasiado seguro de sí mismo. ¿Por qué nada de eso tiene importancia para mí? ¿Por qué no puedo dejar de pensar en él ni cinco minutos?»

Se recordó que era Navidad. ¡No pensaba consentir que Bret le estropeara también aquel día!

Se incorporó y apartó el edredón de la cama. Entonces, se puso una bata y salió corriendo del dormitorio. La casa ya se estaba desperezando. La actividad hacía que, poco a poco, desapareciera la tranquilidad de la noche. Durante la siguiente hora, la escena alrededor del árbol de Navidad estuvo llena de alegría, de exclamaciones de regocijo por los regalos recibidos y del intercambio de besos y abrazos.

Más tarde, Hillary salió al exterior. La fina capa de escarcha crujió bajo las botas que llevaba puestas. Se envolvió con la chaqueta de su padre para combatir el frío. El aire sabía a invierno y la tranquilidad parecía colgar del cielo como una suave cortina. Se dirigió al granero, donde estaba su padre y, automáticamente, se puso a medir grano. Sus gestos eran muy naturales. La rutina del trabajo diario había regresado a ella como si hubiera realizado las mismas tareas el día anterior.

—Después de todo, no eres más que una jornalera, ¿eh? —bromeó su padre.

—Sí, creo que sí.

—Hillary —susurró él cuando notó la tristeza que cubría los ojos de su hija—. ¿Qué te pasa?

—No lo sé —suspiró ella—. Algunas veces Nueva York me parece tan lleno de gente... Me siento encerrada.

—Pensábamos que eras feliz allí.

—Lo era... Lo soy... Es un lugar muy emocionante y lleno de muchas clases diferentes de personas —le dijo a su padre—, pero, algunas veces, echo de menos la tranquilidad, la paz, los espacios abiertos... No me hagas caso. Es una tontería —añadió, mientras seguía midiendo el grano—. Últimamente he sentido algo de añoranza, eso es todo. El proyecto que acabo de terminar era fascinante, pero me ha exigido mucho...

—Hillary, si no eres feliz, si hay algo que te preocupa, quiero ayudarte.

Durante un instante deseó apoyarse sobre el hombro de su padre y contarle todas sus dudas y frustraciones, pero, ¿de qué serviría hacerle llevar a él también aquella carga? ¿Qué podría hacer su padre sobre el hecho de que ella amaba a un hombre que sólo la consideraba una diversión temporal, un bien de mercado para poder vender más revistas? ¿Cómo podía explicarle que estaba triste porque había conocido a un hombre que le había robado el corazón para rompérselo en mil pedazos sin esfuerzo alguno? Sacudió la cabeza y le dedicó una sonrisa a su progenitor.

—No es nada. Supongo que sólo es un poco de agotamiento tras haber terminado el proyecto «Depresión posfotográfica». Voy a dar de comer a las gallinas.

Muy pronto, la casa se llenó de gente. El eco de las voces, de las risas y de los sonidos de los niños resonó en la granja. Las tareas familiares y el afecto sincero la ayudaron a olvidarse temporalmente del vacío que seguía obsesionándola.

Cuando, al final de la jornada, sólo quedó el silencio, Hillary permaneció sola en el salón. No deseaba buscar la comodidad de su dormitorio. Se acurrucó en un sillón y observó las luces del árbol. Sin poder evitarlo, comenzó a especular sobre cómo habría pasado Bret aquel día festivo. Tal vez habría estado a solas con Charlene o los dos habrían asistido a una fiesta en el club de campo. Seguramente en aquellos momentos, los dos estaban sentados delante de un buen fuego. Charlene estaría entre los brazos de Bret, ataviada con aquel hermoso camisón...

Sintió un dolor tan fuerte como el que habría causado la punta de una flecha. Inmediatamente, se vio envuelta por una tortuosa combinación de celos y desesperación. Sin embargo, no consiguió borrar la imagen de su pensamiento...

Los días de asueto pasaron muy rápidamente. Hillary disfrutó mucho, inmersa en una rutina que agradeció profundamente. El viento de Kansas consiguió llevarse una parte de su depresión. Dio largos paseos a solas, en los que contempló las onduladas colinas y los sembrados de trigo invernal.

Sabía que la gente de la ciudad nunca comprendería aquello. Extendió los brazos y giró sobre sí misma. En sus elegantes apartamentos, ellos nunca sentirían la alegría por formar parte de la tierra. La tierra. Examinó su infinidad con ojos maravillados. La tierra era indomable. La tierra era eterna. Allí habían habitado indios, pioneros y granjeros. Iban y venían, vivían y morían, pero la tierra permanecía. Cuando ella misma hubiera desaparecido y otra generación hubiera nacido, el trigo seguiría ondeándose bajo el brillante sol del estío. La tierra les daba lo que necesitaban, era rica y fértil y entregaba al hombre kilos y kilos de trigo un año tras otro pidiendo a cambio sólo su honrado trabajo.

«Adoro esto», pensó. «Adoro el tacto de la tierra en mis manos y bajo mis pies desnudos en los días de verano. Adoro su rico y limpio aroma. Supongo que, a pesar de toda la sofisticación que he adquirido, sigo siendo una chica de campo», reflexionó. Poco a poco, fue regresando hacia la casa. «¿Qué voy a hacer al respecto? Tengo una carrera, un hogar en Nueva York. Tengo veinticuatro años. No puedo arrojar la toalla y regresar a la granja. No. Debo regresar y hacer lo que mejor sé hacer». Con firmeza, se negó a escuchar la vocecilla que afirmaba que su decisión se había visto influida por otro residente de Nueva York.

Justo cuando entraba en la casa, el teléfono comenzó a sonar. Lo contestó mientras se quitaba el abrigo.

–¿Sí?

–Hola, Hillary.

–¿Bret? –preguntó ella. No sabía que se pudiera

experimentar un dolor tan agudo con tan sólo escuchar una voz.

—Muy bien —contestó él, con su habitual tono jocoso—. ¿Cómo estás tú?

—Bien, estoy bien. Yo... yo no esperaba tener noticias tuyas. ¿Hay algún problema?

—¿Problema? No, al menos ninguno que sea permanente. Pensé que tal vez necesitaras que alguien te recordara Nueva York. No queremos que se te olvide que tienes que regresar.

—No, no se me ha olvidado —afirmó ella. Entonces, trató de encontrar un tono vagamente profesional para su voz—. ¿Tienes algo en mente para mí?

—¿En mente? Bueno, podríamos decir que tengo un par de cosas en mente... ¿Acaso tienes ganas de volver al trabajo?

—Oh... Sí, sí, claro que sí. No quiero oxidarme.

—Entiendo. En ese caso veremos lo que puedo hacer por ti cuando regreses. Sería una estupidez no utilizar tus talentos.

—Estoy segura de que se te ocurrirá algo ventajoso para los dos —afirmó ella, tratando de imitar el tono profesional de Bret.

—Mmm... ¿Vas a regresar para el fin de semana?

—Sí, el día dos.

—Me mantendré en contacto. Mantén tu agenda libre de compromisos. Te volveremos a poner delante de una cámara, si es eso lo que deseas.

—Muy bien. Yo... bueno, gracias por llamar.

—El gusto ha sido mío. Nos veremos cuando regreses.

—Sí. Bret... —dijo, tratando de encontrar algo más que decir. Quería aferrarse a aquel pequeño contacto, tal vez sólo para oír cómo decía su nombre una vez más.

—¿Sí?

—Nada, nada —respondió. Cerró los ojos y maldijo su falta de imaginación—. Esperaré a tener noticias tuyas.

—Muy bien —repuso él. Entonces, se detuvo un instante. Cuando volvió a hablar, su voz era mucho más suave—. Que te diviertas mucho, Hillary.

VI

Lo primero que Hillary hizo cuando regresó a su apartamento de Nueva York fue llamar a Larry. Cuando escuchó una voz femenina, dudó y se disculpó.

—Lo siento, debo de haberme equivocado de número.

—¿Hillary? —le preguntó la mujer—. Soy June.

—¿June? —repitió ella, confusa—. ¿Cómo estás? ¿Cómo has pasado las fiestas? —añadió, rápidamente.

—La respuesta a ambas preguntas es muy bien. Larry me dijo que tú te marchaste a casa de tus padres. ¿Te lo pasaste bien?

—Sí. Siempre resulta muy agradable regresar a mi hogar.

—Espera un momento. Voy a llamar a Larry.

—Oh, bueno, yo no...

La voz de Larry interrumpió sus protestas. Hillary se disculpó inmediatamente y le dijo que llamaría más tarde.

—No seas tonta, Hillary. June sólo está ayudándome a ordenar mis viejas revistas de fotografía.

A Hillary se le ocurrió que la relación de Larry y June debía de estar progresando a la velocidad de la luz para que Larry le permitiera a la joven tocar sus valiosas revistas.

—Sólo quería que supieras que ya he regresado —dijo ella—. Por si surge algo...

—Mmm, bueno, supongo que deberías ponerte en contacto con Bret —contestó Larry—. Aún sigues contratada por él. ¿Por qué no lo llamas?

—Creo que no debo preocuparme al respecto —comentó ella, tratando de mantener un tono casual—. Le dije que regresaría después de Año Nuevo. Él ya sabe dónde encontrarme.

Pasaron varios días antes de que Bret se pusiera en contacto con Hillary. Ella pasó gran parte de ese tiempo en su casa a causa de la nieve, que parecía caer incesantemente sobre la ciudad. Aquel confinamiento, después de regresar de los espacios abiertos de Kansas, causó estragos en sus nervios. No hacía más que observar desde la ventana las aceras cubiertas de nieve.

Una tarde, justo cuando el cielo dejaba caer el regalo poco bienvenido de la lluvia, Lisa llamó para cenar y pasar unas horas en compañía de Hillary. De pie en la cocina, estaba preparando un cogollo de lechuga cuando sonó el teléfono. Como tenía las manos mojadas, le pidió a Lisa que contestara.

Lisa lo hizo con un tono de voz muy formal.

—Residencia de la señorita Hillary Baxter. Lisa MacDonald al aparato. La señorita Baxter se pondrá a hablar con usted en cuanto se limpie las manos de la lechuga.

—Lisa —comentó Hillary, entre risas, mientras se dirigía corriendo al salón—. No puedo dejar que hagas nada.

—No importa —anunció ella mientras le extendía el teléfono—. Sólo se trata de una voz masculina increíblemente sensual.

—Gracias. Vete a la cocina —le ordenó Hillary. Rápidamente agarró el teléfono—. Hola, no le hagas caso a mi amiga. Está loca —dijo, sin saber quién estaba al otro lado de la línea.

—Al contrario. Es la conversación más interesante que he tenido en todo el día.

—¿Bret?

—Lo has adivinado a la primera. Bienvenida a la jungla de asfalto, Hillary. ¿Cómo te fue en Kansas?

—Muy bien —susurró ella—. Muy bien...

—Vaya, qué comentario más esclarecedor. ¿Disfrutaste de las Navidades?

—Sí, mucho. ¿Y tú? —le preguntó, tratando de recobrar la compostura—. ¿Has pasado buenas fiestas?

—Maravillosas, aunque estoy seguro de que las mías han sido mucho más tranquilas que las tuyas.

—Supongo que diferentes —replicó ella, enojada sin saber por qué.

—Bueno, todo eso forma ya parte del pasado. En realidad, te llamo por el próximo fin de semana.

—¿Fin de semana? —repitió Hillary.

—Sí. Se trata de una escapada a las montañas.

—¿A las montañas?

—Pareces un loro —bromeó él—. ¿Tienes algo importante planeado desde el viernes hasta el domingo?

—Bueno, yo... No, es decir, nada demasiado importante...

—Bien. ¿Has ido alguna vez a esquiar?

—¿En Kansas? —replicó ella, algo más tranquila—. Creo que las montañas son esenciales para practicar el esquí.

—Efectivamente. Bueno, no importa. Se me había ocurrido una idea para unas fotografías. Me había imaginado una hermosa dama jugueteando en la nieve. Tengo una casa en los Adirondacks, cerca del lago George. Sería un fondo muy hermoso. Así, podremos combinar los negocios con el placer.

–¿Podremos?

–No hay necesidad de alarmarse –le aseguró él, con cierta sorna–. No te voy a secuestrar para llevarte a la naturaleza salvaje y seducirte allí, aunque la idea tiene posibilidades interesantes –añadió, con una carcajada–. Siento que te estás sonrojando al otro lado de la línea telefónica...

–Muy gracioso –repuso ella. La enojaba que pudiera descifrar sus reacciones tan fácilmente–. De hecho, estoy empezando a recordar un compromiso muy urgente para el fin de semana, así que...

–Un momento, Hillary. Recuerda que aún te tengo contratada. Mis derechos sobre ti duran aún un par de meses. Tú querías volver a trabajar y yo te estoy dando una oportunidad.

–Sí, pero...

–Léete la letra pequeña si quieres, pero mantén libre el fin de semana. Y relájate. Estarás bien protegida contra mis intentos de seducción. Larry y June van a venir con nosotros y Bud Lewis, mi director artístico, se reunirá con nosotros algo más tarde.

–Oh –respondió ella. No sabía si sentirse aliviada o desilusionada.

–Yo, la revista, te proporcionaremos el equipo adecuado para la nieve. Te recogeré a las siete y media de la mañana del viernes. Espero que estés lista y preparada.

–Sí, pero...

Hillary miró el auricular con una mezcla de enojo y anticipación. Bret había colgado. No le había dado la oportunidad de hacerle preguntas ni de formular una excusa razonable para declinar su oferta. Dejó el teléfono y se dio la vuelta, para encontrarse con el rostro de Lisa, que la interrogaba con la mirada.

—¿Qué era todo eso? Pareces completamente atónita —le dijo su amiga.

—Me marcho este fin de semana a las montañas.

—¿A las montañas? ¿Con el dueño de esa voz tan fascinante?

—Se trata sólo de un reportaje —respondió ella, tratando de mantener un tono casual de voz—. Era Bret Bardoff. Habrá muchos proyectos más —añadió.

El viernes por la mañana amaneció frío y soleado. Hillary había preparado su maleta y estaba lista, tal y como se le había ordenado. Estaba tomándose una taza de té cuando sonó el timbre.

—Buenos días, Hillary —le dijo Bret en cuanto abrió la puerta—. ¿Estás lista para enfrentarte a la naturaleza salvaje?

Él parecía bastante capaz de hacerlo con el atuendo que llevaba puesto: una pelliza, unos pantalones de pana y unas pesadas botas. En aquel momento, tenía un aspecto rudo y atractivo. Ya no era el frío y calculador hombre de negocios a quien ella se había acostumbrado. Hillary se agarró con fuerza al pomo de la puerta y trató de mantener una apariencia tranquila cuando lo invitó a pasar.

Tras asegurarle que estaba lista, se dirigió a la cocina para dejar la taza vacía y tomó su abrigo. Se lo puso sobre el jersey y los vaqueros que llevaba puestos y luego se colocó un gorro de esquí sobre la cabeza. Bret la observaba en silencio.

—Estoy lista —dijo. De repente, fue consciente del intenso escrutinio al que él la estaba sometiendo. Presa de los nervios, se humedeció los labios con la lengua—. ¿Nos vamos?

Bret asintió con la cabeza y se inclinó para tomar la maleta que ella tenía preparada junto al sofá. Entonces, con una sonrisa en los labios, le tomó la mano y la condujo hacia la puerta.

Muy pronto abandonaron la ciudad. Bret dirigió el Mercedes hacia el norte. Condujo rápida y hábilmente a lo largo del Hudson y mantuvo con ella una conversación casual. Hillary se relajó rápidamente en el cálido interior del coche y se olvidó de la habitual inhibición que sentía al entrar en contacto con el hombre que despertaba tan fácilmente sus sentidos. Entonces, se quitó el gorro y sacudió la cabeza para soltar su larga y rica melena.

—Hay mucho más en Nueva York que rascacielos

—dijo él, después de informarle que aún seguían en el área de la Gran Manzana—. Montañas, valles, bosques...Tiene un poco de todo. Supongo que ya iba siendo hora de que cambiaras tu impresión sobre esta ciudad.

—Nunca había pensado que Nueva York fuera algo más que un lugar en el que trabajar —admitió ella—. Ruidoso, ajetreado y muy emocionante aunque a veces resulte agotador. Es una ciudad que siempre parece estar moviéndose y que nunca duerme. Por eso, el valor del silencio de mi hogar es mucho más precioso.

—Kansas sigue siendo tu hogar, ¿verdad? —afirmó él, aunque parecía estar pensando en otra cosa. Su expresión se centraba en la carretera que tenía delante. Hillary frunció el ceño al sentir el cambio de su estado de ánimo. Entonces, dedicó su atención al paisaje sin molestarse en responder.

Siguieron hacia el norte. Ella perdió toda noción del tiempo, embriagada por la novedad de lo que veía y la belleza de lo que le rodeaba. Cuando vio los Catskills por primera vez, lanzó un pequeño grito de placer y, espontáneamente, tiró a Bret del brazo.

—¡Mira las montañas! —exclamó, con una emocionada sonrisa en los labios. Cuando Bret le devolvió el gesto, el corazón le hizo una serie de saltos acrobáticos—. Supongo que debo parecerte terriblemente tonta, pero cuando lo único que conoces son kilómetros y kilómetros de campos de trigo y colinas, todo esto es una revelación.

—No es ninguna tontería, Hillary —respondió él, con voz suave. Hillary se volvió a mirarlo, sorprendida por el tono de su voz—. Te encuentro totalmente encantadora.

Entonces, le tomó la mano y le dio un beso en la palma, lo que le provocó una serie de ardientes sensaciones por todo el cuerpo. Estaba acostumbrada a su tono burlón. Sin embargo, esos cambios de humor ponían patas arriba su mundo y la hacían brillar por dentro como una llama encendida. Aquel hombre era peligroso, muy peligroso. De algún modo, debía levantar un muro de defensa contra él. ¿Cómo hacerlo? ¿Cómo podría enfrentarse tanto a él y a la parte de ella misma que deseaba sólo rendirse?

—Me vendría bien un café —dijo Bret, de repente, sacando así a Hillary de sus pensamientos—. ¿Y a ti? —añadió. Entonces, se volvió hacia ella y sonrió—. ¿Te apetece un té?

—Claro.

Bret entró en el pequeño pueblo de Catskill y detuvo el coche delante de un pequeño café. Descendió rápidamente del vehículo y Hillary hizo lo mismo antes de que él pudiera rodear el coche y abrirle la puerta. Ella no dejaba de mirar la imponente presencia de las montañas.

—Parecen más altas de lo que realmente son —comentó Bret—. Sólo nacen a unos pocos metros de altura sobre el nivel del mar. Me encantaría ver la expresión de tu hermoso rostro cuando contemplaras las Rocosas o los Alpes.

Entrelazó la mano con la de ella y la hizo entrar en el cálido interior del café. Cuando tomaron asiento, Hillary se quitó el abrigo y se concentró de nuevo en la vista tratando de erigir un muro defensivo entre Bret y ella.

—Café para mí y un té para la señorita. ¿Tienes hambre, Hillary?

—¿Cómo? No... Bueno, en realidad, un poco —admitió con una sonrisa.

—Aquí sirven un maravilloso pastel de café —dijo. Entonces, pidió dos porciones antes de que ella pudiera protestar.

—No suelo tomar dulces... —susurró ella, recordando en el pomelo en el que había pensado.

—Hillary, cielo —comentó Bret con exagerada paciencia—. No creo que una porción de pastel vaya a estropear tu hermosa figura. En todo caso, unos kilos de más no te vendrían nada mal.

—¡Vaya! —replicó ella, con cierta indignación—. Pues hasta ahora no he tenido ninguna queja.

—Estoy seguro de ello, y tampoco las recibirás por mi parte. Me encantan las mujeres altas y delgadas. Sin embargo, el aire de fragilidad que emana de ellas resulta algunas veces desconcertante —susurró. Extendió la mano y le apartó un mechón de cabello del rostro.

Hillary decidió no prestar atención alguna ni al gesto ni al comentario.

—No recuerdo cuándo he disfrutado más de un trayecto en coche —comentó—. ¿Cuánto nos queda todavía?

—Estamos a mitad de camino —respondió Bret. Entonces, añadió un poco de leche al café—. Deberíamos llegar a mediodía.

—¿Cómo van a llegar allí los demás? Es decir, ¿van todos juntos en coche?

—Larry y June vienen juntos —observó, con una sonrisa en los labios. Entonces, tomó un trozo de pastel—. Más bien debería decir que Larry y June acompañan al equipo de Larry. Me sorprende ver que ha permitido que ella viaje en el mismo coche que sus valiosas cámaras y objetivos.

—¿Sí?

—Supongo que no debería ser así porque he notado el creciente interés que él siente por mi secretaria. De hecho, parecía estar encantado de poder tenerla como compañía durante el viaje.

—Cuando lo llamé el otro día, June estaba ayudándolo a organizar sus revistas de fotografía —comentó Hillary, con incredulidad—. Con Larry, eso corresponde a un compromiso. Todavía no me lo puedo creer. Me resulta increíble pensar que Larry va en serio con una mujer de carne y hueso.

—El amor sólo les ocurre a los mejores —comentó él.

¿Le ocurriría a Bret alguna vez? Hillary no pudo mirarlo a los ojos.

Cuando reiniciaron el viaje, Hillary se contentó con el paisaje mientras Bret mantenía una conversación general. La calidez y la comodidad del Mercedes la habían llevado a un estado de profunda relajación. Se acomodó sobre el asiento y, de repente, sintió los párpados muy pesados y los cerró durante un instante. La profunda voz de Bret acrecentaba la tranquilidad de su estado de ánimo, por lo que ella murmuró suavemente su respuesta hasta que ya no escuchó nada más.

Se estiró cuando el cambio de la superficie de la carretera la hizo salir de su sopor. Abrió los ojos y, después de un momento de desorientación, regresó a la realidad. Tenía apoyada la cabeza contra el hombro de Bret, por lo que se incorporó rápidamente y lo miró alarmada.

—Oh, lo siento. ¿Me he quedado dormida?

—Podrías decir eso —respondió él mirándola mientras ella se atusaba el cabello—. Has estado una hora en el mundo de los sueños.

—¿Una hora? —repitió ella asombrada—. ¿Dónde estamos? ¿Qué me he perdido? —añadió mirando por la ventanilla.

—Todo desde Schenectady. Ahora, estamos en la carretera que conduce a mi casa.

—¡Oh! Todo esto es muy bonito.

La estrecha carretera por la que viajaban estaba flanqueada por árboles cubiertos de nieve y escarpados riscos. Las ramas de los pinos resplandecían, brillando con una capa helada blanca y pura.

—Hay tantos árboles...

—El bosque está lleno de ellos.

—No te rías de mí —comentó ella. Le dio un suave puñetazo en el hombro y siguió mirando—. Todo esto es nuevo para mí.

—No me estoy riendo de ti. Me encanta tu entusiasmo.

El coche se detuvo por fin. Hillary lanzó un grito de placer al descubrir una cabaña con forma de A en medio de un claro del bosque.

—Ven a echar un vistazo —le dijo Bret mientras salía del coche.

Él extendió la mano y Hillary se la agarró. Juntos comenzaron a avanzar a través de la nieve. Un arroyo discurría cerca de la casa y, como una niña que desea compartir un nuevo juguete, Hillary tiró de Bret para llevarlo hasta allí.

—¡Qué maravilloso! ¡Qué maravilloso! —exclamó

ella, al observar cómo el agua bajaba con fuerza entre las piedras–. ¡Qué lugar tan fabuloso! ¡Es tan salvaje y tan poderoso, tan intacto y primitivo!

–Algunas veces vengo aquí cuando el ambiente del despacho se hace demasiado agobiante. Hay una paz tan deliciosa... No existen ni las reuniones urgentes, ni las fechas límites ni las responsabilidades.

Hillary lo miró asombrada. Nunca se había imaginado que Bret tuviera la necesidad de escaparse de nada o de buscar la soledad de un lugar tan alejado de la ciudad y de sus comodidades. Para ella, Bret Bardoff representaba al típico hombre de negocios, con empleados dispuestos a cumplir sus órdenes sólo con que él chasqueara los dedos. En aquel momento, había empezado a ver otro aspecto de su naturaleza, lo que le causaba un profundo placer.

–También resulta bastante aislado –comentó él, mirándola con una intensidad que hizo que Hillary contuviera el aliento.

Sin poder evitarlo, ella apartó la mirada. Estaba en medio de ninguna parte. Bret le había dicho que los demás iban a ir también allí, pero sólo tenía su palabra. No se le había ocurrido comprobarlo con Larry. ¿Y si se lo había inventado? Estaría atrapada con él, completamente sola. ¿Qué haría si...?

–Tranquila, Hillary –dijo él, con una seca carcajada–. No te he secuestrado. Los demás vendrán

enseguida para protegerte. Es decir, si pueden encontrar este lugar —añadió, con una amplia sonrisa—. Sería una pena que mis indicaciones no hubieran sido las adecuadas, ¿no te parece?

Tomó a la confundida Hillary una vez más de la
mano y la llevó hacia la cabaña. El interior era muy
espacioso, con amplias ventanas que parecían llevar
las montañas al interior de la vivienda. Los altos te-
chos con las vigas al descubierto daban aún más
sensación de espacio. Unas escaleras de madera llegaban a un balcón que ocupaba toda la longitud
del salón. Una chimenea de piedra dominaba una
pared entera de la estancia, que estaba adornada
con hermosos muebles y alfombras multicolores
que ofrecían el contrapunto perfecto a los suelos
de pino.

—Es precioso —dijo ella, encantada. Se dirigió hacia el ventanal—. Una puede estar dentro y fuera al
mismo tiempo aquí.

—Yo mismo he sentido eso muchas veces
—afirmó él mientras la ayudaba a despojarse del
abrigo—. ¿Qué perfume llevas? —añadió. Los dedos
comenzaron a acariciar suavemente la nuca de Hillary—. Siempre es el mismo, delicado y agradable.

—Es un perfume de flor de manzana —susurró
ella, sin apartar los ojos de la ventana.

—Mmm... No debes cambiarlo. Te va muy bien...
Me muero de hambre —anunció de repente—. ¿Qué

te parece si abres una lata o algo así y yo enciendo la chimenea? La cocina está muy bien surtida. Seguro que encuentras algo que nos ayude a matar el hambre.

—Muy bien —afirmó ella, con una sonrisa—. ¿Dónde está la cocina?

Cuando Bret se la señaló, ella se dirigió hacia el lugar indicado inmediatamente. La cocina era muy acogedora. Estaba decorada con un estilo antiguo, con una pequeña chimenea de ladrillos y varias cacerolas de cobre colgadas de la pared, pero había sido adaptada para los tiempos modernos. La enorme alacena estaba, efectivamente, muy bien surtida, por lo que ella localizó rápidamente una serie de latas para realizar un almuerzo más que aceptable. No sería precisamente una comida digna de gourmets, pero sería más que suficiente. Abrió una lata de sopa y estaba vertiéndola en un cazo cuando oyó los pasos de Bret.

—¡Qué rápido! —exclamó ella—. Debiste de ser un *boy scout* maravilloso.

—Tengo por costumbre dejar preparada la chimenea cuando me marcho —explicó él—. Así, lo único que tengo que hacer cuando vengo es encender una cerilla.

—¡Qué organizado! —observó ella mientras ponía la sopa al fuego.

—¡Qué bien huele! —proclamó él rodeándole la

cintura con los brazos–. ¿Eres buena cocinera, Hillary?

El firme cuerpo que se le pegaba a la espalda resultaba muy turbador. Hillary hizo un gran esfuerzo por mantenerse serena.

–Todo el mundo sabe abrir una lata de sopa...

Aquella última palabra estuvo a punto de ahogársele en la garganta al sentir que Bret le apartaba el cabello y sus cálidos labios comenzaban a besarle la nuca.

–Creo que es mejor que haga un poco de café –añadió, con la intención de zafarse de él. Sin embargo, Bret se lo impidió y siguió torturándole la vulnerable piel–. Creía que tenías hambre...

–Así es –murmuró él, sin dejar de mordisquearle el lóbulo de la oreja–. Estoy desfallecido...

Enterró el rostro en la curva del cuello de Hillary. Ella sintió que la cocina comenzaba a darle vueltas cuando él le deslizó las manos por debajo del jersey.

–Bret, no... –protestó, a pesar del deseo que la embargaba. Entonces, trató de escaparse antes de verse perdida.

Él murmuró algo entre dientes y le dio la vuelta para besarla apasionadamente. Aunque se habían besado antes, él siempre lo había hecho con un cierto control. En aquellos momentos, era como si el salvaje terreno que los rodeaba se hubiera adue-

ñado de él. Como un hombre que ha estado repri-
miendo su autocontrol demasiado tiempo, le asaltó
la boca, le separó los labios y tomó posesión de
ellos. Con una mano apretaba las caderas de Hillary
contra su propio cuerpo, como si quisiera moldear-
los juntos en una única forma. Ella se estaba aho-
gando en aquella explosión de pasión y se aferraba
a Bret mientras él le recorría el cuerpo con las manos, buscando, pidiendo, recibiendo. El fuego de su
necesidad prendió también la de ella y Hillary se
entregó sin reservas, tensándose contra él, deseando
sólo abrasarse por completo en aquel calor.

El sonido del motor de un coche en el exterior
hizo que Bret lanzara una maldición ahogada. Apartó
la boca de la de Hillary y, tras apoyar la barbilla sobre la cabeza de ella, suspiró.

—Nos han encontrado, Hillary. Es mejor que
abras otra lata.

VII

Desde el exterior se escucharon voces, la risa de June y el tono elevado de Larry mientras compartían una broma. Bret se acercó a la puerta para darles la bienvenida mientras Hillary trataba de recuperar un poco de compostura. El intento de seducción de Bret había despertado en ella una respuesta salvaje y primitiva. Sabía que, si no los hubieran molestado, él no se habría contenido ni ella habría protestado. El deseo que habían experimentado había sido demasiado total, demasiado abrasador. El rápido inicio y el súbito final del contacto entre ambos la había dejado temblando. Se llevó las manos a las ardientes mejillas y se dirigió al fogón para ocuparse de la sopa y del café con la esperanza de que aquellas tareas tan mecánicas la ayudaran a recuperar el equilibrio.

—Veo que ya te tiene trabajando en la cocina —comentó June al entrar. En las manos llevaba una enorme bolsa de papel—. ¿Acaso no es esa actitud propia de un hombre?

—Hola —respondió Hillary, con bastante normalidad—. Parece que a las dos se nos ha asignado un papel. ¿Qué hay en la bolsa?

—Suministros para un fin de semana en la nieve —respondió ella. Rápidamente, desempaquetó los contenidos y sacó leche, queso y otros productos frescos.

—Siempre tan eficiente —afirmó Hillary con una sonrisa. Poco a poco, la tensión iba desapareciendo.

—Resulta muy difícil ser perfecta —bromeó June—, pero algunas personas nacemos así.

Cuando terminaron de preparar el almuerzo, llevaron los boles y los platos a una enorme mesa que había en el salón, con largos bancos a cada lado. Todos devoraron la sencilla comida como si hubieran pasado meses desde que habían tomado un mendrugo de pan. Hillary trató de reflejar la actitud casual de Bret. Al principio le resultó difícil, pero, tras echar mano de todo su orgullo, se unió a la conversación y recibió los comentarios de Bret con una relajada sonrisa.

Mientras los dos hombres se enzarzaban en una conversación técnica sobre el tipo de fotografías que requerían, Hillary se retiró con June a la planta superior para ver el dormitorio que las dos iban a compartir. Tenía un encanto tan rústico como el resto de la casa. La luminosa habitación tenía unas vistas espectaculares. Había dos camas, cubiertas con rústicos edredones y, una vez más, la madera dictaba la nota predominante.

Hillary se ocupó con la maleta en la que llevaba todas sus pertenencias mientras June se tiraba sobre una de las camas.

—¿No te parece fantástico este lugar? —exclamó—. Lejos de las multitudes, de los ordenadores y de los teléfonos. Tal vez se ponga a nevar con fuerza y tengamos que quedarnos aquí hasta la primavera.

—Sólo podríamos quedarnos aquí si Larry tuviera suficiente película fotográfica para dos meses. En caso contrario, podría empezar con el síndrome de abstinencia —comentó Hillary mientras sacaba una parca roja y unos pantalones de esquí de la maleta y los estudiaba con ojo profesional—. Creo que esto debería resaltar bastante en la nieve.

—Ese color te sentará estupendamente —dijo June—. Con el color de tu cabello y de tu piel y con la nieve como fondo, estarás guapísima. El jefe nunca se equivoca.

El sonido de un coche les llamó la atención. Las dos se acercaron a la ventana para ver cómo Bud Lewis ayudaba a Charlene a bajar del vehículo.

—Vaya —suspiró June. Entonces, miró con expresión triste a Hillary—. Tal vez haya cometido una...

Atónita, Hillary no dejaba de mirar la pelirroja cabeza de Charlene.

—Yo no... Bret no me dijo que Charlene iba a venir también —dijo Hillary. Entonces, enfurecida por la intromisión de la pelirroja en su fin de semana, se apartó de la ventana y siguió deshaciendo la maleta.

—A menos que él no lo sepa —aventuró June—. Tal vez la tire a la nieve.

—Tal vez —replicó Hillary—, se alegre de verla.

—Bueno, no lo vamos a averiguar quedándonos aquí —afirmó June. Entonces, se dirigió hacia la puerta y agarró a Hillary por el brazo de camino—. Vamos a ver.

Hillary escuchó la voz de Charlene mientras bajaba por las escaleras.

—No te importa que haya venido a hacerte compañía, ¿verdad, Bret? Pensé que sería una maravillosa sorpresa.

Hillary entró en el salón a tiempo de ver cómo Bret se encogía de hombros. Estaba sentado frente al fuego, con el brazo de Charlene sobre el suyo.

—No creí que las montañas fueran de tu gusto, Charlene —dijo él, con una suave sonrisa—. Si querías venir, deberías habérmelo dicho en vez de decirle a Bud que yo quería que él te trajera aquí.

—Cariño, sólo ha sido una pequeña mentirijilla. La intriga resulta tan divertida...

—Esperemos que «tu pequeña intriga» no te lleve

a «un gran aburrimiento». Estamos muy lejos de Manhattan.

—Contigo yo nunca me aburro.

Aquella voz tan suave y tan seductora ponía a Hillary de los nervios. Pudo ser que hiciera algún sonido que expresara su enojo porque los ojos de Bret se volvieron hacia el lugar donde June y ella estaban de pie. Charlene se volvió también para mirar. Antes de esbozar una vaga sonrisa, tensó los labios durante un instante.

A continuación, se produjo un intercambio de saludos poco sinceros. Hillary optó por la distancia y se sentó al otro lado del salón con Bud mientras Charlene dedicaba toda su atención a Bret.

—Pensaba que nunca llegaríamos aquí —se quejaba Charlene con gesto de petulancia—. ¿Por qué se te ocurrió comprar una casa en este lugar apartado de la mano de Dios? No lo comprendo, cariño. Tanta nieve, con nada más que árboles y rocas. Y hace tanto frío... —añadió. Entonces, tras temblar delicadamente, se acurrucó contra él—. ¿Qué es lo que haces aquí cuando estás solo?

—Consigo encontrar distracciones —contestó Bret. Entonces, encendió un cigarrillo—. Además, nunca estoy solo. Las montañas están llenas de vida. Hay ardillas, conejos, zorros... Toda clase de pequeños animales.

—Eso no es precisamente a lo que yo me refería

por compañía... –susurró Charlene, con su voz más seductora.

–Tal vez no, pero a mí me entretienen sin pedirme nada a cambio. Además, a menudo veo pasar ciervos muy cerca de la cabaña cuando estoy al lado de la ventana y también osos...

–¿Osos? –repitió Charlene horrorizada–. ¡Qué espanto!

–¿Osos de verdad? –preguntó Hillary, muy emocionada–. ¿De qué clase? ¿Osos *grizzlies*?

–No, osos negros, Hillary –contestó Bret, sonriendo al ver la reacción que ella había tenido–, pero son igual de grandes. En este momento estamos a salvo porque están hibernando –añadió, mirando a Charlene.

–Menos mal –susurró ella.

–A Hillary le gustan bastante las montañas, ¿no es así?

–Son fabulosas –afirmó ella llena de entusiasmo–. Tan salvajes e indomables...Todo esto debe de tener casi el mismo aspecto que tenía hace un siglo. No hay nada más que naturaleza durante kilómetros y kilómetros.

–Sí, sí, ya veo que te muestras muy entusiasta –observó Charlene.

Hillary le dedicó una mirada asesina.

–Hillary creció en una granja de Kansas –explicó Bret–. Ella no había visto antes las montañas.

—¡Qué pintoresco! —murmuró Charlene, con una sonrisa—. Allí cultivan trigo o algo así, ¿verdad? Me imagino que, viniendo de una pequeña granja, estarás bastante acostumbrada a las condiciones primitivas.

El tono de superioridad que Charlene había utilizado enfureció totalmente a Hillary.

—La granja de mis padres ni es pequeña ni primitiva, señorita Mason. Supongo que, para alguien como usted, resulta imposible imaginarse la eternidad de los campos de trigo o los kilómetros de suaves colinas. No es un ambiente tan sofisticado como el de Nueva York, pero tampoco es prehistórico. Tenemos incluso agua corriente, caliente y fría, en las casas. Hay personas que aprecian la tierra y la respetan en todas sus formas.

—Debes de ser una chica acostumbrada a estar al aire libre —dijo Charlene con voz aburrida—. Yo prefiero las comodidades y la cultura de la gran ciudad.

—Creo que voy a ir a dar un paseo antes de que oscurezca —anunció Hillary. Se sentía furiosa.

Se levantó rápidamente. Necesitaba poner distancia entre Charlene y ella antes de que perdiera completamente el control.

—Yo iré contigo —dijo Bud mientras ella se ponía el abrigo—. He tenido que cargar con esa mujer todo el día —añadió en voz muy baja, con una sonrisa de conspiración—. Creo que el aire fresco me sentará muy bien.

Mientras se dirigían hacia la puerta, Hillary no pudo contener la risa. Se agarró del brazo de Bud sin prestar atención alguna al ceño que se dibujó sobre ciertos ojos grises que no dejaban de mirarla.

Una vez en el exterior, los dos respiraron profundamente y se echaron a reír como niños. Decidieron dirigirse hacia el arroyo y siguieron su curso hasta adentrarse más en el bosque. La luz del sol se colaba esporádicamente entre las ramas y relucía sobre aquel suelo aterciopelado. La sosegada conversación de Bud sirvió para relajar los tensos nervios de Hillary.

Se detuvieron y descansaron sobre una roca durante un instante.

—Esto es muy bonito —dijo Bud. Hillary produjo un pequeño sonido que sirvió tanto de asentimiento como de expresión de placer—. Vuelvo a sentirme humano —añadió guiñando un ojo—. Es muy difícil soportar a esa mujer. No me imagino lo que Bret ve en ella.

—¿Te parece extraño si te digo que estoy completamente de acuerdo contigo?

Al notar un ligero cambio en la luz, que parecía anunciar la cercana puesta de sol, volvieron hacia la cabaña. Una vez más, siguieron el arroyo, guiándose con las huellas que habían dejado sobre la nieve. Cuando entraron en la cabaña, iban riéndose.

—¿Es que no tenéis la sensatez suficiente para saber que no podéis vagabundear por las montañas después del atardecer? —les espetó Bret al verlos.

—¿Después del atardecer? No digas tonterías —replicó Hillary mientras se quitaba las botas—. Sólo hemos dado un pequeño paseo siguiendo el arroyo —añadió. Entonces, perdió el equilibrio y se chocó con Bud. Él la agarró por la cintura para que no se cayera y no retiró la mano mientras ella se quitaba la otra bota.

—Dejamos un rastro sobre la nieve —afirmó Bud, con una sonrisa—. Es mejor que las migas de pan.

—El atardecer da paso a la noche cerrada con mucha rapidez y esta noche no hay luna —insistió Bret—. Resulta muy sencillo perderse.

—Bueno, ya estamos aquí y no nos hemos perdido —le dijo Hillary—. No hay necesidad de organizar una búsqueda ni de mandar un perro con una petaca de coñac. ¿Dónde está June?

—En la cocina, preparando la cena.

—En ese caso, es mejor que vaya a echarle una mano, ¿no crees?

Le dedicó una radiante sonrisa y dejó solos a los dos hombres para que fuera Bud el que se enfrentara al mal genio de su jefe.

—A nadie le apetece nunca ocuparse del trabajo de preparar la comida —dijo Hillary mientras entraba en la cocina.

—Díselo a la señorita Orgullosa —comentó June mientras desenvolvía los filetes—. Estaba tan fatigada después de tan arduo viaje que tuvo que tumbarse un rato antes de cenar.

—Pues es una bendición —afirmó Hillary mientras se unía a su amiga para preparar la cena—. Por cierto, ¿quién dijo que teníamos que ser nosotras las que nos ocupáramos de la cocina? No creo que figure en mi contrato.

—Fui yo.

—¿Voluntariamente?

—Sencillamente, he probado los talentos culinarios de Larry y no quise correr otra vez el riesgo de una intoxicación. En cuanto al jefe, hasta el café lo hace mal. En lo que se refiere a Bud… bueno, puede que sea un cocinero genial, pero no estaba dispuesta a correr el riesgo.

—Ya entiendo.

En alegre compañía, las dos prepararon la cena. Le dieron vida a la cocina con el golpeteo de los platos y los cacharros y el chisporroteo de la carne. De repente, Larry se materializó en la puerta.

—¡Qué bien! Estoy muerto de hambre —anunció—. ¿Cuánto queda para cenar?

—Toma —le dijo June antes de darle un buen montón de platos—. Ve a poner la mesa… así no pensarás en tu estómago.

—Sabía que tenía que mantenerme alejado de la

cocina —gruñó él. Entonces, desapareció en dirección al salón.

—Supongo que es el aire de la montaña —comentó Hillary, cuando estuvieron todos sentados alrededor de la mesa del salón y empezaron a cenar—, pero estoy muerta de hambre.

Ver cómo Bret esbozaba una lenta sonrisa le hizo recordar la escena que se había producido horas antes en la cocina. El color tiñó sus mejillas. Tomó la copa de vino para disimular y, tras dar un buen trago, dedicó de nuevo toda su atención a la comida.

Cuando llegó la hora de recoger, se puso de manifiesto una confusión y una desorganización patentes. Al final, June levantó las manos y echó a todos los hombres de la cocina.

—Yo soy el jefe —le recordó Bret—. Se supone que soy yo quien da las órdenes.

—Hasta el lunes no —replicó ella antes de darle un buen empujón. Entonces, observó con desaprobación cómo Charlene se marchaba con él—. Mejor —le dijo a Hillary—. Probablemente no habría podido evitar ahogarla en el fregadero.

Más tarde, la fiesta se prolongó en el salón. Tras rechazar el coñac que le ofreció Bret, Hillary se sentó sobre un pequeño escabel cerca del fuego. Observó cómo danzaban las llamas sin darse cuenta de la imagen que tenía. El cabello y las mejillas le relucían con la suave luz y tenía una expresión suave y soñadora en los ojos. Sólo una pequeña porción de su mente registraba la conversación que se estaba produciendo y el tintineo ocasional de las copas. Con los codos sobre las rodillas y la cabeza sobre las palmas de las manos, se dejó apartar por la magia del fuego de todo pensamiento consciente.

—¿Te han hipnotizado las llamas, Hillary? —le preguntó Bret de repente, mientras se agachaba para sentarse sobre la alfombra, al lado de ella.

—Creo que sí —respondió ella—. Se ven imágenes si se sabe buscarlas. Por ejemplo, allí hay un castillo con sus torreones y allí un caballo con las crines flotándole al viento.

—Y allí un anciano sentado sobre una mecedora —dijo él.

Hillary se volvió para mirarlo, muy sorprendida de que él hubiera visto también aquella imagen. Bret le devolvió la mirada con la intensidad de un abrazo. Ella se levantó inmediatamente, abrumada por la debilidad que aquellos ojos eran capaces de evocar.

—Ha sido un día muy largo —anunció, sin mirarlo a los ojos—. Creo que me voy a la cama. No quiero que Larry se queje mañana por la mañana de que tengo un aspecto muy cansado.

Tras desearles las buenas noches a todos los pre-

sentes, se marchó rápidamente del salón sin dar a
Bret la oportunidad de decir nada más.

Cuando se despertó a primera hora de la mañana, el dormitorio estaba iluminado por la tenue
luz del alba. Estiró los brazos y se incorporó en la
cama, sabiendo que ya no podría dormir más.
Cuando se metió entre las sábanas la noche anterior, sus emociones estaban sumidas en una profunda confusión. Creyó que se pasaría horas dando
vueltas en la cama, pero se sorprendió al darse
cuenta de que, no sólo se había quedado dormida
inmediatamente, sino que también había descan-
sado muy profundamente, lo que le hacía recibir el
nuevo día con alegría.

June seguía dormida, por lo que Hillary se levantó de la cama y comenzó a vestirse en absoluto
silencio. Se puso un jersey azul marino con un
pantalón verde musgo. Decidió prescindir del maquillaje y se colocó el mono de esquiar que Bret le
había proporcionado. A continuación, se colocó la
gorra a juego en la cabeza.

Bajó con mucho cuidado las escaleras y escuchó
cómo se desperezaban los sonidos de la mañana.
Sin embargo, la cabaña seguía sumida en un profundo silencio. Tras colocarse las botas y los guantes, Hillary salió de la cabaña.

El sol brillaba con fuerza. El bosque estaba en silencio. Parecía que el tiempo se hubiera detenido y que las montañas fueran una tierra mágica sin habitantes humanos. Sus únicos compañeros eran los majestuosos pinos cubiertos de nieve y cuyo fuerte aroma penetraba el aire.

—Estoy sola —dijo en voz alta—. No hay otra alma en el mundo entero —añadió. Entonces, echó a correr por la nieve, embriagada por la liberación que sentía—. ¡Soy libre!

Comenzó a arrojar nieve por encima de su cabeza al tiempo que daba vueltas sobre sí misma antes de lanzarse sobre el frío manto blanco.

Contempló una vez más las nevadas montañas y comprendió que su corazón se había expandido para dejar sitio a un nuevo amor. Estaba enamorada de las montañas, al igual que lo estaba de los campos cubiertos de trigo. El nuevo y el viejo amor la llenaban de alegría. Se puso de pie rápidamente y echó a correr una vez más por la nieve, pateándola con fuerza antes de dejarse caer de espaldas. Se quedó allí, tumbada, con los brazos y las piernas extendidos, mirando al cielo hasta que un rostro adornado con unos risueños ojos grises entró en su línea de visión.

—¿Qué estás haciendo, Hillary?

—Haciendo un ángel —replicó ella—. Verás. Te tumbas y luego mueves los brazos y las piernas así —le explicó, para hacerle una demostración inmediatamente—. El truco es levantarse sin estropearlo. Requiere una tremenda habilidad y un equilibrio perfecto.

Se sentó con mucho cuidado y luego apoyó todo su peso sobre los pies. A continuación, comenzó a ponerse de pie sin dejar de tambalearse.

—Dame la mano —le ordenó—. He perdido práctica —explicó. Se aferró a la mano que Bret le extendía y, entonces, dio un salto. Después, se dio la vuelta para admirar el resultado—. ¿Ves? Es un ángel.

—Muy bonito. Tienes mucho talento.

—Sí, lo sé. No creía que hubiera nadie más levantado —comentó mientras se sacudía la nieve del trasero.

—Te vi bailando en la nieve desde mi ventana. ¿A qué estás jugando?

—A que estaba sola en medio de todo esto —contestó ella. Volvió a dar vueltas sobre sí misma con los brazos extendidos.

—Uno nunca está solo aquí. Mira.

Bret señaló hacia el bosque. Hillary abrió los ojos de par en par al ver el enorme ciervo que la miraba fijamente. Su cornamenta le adornaba la cabeza como si fuera una corona.

—Es magnífico —susurró, antes de que el ciervo se diera la vuelta y desapareciera en el corazón del bosque–. ¡Oh, estoy enamorada! –exclamó echando de nuevo a correr por la nieve–. ¡Estoy completamente enamorada de este lugar! ¿Quién necesita un hombre cuando se puede tener todo esto?

–¿De verdad? –preguntó Bret.

Hillary sintió que una bola de nieve le golpeaba en la parte posterior de la cabeza. Se volvió y lo miró con ojos entornados.

–Ya sabes que, por supuesto, esto significa la guerra.

Tomó un puñado de nieve y lo convirtió rápidamente en una bola. Entonces, se lo lanzó a Bret con fuerza. Intercambiaron disparos de nieve, aunque las bolas daban en el blanco casi tan frecuentemente como fallaban. Poco a poco, Bret fue cercándola y Hillary tuvo que emplearse en una retirada estratégica. Su huida se vio interrumpida cuando él la agarró y la tiró al suelo para rodar con ella por la nieve. Las mejillas de Hillary relucían por el frío y los ojos le brillaban de alegría.

–Muy bien, tú ganas, tú ganas...

–Así es –afirmó él–. Y el vencedor se queda con el botín.

La besó suavemente, moviendo los labios encima de los de ella con ligereza. Rápidamente, consiguió acallar las risas de Hillary.

–Tarde o temprano, siempre gano –murmuró mientras le besaba los ojos cerrados–. Y me parece

que no hacemos esto con la suficiente frecuencia
—añadió. Entonces, profundizó el beso hasta que los
sentidos de Hillary comenzaron a dar vueltas—. Tienes nieve por toda la cara...

Le acarició la mejilla con los labios. Con la lengua, fue retirándole uno a uno todos los copos. Sin
poder evitarlo, Hillary sintió un exquisito terror.

—Oh, Hillary. Eres una criatura tan deliciosa...
—susurró. La miró fijamente a los ojos y respiró
profundamente. A continuación, comenzó a quitarle la nieve con las manos—. Creo que los demás
ya se habrán levantado. Vamos a desayunar.

—Ponte aquí, Hillary.

Estaba una vez más sobre la nieve, pero aquella
vez iba acompañada por Larry y su cámara. El fotógrafo llevaba haciendo fotografías durante horas,
según le parecía a Hillary. Ella deseó fervientemente que la sesión terminara. No hacía más que
pensar en el chocolate caliente que se tomaría delante de la chimenea.

—Muy bien, Hillary. Vuelve a la tierra. Se supone
que te estás divirtiendo, no perdida en tus pensamientos.

—Espero que se te congelen los objetivos —replicó ella, con una sonrisa.

—Basta ya, Hillary —protestó Larry mientras seguía tomando fotografías–. Muy bien, con eso servirá.

Al oír aquellas palabras, Hillary se desplomó sobre la nieve fingiendo un desmayo. Larry se inclinó sobre ella y tomó otra fotografía. Ella se echó a reír.

–¿Son cada vez más largas las sesiones, Larry, o es impresión mía?

–Es impresión tuya –respondió él–. Ya has pasado la cima de tu carrera. A partir de ahora todo irá cuesta abajo –bromeó.

–Ya te enseñaré yo lo que es ir cuesta abajo –replicó Hillary. Se puso rápidamente de pie y agarró un puñado de nieve.

–No, Hillary, no –suplicó Larry mientras protegía su cámara–. Recuerda las fotos que acabo de tomar. No pierdas el control –añadió. Entonces, se dio la vuelta y echó a correr hacia la cabaña.

–Que he pasado la cima de mi carrera, ¿eh? ¡Toma!

La bola de nieve golpeó a Larry de lleno en la espalda. A continuación, echó a correr tras él y, cuando lo alcanzó, se le subió a la espalda y comenzó a golpearle en la cabeza.

–Tú sigue –le dijo Larry transportándola sin esfuerzo alguno–. Estrangúlame, cáusame una conmoción cerebral... pero no se te ocurra tocarme la cámara.

Justo cuando se acercaban a la cabaña, Bret salió de su interior.

—Hola, Larry —dijo—. ¿Ya habéis acabado?

—Señor Bardoff —comentó ella en tono muy serio—, tengo que hablar con usted. Creo que debemos contratar un nuevo fotógrafo. Éste acaba de sugerir que mi carrera va cuesta abajo.

—Yo no tengo la culpa —protestó Larry—. Figuradamente, llevo meses contigo en brazos y ahora te transporto literalmente. Creo que estás engordando.

—Esto es el colmo —protestó ella—. Ahora ya no me queda elección. ¡Tengo que matarlo!

—Déjalo durante unos días, ¿de acuerdo? —le pidió June, que acababa de aparecer en la puerta—. Él no lo sabe todavía, pero voy a llevarlo a dar un paseo por el bosque.

—Muy bien —afirmó Hillary—. Eso debería darme el tiempo suficiente para considerar mi decisión. Déjame en el suelo, Larry. Te acabo de conceder un indulto.

—¿Tienes frío? —le preguntó Bret a Hillary, cuando entraron en la cabaña y ella comenzó a despojarse del mono de esquiar.

—Estoy congelada. Hay algunos entre nosotros que tienen anticongelante en vez de sangre en las venas.

—Ejercer de modelo no es sólo glamour y sonrisas, ¿verdad? —preguntó Bret mientras ella se sacudía la nieve del cabello–. ¿Estás satisfecha? –quiso saber él de repente–. ¿No deseas nada más?

–Ésta es mi profesión y es lo que sé hacer.

–Pero, ¿es lo que quieres hacer? –insistió él–. ¿Es lo único que deseas hacer?

–¿Lo único? A mí me parece que es más que suficiente –replicó ella.

Bret la observó durante un instante. Entonces, se dio la vuelta y se marchó. Incluso con vaqueros, se movía con una gran elegancia. Completamente perpleja, Hillary observó cómo desaparecía por el pasillo.

La tarde pasó muy tranquilamente. Hillary se tomó el chocolate caliente con el que tanto había soñado y dormitó un rato sobre una butaca que había al lado del fuego. A continuación, observó cómo Bret y Bud jugaban al ajedrez.

Charlene no dejaba a Bret ni un solo instante, a pesar de que seguía la partida con evidente aburrimiento. Cuando terminaron de jugar, insistió en que Bret le mostrara el bosque. A Hillary le resultó evidente que no estaba pensando ni en los árboles ni en las ardillas.

Poco a poco, empezó a oscurecer. Charlene, con aspecto algo enojado después de su paseo, se quejó sobre el frío y luego anunció como si se tratara de una reina que iba a darse un baño durante al menos una hora.

Cenaron un guisado de carne, que disgustó profundamente a la pelirroja. Compensó su descontento bebiendo más vino del aconsejable. Nadie prestaba atención alguna a sus innumerables quejas, por lo que la cena pasó con el ambiente relajado de personas que se han acostumbrado a la compañía de los demás.

Una vez más, Hillary y June se hicieron cargo de la cocina. Estaban a punto de terminar de recoger cuando Charlene entró, con otra copa de vino en la mano.

—¿Habéis acabado ya con vuestros quehaceres femeninos? —les preguntó con un profundo sarcasmo.

—Sí. Te agradecemos profundamente tu ayuda —replicó June mientras metía los platos en un aparador.

—Si no te importa, me gustaría hablar con Hillary.

—No, claro que no me importa —contestó June. Sin inmutarse, siguió guardando platos.

Charlene se dirigió hacia el fogón, que Hillary se estaba ocupando de limpiar.

—No pienso tolerar tu comportamiento durante más tiempo —le espetó.

—Muy bien. Si prefieres hacerlo tú... —replicó. Acto seguido, le ofreció el estropajo con el que estaba limpiando.

—Te vi esta mañana revolcándote con Bret —le espetó Charlene.

—¿Sí? —repuso Hillary. Entonces, volvió a centrar toda su atención en la limpieza de la cocina—. En realidad, estaba tirándole bolas de nieve. Yo creía que tú estabas dormida.

—Bret me despertó cuando se levantó de la cama.

Charlene había hablado con voz suave, pero la implicación de sus palabras resultaba evidente. El dolor se apoderó de Hillary. ¿Cómo podía haber abandonado Bret los brazos de una mujer para ir tan fácilmente a los de otra? Cerró los ojos y se sintió palidecer. La diversión y la intimidad que habían compartido aquella mañana carecía de significado. Se aferró a su orgullo desesperadamente y volvió a enfrentarse con Charlene.

—Cada uno tiene derecho a tener sus gustos —replicó.

Charlene se ruborizó dramáticamente. Tras lanzar un furioso juramento, arrojó el contenido de la copa sobre el jersey de Hillary.

—¡Con eso has ido demasiado lejos, Charlene! —explotó June, muy enojada—. No te vas a salir con la tuya en esto.

—Perderás tu trabajo por haberme hablado así.

—Inténtalo. Cuando mi jefe vea que...

—¡Ya basta! —las interrumpió Hillary—. No quiero que hagas una escena, June.

—Pero, Hillary...

—No, por favor. Olvídalo. Lo digo en serio —afirmó, a pesar de que sentía la necesidad de arrancarle el cabello a Charlene—. No hay necesidad de meter a Bret en esto. Ya he tenido más que suficiente.

—Muy bien, Hillary —dijo June. Entonces, lanzó a Charlene una mirada de desprecio—. Sólo por ti.

Hillary salió de la cocina con rapidez. Deseaba fervientemente poder alcanzar el santuario de su dormitorio. Sin embargo, antes de que llegara a la escalera, se encontró con Bret.

—¿Acaso has estado en la guerra, Hillary? —le preguntó, al ver las manchas rojas que llevaba en el jersey—. Y parece que has perdido.

—Yo no tenía nada que perder —musitó ella antes de tratar de seguir con su camino.

—Un momento... ¿Qué te pasa? —le preguntó Bret tras agarrarla por el brazo.

—Nada...

—No me vengas con ésas... Mírate —le ordenó Bret. Trató de agarrarle a Hillary la barbilla, pero ella se lo impidió—. No hagas eso. ¿Qué te pasa? —insistió. Le agarró el rostro y se lo inmovilizó.

—No me pasa nada —replicó ella—. Simplemente estoy cansada de que me manoseen.

Rápidamente, observó cómo los ojos de Bret se oscurecían hasta alcanzar una tormentosa expresión.

–Tienes suerte de que haya otras personas en la casa o te daría un buen ejemplo de lo que es realmente manosear. Es una pena que yo respetara tu frágil inocencia, pero te aseguro que, en el futuro, mantendré las manos alejadas de ti.

Bret la soltó por fin. Entonces, con la barbilla y el brazo doloridos por la presión, Hillary lo empujó con suavidad y comenzó a subir tranquilamente las escaleras.

VIII

Febrero dio paso a marzo. El tiempo era tan desangelado y triste como el estado de ánimo de Hillary. Desde aquel fatídico fin de semana en los Adirondacks no había tenido noticias de Bret ni esperaba tenerlas.

La edición de *Mode* con el reportaje de Hillary había salido ya publicada, pero ella no pudo entusiasmarse en modo alguno mientras miraba las fotografías que cubrían las páginas. El sonriente rostro del papel cuché parecía pertenecer a otra persona, a una desconocida que Hillary ni reconocía ni con la que se identificaba. Sin embargo, el reportaje fue un rotundo éxito y la revistas se vendieron rápidamente. Ella se vio acosada por constantes ofertas de trabajo, pero ninguna de ellas la emocionaba. Contemplaba la continuidad de su carrera con infinita indiferencia.

Una llamada de June puso fin a su apatía. La llamada suponía una reunión con Bret Bardoff. Hillary dudó si aceptar o no, pero decidió que prefería enfrentarse a Bret en su despacho a que él fuera a buscarla a su casa.

Se vistió cuidadosamente para la reunión. Eligió un elegante traje amarillo claro. Se recogió el cabello y se lo cubrió con un sombrero de ala ancha. Después de mirarse cuidadosamente, se quedó muy satisfecha con la imagen de tranquilidad y sofisticación que le devolvía el espejo.

Mientras subía en ascensor al despacho de Bret, Hillary se dijo que debía permanecer distante, por lo que reflejó en su rostro una expresión de fría cortesía. Decidió que él no vería el dolor que la embargaba. Ella misma se ocuparía de ocultar bien su vulnerabilidad. Su habilidad para reflejar lo que la cámara le pedía sería su defensa. Sus años de experiencia no la traicionarían.

June la saludó con una alegre sonrisa.

—Entra —dijo, mientras apretaba un botón del intercomunicador—. Te está esperando.

Hillary ahogó el miedo y se colocó una permanente sonrisa antes de entrar en la guarida del león.

—Buenas tardes, Hillary —la saludó Bret. Se recostó en su asiento, pero no se levantó—. Ven a sentarte.

—Hola, Bret —respondió ella, con un tono de cortesía idéntico al que Bret había utilizado. Mantuvo la sonrisa a pesar de que el estómago se le había empezado a tensar al ver los ojos de él.

—Tienes buen aspecto.

—Gracias, tú también.

—Acabo de mirar de nuevo el reportaje. Ha tenido tanto éxito como esperábamos.

—Sí, me alegro de que haya salido tan bien para todos.

—¿Cuál de estas mujeres eres tú? —preguntó él mientras observaba las fotografías—. ¿La alegre niña, la mujer elegante, la profesional dedicada, la amante esposa, la devota madre o la exótica seductora? —añadió. De repente, estaba mirando a Hillary muy fijamente a los ojos.

—Yo soy sólo un rostro y un cuerpo que hacen lo que se les dice y que proyectan la imagen que se requiere. Por eso me contrataste, ¿no es verdad?

—Es decir que, como un camaleón, cambias de una a otro según se exige.

—Para eso me pagan —respondió ella. Se sentía ligeramente molesta.

—He oído que has recibido muchas ofertas. Debes de estar muy ocupada.

—Sí —mintió ella fingiendo entusiasmo—. Ha sido muy emocionante. Aún no he decidido cuáles aceptar. Se me ha dicho que debería contratar a un agente para que se ocupe de este tipo de cosas. Tengo una oferta de un fabricante de perfumes muy conocido que implica un contrato a largo plazo, tres años de publicidad en la televisión y, por supuesto, en las revistas. Creo que, por el momento, es la más interesante...

—Ya entiendo. También me han dicho que se ha dirigido a ti una de las cadenas de televisión.

—Sí, pero también tendría que actuar, por lo que tengo que pensarlo muy bien. No sé si haría bien en elegir algo como eso.

Bret se puso de pie y se dio la vuelta para mirar por la ventana. Ella lo observó sin decir palabra, preguntándose en qué estaría pensando. Sin poder evitarlo, se fijó cómo el sol se reflejaba en su abundante cabello.

—Ya has terminado el contrato que tenías conmigo, Hillary. Aunque estoy dispuesto a hacerte una oferta, no sería tan lucrativa como la de un canal de televisión.

Otro contrato... Hillary se alegró de que él estuviera de espaldas para que no pudiera observar la expresión de su rostro. Al menos, ya sabía por qué él había deseado verla. Sólo era para ofrecerle otro contrato, otro trozo de papel. Aunque no tenía intención alguna de aceptar ninguno de los otros contratos, tendría que rechazar la oferta de Bret. No podría soportar volver a trabajar con él.

Antes de responder, se puso de pie.

—Te agradezco mucho tu oferta, Bret, pero debo pensar en mi trayectoria profesional. Te estoy más que agradecida por la oportunidad que me diste, pero...

—¡Ya te dije antes que no quiero tu gratitud! —exclamó él, interrumpiéndola. Entonces, se volvió para mirarla—. No me interesan las expresiones obligatorias de gratitud y apreciación. Lo que hayas recibido como resultado de tu trabajo en mi revista, te lo has ganado tú sola. Ahora, quítate ese sombrero para que pueda verte la cara.

Sin esperar que Hillary lo hiciera, le agarró el sombrero y se lo colocó en las manos. Hillary resistió la necesidad que sentía de tragar saliva. Lo miró a la cara sin pestañear.

—Tú eres la autora de tu propio éxito, Hillary. Yo, ni soy responsable de él ni quiero serlo —añadió él en un tono de voz más tranquilo y preciso, con un esfuerzo aparente por recuperar el control—. No espero que aceptes la oferta que yo te hago. Sin embargo, si cambias de opinión, estaría dispuesto a negociar. Decidas lo que decidas, te deseo buena suerte... Me gustaría creer que eres feliz.

—Gracias —replicó ella. Con una ligera sonrisa en los labios, se dio la vuelta y se dirigió a la puerta.

—Hillary...

Con la mano ya puesta sobre el pomo de la

puerta, ella cerró los ojos durante un instante y trató de encontrar la fuerza necesaria para enfrentarse de nuevo a él.

—¿Sí? —preguntó por fin.

Bret la miró fijamente. A ella le dio la sensación de que estaba memorizando todos y cada uno de sus rasgos.

—Adiós.

—Adiós —contestó ella. Entonces, giró el pomo y se escapó.

Completamente aturdida, se apoyó contra el reverso de la puerta. June la miró asombrada.

—¿Te encuentras bien, Hillary? ¿Qué te ocurre?

Hillary la miró fijamente sin comprender. Entonces, sacudió la cabeza.

—Nada —susurró—. Y todo.

Con un sollozo ahogado salió corriendo del despacho.

Unas noches después, Hillary tomó un taxi con poco entusiasmo. Había permitido que Larry y June la persuadieran para que asistiera a una fiesta al otro lado de la ciudad, en el ático de Bud Lewis. Sabía que no debía hundirse en la autocompasión ni aislarse de sus amigos. Mientras se arrebujaba en su chal para tratar de derrotar la fresca brisa de abril, se dijo que ya era hora de que pensara en el futuro. Pasarse el día sentada en casa no le iba a servir de nada.

Como resultado de tanta reflexión, llegó a la fiesta con ánimo de divertirse. Bud la acompañó hasta la barra del bar y le preguntó qué le apetecía tomar. Hillary estaba a punto de pedir su habitual bebida sin alcohol cuando un bol lleno de un ponche de color rosado le llamó la atención.

—Oh, eso tiene buen aspecto. ¿Qué es?

—Ponche de frutas —le informó él mientras le llenaba un vaso sin esperar su respuesta.

Hillary decidió que sería una bebida bastante inocua. Le dio un sorbo y le pareció deliciosa. Entonces, empezó a mezclarse con los invitados.

Saludó a personas ya conocidas y a los rostros nuevos, deteniéndose de vez en cuando para reír o charlar. Iba de grupo en grupo, sorprendida de lo alegre que se sentía. La depresión y la infelicidad parecían haberse disuelto como la bruma de verano. Aquello era lo que había necesitado desde el principio. Gente, música y una nueva actitud ante la vida.

Se había tomado ya tres vasos de ponche y se lo estaba pasando estupendamente. Estaba flirteando con un hombre alto y moreno, que se había presentado como Paul, cuando una voz conocida habló a sus espaldas.

—Hola, Hillary. Qué casualidad encontrarte aquí.

Hillary se dio la vuelta y se sorprendió de ver a Bret. Sólo había accedido a asistir a la fiesta porque June le había asegurado que Bret tenía otros planes. Le dedicó una vaga sonrisa y, durante un instante, se preguntó por qué su imagen estaba algo borrosa.

—Hola, Bret. ¿Has decidido mezclarte con tus súbditos esta noche?

Él le miró las sonrojadas mejillas y la ausente sonrisa antes de observarla de arriba abajo. Cuando volvió a mirarla a la cara, tenía una ceja fruncida.

—Lo hago de vez en cuando... Es bueno para mi imagen.

—Mmm —replicó ella antes de tomarse el resto de ponche que le quedaba en el vaso—. A los dos se nos da muy bien cuidar de nuestra imagen, ¿verdad? —añadió. Entonces, se volvió hacia el hombre que estaba de pie a su lado con una brillante sonrisa—. Paul, sé un cielo y ve por otro de éstos para mí. Es el ponche ése que está sobre la barra... En el bol...

—¿Cuántos te has tomado ya, Hillary? —le preguntó Bret mientras Paul iba a cumplir el encargo—. Pensaba que dos copas eran tu límite.

—Esta noche no hay límite —replicó ella con un violento movimiento de cabeza—. Estoy celebrando que he vuelto a nacer. Además, sólo es ponche de frutas.

—Por el aspecto que tienes, yo diría que está hecho con frutas muy alcohólicas. Después de todo, tal vez deberías considerar los beneficios del café.

—No seas aburrido —le espetó ella mientras le tocaba con un dedo los botones de la camisa que él llevaba puesta—. Seda... Siempre he sentido una gran debilidad por la seda. Larry está aquí, ¿sabes? No tiene su cámara. Casi no lo he reconocido sin ella.

—Creo que no pasará mucho tiempo antes de que tengas dificultad hasta para reconocer a tu propia madre.

—No, mi madre sólo hace fotos con una Polaroid de vez en cuando —le informó mientras Paul regresaba con su bebida. Tras dar un largo sorbo, agarró a Paul del brazo—. Baila conmigo. Me encanta bailar. Toma —añadió, refiriéndose a Bret—, sujétamelo durante un rato.

Se sentía ligera y libre mientras bailaba al ritmo de la música. Se maravilló por el hecho de que hubiera dejado alguna vez que Bret Bardoff interfiriera en su vida. La sala parecía dar vueltas al ritmo de la música y la llenaba con una desconocida sensación de euforia. Paul le dijo algo al oído que ella no pudo comprender, por lo que se limitó a suspirar como respuesta.

Cuando la música se detuvo, una mano la tocó en el brazo. Se giró y se encontró con Bret al lado de ella.

—¿Acaso quieres tú bailar ahora conmigo? —preguntó ella mientras se apartaba el cabello del rostro.

—Marcharme es más bien lo que tenía en mente —la corrigió él. Entonces, empezó a tirarle del brazo—. Y tú también.

—Sin embargo, yo no deseo marcharme —dijo ella—. Es muy temprano y me estoy divirtiendo.

—Eso ya lo veo —replicó él, sin dejar de tirar de ella—, pero nos vamos de todas formas.

—No tienes que llevarme a mi casa. Puedo tomar un taxi yo sola. O tal vez Paul pueda llevarme.

—Y un cuerno —rugió él mientras la arrastraba entre la multitud.

—Quiero bailar un poco más —repuso Hillary. Entonces, se dio una rápida vuelta y se chocó de pleno con el torso de Bret—. ¿Quieres tú bailar conmigo?

—Esta noche no, Hillary —suspiró. Entonces, miró atentamente a Hillary—. Supongo que tendré que hacer esto del modo más difícil.

Con un rápido movimiento, se la echó al hombro y comenzó a abrirse paso entre los asistentes a la fiesta, que los observaban completamente atónitos. En vez de llenarse de indignación, Hillary empezó a reírse.

—¡Qué divertido es esto! Mi padre solía llevarme así.

–Genial.

–Por aquí, jefe.

June estaba al lado de la puerta con el bolso y el chal de Hillary en las manos.

–¿Tienes ya todo bajo control?

–Lo tendré –respondió él mientras salía del apartamento.

Sacó así a Hillary del edificio y la dejó sin ceremonia alguna en su coche.

–Ya está –le dijo–. Ahora, ponte esto.

–No tengo frío –replicó ella. Entonces, lanzó el chal contra el asiento trasero–. Me siento maravillosa.

–Estoy seguro de ello –comentó Bret. Se metió en el coche y le lanzó una mirada antes de arrancar el motor–. Tienes suficiente alcohol en la sangre como para calentar un edificio de dos plantas.

–Sólo es ponche de frutas –insistió Hillary–. ¡Oh, mira la luna! –añadió. Se abalanzó rápidamente sobre el salpicadero y contempló absorta el disco de plata que brillaba en el cielo–. Me encanta la luna llena. Vamos a dar un paseo.

–No.

–No tenía ni idea de que eras tan aguafiestas.

A continuación, Hillary volvió a recostarse contra el asiento y empezó a canturrear mientras Bret conducía. Por fin, detuvo el coche en el aparcamiento del edificio de Hillary y se volvió a mirarla.

–Está bien, Hillary. ¿Puedes andar o te llevo?

—Claro que puedo andar. Llevo años y años andando —replicó ella. Entonces, abrió la puerta del coche y salió para demostrárselo. De repente, le extrañó que el suelo estuviera algo inclinado—. ¿Ves? Tengo un equilibrio perfecto —añadió en voz alta a pesar de que se tambaleaba peligrosamente.

—Claro, Hillary. Podrías ser equilibrista —comentó él. Entonces, la agarró por el brazo para evitar que terminara en el suelo. A continuación, la tomó entre sus brazos y la acurrucó contra su pecho. Ella se lo permitió e incluso le rodeó el cuello con los brazos.

—Esto me gusta mucho más —dijo Hillary mientras subían en el ascensor—. ¿Sabes lo que siempre he deseado hacer?

—¿El qué? —preguntó Bret, sin molestarse en girar la cabeza. En aquel momento, ella comenzó a mordisquearle la oreja suavemente—. Hillary... —susurró, pero ella le interrumpió.

—Tienes una boca fascinante —musitó mientras se la acariciaba con la punta del dedo.

—Hillary, detente...

—Y también un rostro con una forma muy agradable. Además, esos ojos me han cautivado —murmuró. Empezó a recorrerle el cuello con la boca y Bret lanzó un suspiro de alivio cuando se abrieron por fin las puertas del ascensor—. ¡Qué bien hueles!

Bret trató de encontrar las llaves de Hillary a pesar de que la llevaba a ella en brazos y de que no dejaba de sentir su boca contra la oreja.

—Hillary, basta —le ordenó—. Vas a hacerme olvidar que este juego tiene reglas.

Cuando por fin consiguió completar el delicado proceso de abrir la puerta, se apoyó contra la madera durante un instante y respiró profundamente.

—Yo creía que a los hombres les gusta que los seduzcan —susurró ella sin dejar de frotar su mejilla contra la de él.

—Escucha, Hillary...

Cuando giró la cabeza, notó que ella le capturaba la boca.

—Me encanta besarte —dijo ella. Entonces, bostezó y acurrucó la cabeza contra el cuello de Bret.

—Hillary... ¡Por el amor de Dios!

A duras penas consiguió llegar al dormitorio mientras ella seguía murmurando palabras incoherentes. Trató de dejarla sobre la colcha, pero Hillary no se le soltó del cuello, lo que hizo que Bret perdiera el equilibrio y cayera encima de ella. Una vez más, la joven apretó los labios contra los de él. Desesperadamente, Bret trató de soltarse.

—No sabes lo que estás haciendo —afirmó Bret. Con un somnoliento gemido, ella cerró los ojos—. ¿Tienes algo debajo de ese vestido? —quiso saber mientras le quitaba los zapatos.

—Mmm... un ligero movimiento.

—¿Qué estás diciendo?

Ella le dedicó una sonrisa y murmuró algo. Bret respiró profundamente, le dio la vuelta y comenzó a bajarle la cremallera del vestido, le apartó la tela de los hombros y siguió deslizándosela a lo largo de todo el cuerpo.

—Vas a pagar por esto —le advirtió.

Las maldiciones de Bret se hicieron más elocuentes cuando se vio obligado a no prestar atención alguna a la suave piel de Hillary bajo un minúsculo trozo de seda. Apartó las sábanas y la metió en la cama. Hillary suspiró y se acurrucó contra la almohada.

Por su parte, Bret se dirigió hacia la puerta y se apoyó contra el umbral. Se permitió contemplar a Hillary mientras ella se sumergía en un plácido sueño.

—No me lo puedo creer. Debo de estar loco —susurró—. Voy a odiarme por la mañana...

Tras dar un largo suspiro, fue en busca de la botella de whisky que Hillary guardaba en la cocina.

IX

Hillary se despertó con la brillante luz del sol. Parpadeó repetidamente para tratar de enfocar los objetos familiares que veía a su alrededor. Entonces, se incorporó en la cama y lanzó un gruñido. La cabeza le dolía y parecía que tenía la boca llena de arena. Colocó los pies sobre el suelo y trató de ponerse de pie, pero sólo consiguió volver a caer sobre la cama con un gemido. El dormitorio parecía dar vueltas a su alrededor como si fuera un carrusel. Se agarró la cabeza con las manos con la esperanza de detenerlo.

«¿Qué bebí anoche?», se preguntó. A duras penas, consiguió levantarse e ir a su armario para buscar una bata.

Vio que su vestido estaba tirado a los pies de la cama y lo observó llena de confusión. No recordaba habérselo quitado. Atónita, sacudió la cabeza y se apretó una mano contra la sien. Decidió que lo que necesitaba era una aspirina, un zumo y una ducha fría. Al ver que unos zapatos y una chaqueta de hombre la acusaban desde el salón, se detuvo en seco y se apoyó contra la pared.

—Dios Santo —susurró.

Poco a poco, fue recuperando los recuerdos. Bret la había llevado a casa y ella... Al recordar la conducta que mostró en el ascensor se echó a temblar. ¿Qué habría ocurrido después? Sólo podía recordar retazos, pequeñas piezas como las de un rompecabezas destrozado contra el suelo... Pensar que tarde o temprano tendría que volver a reconstruirlo le disgustaba profundamente.

—Buenos días, cariño.

Hillary se dio la vuelta lentamente. Cuando vio que Bret le estaba sonriendo palideció un poco más. Iba vestido tan sólo con unos pantalones y llevaba una camisa encima del hombro. La humedad de su cabello revelaba el hecho de que acababa de salir de la ducha. «De mi ducha», pensó ella mientras lo miraba fijamente.

—Me vendría muy bien un poco de café, cielo —comentó él.

Entonces, la besó ligeramente en la mejilla, de un modo tan íntimo que Hillary sintió un nudo en el estómago. A grandes zancadas se dirigió a la co-

cina y ella lo siguió, aterrorizada. Después de co-
nectar el hervidor de agua, Bret se volvió y le agarró la cintura con los brazos.

—Estuviste magnífica —susurró mientras le acariciaba suavemente la frente con los labios. Hillary
creyó que estaba a punto de desmayarse—. ¿Te has
divertido tanto como yo?

—Bueno, supongo... No... No me acuerdo de
nada exactamente.

—¿No te acuerdas? —preguntó él, incrédulo—.
¿Cómo has podido olvidarte? Fue maravilloso.

—Yo estaba... Oh... —musitó. Entonces, se cubrió
el rostro con las manos—. La cabeza...

—¿Tienes resaca? —preguntó él muy preocupado—. Yo te ayudaré...

Bret se apartó de su lado y empezó a buscar en
el frigorífico.

—¿Cómo puedo tener resaca? Sólo tomé un
poco de ponche.

—Y tres clases de ron.

—¿Ron? —repitió ella. Entonces, frunció el ceño
y trató de recordar—. Yo no tomé nada más que...

—Ese ponche de frutas —respondió él mientras se
afanaba en encontrar su remedio—. Lo preparan,
principalmente, con tres clases de ron, blanco, tostado y añejo.

—No lo sabía... En ese caso bebí demasiado. No estoy acostumbrada. Tú... tú te has aprovechado de mí...

—¿Que me he aprovechado de ti? —le preguntó él con un vaso en la mano mientras la miraba completamente atónito—. Cielo, yo no podría ni siquiera dominarte... Eres una verdadera tigresa cuando te pones —añadió, con una sonrisa.

—Acabas de decir algo horrible —explotó ella. Entonces, gimió cuando la cabeza empezó a zumbarle implacablemente.

—Toma, bebe —dijo Bret ofreciéndole un vaso. Hillary lo miró sin saber qué hacer.

—¿Qué tiene?

—No preguntes —le aconsejó él—. Sólo bébetelo.

Hillary se tragó la bebida de un solo golpe y luego se echó a temblar cuando sintió cómo le bajaba el líquido por la garganta.

—Ugh.

—Es el precio que se ha de pagar por emborracharse, amor mío.

—Yo no me emborraché exactamente —protestó ella—. Sólo estaba algo... aturdida. Y tú... —le espetó mirándolo con desprecio—... tú te has aprovechado de mí.

—Yo diría más bien que fue al revés.

—No sabía lo que estaba haciendo.

—Pues a mí me pareció que sí lo sabías... y muy bien —afirmó él, con una sonrisa en los labios que destrozó a Hillary.

—No lo recuerdo... No recuerdo nada...

—Tranquilízate, Hillary... —dijo él al ver que ella comenzaba a sollozar—. No hay nada que recordar.

—¿Qué quieres decir? —preguntó Hillary mientras se secaba los ojos con el reverso de la mano.

—Quiero decir que no te toqué. Te dejé pura e inmaculada sobre tu virginal lecho y dormí en tu sofá, que, por cierto, es muy incómodo...

—Tú no... Nosotros no...

—No —le aseguró él mientras se servía un poco de agua caliente en una taza.

La primera sensación que Hillary sintió fue de alivio, aunque se transformó rápidamente en irritación.

—¿Por qué no? ¿Qué es lo que me pasa?

Bret se volvió para mirarla. Estaba completamente atónito. Entonces, lanzó una sonora carcajada.

—Oh, Hillary... ¡Eres la contradicción personificada! Hace un minuto estabas desesperada porque creías que te había robado tu honra y ahora te sientes insultada porque no lo hice.

—A mí no me hace ninguna gracia —replicó ella—. Me hiciste creer deliberadamente que...

—Que nos acostamos juntos —la interrumpió Bret—. Y te lo merecías. Me volviste loco desde el ascensor hasta el dormitorio —añadió. Al ver que ella se sonrojaba, sonrió—. Veo que de eso sí te acuerdas. Pues acuérdate también de esto. La mayoría de los hombres no hubieran dejado a un bocado tan tentador como tú para ir a dormir en el sofá, así que ten cuidado con el ponche de frutas que tomas de ahora en adelante.

–No voy a volver a beber mientras viva –juró Hillary–. Ni siquiera voy a volver a mirar la fruta. Necesito un té o un poco de ese horrible café... Algo –añadió mientras se frotaba los ojos.

El timbre de la puerta se hizo eco en el interior de su cabeza. Hillary hizo un gesto de dolor y maldijo con un gusto poco acostumbrado.

–Te prepararé un té –sugirió Bret, sonriendo al ver el modo en el que ella buscaba obscenidades que poder decir–. Ve a abrir la puerta.

Cuando Hillary abrió, se encontró con la figura de Charlene de pie en el umbral. Ella la miró de arriba abajo, con una mirada de desprecio al ver su desarrapada apariencia.

–Entra –le dijo Hillary. Entonces, cerró la puerta con fuerza, lo que sólo añadió más angustia al dolor de cabeza que sentía.

–Me han dicho que anoche hiciste el ridículo.

–Vaya, veo que las buenas noticias viajan muy rápido... Me alegra ver que estás tan preocupada por mí.

–Tú no me preocupas en lo más mínimo –le espetó ella–. Bret, sin embargo, sí. Pareces tener por costumbre lanzarte a él y yo no tengo intención de que esa actitud continúe.

Hillary decidió que aquello era demasiado para alguien en su estado. A pesar de que la ira se había apoderado de ella, fingió un bostezo y adoptó una expresión aburrida.

—¿Es eso todo?

—Si crees que voy a permitir que alguien tan insignificante como tú arruine la reputación del hombre con el que voy a casarme, estás muy equivocada.

Durante un instante, la ira se quedó en un segundo plano por el dolor que le provocaron aquellas palabras. El esfuerzo que le costó mantener el rostro impasible hizo que la cabeza le retumbara con mayor intensidad.

—Te doy la enhorabuena, aunque a Bret le daré el pésame.

—Te arruinaré la vida —juró Charlene—. Me encargaré de que nadie vuelva a fotografiar tu rostro.

—Hola, Charlene —dijo Bret en tono casual mientras se acercaba a la puerta. Al menos ya tenía la camisa puesta.

La pelirroja se dio la vuelta y lo miró a él primero, luego se fijó en la americana, que estaba tirada sobre el respaldo del sofá.

—¿Qué... qué estás haciendo aquí?

—Yo diría que resulta bastante evidente —respondió él, tras sentarse en el sofá y empezar a ponerse los zapatos–. Si no querías saberlo, no deberías haber estado vigilándome.

«Me está utilizando. Me está utilizando otra vez para hacer que ella se ponga celosa», pensó Hillary.

En aquel momento, Charlene se volvió de nuevo hacia ella, con la respiración muy agitada.

–¡No lograrás retenerlo! –le espetó–. ¡Se aburrirá de ti en menos de una semana! ¡Regresará muy pronto conmigo!

–Genial –replicó Hillary–. Por mí te puedes quedar con él. Yo ya he tenido bastante de vosotros dos. ¿Por qué no os marcháis? ¡Enseguida! –exclamó, haciendo exagerados gestos hacia la puerta–. ¡Fuera, fuera, fuera!

–Un momento –le dijo Bret. Estaba abrochándose el último botón de la camisa.

–Tú mantente al margen de esto –replicó Hillary–. Estoy harta de ti, Charlene, pero no tengo ganas de pelearme contigo en estos momentos. Si quieres regresar más tarde, puedes hacerlo.

–No veo razón alguna para volver a hablar contigo –anunció Charlene–. Tú no supones ningún problema para mí. Después de todo, ¿qué podría ver Bret en una mujerzuela como tú?

–Mujerzuela –repitió Hillary, con una voz que no presagiaba nada bueno–. ¿Mujerzuela has dicho? –reiteró avanzando hacia Charlene.

—Espera, Hillary —le advirtió Bret tras agarrarla por la cintura—. Tranquilízate.

—Eres una pequeña salvaje, ¿verdad? —prosiguió Charlene.

—¿Salvaje? Ahora mismo te voy a enseñar yo el significado de la palabra salvaje —replicó Hillary mientras trataba de soltarse de Bret.

—Cállate ya, Charlene —le ordenó Bret—, o te prometo que voy a soltarla.

A pesar de sus amenazas, mantuvo sujeta a Hillary hasta que ella se tranquilizó un poco.

—Suéltame. No voy a tocarla —prometió por fin—. Sólo sácala de mi casa. ¡Y tú márchate también! —le gritó a Bret—. Ya he tenido más que suficiente con los dos. No pienso dejar que me utilicen de este modo. Si quieres ponerla celosa, búscate a otra persona que te ayude a ello. Te quiero fuera... fuera de mi vida, fuera de mis pensamientos. No quiero volver a veros a ninguno de los dos —concluyó, con las mejillas llenas de lágrimas.

—Ahora me vas a escuchar tú a mí —le dijo Bret. Entonces, la agarró por los hombros con firmeza y la zarandeó con fuerza.

—No —replicó ella. Entonces, se apartó de él—. Estoy harta de escucharte. Harta. Se ha terminado... ¿Me comprendes? Fuera de aquí y llévate a tu amiga contigo. Dejadme los dos en paz.

Bret recogió su americana. Entonces, observó

durante un momento las arreboladas mejillas y los ojos llenos de lágrimas de Hillary.

—Muy bien —dijo él—. Me la voy a llevar. Te voy a dar la oportunidad de serenarte y luego regresaré. Todavía no hemos terminado de hablar tú y yo.

A través de un mar de lágrimas, Hillary se quedó contemplando la puerta después de que Bret la hubiera cerrado a sus espaldas. Decidió que él podría regresar si quería, pero que ella no estaría esperándolo.

Se dirigió corriendo a su dormitorio, sacó las maletas y empezó a meter la ropa sin cuidado alguno. «¡Ya he tenido bastante!», pensó. «¡Estoy harta de Nueva York, de Charlene Mason y especialmente de Bret Bardoff! Me marcho a mi casa».

Muy poco tiempo después, llamaba a la puerta de la casa de Lisa. La sonrisa de su amiga se le heló en el rostro cuando vio el estado en el que se encontraba Hillary.

—¿Qué diablos...? —empezó a decir, pero Hillary le impidió que siguiera hablando.

—No tengo tiempo de explicártelo, pero me marcho de Nueva York. Aquí tienes mi llave —dijo, dándosela a Lisa—. Hay comida en el frigorífico y en los aparadores. Quédatela junto con todo lo que te guste. No voy a regresar...

—Pero, Hillary...

—Me encargaré más tarde de los muebles y el

contrato de alquiler. Te escribiré y te lo explicaré todo tan pronto como pueda.

—Pero Hillary, ¿adónde vas? —preguntó Lisa cuando Hillary ya se había dado la vuelta para marcharse.

—A mi casa —respondió ella sin mirar atrás—. A la casa de la que nunca debí salir.

A pesar de que la inesperada llegada de Hillary sorprendió a sus padres, no le hicieron preguntas ni quisieron explicación alguna. Muy pronto, ella se habituó a la rutina de los días en la granja. Casi sin que se diera cuenta, pasó una semana.

Durante aquel tiempo, Hillary tomó por costumbre pasarse muchos ratos a solas en el porche de la granja. Las horas entre el anochecer y el momento de irse a la cama eran las mejores. Era el momento que separaba las ajetreadas horas del día de las horas de reflexión de la noche.

El balancín del porche crujió suavemente, turbando así la tranquilidad de la tarde. Observó el suave avance de la luna por el cielo nocturno y disfrutó del aroma de la pipa de su padre cuando él se sentó a su lado.

—Es hora de que hablemos, Hillary —dijo él mientras le rodeaba los hombros con un brazo—. ¿Por qué has regresado tan de repente?

Ella suspiró profundamente y apoyó la cabeza contra la de él.

—Por muchas razones, principalmente porque estaba cansada.

—¿Cansada?

—Sí, cansada de que me fotografíen, cansada de ver mi propio rostro, cansada de tener que sacarme actitudes y expresiones del sombrero como si fuera un mago de segunda categoría, cansada del ruido, cansada de las multitudes... Simplemente cansada.

—Siempre creímos que tenías lo que más deseabas.

—Estaba equivocada. No era lo que yo deseaba. No era lo único que quería —comentó Hillary. Se puso de pie y se acercó a la barandilla del porche para observar más de cerca la noche—. Ahora, no sé si he conseguido algo.

—Has conseguido muchas cosas. Has trabajado muy duro y has conseguido abrirte camino en tu carrera, un camino del que puedes sentirte muy orgullosa. Todos nos sentimos muy orgullosos de ti.

—Sé que he tenido que trabajar mucho para conseguir lo que tengo. Sé que era buena en mi profesión... Cuando me marché de casa —dijo, mientras se sentaba sobre la barandilla—, quería ver hasta dónde podía llegar yo sola. Sabía exactamente lo que quería y adónde me dirigía. Todo

estaba catalogado en pequeñas categorías. Primero
A, luego B y así sucesivamente. Ahora, he conseguido algo que la mayoría de las mujeres en mi
posición darían cualquier cosa por tener, pero yo
no lo quiero. Pensé que lo quería, pero ahora,
cuando lo único que tengo que hacer es extender
la mano y tomarlo, no lo quiero. Estoy cansada de
poner caras.

–Muy bien. En ese caso, es hora de detenerse,
pero a mí me parece que hay algo más que ha provocado tu decisión de venir a casa. ¿Hay algún
hombre implicado en todo esto?

–Está todo terminado –dijo Hillary encogiéndose de hombros–. No estaba a mi alcance.

–Hillary Baxter, me avergüenzo de oírte hablar
así.

–Es cierto. Yo nunca encajé en su mundo. Es rico
y sofisticado y yo no hacía más que olvidarme del
glamour para hacer las cosas más ridículas. ¿Sabes
que aún sigo llamando a los taxis con un silbido?
Una no puede cambiar lo que es. Por muchas imágenes que puedas adoptar, se sigue siendo la misma.
Además, en realidad nunca hubo nada entre nosotros... al menos no por su parte.

–En ese caso, no debe de ser un hombre muy inteligente –comentó su padre tras dar una calada de
su pipa.

–Algunas personas podrían decir que tienes prejuicios —dijo ella mientras abrazaba con fuerza a su progenitor—. Yo sólo necesitaba regresar a casa. Ahora me voy a poner bien. Además, como mañana viene el resto de la familia, tenemos mucho que hacer.

El aire era puro y dulce cuando Hillary se montó sobre su caballo a primera hora de la mañana para ir a dar un paseo. Se sentía ligera y libre. El viento le alborotaba el cabello y se lo apartaba de la cara como si fuese una espesa alfombra negra. Al sentir la alegría de la brisa y de la velocidad, se olvidó del tiempo y del dolor y desechó por fin su sentimiento de fracaso. Entonces, detuvo su negra montura y contempló la amplia extensión de campos de trigo.

Parecían extenderse hasta la eternidad. Era como un océano dorado que se mecía bajo un cielo de un azul imposible. En algún lugar, una alondra pareció anunciar la llegada de la vida. Hillary suspiró de felicidad. Levantó el rostro y disfrutó de las suaves caricias del sol sobre la piel, del aroma de la tierra volviendo a la vida tras el descanso invernal.

Aquello era Kansas en primavera... Todos los colores eran tan reales, tan vivos... El aire era tan fresco y tan lleno de paz. «¿Por qué decidí marcharme de aquí? ¿Qué estaba buscando?», pensó.

Cerró los ojos y respiró profundamente. «Estaba buscando a Hillary Baxter y, ahora que la he encontrado, no sé lo que hacer con ella...».

–Ahora lo que necesito es tiempo, Cochise –le dijo a su compañero de cuatro patas. Entonces, se inclinó sobre el animal para acariciarle el fuerte cuello–. Sólo necesito un poco de tiempo para hacer que encajen todas las piezas de mi rompecabezas.

Hizo que el caballo se diera la vuelta y se dispuso a regresar a casa. Empezó a cabalgar suavemente, feliz de haber sentido el ritmo de la naturaleza y de haber contemplado aquel paisaje primaveral. Cuando vislumbró la granja, Cochise comenzó a mostrarse intranquilo. No dejaba de piafar el suelo y de tirar del bocado. No quería regresar.

–Tranquilo, diablillo...

Acicateó al animal e hizo que empezara a correr. El aire vibraba a su alrededor, mezclado con el sonido de los cascos sobre la tierra. Hillary dejó que su espíritu volara al ritmo del galope de su montura. Saltaron limpiamente una vieja valla de madera, tocaron suavemente la tierra y siguieron galopando contra el viento.

A medida que se iban acercando a la casa, Hillary entornó los ojos al ver a un hombre apoyado sobre la valla. Tiró de las riendas para que Cochise se detuviera inmediatamente.

–Quieto –susurró.

Comenzó a acariciar suavemente el cuello del animal y murmuró suaves palabras para calmarlo. No dejaba de mirar al hombre. Parecía que ni la mitad de un continente había sido lo suficientemente grande como para poder escapar.

X

Bret se apartó de la valla y se dirigió hacia ella.

—Menuda actuación —dijo—. Me resultaba imposible saber dónde terminaba el caballo y dónde empezaba la mujer.

—¿Qué estás haciendo aquí? —preguntó ella.

—Sólo pasaba por aquí... y pensé que vendría a visitarte —comentó él mientras acariciaba el morro del caballo.

Hillary apretó los dientes y desmontó.

—¿Cómo has sabido dónde encontrarme? —quiso saber Hillary. Lo miraba muy fijamente, pero, de repente, deseó haber mantenido la ventaja que le daba la altura del caballo.

—Lisa me oyó llamando a tu puerta. Me dijo que te habías marchado —dijo él. Hablaba de un modo ausente. Parecía mucho más interesado en acariciar al caballo que en darle explicaciones a ella–. Es un caballo muy bonito, Hillary –comentó, mirando por fin a la mujer. Sus ojos grises observaron atentamente el cabello peinado por el viento y las arreboladas mejillas–. Y tú sabes muy bien cómo montarlo.

–Necesita refrescarse un poco y que lo cepille –replicó. Se sentía batante enojada por el hecho de que su caballo pareciera tan a gusto con las suaves caricias de aquellos largos dedos. Se dispuso a llevárselo al establo.

–¿Tiene nombre? –quiso saber Bret. Había empezado a andar a su lado.

–Se llama Cochise –replicó con voz seca. Casi no pudo evitar darle a Bret con la puerta del establo en las narices cuando entró tras ella.

–Me pregunto si te has dado cuenta de que el color de este animal te va muy bien –comentó, mientras se acomodaba contra la puerta del pesebre. Hillary comenzó a cepillar al animal con gran dedicación.

–Yo nunca elegiría un caballo por una razón tan poco práctica –repuso, sin apartar la mirada del pelaje del animal. Estaba de espaldas a Bret.

–¿Cuánto tiempo hace que lo tienes?

–Lo crié cuando sólo era un potro.

–Supongo que eso explica el porqué los dos encajáis tan bien.

Bret comenzó a recorrer el establo mientras ella terminaba de acicalar al caballo. Mientras sus manos estaban ocupadas, su mente no hacía más que pensar en docenas de cuestiones que no tenía el valor de preguntar. El silencio se fue haciendo cada vez más intenso hasta que se sintió incapaz de escapar de él. Por fin, cuando le resultó imposible prolongar por más tiempo el aseo del caballo, se dispuso a salir del establo.

—¿Por qué saliste huyendo? —le preguntó Bret cuando los dos salían por la puerta.

—Yo no he salido huyendo —replicó ella. Improvisó rápidamente—. Quería tener un poco de tiempo para pensar en las ofertas que he tenido... A estas alturas de mi carrera no quiero tomar una decisión equivocada.

—Entiendo.

Sin saber si la sorna que había en el tono de la voz de Bret era real o producto de su propia imaginación, decidió tratar de deshacerse de él.

—Tengo cosas que hacer. Mi madre me necesita en la cocina.

Sin embargo, parecía que el destino estaba en su contra. En aquel momento su madre abrió la puerta trasera y se acercó a ellos.

—¿Por qué no le muestras a Bret todo esto, Hillary? A mí no me haces falta.

—Pero los pasteles... —dijo ella, tratando de hacer entender a su madre que se trataba de una situación desesperada.

No obstante, Sarah decidió no prestar atención alguna a su silenciosa súplica y le sonrió dulcemente.

—Aún tenemos mucho tiempo. Estoy segura de que a Bret le gustaría recorrer la granja antes de cenar.

—Tu madre ha sido muy amable y me ha invitado a quedarme, Hillary —le dijo él con una sonrisa al comprobar el asombro con el que Hillary miraba a su madre—. Estaré encantado, Sarah.

Furiosa por el hecho de que se hubieran hablado utilizando los nombres de pila, Hillary se dio la vuelta y musitó sin entusiasmo alguno:

—Muy bien. Vamos.

A poca distancia se detuvo y lo miró con una almibarada sonrisa.

—Bueno, Bret —le dijo con cierta ironía—, ¿qué te gustaría ver primero, el corral de las gallinas y la zahúrda?

—Decide tú —respondió él, sin dejar que el sarcasmo con el que ella le había hablado le afectara en absoluto.

Con el ceño fruncido, Hillary se dispuso a enseñárselo todo.

En vez de parecer tan aburrido como ella había esperado, Bret se mostró muy interesado por todas las tareas de la granja, desde el huerto de su madre hasta la gigantesca maquinaria de su padre.

De repente, él le puso una mano en el hombro para que se detuviera y miró los campos de trigo.

–Ya comprendo a lo que te referías, Hillary –murmuró–. Son magníficos. Es como un océano dorado.

Ella no respondió.

Bret giró la cabeza y antes de que Hillary pudiera protestar, le agarró la mano.

–¿Has visto alguna vez un tornado?

–Una no vive en Kansas durante veinte años sin ver uno –replicó Hillary.

–Debe de ser una experiencia abrumadora.

–Lo es –afirmó–. Recuerdo que, cuando yo tenía unos siete años, nos enteramos de que se acercaba uno. Todo el mundo iba corriendo de un lugar a otro, protegiendo a los animales y preparándose para lo peor. Yo estaba en medio de todo aquello... –susurró. Se detuvo durante un instante. Entonces, miró al horizonte como si eso la ayudara a reunir sus recuerdos–... Yo lo vi acercarse. Era como un enorme embudo negro, que se acercaba cada vez más. Todo estaba tan tranquilo, pero se podía sentir cómo el aire iba levantándose poco a poco. Yo me sentía completamente fascinada. Mi padre salió a recogerme. Me colocó sobre su hombro y me llevó al sótano de la casa. Todo rebosaba placidez. Casi parecía como si el mundo se hubiera muerto. Entonces, se escuchó un sonido muy fuerte, como si cientos de aviones estuvieran atravesando el cielo por encima de nuestras cabezas.

Bret sonrió. Inmediatamente, Hillary experimentó el ya habitual vuelco del corazón.

—Hillary —susurró. Entonces, se llevó dulcemente la mano de la joven a los labios—. Eres tan dulce que parece increíble...

Ella echó de nuevo a andar y, estratégicamente, se metió las manos en los bolsillos. En silencio, rodearon la granja mientras Hillary trataba de encontrar el valor necesario para preguntarle la razón de su visita.

—Tú... ¿Tienes negocios en Kansas?

—Supongo que es una manera de decirlo —contestó él. Su respuesta no resultó muy esclarecedora, por lo que Hillary trató de emular el tono casual con el que había hablado.

—¿Por qué no enviaste a uno de tus empleados para que se ocupara de lo que te ha traído aquí?

—Hay ciertas cosas de las que prefiero ocuparme personalmente —contestó él, con una burlona sonrisa en los labios, que, evidentemente, tenía la intención de enojarla. Hillary se encogió de hombros como si aquella conversación le resultara completamente indiferente.

Los padres de Hillary parecieron sentir una simpatía inmediata por Bret. A Hillary la molestó que él encajara en su mundo casi sin hacer esfuerzo. Estaba sentado al lado de su padre. Los dos se llamaban por sus nombres de pila y charlaban como si fueran viejos amigos. Los numerosos miembros de la familia podrían haber intimidado a otra persona, pero Bret parecía estar en su salsa. En sólo treinta minutos, había encandilado por completo a las dos cuñadas de Hillary, se había ganado el respeto de sus dos hermanos e incluso la adoración de sus sobrinos. Tras musitar algo sobre los pasteles, Hillary se retiró a la cocina.

Unos pocos minutos más tarde escuchó:

—¡Qué domesticidad!

Se dio la vuelta y vio que Bret estaba justo detrás de ella.

—Tienes harina en la nariz —añadió él. Se la limpió con el dedo sin que ella pudiera evitarlo, pero Hillary se apartó bruscamente de él para seguir trabajando con el rodillo—. ¿Pastelillos, eh? ¿De qué clase?

Se apoyó sobre la encimera de la cocina, como si estuviera en su casa.

—De merengue de limón —replicó ella, sin darle motivo alguno para iniciar una conversación.

—Ah, yo soy bastante parcial con el merengue de limón. Es ácido y dulce al mismo tiempo —comentó, con una sonrisa en los labios—. En realidad, me recuerda a ti —añadió. Hillary le lanzó una mi-

rada de desdén que no pareció afectarle en absoluto–. Lo haces muy bien –comentó mientras ella
amasaba la pasta.

–Trabajo mucho mejor sola.

–¿Dónde está esa famosa hospitalidad de las gen-
tes de campo de la que he oído tanto hablar?

–Has conseguido que te inviten a cenar, ¿no?
–replicó mientras pasaba el rodillo sobre la masa
con tanta fuerza como si fuera el enemigo–. ¿Por
qué has venido? ¿Acaso querías ver cómo era la
granja de mis padres? ¿Querías burlarte de mi familia para luego echarte unas buenas risas con
Charlene cuando regreses a Nueva York?

–Basta ya –afirmó Bret. Se acercó a ella y la agarró por los hombros–. ¿Acaso tienes en tan poca
estima a tu familia que eres capaz de decir eso?

La expresión que se reflejó en el rostro de Hillary pasó de mostrar ira para luego transmitir un
profundo gesto de asombro. Al ver su reacción, Bret
redujo la fuerza con la que la estaba sujetando.

–Esta granja es impresionante –prosiguió él–, y
tu familia es un grupo de personas encantadoras,
afectuosas y auténticas. En realidad, ya estoy medio
enamorado de tu madre.

–Lo siento –murmuró ella antes de retomar lo
que estaba haciendo–. Ha sido una estupidez que
te dijera eso.

Bret se metió las manos en los bolsillos de los vaqueros que llevaba puestos y se acercó a la puerta trasera.

—Parece que es la temporada del béisbol.

Salió de la cocina. Llena de curiosidad, Hillary se acercó a la ventana y se puso a mirar al exterior. Entonces, vio que Bret acababa de recoger un guante que alguien le había lanzado y que era recibido con un sincero entusiasmo por parte de varios miembros de la familia. La suave brisa de la tarde se encargó de transmitirle los gritos de alegría y las risas que se produjeron a continuación. Se dio la vuelta y se dispuso a seguir con su tarea.

En aquel momento, su madre entró en la cocina. Hillary se limitó a responder los comentarios que ella hacía con murmullos ocasionales. La molestaba que la distrajera la actividad que se estaba produciendo en el exterior.

—Es mejor que los llamemos para que se laven —comentó Sarah, interrumpiendo así los pensamientos de Hillary.

Automáticamente, ella se dirigió a la puerta. La abrió y lanzó un agudo silbido. Entonces, muy avergonzada, se sacó los dedos de la boca y se maldijo una vez más por haber hecho el ridículo delante de Bret. Hecha una furia, volvió a entrar en la cocina y cerró la puerta con un golpe seco.

Durante la cena, tuvo que sentarse al lado de Bret. Decidió ignorar por completo los nervios que le atenazaban el estómago y se entregó al caos familiar. No deseaba que ni su familia ni él notaran que estaba molesta por algo.

Mientras todos se dirigían hacia el salón, Hillary vio que Bret se ponía a charlar una vez más con su padre, por lo que decidió prestar atención a su sobrino y se puso a jugar con los camiones del pequeño sobre el suelo. El hermano pequeño de este último se acercó a Bret y se le sentó en el regazo. Atónita, ella observó de reojo cómo hacía saltar al niño sobre las rodillas.

—¿Vives en Nueva York con la tía Hillary? —le preguntó el niño de repente. Al escuchar aquellas palabras, el camión que Hillary tenía en la mano se le cayó al suelo sin que ella pudiera evitarlo.

—No exactamente —respondió él. Al ver que Hillary se estaba sonrojando, sonrió—, pero sí que vivo en Nueva York.

—La tía Hillary me va a llevar a lo alto del Empire State Building —anunció el pequeño con gran orgullo—. Voy a escupir desde un millón de metros de altura. Tú puedes venir con nosotros si quieres —añadió, con la típica magnanimidad infantil.

—No se me ocurre nada mejor que hacer —comentó Bret mientras acariciaba suavemente el cabello del pequeño—. Tendrás que llamarme para decirme cuándo vais.

—No podemos ir un día que haga viento —explicó el niño con la sabiduría de una personita de seis años–. La tía Hillary dice que si escupes con el viento de cara terminas mojándote tú.

Las risas resonaron por todo el salón. Hillary se levantó, tomó al niño en brazos y se dirigió a la cocina.

–Creo que queda un trozo de pastel. Vamos a alimentar esa bocaza...

La luz era tenue y suave, teñida de los colores del atardecer, cuando los hermanos de Hillary y sus familias se marcharon. El cielo pareció comenzar a sangrar mientras el sol se hundía en el horizonte. Ella permaneció sola en el porche durante un rato, observando cómo el crepúsculo se iba transformando en una completa oscuridad. Las primeras estrellas comenzaron a titilar mientras los cantos de los grillos rompían el silencio de la noche.

Cuando regresó al interior de la casa, ésta parecía estar muy vacía. Sólo el tictac continuo del reloj evitaba la calma total. Se sentó en un sillón y observó el progreso de la partida de ajedrez que Bret estaba jugando con su padre. A pesar de todo, se vio hipnotizada por los suaves movimientos de los largos dedos de él cuando agarraba cada una de las piezas.

–Jaque mate.

Tan completa había sido su abstracción que se sobresaltó al escuchar la voz de Bret.

Tom frunció el ceño y miró el tablero durante unos instantes. Entonces, se acarició la barbilla.

—Que me aspen, pero es cierto —afirmó, con una sonrisa, mientras encendía su pipa—. Sabes jugar muy bien al ajedrez, hijo. He disfrutado mucho.

—Yo también —comentó Bret. Se recostó en su asiento y encendió también un cigarrillo—. Espero que podamos jugar a menudo. Deberíamos tener muchas oportunidades, dado que tengo la intención de casarme con tu hija.

Anunció sus intenciones de la manera más casual. Cuando Hillary asimiló las palabras, se quedó boquiabierta, pero no pudo emitir sonido alguno.

—Como eres el cabeza de familia —prosiguió Bret, sin siquiera mirarla—, debo asegurarte que, económicamente, Hillary no pasará estrechez alguna. Por supuesto, depende de ella si quiere proseguir o no con su profesión, pero sólo tendrá que trabajar si así lo desea.

Tom dio una calada a su pipa y asintió.

—Lo he pensado muy cuidadosamente —continuó Bret con voz muy seria. Su padre lo miraba a los ojos con idéntica actitud—. Llega un momento en el que un hombre necesita tener una esposa e hijos. Hillary es la mujer que he estado buscando. Sin duda es muy bella y, ¿a qué hombre no le gusta la belleza? También es muy inteligente, fuerte y, aparentemente, no le disgustan los niños. Está algo delgada —añadió, como si realmente aquello fuera algo en su contra. Tom, que había estado asintiendo a todas las palabras que definían las virtudes de Hillary, pareció disculparse con la mirada.

—Nunca hemos podido conseguir que engordara un poco.

—También está la cuestión de su mal genio —prosiguió Bret, como si estuviera analizando los pros y los contras—, pero me gusta que una mujer tenga espíritu.

Hillary se puso de pie. Se sentía furiosa y, durante varios segundos, no había podido ni siquiera formar una frase coherente.

—¿Cómo te atreves? —le espetó—. ¡Cómo te atreves a estar ahí sentado y a hablar de mí como si yo fuera una yegua de cría! Y tú —añadió, refiriéndose a su padre—, tú te dejas llevar como si estuvieras tratando de vender el peor de los animales de una camada. Mi propio padre...

—He mencionado el mal genio que tiene, ¿verdad? —preguntó Bret. Tom asintió.

—Eres un arrogante, presumido y un hijo de...

—Cuidado, Hillary —le advirtió Bret. Apagó su cigarrillo y levantó las cejas—. Si dices lo que no debes te volverán a lavar la boca con ese jabón.

—¡Si te crees ni por un minuto que voy a casarme contigo, estás muy equivocado! ¡No me casaría contigo ni aunque te sirvieran delante de mí sobre una bandeja de plata! Regresa a Nueva York y... y... dedícate a tus revistas —rugió.

Rápidamente salió de la casa.

Después de que ella se hubiera marchado, Bret se volvió para mirar a Sarah.

—Estoy seguro de que Hillary querrá casarse aquí. Los amigos de Nueva York pueden venir fácilmente en avión, pero, dado que toda la familia de Hillary vive aquí, tal vez debería dejar que te ocuparas tú de organizarlo todo.

—Muy bien, Bret. ¿Habías pensado ya en una fecha?

—El próximo fin de semana.

Sarah abrió los ojos de par en par y, durante un momento, pareció verse sumida en el fragor de la organización de una boda. Entonces, con mucha tranquilidad, retomó su labor de punto.

—Déjamelo a mí.

Bret se levantó y dedicó una sonrisa a Tom.

—Creo que ya se habrá tranquilizado un poco. Iré a buscarla.

—Ve al establo —le informó Tom—. Siempre se refugia allí cuando está de mal genio.

Bret asintió y se marchó de la casa.

—Bueno, Sarah —le dijo Tom a su esposa—. Parece que nuestra Hillary ha encontrado su media naranja.

El establo estaba casi en penumbra. Hillary vagaba entre las sombras, furiosa tanto con Bret como con su padre. «¡Vaya dos! Me sorprende que

Bret no haya pedido que mi padre le permita examinarme los dientes!»

Cuando escuchó que la puerta del establo se abría, se dio la vuelta y se encontró con Bret.

—Hola, Hillary. ¿Estás dispuesta para hacer planes de boda?

—¡Yo nunca estaré dispuesta para hablar de nada contigo! —rugió. Su enojada voz reverberó por todo el establo.

Bret sonrió sin preocuparse en absoluto por la rebeldía que se reflejaba en el rostro de Hillary. La falta de reacción de él la encendió aún más y comenzó a gritar y a patalear el suelo.

—¡Nunca me casaré contigo! ¡Nunca! ¡Nunca! ¡Nunca! Prefiero casarme con un enano con tres cabezas y verrugas por todas partes.

—Sin embargo, te casarás conmigo, Hillary —replicó él, muy seguro de sí mismo—. Aunque tenga que llevarte pataleando y gritando hasta el altar, te casarás conmigo.

—He dicho que no lo haré —afirmó ella—. No puedes obligarme.

Bret le agarró los brazos y la obligó a quedarse quieta. Entonces, la miró con lacónica arrogancia.

—¿No? —le preguntó. Entonces, la estrechó entre sus brazos y la besó.

—¡Suéltame! —rugió ella apartándose de él—. ¡Suéltame los brazos!

—Claro.

Tal y como ella le había pedido, la soltó. El impulso de la fuerza que ella estaba haciendo la hizo caer de espaldas sobre un montón de heno.

—¡Eres un... bestia! —exclamó. Trató de incorporarse, pero el cuerpo de Bret cayó sobre ella y la inmovilizó por completo sobre el fragante heno.

—Yo sólo he hecho lo que me has dicho. Además, siempre me has gustado mucho más en posición horizontal —comentó él con una pícara sonrisa.

Hillary trató de hacer que se levantara, pero, cuando vio que no pudo, apartó el rostro en el momento en el que él empezó a bajar la boca. Bret tuvo que contentarse con la suave piel del cuello de la joven.

—No puedes hacer esto —dijo ella. Su resistencia iba perdiendo fuerza a medida que los labios de Bret encontraban nuevas zonas que explorar.

—Claro que puedo...

Por fin encontró los labios de Hillary. Lenta y profundamente, la besó de un modo que aturdió por completo los sentidos de la joven. Sin que pudiera evitarlo, suavizó los labios y los separó. Justo cuando acababa de rodearle el cuello con los brazos, Bret se apartó y comenzó a frotarle la nariz con la suya.

—¡Canalla! —susurró ella. Entonces, tiró de él hasta que consiguió que sus labios volvieran a fundirse.

—¿Vas a casarte conmigo ahora? —le preguntó él con una sonrisa.

—No puedo pensar —murmuró ella con los ojos cerrados—. Ni siquiera puedo pensar cuando me besas...

—No quiero que pienses —replicó él. Comenzó a desabrocharle los botones de la camisa—. Sólo quiero que digas que sí —insistió. En aquel momento, le cubrió un seno con la mano y comenzó a acariciarlo muy suavemente—. Dilo, Hillary —le ordenó mientras le besaba la garganta, tratando de encontrar su punto débil—. Dilo y te daré tiempo para pensar.

—Muy bien —gimió ella—. Tú ganas. Me casaré contigo.

—Bien...

Bret volvió a unir sus labios con los de ella y le dio un breve beso. Hillary trató de superar la bruma que le estaba nublando los sentidos y trató de escapar.

—Has utilizado malas artes...

Él se encogió de hombros. No le suponía ningún esfuerzo tenerla absolutamente inmóvil bajo su cuerpo.

—Todo vale en el amor y en la guerra, amor mío —afirmó él mientras la miraba con infinita ternura—. Te amo, Hillary. Ocupas todos los rincones de mi pensamiento. No puedo deshacerme de ti. Amo cada centímetro de tu hermoso y alocado cuerpo

—añadió. Entonces, volvió a besarla e hizo que Hillary sintiera que el mundo se le escapaba un poco más de entre los dedos.

—Oh, Bret... —susurró ella. Comenzó a besarle el rostro con salvaje abandono—. Te amo tanto... Te amo tanto que no puedo soportarlo. Durante todo este tiempo he pensado... Cuando Charlene me dijo que habías estado con ella aquella noche en las montañas, yo...

—Espera un momento —le pidió Bret mientras le enmarcaba el rostro entre las manos—. Quiero que me escuches. En primer lugar, lo que hubo entre Charlene y yo se terminó antes de que yo te conociera a ti, pero ella nunca ha querido admitirlo. Desde que te conocí, no he podido pensar en ninguna otra mujer. Incluso estaba enamorado de ti mucho antes de eso.

—¿Cómo?

—Por tus fotos... Tu rostro me perseguía por todas partes.

—Nunca pensé que fueras detrás de mí en serio —musitó ella al tiempo que le enredaba los dedos entre el cabello.

—Al principio pensé que sólo era algo físico. Sabía que te deseaba como nunca había deseado a otra mujer. Aquella noche en tu apartamento, cuando descubrí que eras virgen, me quedé completamente atónito —admitió. Entonces, sacudió la cabeza como si aún le sorprendiera y hundió el rostro en la abundante cabellera de Hillary–. No tardé mucho tiempo en darme cuenta de que lo que sentía por ti era mucho más que una necesidad física.

–Sin embargo, nunca indicaste que fuera más que eso.

–Parecías tan tímida en las relaciones sentimentales... El pánico se apoderaba de ti cada vez que yo me acercaba a ti. Necesitabas tiempo y yo traté de dártelo. Esperar en Nueva York me resultó muy difícil –le explicó–, pero aquel día en mi cabaña, perdí completamente el control. Si Larry y June no hubieran llegado cuando lo hicieron, todo hubiera sido muy diferente. Cuando me dijiste que estabas harta de que te manoseara, estuve a punto de hundirme...

–Bret, lo siento. No quería hacerlo, pero pensaba que...

–Sé lo que pensabas –la interrumpió él–. Lo único que siento es que entonces no lo sabía. No sabía lo que Charlene te había dicho. Entonces, empecé a pensar que sólo te interesaba tu profesión, que no tenías sitio en tu vida para nada ni nadie más. Aquel día en mi despacho, te mostraste tan fría y distante mientras me describías lo que pensabas hacer que sentí deseos de morirme.

–Eran todo mentiras –susurró acariciándole suavemente la mejilla—. Nunca deseé nada de todo eso. Sólo a ti.

—Cuando June me dijo por fin lo que había ocurrido con Charlene en la cabaña, recordé tu reacción y empecé a atar cabos. Fui a la fiesta de Bud para buscarte. Quería hablarlo todo contigo, pero, cuando llegué allí, tú no estabas en condiciones de escuchar declaraciones de amor. No sé cómo conseguí mantenerme alejado de tu cama aquella noche. Parecías tan suave y estabas tan hermosa... ¡y tan bebida! Estuviste a punto de hacerme perder el control.

Bret bajó la cabeza y la besó. Poco a poco, su boca fue conquistándola. Con las manos comenzó a moldear las curvas de su cuerpo con urgente necesidad. Hillary se aferró a él y se dejó llevar por su deseo.

—Dios Santo, Hillary, no podemos esperar mucho más...

Se apartó de ella y se colocó de espaldas sobre el heno. Sin embargo, ella lo siguió y lo besó apasionadamente. Bret trató de apartarla de sí y respiró profundamente.

—No creo que tu padre tuviera muy buena impresión de mí si supiera que estoy poseyendo a su hija sobre un montón de heno en su propio establo.

Volvió a colocarla donde había estado antes y la abrazó con fuerza. Hillary se acurrucó contra él y apoyó la cabeza sobre su hombro.

—No te puedo dar lo que deseas, Hillary —susurró. Alarmada, ella levantó la cabeza para mirarlo—. No podemos vivir en Kansas, al menos por el momento. Tengo obligaciones en Nueva York de las que no me puedo ocupar desde aquí.

—Oh, Bret —comentó ella, más tranquila y completamente feliz. Él la estrechó contra su cuerpo y siguió hablando.

—Existe la posibilidad de la zona que está al norte de Nueva York o de Connecticut. Allí hay muchos lugares desde los que no me resultaría muy difícil ir y volver de Nueva York en el día. Así, tú podrías tener tu casa en el campo si eso es lo que deseas. Un jardín, caballos, gallinas y media docena de niños. Regresaremos aquí con tanta frecuencia como sea posible y podemos ir a la cabaña a pasar los fines de semana los dos solos —susurró. La miró y se sintió muy alarmado al ver que Hillary estaba llorando—. Amor mío, no llores. No quiero que estés triste. Sé que esta granja es tu hogar...

Bret comenzó a secarle muy dulcemente las lágrimas que le caían por las mejillas.

—Oh, Bret, te amo... —afirmó—. No estoy triste. Estoy mucho más feliz de lo que nunca habría podido imaginar. ¿Acaso no comprendes que no importa dónde estemos? Sea cual sea el lugar en el que esté contigo, ése será mi hogar.

Bret la apartó un poco de su lado y la miró muy seriamente.

—¿Estás segura, amor?

Hillary sonrió y levantó los labios para que fueran sus besos los que se encargaran de responderle.

EL ARTE DEL ENGAÑO

Nora Roberts

Dedicado a los miembros del Romance
Writers of America.
En gratitud por los amigos que he hecho
y los amigos que haré.

I

Era más un castillo que una casa. La piedra era gris, pero biselada en los bordes, de modo que brillaba tenuemente con colores subyacentes. Las torres y los torreones se erguían hacia el cielo, unidos por un tejado almenado. Las ventanas estaban divididas por parteluces, largas y estrechas, con cristales en forma de diamantes.

La estructura, que Adam jamás consideraría algo tan corriente como una casa, se alzaba sobre el Hudson, audaz, excéntrica y, si algo así era posible, complacida consigo misma. Si las historias eran ciertas, encajaba a la perfección con su propietario.

Al cruzar el patio de baldosas, llegó a la conclusión de que lo único que necesitaba era un dragón y un foso.

Dos gárgolas sonrientes se sentaban a cada lado de los amplios escalones de piedra. Pasó junto a ellas con la reserva natural de un hombre pragmático. Las gárgolas y los torreones podían aceptarse en su lugar apropiado... pero no en el Nueva York rural, a unas horas en coche de Manhattan.

Decidió reservarse el juicio antes de alzar la pesada aldaba de latón y dejarla caer contra la madera de caoba de Honduras. Después de la tercera llamada, la puerta se abrió. Con paciencia tensa, bajó la vista a una mujer pequeña con enormes ojos grises, trenzas negras y la cara manchada de hollín. Llevaba puesta una sudadera arrugada y unos vaqueros que habían visto días mejores. Con gesto perezoso, se frotó la nariz con el dorso de la mano y le devolvió la mirada.

—Hola.

Él contuvo un suspiro, pensando que si el personal se reducía a criadas tontas, las siguientes semanas iban a ser muy tediosas.

—Soy Adam Haines. El señor Fairchild me espera —declaró.

Los ojos de ella se entrecerraron con curiosidad o suspicacia, no estuvo muy seguro.

—¿Lo espera? —cuestionó con acento de Nueva Inglaterra. Tras otro momento de inspección, frunció el ceño, se encogió de hombros y se apartó para dejarlo pasar.

El vestíbulo era amplio y en apariencia interminable. Los frisos brillaban de un marrón profundo
a la luz difusa. Por un alto ventanal entraban unos
haces de luz para caer sobre la mujer pequeña, pero
apenas lo notó. Cuadros. Por el momento, Adam
olvidó la fatiga del viaje y su irritación. Lo olvidó
todo menos los cuadros.

Van Gogh, Renoir, Monet. Un museo no podría
pedir una exposición mejor. Su fuerza lo atrajo. Las
tonalidades, las tintas, las pinceladas y la magnifi-
cencia general que creaban arrastró sus sentidos.
Quizá, de algún modo extraño, Fairchild había
acertado al guardarlos en algo parecido a una fortaleza. Volviéndose, vio a la doncella con las manos
juntas, los enormes ojos grises clavados en su cara.
La impaciencia renació.

—¿Quiere darse prisa? Dígale al señor Fairchild
que estoy aquí.

—¿Y quién es usted?

Evidentemente, la impaciencia no la afectaba.

—Adam Haines —repitió. Era un hombre acostumbrado a los criados... y que esperaba eficacia.

—Eso ha dicho.

¿Cómo podía tener unos ojos brumosos y despejados al mismo tiempo? Pensó un instante en el
hecho de que reflejaban una madurez y una inteligencia en conflicto con las trenzas y la cara manchada.

—Señorita... —comenzó con marcada precisión—. El señor Fairchild me espera. Dígale que estoy aquí. ¿Podrá hacerlo?

Una sonrisa súbita y deslumbrante le iluminó la cara.

—Sí.

La sonrisa lo desconcertó. Por primera vez notó que poseía una boca exquisita, plena y como esculpida. Y había algo... algo bajo el hollín. Sin pensárselo, levantó una mano con la intención de quitárselo. En ese momento cayó la tempestad.

—¡No puedo hacerlo! Te digo que es imposible. ¡Es una parodia! —un hombre bajó por las escaleras largas y curvas a una velocidad alarmante. Tenía el rostro cubierto por la tragedia, la voz llena de premonición—. Todo es por tu culpa —se detuvo sin aliento y apuntó a la pequeña doncella con un dedo largo y fino—. No te equivoques, penderá sobre ti.

Era bajo, con una complexión élfica, el rostro moldeado con líneas de querubín. El pelo rubio casi se le erizaba. Parecía bailar. Las piernas delgadas se alzaban y caían en el rellano mientras agitaba el dedo en dirección a la mujer del pelo oscuro. Ella se mantuvo serena e imperturbable.

—Su tensión arterial sube por momentos, señor Fairchild. Será mejor que respire hondo varias veces antes de que le dé un ataque.

—¡Ataque! —insultado, danzó más deprisa. El rostro le brilló agitado por el esfuerzo—. Yo no sufro ataques, muchacha. Nunca en la vida he tenido un ataque.

—Siempre hay una primera vez —ella asintió y mantuvo los dedos ligeramente unidos—. Ha venido a verlo el señor Adam Haines.

—¿Haines? ¿Y qué diablos pinta Haines en esto? Te digo que es el fin. El clímax —se llevó una mano al corazón con gesto dramático. Los pálidos ojos azules se humedecieron—. ¿Haines? —repitió. De pronto se centró en Adam con una sonrisa luminosa—. Lo estoy esperando, ¿verdad?

—Sí —con cautela, Adam le ofreció la mano.

—Me alegro de que pudiera venir, esperaba este momento —sin dejar de mostrar los dientes, agitó la mano de Adam—. Al salón —lo tomó del brazo—. Tomaremos una copa —caminó con el andar rápido de un hombre al que no lo preocupaba nada en el mundo.

En el salón, Adam tuvo la veloz impresión de antigüedades y viejas revistas. Ante el gesto de la mano de Fairchild, se sentó en un sillón notablemente incómodo. La doncella se dirigió a una enorme chimenea de piedra y comenzó a limpiar el interior mientras emitía unos alegres silbidos.

—Yo beberé un whisky —decidió Fairchild y alargó la mano hacia una botella de Chivas Regal.

—Perfecto.

—Admiro su trabajo, Haines —le ofreció la copa con mano firme. Tenía el rostro sereno, la voz moderada.

Adam se preguntó si había imaginado la escena de la escalera.

—Gracias —bebió un trago y estudió al pequeño genio que tenía delante.

Pequeñas redes de arrugas salían de los ojos y de la boca de Fairchild. Sin ellas y el cabello ralo, se lo podría haber tomado por un hombre muy joven. Su aura de juventud parecía proceder de una vitalidad interior, de una energía febril. Los ojos eran de un azul puro e inmarchitable. Adam sabía que podían ver más allá de lo que otros veían.

Philip Fairchild era, indiscutiblemente, uno de los artistas vivos más grandes del siglo XX. Su estilo iba de lo extravagante a lo elegante, con un toque de todo en medio. Durante más de treinta años, había disfrutado de una posición de fama, riqueza y respeto en los círculos artísticos y populares, algo que muy pocas personas en su profesión alcanzaban en vida.

Y la disfrutaba, con un temperamento que iba de lo pomposo y lo irascible a lo generoso. De vez en cuando invitaba a otros artistas a su casa en el Hudson, a pasar semanas o meses que podían dedicar a trabajar, a absorber experiencias o, simplemente, a relajarse. En otras ocasiones, le cerraba las puertas a todo el mundo para sumirse en una reclusión total.

—Agradezco la oportunidad de trabajar aquí durante unas semanas, señor Fairchild.

—Es un placer —el artista bebió whisky y se sentó realizando un gesto real de la mano... el rey ofreciendo su bendición.

Adam contuvo una sonrisa.

—Aguardo con ansiedad el momento de estudiar algunos de sus cuadros de cerca. Hay una variedad tan increíble en su trabajo.

—Vivo para la variedad —se rió Fairchild. Desde la chimenea se oyó un claro bufido—. Mocosa irrespetuosa —musitó con la copa cerca de los labios. Cuando la miró ceñudo, la doncella se echó una trenza por encima del hombro y echó el trapo en el cubo con ruido—. ¡Cards! —rugió Fairchild, tan súbitamente que Adam estuvo a punto de derramarse el whisky en el regazo.

—¿Perdón? —dijo

—No es necesario —concedió Fairchild con elegancia y volvió a gritar. Entonces entró en el salón el epítome de todos los mayordomos.

—Sí, señor Fairchild —anunció con voz grave, levemente británica. El traje oscuro que lucía marcaba un discreto contraste con su pelo blanco y piel clara. Se erguía como un soldado.

—Encárgate del coche del señor Haines, Cards, y de su equipaje. El cuarto de invitados Wedgwood.

—Muy bien, señor —convino el mayordomo tras un ligero asentimiento de la mujer que se ocupaba en la chimenea.

—Y pon su equipo en el estudio Kirby —añadió Fairchild, sonriendo cuando la deshollinadora se atragantó—. Hay suficiente espacio para los dos —lo informó a Adam antes de fruncir el ceño—. Mi hija, ya sabe. Se dedica a la escultura y está metida hasta los codos en arcilla o tallando madera o mármol. No lo soporto —sostuvo la copa en ambas manos e inclinó la cabeza—. Dios sabe que lo intento. He puesto mi alma en ello. ¿Y para qué? —exigió saber, alzando otra vez la cabeza—. ¿Para qué?

—Me temo que...

—¡Fracaso! —gimió Fairchild, interrumpiéndolo—. Tener que tratar con el fracaso a mi edad. Está en tu cabeza —le repitió a la pequeña morena—. Tienes que vivir con él... si puedes.

Volviéndose, ella se sentó en la chimenea, dobló las piernas bajo el cuerpo y se frotó más hollín en la nariz.

—No puedes culparme por tener cuatro dedos pulgares y haber perdido el alma —el acento había desaparecido. Habló con voz baja y suave, insinuando escuelas europeas—. Estás decidido a ser mejor que yo –continuó–. Por lo tanto, estabas predestinado a fracasar antes de haber empezado.

Adam entrecerró los ojos.

–¡Predestinado a fracasar! ¿Predestinado a fracasar yo? –se levantó y volvió a bailar, con el whisky derramándose por el borde de la copa–. Philip Fairchild vencerá, mocosa desalmada. ¡Él triunfará! Te comerás las palabras.

–Tonterías –bostezó adrede–. Tú tienes tu medio, papá, y yo el mío. Aprende a vivir con ello.

–Jamás –se dio un golpe a la altura del corazón–. «Derrota» es una palabra de cuatro letras.

–Siete –corrigió y, levantándose, le requisó el resto del whisky.

La observó ceñudo y luego bajó la vista a la copa vacía.

–Hablaba metafóricamente.

–Qué inteligente –le dio un beso en la mejilla y le trasladó algo de hollín.

–Tienes la cara sucia –gruñó Fairchild.

Se sonrieron. Durante un instante, el parecido fue tan notable, que Adam se preguntó cómo había podido pasarlo por alto. Kirby Fairchild, la hija única de Philip, artista muy respetada y excéntrica por derecho propio. Lo desconcertó que la preferida de los círculos modernos estuviera limpiando una chimenea.

–Ven, Adam –se volvió hacia él con una sonrisa

casual–. Te enseñaré tu habitación. Pareces cansado. Oh, papá –agregó al acercarse a la puerta–, ha llegado el último número de *People*. Eso lo mantendrá entretenido –le dijo a Adam al conducirlo escaleras arriba.

La siguió despacio, notando que caminaba con la gracia impecable de una mujer a la que le habían enseñado a moverse. Las trenzas oscilaban a su espalda. Las zapatillas de lona tenían los cordones rotos.

Kirby avanzó por la primera planta y pasó ante media docena de puertas antes de detenerse. Se miró las manos, luego a Adam.

–Será mejor que abras tú. Yo ensuciaría el pomo.

Él empujó la puerta y sintió como si diera marcha atrás en el tiempo. El color predominante era el azul. El mobiliario pertenecía al período georgiano, butacas de madera tallada y mesas de ebanistería compleja. Una vez más había cuadros, pero en esa ocasión fue la mujer que tenía a la espalda quien atrapó su atención.

–¿Por qué lo hiciste?

–¿Hacer qué?

–Esa representación en la entrada –regresó hasta donde ella estaba en el umbral. Bajó la vista y calculó que apenas sobrepasaba el metro cincuenta. Por segunda vez experimentó el impulso de quitarle el hollín que tenía en el rostro para averiguar qué había debajo.

—Parecías tan correcto —apoyó un hombro en el marco. Tenía una elegancia que la intrigaba, ya que sus ojos eran penetrantes y arrogantes. Aunque no sonrió, en su expresión había una suave diversión—. Esperabas una doncella lela, así que te lo facilité. Los cócteles se sirven a las siete. ¿Podrás encontrar el camino de vuelta o vengo a buscarte?

—Lo encontraré —por el momento, se conformaría con eso.

—De acuerdo. *Ciao*, Adam.

Fascinado a regañadientes, la observó hasta que dobló por la esquina al final del pasillo. Quizá sería tan interesante romper la nuez de Kirby Fairchild como la de su padre. Pero eso sería para más adelante.

Cerró la puerta y echó el cerrojo. Sus maletas ya estaban cuidadosamente colocadas junto al armario de madera de palo de rosa. Recogió el maletín, introdujo la combinación y alzó la tapa. Extrajo un pequeño transmisor y activó un interruptor.

—Estoy dentro.

—Contraseña —fue la respuesta.

Maldijo, suave y nítidamente.

—Gaviota. Que es, sin ningún género de dudas, la contraseña más ridícula que jamás haya habido.

—Rutina, Adam. Hemos de seguir la rutina.

—Claro —no había existido nada rutinario desde que detuvo el coche al final del sinuoso sendero—.

Estoy dentro, McIntyre, y quiero que sepas lo mucho que te agradezco que me metieras en esta casa de locos —con un movimiento del dedo pulgar, cortó la comunicación.

Sin detenerse a lavarse, Kirby subió los escalones que conducían al estudio de su padre. Abrió la puerta y luego la cerró con fuerza, haciendo temblar los tubos y los botes de pintura en las estanterías.

—¿Qué has hecho esta vez? —demandó.

—Empezar de nuevo —ceñudo, estaba encorvado sobre un terrón húmedo de arcilla—. De cero. Un renacer.

—No hablo de tus intentos inútiles con la arcilla. Adam Haines —soltó antes de que pudiera contestar. Como un pequeño tanque, avanzó hacia él. Años atrás había descubierto que el tamaño carecía de importancia si se disponía de arte para la intimidación. Algo que ella había desarrollado de forma meticulosa. Apoyó las manos en la mesa de trabajo de su padre y se plantó nariz con nariz—. ¿Qué demonios pretendes invitándolo aquí sin siquiera consultármelo?

—Vamos, vamos, Kirby —no había vivido seis décadas sin saber cuándo esquivar un problema—. Se me pasó.

Mejor que cualquiera, Kirby sabía que a su padre jamás se le pasaba algo por alto.

—¿Qué planeas ahora, papá?

—¿Planear? —repitió con inocencia.

—¿Por qué lo invitaste ahora, de todos los momentos posibles?

—He admirado su trabajo. Igual que tú —señaló cuando ella apretó los labios—. Escribió una carta tan agradable acerca de *Luna Escarlata* cuando el mes pasado la expusieron en el Metropolitano.

Ella enarcó una ceja, un movimiento elegante a pesar de la capa de hollín.

—No invitas a todo el mundo que alaba tu obra.

—Claro que no, cariño. Eso sería imposible. Uno debe ser... selectivo. Y ahora tengo que volver al trabajo mientras sigue fluyendo el estado de ánimo propicio.

—Algo va a fluir —aseguró ella—. Papá, si has tramado algo nuevo después de prometer...

—¡Kirby! —le tembló la cara por la emoción. Era uno de sus talentos—. ¿Dudarías de la palabra de tu propio padre? ¿La semilla que te engendró?

—Eso hace que suene como una gardenia, y no funcionará —cruzó los brazos. Ceñudo, su padre comenzó a manipular la arcilla.

—Mis motivos son completamente altruistas.

—Ja.

—Adam Haines es un artista joven y brillante. Tú misma lo has dicho.

—Sí, lo es, y estoy convencida de que sería una

compañía encantadora en otras circunstancias —se inclinó y tomó el mentón de su padre con una mano—. Ahora no.

—Qué descortés —desaprobó su padre—. Tu madre, que su alma descanse en paz, estaría muy decepcionada contigo.

—¡Papá, el Van Gogh! —apretó los dientes.

—Va muy bien —afirmó él—. Sólo faltan unos días.

Desquiciada, se dirigió a la ventana de la torre.

—¡Maldita sea! —decidió que tenía que tratarse de senilidad, de lo contrario, ¿cómo podía pasársele por la cabeza tener a ese hombre en la casa? La semana siguiente, el mes siguiente, pero, ¿en ese momento? Ese hombre no era ningún tonto.

A primera vista había decidido que no sólo era atractivo, sino también agudo. La boca larga y fina equivalía a decisión. Quizá era un poco pomposo en su porte y maneras, pero no era blando.

De hecho, le gustaría realizarle una escultura. La nariz recta, las facciones angulosas y marcadas. El pelo tenía casi la tonalidad del bronce profundo y bruñido. Le encantaría capturar su aire de arrogancia y autoridad. ¡Pero no en ese momento!

Suspiró y movió los hombros. A su espalda, Fairchild sonrió. Cuando se volvió para mirarlo, lo vio meticulosamente concentrado en la arcilla.

—¿Sabes?, querrá subir aquí —a pesar del hollín, metió las manos en los bolsillos.

No les quedaba más alternativa que encarar el problema que se les había presentado. Durante casi toda su vida, había hurgado entre la confusión que alegremente creaba su padre. Y la verdad era que no habría querido que fuera de otro modo.

—Parecería extraño que no le mostráramos tu estudio.

—Se lo mostraremos mañana.

—No debe ver el Van Gogh —plantó los pies con firmeza, decidida a luchar por ese punto—. No vas a complicar las cosas más de lo que ya lo has hecho.

—No lo verá. ¿Por qué iba a hacerlo? —la miró fugazmente con los ojos muy abiertos—. No tiene nada que ver con él.

Se quedó tranquila. Su padre podía ser un poco... único, pero no era descuidado. Tampoco lo era ella.

—Gracias a Dios que ya está casi acabado.

—Unos días más, y desaparecerá en las montañas de Sudamérica —realizó un gesto vago y amplio con las manos.

Kirby fue a quitar la lona del caballete cubierto que había en el rincón más alejado. Estudió el óleo como una artista, como una amante del arte y como hija.

La escena pastoral no era apacible, sino vibrante. Las pinceladas eran irregulares, casi fieras, de modo que el ambiente sencillo exhibía una especie de movimiento frenético. No se dejaba admirar de forma pasiva, sino que atrapaba, hablaba de dolor, de triunfo, de agonías y gozos. No pudo evitar una sonrisa. Sabía que Van Gogh no habría podido hacerlo mejor.

—Papá —giró la cabeza y sus ojos se encontraron en perfecta comprensión—. Eres incomparable.

A las siete, Kirby no sólo se había resignado al invitado, sino que se había preparado para disfrutarlo. Era un rasgo básico de su carácter disfrutar de lo que tenía que soportar. Mientras servía vermut en una copa, se dio cuenta de que deseaba volver a verlo e ir más allá de la superficie lustrosa. Tenía la impresión de que Adam Haines podía estar recubierto por unas capas fascinantes.

Se dejó caer en un sillón de respaldo alto, cruzó las piernas y se concentró en los desvaríos de su padre.

—Me odia, es un fracaso constante. ¿Por qué, Kirby? —extendió las manos en un gesto apasionado de súplica—. Soy un buen hombre, un padre cariñoso, un amigo leal.

—Es tu actitud, papá —se encogió de hombros mientras bebía—. Tu plano emocional es defectuoso.

—Mi plano emocional está perfecto —olisqueó la copa y la alzó—. No tiene nada mal. El problema está en la arcilla, no en mí.

—Eres arrogante —expuso ella con sencillez.

Fairchild emitió un sonido parecido al de un tren que intenta subir una colina.

—¿Arrogante? ¿*Arrogante*? ¿Qué condenada palabra es ésa?

—Un adjetivo. Cuatro sílabas, nueve letras.

Adam oyó el intercambio al acercarse al salón. Tras una tarde apacible, se preguntó si se hallaba preparado para enfrentarse a otra ronda de locura. La voz de Fairchild subía de forma constante y al detenerse en la puerta, vio que el artista volvía a dar vueltas por la estancia.

Se dijo que McIntyre iba a pagar por eso. Se encargaría de que fuera una venganza lenta y completa. Cuando Fairchild apuntó con un dedo acusador, siguió la dirección. Durante un instante, se quedó total e inusualmente aturdido.

La mujer que estaba sentada en el sillón se hallaba tan alejada de la deshollinadora sucia y con el pelo recogido en trenzas, que le resultó casi imposible asociarlas. Lucía un fino vestido de seda tan oscuro como su pelo, ceñido en la parte superior y con un corte en el costado para exhibir un muslo suave. Estudió su perfil mientras ella seguía los desvaríos del padre. Era un óvalo delicado y clásico, con una elevación sutil de los pómulos. Tenía unos labios carnosos, que en ese instante insinuaban una sonrisa. Sin el hollín, su piel oscilaba entre un tono oro y miel, con un aire de exuberante tersura. Sólo los ojos le recordaban que se trataba de la misma mujer... ojos grises, grandes y divertidos. Alzó una mano y se apartó el pelo oscuro que le cubría un hombro.

Ahí había algo más que belleza. Había visto a mujeres más hermosas que Kirby Fairchild. Pero había algo... La palabra lo esquivó.

Como si lo percibiera, ella giró sólo la cabeza. Una vez más lo miró fijamente, con curiosidad, mientras su padre no cesaba en los desvaríos que emitía. Lenta, muy lentamente, sonrió. Adam sintió que su poder lo golpeaba con fuerza.

De pronto lo comprendió. Sexo. Kirby Fairchild irradiaba sexo como otras mujeres exudan perfume. Un sexo crudo, sin excusas.

Con una rápida evaluación típica en él, Adam decidió que no sería fácil engañarla. Sin importar cómo llevara a Fairchild, debería ir con cuidado en lo referente a su hija. También llegó a la conclusión de que ya deseaba hacer el amor con ella. Se repitió que debería ir con *mucho* cuidado.

—Adam —habló con voz normal, pero, de algún modo, se transmitió por encima de los gritos de su padre—. Parece que nos has encontrado. Pasa, mi padre ya casi ha terminado.

—¿Terminado? Yo estoy acabado. Y por mi propia hija —avanzó hacia Adam cuando entraba en la estancia–. Dice que soy arrogante. Le pregunto, ¿es una palabra digna de salir de la boca de una hija?

–¿Un aperitivo? –preguntó Kirby.

Se levantó con un movimiento fluido que Adam siempre había asociado con mujeres altas y flexibles.

–Sí, gracias.

–¿Le resulta agradable la habitación? –con el rostro otra vez sonriente, Fairchild se dejó caer en el sofá.

–Mucho –decidió que la mejor manera de llevarlo era fingir que todo era normal. Después de todo, fingir formaba parte del juego–. Tiene una... casa excepcional.

–Me gusta –complacido, Fairchild se reclinó–. La construyó a finales del XIX un lord inglés rico y loco. Mañana le ofrecerás un recorrido a Adam, ¿verdad, Kirby?

–Desde luego –al pasarle una copa, le sonrió.

En sus orejas, vio que brillaban unos diamantes, fríos como el hielo. Sintió que el calor se incrementaba.

–Estoy impaciente por verla –concluyó que la señorita Kirby tenía, ya fuera natural o adquirido, estilo.

Ella sonrió por encima del borde de la copa, pensando precisamente lo mismo sobre él.

–Nuestro objetivo es complacer.

Hombre cauto, Adam se dirigió a Fairchild.

—Su colección de arte compite con la de un museo. El Tiziano que hay en mi habitación es fabuloso.

«El Tiziano», pensó Kirby con súbito pánico. «¿Cómo he podido olvidarlo? ¿Qué voy a hacer al respecto? No importa. No importa», se reafirmó. No podía importar, ya que no tenía remedio.

—La vista del Hudson que hay en la pared oeste... —se volvió hacia Kirby—... ¿es obra tuya?

—Mi... Oh, sí —sonrió al recordar. Se ocuparía del Tiziano en la primera oportunidad que le surgiera—. Lo había olvidado. Me temo que es sentimental. Había llegado a casa de la escuela y me enamoré del hijo del chófer. Solíamos besarnos allí.

—Tenía los dientes grandes —le recordó Fairchild con un bufido.

—El amor lo puede todo —decidió Kirby.

—La orilla del río Hudson es un lugar horrendo para perder la virginidad —afirmó su padre, repentinamente severo. Hizo remolinear el líquido de su copa y luego se la bebió de un trago.

Disfrutando de la brusca desaprobación paterna, decidió espolearla.

—No perdí la virginidad en la orilla del río Hudson —soltó con ojos divertidos—. La perdí en un Renault en París.

«El amor lo puede todo», repitió Adam para sus adentros.

—La cena está servida —anunció Cards con dignidad desde el umbral.

—Ya era hora —Fairchild se puso de pie—. Un hombre puede morirse de hambre en su propia casa.

Con una sonrisa dirigida a la espalda de su padre, Kirby le ofreció la mano a Adam.

—¿Pasamos al comedor?

Una vez allí, los cuadros de Fairchild eran los dominantes. Un enorme candelabro Waterford proyectaba su luz sobre caoba y cristal. Una chimenea de piedra atronaba con llamas y luz. Se podía oler la madera y las velas al quemarse y la carne asada.

Pero los cuadros dominaban todo. Daba la impresión de que no poseía un estilo definido. Su estilo era el arte, ya retratara un paisaje amplio y bañado de luz o uno delicado y en sombras. Pinceladas atrevidas o suaves, óleos o acuarelas, él los había hecho todos. Magnífico.

Tan variadas como sus cuadros eran las opiniones que tenía de otros artistas. Sentados a la larga mesa, Fairchild habló de la persona de cada uno, como si hubiera regresado en el tiempo y desarrollado una relación con Rafael, Goya, Manet.

Sus teorías eran fascinantes, su conocimiento

apabullante. El artista que había en Adam respondió a él. Pero la parte pragmática, la que había ido a realizar un trabajo, se mantuvo cauta. Las fuerzas encontradas hicieron que se sintiera incómodo. La atracción que ejercía sobre él la mujer que tenía enfrente le desazonó.

Maldijo a McIntyre.

Decidió que las semanas que iba a pasar con los Fairchild podrían ser interesantes a pesar de sus excentricidades. Detestaba las complicaciones, pero había permitido que lo arrastraran a esa situación. Por el momento, se relajaría y observaría, a la espera del momento para actuar.

La información de que disponía sobre ellos era incompleta. Fairchild acababa de pasar de los sesenta años y estaba viudo desde hacía casi veinte. Su arte y su talento no eran secretos, pero su vida personal tenía un velo. Quizá debido a su temperamento. Quizá a la necesidad.

Acerca de Kirby, no sabía casi nada. Profesionalmente, había mantenido un perfil bajo hasta su primera exposición el año anterior. Aunque había sido un éxito sin precedentes, tanto su padre como ella rara vez buscaban publicidad para su obra. En lo personal, a menudo escribían sobre ella en las revistas del corazón y en los tabloides, cuando iba a Saint Moritz con el número uno del tenis mundial o a la Martinica con el niño dorado de Hollywood.

Sabía que tenía veintisiete años y que estaba soltera. Aunque no por falta de oportunidades. Era el tipo de mujer que los hombres perseguirían de manera constante. En otro siglo, por ella se habrían celebrado duelos. Adam creía que habría disfrutado con el melodrama.

Desde el punto de vista de ellos, los Fairchild sabían de Adam sólo lo que era de conocimiento público. Había nacido en circunstancias favorables, lo que le había proporcionado el tiempo y los medios para desarrollar su talento. Con veinte años, su reputación como artista había comenzado a arraigar. Doce años más tarde, se hallaba bien establecido. Había vivido en París y luego en Suiza, antes de establecerse en Estados Unidos.

No obstante, en su juventud había viajado mucho mientras pintaba. Para él, su arte siempre era lo primero. Sin embargo, bajo una fachada ecuánime, bajo el pragmatismo y la sofisticación, anidaba el gusto por la aventura y una veta de astucia. Y también estaba McIntyre.

«Tendré que aprender a controlarme», se dijo al pensar en McIntyre. La siguiente vez que Mac tuviera una inspiración, podía irse al infierno.

Cuando regresaron al salón a tomar café y brandy, calculó que podría acabar el trabajo en unas dos semanas. Cierto, el lugar era inmenso, pero en él sólo había un puñado de personas. Después de que Kirby se lo enseñara, sabría moverse con suficiente pericia. Luego sería algo rutinario.

Satisfecho, se concentró en Kirby. En ese instante, era la anfitriona perfecta... encantadora, abierta. Toda ella clase y sofisticación. Momentáneamente, era la clase de mujer que siempre lo había atraído: con una educación exquisita, inteligente, hermosa. Comenzó a relajarse en la atmósfera del salón.

—¿Por qué no tocas algo, Kirby? —Fairchild sirvió un segundo brandy para Adam y para sí mismo—. Me ayuda a despejar la mente.

—De acuerdo —le dedicó una sonrisa rápida a Adam y se dirigió al extremo de la estancia.

Allí pasó un dedo por un instrumento con forma de ala que él tomó por un piano.

Con sólo unas notas comprendió el error cometido. Asombrado, se dio cuenta de que se trataba de un clavicordio. Bach. Reconoció al compositor y se preguntó si había caído por un agujero del tiempo. Nadie... nadie normal... tocaba a Bach en un clavicordio en un castillo en el siglo XX.

Fairchild estaba sentado con los ojos entornados, siguiendo el ritmo con un dedo, mientras Kirby continuaba tocando. Tenía los ojos graves, la boca levemente húmeda y seria. De pronto, sin saltarse ninguna nota ni mover otro músculo, le dedicó un lento guiño de ojo. Las notas fluyeron hacia Brahms.

En ese instante, Adam supo que no sólo iba a llevársela a la cama. También iba a pintarla.

—¡Lo tengo! —Fairchild se levantó y comenzó a moverse por el salón—. Lo tengo. Inspiración. ¡Luz dorada!

—Amén —murmuró Kirby.

—Te lo demostraré, niña perversa —sonriendo como una de sus gárgolas, se inclinó sobre el clavicordio—. Al terminar la semana, tendré una pieza que hará que todo lo que has hecho tú hasta ahora parezca un tope para puertas.

Kirby enarcó las cejas y le dio un beso en los labios.

—Porquería de cabra.

—Te comerás esas palabras —le advirtió al salir de la habitación.

—Sinceramente, espero que no —se puso de pie y tomó su copa—. Papá tiene una desagradable vena competitiva —lo que siempre la complacía—. ¿Más brandy?

—Tu padre posee una personalidad... única —una esmeralda centelleó en su mano mientras se servía otra copa. Vio que eran manos estrechas y delicadas. Pero en ellas había fuerza. Ésta era indispensable para un artista. Se reunió con ella en el bar.

—Eres diplomático —lo miró—. Eres una persona muy diplomática, ¿verdad, Adam?

Ya había aprendido a no confiar en esa expresión de monja.

—En algunas circunstancias.

—En casi todas las circunstancias. Es una pena.

—¿Lo es?

Como le gustaba el contacto personal durante cualquier tipo de confrontación, mantuvo los ojos en él mientras bebía.

Adam pensó que tenía los iris del gris más puro que jamás había visto, sin la insinuación de ningún otro color.

—Creo que serías un hombre muy interesante si no te contuvieras. Creo que meditas todo con mucho cuidado.

—¿Ves eso como un problema? —su voz se había enfriado—. Es una observación notable en un período de tiempo tan corto.

«No, no va a ser aburrido», pensó Kirby, complacida con su irritación. Era la falta de emoción lo que le resultaba tediosa.

—Podría haberla alcanzado fácilmente pasada una hora, pero ya he visto tu obra. Aparte de talento, tienes autocontrol, dignidad y una sensación poderosa de lo convencional.

—¿Por qué siento como si me hubieran insultado?

—Perceptivo, también —sonrió con gesto fascinante. Cuando él le devolvió la sonrisa, se decidió de inmediato. Siempre le había resultado lo mejor. Dejó el brandy–. Soy impulsiva –explicó–. Quiero ver qué se siente.

Lo rodeó con los brazos y pegó los labios a los de él con un movimiento que Adam no esperaba. Tuvo una impresión muy fugaz de humo de madera y rosas, de increíble suavidad y fortaleza, antes de que Kirby se retirara. En sus labios permanecía la insinuación de una sonrisa mientras recogía su copa de brandy y se la terminaba. Había disfrutado del breve beso, pero había disfrutado aún más aturdiéndolo.

–Muy agradable –comentó con justa aprobación–. El desayuno es a partir de las siete. Si necesitas algo, llama a Cards. Buenas noches.

–Me has pillado por sorpresa –musitó él–. Puedo hacer que sea mejor que agradable.

Le tomó la boca con celeridad y la moldeó a sus labios. Había algo primitivo en el sabor de ella, algo... atemporal. Le recordaba a un bosque una noche de otoño... oscuro, penetrante y lleno de pequeños misterios.

El beso se prolongó, se ahondó sin que ninguno de los dos lo planeara. La respuesta de ella fue instantánea, como a menudo le sucedía. Subió las manos de sus hombros hasta su cuello, su cara, como si ya estuviera esculpiéndolo. Algo vibró entre ambos.

Por el momento, los dominó la sangre. Kirby estaba acostumbrada; Adam no. Él estaba acostumbrado a la razón, aunque ahí no la encontró. Sólo había calor y pasión, necesidades y deseos, sin preguntas ni respuestas.

En última instancia, a regañadientes, se apartó. Como estaba acostumbrado a ganar, su norma era la cautela.

Ella aún podía sentirlo. Al notar su aliento sobre los labios, se preguntó si se había equivocado al juzgarlo. La cabeza le daba vueltas, algo nuevo para ella. Entendía una sangre encendida, un pulso desbocado, pero no la obnubilación de la mente.

Inseguro del tiempo que disfrutaría de ventaja, Adam le sonrió.

—¿Mejor?

—Sí —esperó hasta que el suelo volvió a ser sólido bajo sus pies—. La mejora ha sido notable —como su padre, sabía cuándo debía esquivar y retirarse. Se apartó y se dirigió a la puerta. Tenía que reflexionar y reevaluar toda la situación—. ¿Cuánto tiempo te vas a quedar, Adam?

—Cuatro semanas —repuso, considerando extraño que no lo supiera.

—¿Pretendes acostarte conmigo antes de irte?

Indeciso entre la diversión y la admiración, la miró. Respetaba la sinceridad, pero no estaba acostumbrado a ella de forma tan directa. En ese caso, decidió adaptarse.

—Sí.

Ella asintió, sin hacerle caso al cosquilleo que subió por su columna. Le gustaban los juegos. Ganarlos. Percibía que entre Adam y ella comenzaba uno.

—Tendré que meditar sobre ello, ¿verdad? Buenas noches.

II

Lanzas de luz solar atravesaban las largas ventanas del comedor para proyectar su patrón de diamantes sobre el suelo. En el exterior, los árboles estaban tocados por septiembre. El césped se hallaba vivo con flores y plantas de otoño que parecían atrapadas en llamas. Adam le daba la espalda a la vista mientras estudiaba los cuadros de Fairchild.

Una vez más, quedó sorprendido por la increíble variedad de estilos que cultivaba el artista. Había bodegones con la luz y las sombras de un Goya, un paisaje con los colores vivos de un Van Gogh, un retrato con la sensibilidad y gracia de un Rafael. Debido al tema que lo había llevado allí, fue el retrato el que lo atrajo.

Desde el lienzo lo miraba una mujer frágil de

pelo oscuro. Irradiaba un aire de serenidad, de paciencia. Los ojos eran del mismo gris puro que los de Kirby, pero las facciones eran más suaves, más uniformes. La madre de Kirby había sido una belleza inusual, una mujer inusual que daba la impresión de que poseía fortaleza y comprensión. Así como no se habría puesto a limpiar una chimenea, habría entendido a la hija que lo hacía. Que pudiera ver eso, estar seguro de eso, sin haber conocido jamás a Rachel Fairchild, era prueba del genio de Fairchild. Creaba vida con el pincel y los óleos.

El siguiente cuadro, ejecutado al estilo de Gainsborough, era un retrato de cuerpo entero de una muchacha. Unos lustrosos rizos negros le caían sobre los hombros de un vestido blanco de muselina. Llevaba puestos unos calcetines blancos y unos pulcros zapatos negros de hebilla. Los toques de color procedían de la ancha faja rosa alrededor de la cintura y de las rosas oscuras que llevaba en un cesto.

Mantenía la cabeza alta y ladeada con arrogancia juvenil. La media sonrisa hablaba de diabluras mientras los enormes ojos grises brillaban con ambas cosas. Calculó que no tendría más de once o doce años.

—Una niña adorable, ¿verdad?

Kirby llevaba cinco minutos en el umbral. Había disfrutado observándolo y examinándolo tanto como Adam había disfrutado examinando la pintura.

Se erguía muy recto, aunque tenía las manos metidas con gesto cómodo en los bolsillos de los pantalones. Incluso con un jersey y unos vaqueros, proyectaba un aire de formalidad. Los contrastes la intrigaban, como mujer y como artista.

Adam se volvió y la estudió con igual minuciosidad que al cuadro. El día anterior, la había visto pasar de pilluelo tiznado a mujer sofisticada. Ese día era la imagen de la artista bohemia. Llevaba el rostro libre de maquillaje y el pelo recogido en una coleta a la espalda. Un jersey negro y amplio y unos vaqueros manchados de pintura le ocultaban las formas. Estaba descalza. Para su irritación, seguía atrayéndolo.

Giró la cabeza y, por accidente o cálculo, el sol cayó sobre su perfil. En ese instante, resultó arrebatadora. Kirby suspiró al estudiar su propio rostro.

—Un verdadero ángel.

—Al parecer, su padre la conocía mejor.

Ella se rió, un sonido bajo y rico. La voz serena y seca de Adam la complacía enormemente.

—Es verdad, pero no todo el mundo lo ve —le gustaba que él sí, simplemente porque disfrutaba con un ojo penetrante y una mente inteligente—. ¿Has desayunado?

Él se relajó. Al girar otra vez la cabeza, el sol había dejado de iluminarle la cara. Sólo se trataba de una mujer atractiva y amigable.

—No, he estado ocupado con mi asombro.

—Oh, no hay que asombrarse con el estómago vacío. Es un crimen para la digestión —después de apretar un botón, enlazó el brazo con el suyo y lo condujo a la mesa—. Después de que hayamos comido, te ofreceré un recorrido de la casa.

—Eso me gustaría —se sentó frente a ella. Esa mañana Kirby sólo olía a jabón... un olor limpio y asexuado. No obstante, lo excitaba.

Una mujer entró en la habitación. Tenía una cara larga y huesuda, pequeños ojos castaños y una nariz poco agraciada. Llevaba el pelo gris hacia atrás y recogido en la nuca. Las profundas arrugas de la frente indicaban su naturaleza pesimista. Kirby la miró y sonrió.

—Buenos días, Tulip. Tendrás que enviarle una bandeja a papá, no se mueve de la torre —extrajo una servilleta de la anilla—. Para mí, sólo tostadas y café, y no me sueltes un discurso. Ya no voy a crecer más.

Después de gruñir su desaprobación, la mujer se volvió hacia Adam. El pedido de huevos con beicon recibió el mismo gruñido antes de marcharse.

La robusta doncella que había servido la cena la noche anterior entró con el café. Le dedicó una sonrisa luminosa a Adam.

—Gracias, Polly.

La voz de Kirby fue amable, pero Adam captó la mirada de advertencia y el rápido rubor de la doncella.

—Sí, señora —sin mirar atrás, Polly salió de la estancia.

Kirby sirvió el café.

—Nuestra Polly es muy dulce —comenzó—. Pero tiene la costumbre de mostrarse... mmm... demasiado amigable con dos terceras partes de la población masculina —dejó la cafetera de plata y le sonrió—. Si te gusta lo directo y el cosquilleo, Polly es tu chica. De lo contrario, yo no la animaría. Hasta tuve que apartarla de papá.

La imagen de la lujuriosa y joven Polly con el élfico Fairchild pasó por la mente de Adam. Permaneció allí con perfecta claridad hasta que soltó una carcajada.

Kirby pensó que un hombre que podía reír de esa manera tenía un potencial enorme. Se preguntó qué otras sorpresas reservaba. Con algo de suerte, descubriría unas cuantas durante su estancia.

Recogió la jarrita de la leche y añadió un poco al café.

—Tienes mi palabra, resistiré la tentación.

—Tiene una figura estupenda —observó Kirby mientras bebía café.

—¿De verdad? —era la primera vez que había visto su sonrisa... rápida y perversa—. No lo había notado.

Ella lo estudió mientras la sonrisa le hacía cosas extrañas a su sistema nervioso. Otra sorpresa.

–Te he juzgado mal, Adam –murmuró–. No eres precisamente lo que pareces.

Él pensó en el pequeño transmisor que tenía guardado en su maletín.

–¿Lo es alguien?

–Sí –lo miró larga y abiertamente–. Sí, algunas personas son precisamente lo que parecen, para bien o para mal.

–¿Tú? –preguntó, porque de pronto ansió conocer quién y qué era ella. No para McIntyre ni para el trabajo, sino para sí mismo.

Ella guardó silencio unos momentos mientras exhibía una sonrisa irónica.

–Lo que parezco ser hoy es lo que soy... hoy –con uno de sus cambios súbitos, desterró ese estado de ánimo–. Aquí llega el desayuno.

Charlaron un rato mientras comían, de cosas sin importancia, cortesías que dos desconocidos se decían durante una comida. Los dos habían sido educados para manejar situaciones similares, intercambios triviales e inteligentes que se deslizaban por la superficie sin significar absolutamente nada.

Pero Kirby descubrió que era consciente de él, mucho más de lo que debería. De lo que le gustaría.

Mientras él echaba sal sobre los huevos, se preguntó qué clase de hombre sería. Ya había llegado a la conclusión de que no era tan convencional como aparentaba... o tal vez incluso como él mismo se consideraba. Estaba segura de que en alguna parte de su interior había un aventurero. Lo único que la irritaba era haber tardado tanto en verlo.

Recordaba la fuerza y la turbulencia del beso que habían compartido. Sería un amante exigente. Y fascinante. Lo que significaba que iba a tener que extremar la cautela. Ya no creía que se lo pudiera manejar con facilidad. Algo en sus ojos...

Con celeridad abandonó esos pensamientos. La cuestión era que debería manejarlo. Se terminó el café y envió una plegaria silenciosa para que su padre tuviera bien oculto el Van Gogh.

—El recorrido comienza desde abajo hacia arriba —indicó con entusiasmo. Se puso de pie y extendió la mano—. Las mazmorras son maravillosamente morbosas y húmedas, pero creo que las postergaremos por respeto a tu jersey de cachemira.

—¿Mazmorras? —aceptó el brazo que le ofrecía y salió de la habitación con ella.

—Me temo que ya no las usamos, pero si las vibraciones son las correctas, aún se pueden oír algunos gemidos y traqueteos. Lord Wickerton, el propietario original, era bastante canalla.

Lo dijo de forma tan casual, que a punto estuvo

de creerla. Comprendió que hacer que lo ridículo sonara plausible era uno de sus mejores talentos.

—¿Lo apruebas?

—¿Aprobarlo? —sopesó la pregunta mientras caminaban—. Quizá no, pero es fácil sentir fascinación por cosas que sucedieron hace casi cien años. El mal puede tornarse romántico después de un cierto período de tiempo, ¿no crees?

—Jamás lo he considerado de esa manera.

—Eso se debe a que posees un firme dominio sobre lo que está bien y lo que está mal.

Se detuvo, y como llevaban los brazos enlazados, Kirby se detuvo a su lado. La miró con una intensidad que la puso en guardia.

—¿Y tú?

Ella abrió la boca; luego la cerró antes de poder decir alguna tontería.

—Digamos que soy flexible. Esta habitación te gustará —manifestó antes de empujar una puerta—. Es más bien robusta y formal.

Tomándose el insulto con calma, entró con ella. Durante casi una hora vagaron de cuarto en cuarto. En un momento pensó que había subestimado el tamaño colosal del lugar. Los pasillos serpenteaban y giraban, las habitaciones aparecían donde menos se las esperaba, algunas diminutas, otras enormes. Llegó a la conclusión de que a menos que tuviera mucha, mucha suerte, el trabajo le ocuparía bastante tiempo.

Abriendo dos pesadas puertas talladas, Kirby lo condujo a la biblioteca. Tenía dos niveles y era del tamaño de un apartamento normal de dos dormitorios. Por el suelo había diseminadas descoloridas alfombras persas. Con la excepción de la pared más lejana, que mostraba ventanales, el resto de las paredes estaban alineadas con libros desde el suelo hasta el techo. Un vistazo le mostró a Chaucer junto a D.H. Lawrence. Stephen King se apoyaba en Milton. Ni siquiera se veía la insinuación de organización, pero reinaba el olor intenso a cuero, polvo y aceite de limón.

Los libros dominaban la estancia, sin dejar espacio para los cuadros. Pero había esculturas.

Cruzó la habitación y alzó la figura de un corcel tallado en madera de nogal. En sus manos parecieron vibrar la libertad, la gracia y el movimiento. Casi podía oír los firmes latidos contra la palma de su mano.

En una plataforma alta y redonda, había un busto en bronce de Fairchild. La artista había capturado la travesura y la energía, pero también una gentileza y generosidad que Adam aún tenía que ver.

En silencio, recorrió la sala, examinando cada pieza mientras Kirby lo observaba. La ponía nerviosa y luchaba contra ello. Era algo que rara vez experimentaba y que nunca reconocía. Se recordó que ya habían analizado su obra con anterioridad. ¿Qué otra cosa quería un artista,además de reconocimiento? Juntó los dedos y permaneció en silencio. Se dijo que la opinión de él apenas importaba y luego se humedeció los labios.

Alzó una pieza de mármol con la forma de una masa rugiente de llamas. Aunque la piedra era blanca, el fuego era real. Como el resto de piezas que había examinado, la masa de llamas de mármol era física. Kirby había heredado el don de su padre de crear vida.

Durante un momento, olvidó todas las razones por las que se encontraba allí y sólo pensó en la mujer y la artista.

—¿Dónde estudiaste?

El comentario extravagante que había estado preparada para hacer se desvaneció de su mente en cuanto él se volvió y la miró con esos serenos ojos castaños.

—Formalmente, en la École des Beaux–Arts. Pero papá me ha enseñado siempre.

Giró el mármol en las manos. Hasta una imaginación prosaica habría sentido el calor. Sólo le faltaba olerlo.

—¿Cuánto tiempo llevas dedicada a la escultura?

—¿En serio? Unos cuatro años.

—¿Por qué diablos sólo has tenido una exposición? ¿Por qué te entierras aquí?

Furia. Enarcó una ceja. Se había preguntado qué clase de temperamento tendría Adam, aunque no había esperado que se manifestara por su obra.

—Preparo otra para la primavera —respondió sin alterarse—. La organizará Charles Larson —incómoda de repente, se encogió de hombros—. De hecho, me presionaron para organizar la primera. No estaba preparada.

—Eso es ridículo —alzó el mármol como si ella no lo hubiera visto antes—. Absolutamente ridículo.

¿Por qué la hacía sentirse vulnerable tener su obra en la palma de la mano de Adam? Se dio la vuelta y bajó un dedo por la nariz del bronce de su padre.

—No estaba preparada —repitió, sin saber por qué, cuando no se explicaba ante nadie—. Tenía que estar segura. Siempre están los que dicen... que he estado protegida por mi padre —suspiró, pero no apartó la mano del busto—. Yo tenía que descubrir que no era así. *Yo* tenía que descubrirlo.

No había esperado sensibilidad, dulzura, vulnerabilidad. No de ella. Pero lo había visto en su obra, y lo había oído en su voz. Lo conmovió, tanto como lo había hecho su pasión.

—Ahora ya lo sabes.

—Ahora lo sé —convino con el mentón alzado. Con una sonrisa extraña, cruzó la habitación y le quitó el mármol de las manos—. Jamás se lo había contado a nadie... ni siquiera a mi padre. Me pregunto por qué habrás sido tú.

Le tocó el pelo, algo que había deseado hacer desde que había visto cómo el sol de la mañana se posaba en él.

—Me pregunto por qué me alegra haber sido yo.

Ella dio un paso atrás. No se podía soslayar un anhelo tan poderoso y fuerte.

—Bueno, supongo que tendremos que pensar en ello. Esto concluye la primera parte del recorrido —dejó el mármol y sonrió—. Todos los comentarios y preguntas serán bien recibidos.

Adam comprendió que había penetrado más allá de la superficie y que a ella no le apetecía que lo hubiera hecho. Eso lo entendía.

—Tu casa es... abrumadora —la hizo sonreír—. Me decepciona que no haya un foso y un dragón.

Sin ofrecer un comentario, lo tomó de la mano y regresó al salón.

—No hay un foso —le dijo al ir directamente hacia la chimenea—. Pero sí pasadizos secretos.

—Debí imaginarlo.

—Hace tiempo que... —calló, musitando para sí misma, mientras empujaba y tiraba de la repisa de roble—. Juro que es una de estas flores... hay un botón, pero hay que presionar en el punto adecuado —con un gesto irritado, se echó la coleta por el hombro—. Sé que está aquí, pero no logro... *Et voilà*

—satisfecha consigo misma, dio un paso atrás cuando una sección del friso se deslizó a un lado con un crujido—. Necesita un poco de aceite —decidió.

—Impresionante —murmuró Adam, preguntándose si estaría de suerte—. ¿Conduce a las mazmorras?

—Se extiende por toda la casa en un laberinto de giros —acercándose con él, se asomó a la oscuridad—. Hay una entrada en casi todas las habitaciones. Un botón del otro lado abre o cierra el panel. Los pasadizos están horriblemente oscuros y húmedos —con un escalofrío, dio un paso atrás—. Quizá es por eso por lo que los había olvidado —se frotó las manos con súbito frío—. De niña solía recorrerlos y volver locos a los criados.

—Me lo imagino —pero vio el miedo en sus ojos mientras ella volvía a examinar la oscuridad.

—Supongo que pagué por ello. Un día se me agotó la linterna y no pude encontrar el camino de salida. Ahí dentro hay arañas del tamaño de perros pequeños —se rió, pero retrocedió otro paso—. No sé cuánto tiempo pasó, pero cuando papá me encontró, estaba histérica. No hace falta decir que encontré otras maneras de aterrorizar al personal.

—Te sigue asustando.

Ella alzó la vista, preparada para descartar el tema. Por segunda vez, la mirada serena de él la impulsó a decir la verdad.

—Sí. Al parecer así es. Bueno, ahora que he confesado mi neurosis, continuemos.

El panel se cerró con un gruñido de protesta. Adam sintió, más que oyó, su suspiro de alivio. Cuando le tomó la mano, la encontró fría. Quiso darle calor, pero se concentró en lo que podían significar para él los pasadizos. Con ellos dispondría de acceso a cada habitación sin correr el riesgo de toparse con el personal o uno de los Fairchild. Decidió aprovechar la oportunidad y empezar esa misma noche.

—Una entrega para usted, señorita Fairchild.

Tanto Kirby como Adam se detuvieron en el rellano de las escaleras. Ella miró la caja blanca que el mayordomo sostenía en las manos.

—Otra vez no, Cards.

—Parece que sí, señorita.

Kirby olisqueó, se rascó un punto justo debajo de la mandíbula y estudió la caja.

—Voy a tener que mostrarme más firme.

—Como usted diga, señorita.

—Cards... —le sonrió—... sé que es una grosería, pero dáselas a Polly. No puedo soportar mirar otra rosa roja.

—Como desee, señorita. ¿Y la tarjeta?

—Detalles —musitó, y luego suspiró—. Déjala en mi mesa, ya me ocuparé. Lo siento, Adam —se volvió y subió otra vez—. Las últimas tres semanas me han bombardeado con rosas. Me he negado a ser

amante de Jared, pero es persistente —más exaspe-
rada que irritada, movió la cabeza mientras rodea-
ban la primera curva—. Supongo que tendré que
amenazarlo con contárselo a su mujer.

—Podría funcionar —acordó él.

—Una pregunta, ¿no debería ser más perceptivo
un hombre que ha pasado de los sesenta? —puso los
ojos en blanco y subió los siguientes tres escalones
de una vez—. No imagino en qué piensa.

Yendo detrás de ella, Adam pudo imaginárselo
muy bien.

La primera planta estaba alineada de dormitorios. Cada uno era único, amueblado con un estilo
diferente. Cuanto más veía de la casa, más encantado quedaba. Y más comprendía lo complicada
que iba a ser su tarea.

—La última habitación es mi *boudoir* —le ofreció
la sonrisa lenta y perezosa que lo inquietaba—. Te
prometo que no te pondré en un compromiso
siempre y cuando seas consciente de que no se me
conoce por mantener mis promesas —con una risa
ligera, abrió la puerta y entró—. Aletas de peces.

—¿Perdona?

—¿Por qué? —sin hacerle caso, entró en la habitación—. ¿Ves eso? —exigió. En un gesto muy parecido al de su padre, señaló la cama. Un perro desa-
liñado estaba tumbado en el centro de una colcha
con forma de alianza.

Con el ceño fruncido, Adam se acercó más.

—¿Qué es?

—Un perro, desde luego.

Observó la masa gris de pelo, que parecía carecer de partes delantera o trasera.

—Es posible.

Un rabo corto comenzó a golpear la colcha.

—No es gracioso, Montique. ¿Sabes?, yo recibo las broncas.

Adam vio cómo la bola se movía hasta que pudo discernir una cabeza. Los ojos aún estaban escondidos detrás de la mata de pelo, pero había un pequeño hocico negro y una lengua colgante.

—De algún modo, te había imaginado con un grupo de galgos afganos.

—¿Qué? Oh —palmeó con gesto distraído a la mata de pelo y se volvió hacia Adam—. Montique no es mío, es de Isabelle —miró al perro con expresión irritada—. Va a disgustarse mucho.

Adam frunció el ceño ante el nombre desconocido. Se preguntó si McIntyre habría pasado por alto a alguien.

—¿Es un miembro del personal?

—Santo cielo, no —Kirby se rió y Montique se retorció encantado—. Isabelle no sirve a nadie. Es... Bueno, aquí está.

Adam giró la cabeza hacia la puerta. Fue a decirle a Kirby que no había nadie, cuando un movimiento captó su atención. Bajó la vista hacia un siamés de color tostado. Tenía los ojos rasgados de un azul helado, aunque nunca antes había considerado semejantes cosas. El gato cruzó el umbral, se sentó y alzó la vista hacia Kirby.

—No me mires así —soltó ella—. Yo no he tenido nada que ver. Si entra aquí, yo no tengo la culpa —Isabelle movió el rabo y emitió un sonido bajo y peligroso—. No pienso tolerar tus amenazas ni pienso mantener mi puerta cerrada —cruzó los brazos y movió un pie sobre la alfombra Aubusson—. Me niego a modificar la costumbre de toda una vida para tu comodidad. Tendrás que vigilarlo mejor.

Mientras miraba en silencio, Adam tuvo la certeza de que veía un temperamento sincero en los ojos de Kirby... del que una persona dedica a otra persona. Con suavidad apoyó una mano en su brazo y esperó que lo mirara.

—Kirby, estás discutiendo con un gato.

—Adam —con igual gentileza, ella le apartó la mano—. No te preocupes, puedo manejarlo —enarcó una ceja y se volvió hacia Isabelle—. Si no quieres que vaya por ahí, llévatelo y ponle una correa. Y la próxima vez, te agradecería que llamaras antes de entrar en mi habitación.

Con un movimiento del rabo, Isabelle se acercó a la cama y miró a Montique. Él agitó el rabo con la lengua fuera antes de saltar con torpeza al suelo. Al trote, siguió a la gata fuera de la habitación.

—Se ha ido con ella —murmuró Adam.

—Claro —indicó Kirby—. Tiene un temperamento simple.

Negándose a que lo tomaran por tonto, la miró largamente.

—¿Intentas decirme que ese perro pertenece a esa gata?

—¿Tienes un cigarrillo? —preguntó—. Rara vez fumo, pero Isabelle me afecta de esa manera —él extrajo uno y se lo encendió, sin perder esa expresión levemente irritada. Kirby tuvo que contener una risita. Decidió que Adam era notable—. Isabelle mantiene que Montique la siguió hasta casa. Yo creo que lo secuestró. Sería típico de ella.

«Juegos», pensó otra vez. Los dos podían jugar.

—¿Y a quién pertenece Isabelle?

—¿Pertenecer? —ella abrió mucho los ojos—. Isabelle sólo se pertenece a sí misma. ¿Quién querría reclamar a una criatura tan perversa?

Se dijo que él podía jugar como el que más. Le quitó el cigarrillo y dio una calada.

—Si no te gusta, ¿por qué no te deshaces de ella?

Kirby le volvió a quitar el cigarrillo.

—No puedo hacerlo mientras pague el alquiler, ¿verdad? Ya es suficiente —decidió tras una calada—. Ya me he calmado —se lo devolvió antes de ir hacia la puerta—. Te llevaré al estudio de papá. Nos saltaremos la segunda planta, ya que todo está cubierto con sábanas.

Adam abrió la boca, y luego llegó a la conclusión de que era mejor dejar en paz algunas cosas. Desterrando de su cabeza a los gatos raros y a los perros feos, la siguió de vuelta al pasillo. Las escaleras continuaron en su arco perezoso hacia la segunda planta; luego giraron bruscamente hasta volverse rectas y estrechas. Kirby se detuvo en el punto de transición y señaló pasillo abajo.

—La distribución es la misma que la de la primera planta. Hay unas escaleras en el lado opuesto que llevan a mi estudio. El resto de estas habitaciones rara vez se usa —le sonrió mientras juntaba las manos—. Desde luego, toda la planta está encantada.

—Desde luego —le resultó natural. Sin decir una palabra, la siguió hasta la torre.

III

Normalidad. Por doquier había diseminados tubos de pintura y pinceles en botes. En el aire flotaba el olor a aceite y a trementina. Los escombros y la sensualidad del arte eran cosas que Adam entendía.

La sala estaba rodeada de ventanales y tenía un techo alto. En alguna ocasión el suelo pudo haber sido hermoso, pero en ese momento la madera estaba opaca y manchada. Había lienzos en los rincones, contra las paredes y apilados sobre el suelo.

Cuando Kirby vio que todo estaba como debería, la tensión abandonó sus hombros. Cruzó la estancia para dirigirse al lado de su padre.

Estaba sentado, inmóvil y sin parpadear, contemplando un trozo de arcilla con una forma parcial. Sin hablar, Kirby rodeó la mesa de trabajo, estudiando la obra desde todos los ángulos. Los ojos de Fairchild permanecieron clavados en su obra. Pasados unos momentos, ella se irguió, se frotó la nariz con el dorso de la mano y frunció los labios.

–Mmmm.

–Ésa no es más que tu opinión –espetó Fairchild.

–Desde luego –se mordisqueó la uña del dedo pulgar–. Tú tienes derecho a manifestar otra. Adam, ven a echar un vistazo.

Le lanzó una mirada asesina que provocó la sonrisa de Kirby. Atrapado por los modales, cruzó el estudio y observó la arcilla.

Supuso que era un intento adecuado... un halcón sin acabar, con las garras extendidas y el pico entreabierto. El poder y la vida que penetraban en sus cuadros y en las esculturas de su hija no estaban ahí. En vano, Adam buscó una salida.

–Mmmm –comenzó, para que Kirby cayera sobre la sílaba.

–Ahí lo tienes, está de acuerdo conmigo –palmeó la cabeza de su padre con expresión relamida.

–¿Y él qué sabe? –demandó Fairchild–. Es un pintor.

–Y lo mismo, querido papá, eres tú. Y brillante.

Luchó por no sentirse complacido y metió un dedo en la arcilla.

—Pronto, odiosa mocosa, también seré un escultor brillante.

—Para tu cumpleaños te regalaré un equipo de plastilina —ofreció; luego soltó un grito cuando Fairchild la agarró de la oreja y la retorció—. Demonio —se frotó el lóbulo.

—Cuida tu lengua o haré una Van Gogh de ti.

Mientras Adam miraba, el hombrecillo cacareó de felicidad; sin embargo, Kirby se quedó quieta... no por irritación, sino por... ¿miedo? No de Fairchild. Estaba convencido de que ella jamás temería a un hombre, y menos a su padre. *Por* Fairchild resultaba más factible, e igual de desconcertante.

Se recobró con rapidez y ladeó el mentón.

—Voy a mostrarle a Adam mi estudio. Así podrá instalarse.

—Bien, bien —como reconoció el tono inquieto en la voz de su hija, le palmeó la mano—. Es una chica condenadamente bonita, ¿verdad, Adam?

—Sí, lo es.

Mientras Kirby emitía un sonoro suspiro, Fairchild volvió a palmearle la mano. La manchó de arcilla.

—¿Ves, cariño? ¿No estás agradecida ahora por la ortodoncia?

—Papá —con una sonrisa renuente, apoyó la mejilla sobre su cabeza rala—. Jamás llevé ortodoncia.

—Claro que no. Heredaste tus dientes de mí —le ofreció a Adam una sonrisa deslumbrante y un guiño de ojos—. Vuelva cuando se haya instalado, Adam. Necesito algo de compañía masculina.

—Adam no se parece en nada a Rick —murmuró Kirby al recoger un trapo para limpiarse la arcilla de la mano—. Rick es dulce.

—Heredó los modales del lechero —observó Fairchild.

Lo estudió.

—Estoy segura de que también Adam puede ser dulce —manifestó, aunque sin convicción—. El punto fuerte de Rick es la acuarela. Es la clase de hombre que las mujeres anhelan cuidar. Me temo que tartamudea un poco cuando se excita.

—Está locamente enamorado de nuestra pequeña Kirby —de no ser por la mirada que le lanzó su hija, Fairchild habría vuelto a cacarear.

—Sólo lo piensa. No lo animes.

—¿Y qué me dices del cuerpo a cuerpo en el que os sorprendí en la biblioteca? —satisfecho consigo mismo, se volvió hacia Adam—. Se lo pregunto a usted: cuando la copa de un hombre se llena de vaho, ¿no hay motivo para ello?

—Invariablemente —le gustaban, ya fueran unos chiflados inofensivos o algo más que inofensivos. Le gustaban los dos.

—Sabes muy bien que fue algo unilateral —adoptó

una postura real y digna–. Rick perdió momentáneamente el control. Como cuando se quema un fusible, supongo. Tema zanjado.

–La semana próxima vendrá a quedarse unos días –Fairchild soltó la bomba cuando su hija iba hacia la puerta. A su favor, tuvo que reconocer que no dio muestra alguna de alteración.

Adam se preguntó si era testigo de una partida compleja de ajedrez o de una versión salvaje de damas.

–Muy bien –aceptó Kirby con frialdad–. Le diré a Rick que Adam y yo somos amantes y que Adam es mortalmente celoso, razón por la que siempre lleva una daga en el calcetín izquierdo.

–Santo cielo –murmuró él cuando Kirby salió–. Y encima, lo haría.

–No lo dudes –convino Fairchild, sin ocultar el regocijo en su voz. Le encantaba la confusión. Y un hombre de sesenta años tenía derecho a crear tanta como pudiera.

La estructura del estudio de la segunda torre era idéntica a la primera. Sólo variaba el contenido. Además de las pinturas, de los pinceles y de los lienzos, había cuchillos, cinceles y mazos. Había tablas de piedra caliza y de mármol y trozos de madera. El equipo de Adam era el único punto de orden en la estancia. Cards lo había acomodado en persona.

Igual que con la torre de Fairchild, Adam entendía esa clase de caos. La estancia estaba bañada por la luz del sol. Era serena, espaciosa e instantáneamente cautivadora.

—Hay suficiente espacio —le dijo Kirby con un gesto del brazo—. Pon tus cosas donde te sientas cómodo. No creo que nos estorbemos —manifestó con dudas; luego se encogió de hombros. Tenía que asimilar la situación. Era mejor tenerlo ahí que mandarlo a compartir el estudio con su padre y el Van Gogh—. ¿Eres temperamental?

—Yo no diría eso —respondió distraído mientras comenzaba a sacar su equipo—. Otros quizá lo afirmarían. ¿Y tú?

—Oh, sí —se sentó detrás de la mesa de trabajo y alzó una pieza de madera—. Me dan ataques de melancolía. Espero que no te moleste —contemplaba la madera como si buscara algo que guardara oculto en su interior—. Ahora me dedico a las emociones. No se me puede considerar responsable.

Curioso, Adam dejó lo que hacía para dirigirse a la estantería que había detrás de ella. Allí encontró diversas piezas en varios estados de desarrollo. Eligió una tallada que ya había sido barnizada.

—Emociones —murmuró, pasando los dedos por la madera.

—Sí, ésa es el...

—*Dolor* —aportó él. Podía ver la angustia, sentir el pesar.

—Sí —no estaba segura de que le gustara tenerlo tan sintonizado con ella—. Ya he hecho el *Gozo* y la *Duda*. Pensé en dejar la *Pasión* para el final —extendió las manos por debajo de la madera que sostenía y la alzó a la altura de los ojos—. Ésta va a ser la *Ira* —cuando lo miró, sonrió con expresión burlona—. Como estoy trabajando en la *Ira*, tendrás que tolerar algunos ataques de temperamento.

—Trataré de ser objetivo.

Kirby no abandonó la sonrisa, encantada con el toque de educación por encima del sarcasmo.

—Apuesto a que te sobra objetividad.

—No más de la necesaria.

Sin dejar de mover la madera en sus manos, miró hacia el equipo de él.

—¿Trabajas en algo?

—Trabajaba —se plantó delante de ella—. Ahora tengo otra cosa en mente. Quiero pintarte a ti.

Pasó de mirar la madera a estudiar la cara de Adam. Con cierto desconcierto, él notó que su expresión era cautelosa.

—¿Por qué?

Se acercó un paso y cerró la mano en su mentón. Kirby permaneció en actitud pasiva mientras la examinaba desde diferentes ángulos. Pero sintió los dedos en su piel. Adam no resistió la tentación de pasarle el pulgar por la mejilla. Los huesos parecían frágiles bajo las manos, pero sus ojos estaban firmes y eran directos.

—Porque —respondió al fin—, tienes un rostro fascinante. Quiero pintar eso... la transparencia, y tu sexualidad.

La boca de ella se encendió bajo el roce descuidado de los dedos. Apretó las manos sobre la madera, pero habló con voz firme.

—¿Y si dijera que no?

Adrede, se inclinó y la besó. La sintió ponerse rígida, resistirse, y luego quedarse quieta. A su manera, ella era su propia defensa, absorbiendo los sentimientos que proyectaba sobre ella. Cuando alzó la cabeza, sólo vio el gris puro de sus ojos.

—Te pintaría de todos modos —murmuró.

Abandonó el estudio, dándoles tiempo a ambos para pensar en ello.

Y ella pensó. Durante casi treinta minutos, permaneció perfectamente quieta y dejó que su mente trabajara. Era una parte curiosa de su naturaleza que una mujer tan vibrante e inquieta pudiera poseer semejante capacidad para la inmovilidad. Cuando era necesario, podía estar sin hacer absolutamente nada mientras reflexionaba en los problemas y buscaba respuestas. Adam hizo que fuera necesario.

Agitaba algo en ella que nunca antes había sentido. Kirby creía que una de las cosas más preciadas en la vida era lo original y lo fresco. En esa ocasión, sin embargo, se preguntó si podría soslayarlo.

Apreciaba a un hombre que daba por hechas las satisfacciones de sus propios deseos, tal como hacía ella. Tampoco era reacia a enfrentarse a él. Pero... No conseguía salvar el *pero* en el caso de Adam.

Quizá fuera más seguro e inteligente concentrarse en la incomodidad que generaba la presencia de Adam con respecto al Van Gogh y a la afición de su padre. La atracción que sentía era inoportuna. Se pasó la lengua por el labio superior y pensó que podía sentir su sabor. «Inoportuna», se repitió. E inconveniente.

Con un suspiro, pensó que más le valía a su padre ser prudente. El condenado y brillante Van Gogh iba a tener que desaparecer con celeridad. «Y el Tiziano», recordó, mordiéndose el labio inferior. Todavía tenía que arreglar eso.

Adam estaba reunido con su padre y en ese momento no había nada que pudiera hacer. «Sólo unos pocos días más», se dijo. Luego ya no habría nada de qué preocuparse. Recuperó la sonrisa. El resto de la visita de Adam podría ser divertido.

«Una diversión peligrosa», concedió. Pero, ¿qué

era la vida sin un poco de peligro? Sin dejar de sonreír, recogió sus instrumentos.

Trabajó en silencio, en total concentración. Adam, su padre, el Van Gogh... quedaron en el olvido. Ahí había vida; podía sentirla. Sólo esperaba que ella encontrara la clave para liberarla. La encontraría, y la elevada satisfacción que iba de la mano con el descubrimiento.

Pintar jamás le había aportado eso. Había jugado con ello, había disfrutado, pero nunca lo había poseído. Jamás había sido poseída por él. El arte era un amante que exigía completa fidelidad. Kirby lo entendía a la perfección.

Mientras trabajaba, la madera parecía tratar de respirar. De repente, con claridad, sintió el temperamento que buscaba empujar con el afán de romper su confinamiento. Lo tenía... casi libre.

Al oír el sonido de su nombre, alzó la cabeza con brusquedad.

—¡Maldita sea!

—Kirby, lo siento tanto.

—Melanie —apenas pudo contener el insulto—. No te oí subir —aunque dejó los instrumentos, siguió sosteniendo la madera. No podía perderlo en ese momento—. Pasa. No te gritaré.

—Estoy segura de que deberías hacerlo —Melanie titubeó en el umbral—. Te estoy perturbando.

—Sí, pero te perdono. ¿Cómo estaba Nueva York?

—mientras le sonreía a su mejor y más antigua amiga, le indicó una silla.

El cabello rubio pálido estaba elegantemente peinado en torno a una cara con forma de corazón. Los pómulos, más marcados que los de Kirby, lucían un maquillaje experto. La boca con forma de arco de Cupido exhibía un brillo de un rosa profundo. Como de costumbre, se reafirmó en que Melanie Burgess tenía el perfil más perfecto jamás creado.

—Estás preciosa, Melly. ¿Te has divertido?

Melanie frunció la nariz mientras limpiaba el asiento de su silla.

—Negocios. Pero mis diseños de primavera fueron bien recibidos.

Kirby alzó las piernas y las cruzó debajo del cuerpo.

—Jamás entenderé cómo puedes decidir en agosto lo que tendremos que ponernos el próximo abril —estaba perdiendo el poder de la madera. Se dijo que volvería y la depositó sobre la mesa, al alcance de su mano—. ¿Has vuelto a hacerle algo desagradable a los bajos?

—Si tú nunca prestas atención a esas cosas —miró el jersey de Kirby con expresión desolada.

—Me gusta pensar que mi guardarropa es atemporal en vez de moderno —sonrió, sabiendo qué teclas apretar—. Este jersey apenas tiene doce años.

—Y aparenta más cada día —conociendo el juego

y la habilidad de Kirby, cambió de táctica—. Me encontré con Ellen Parker en 21.

—¿Sí? —después de juntar las manos, apoyó el mentón en ellas—. Hace meses que no la veo. ¿Sigue hablando en francés cuando quiere confidencialidad?

—No te lo creerías —Melanie tembló al sacar un cigarrillo largo y fino de una pitillera esmaltada—. Ni yo misma lo creía hasta que lo vi con mis propios ojos. Jerry me lo contó. Recuerdas a Jerry Turner, ¿verdad?

—Diseña ropa interior femenina. ¿Qué te contó?

Melanie sacó un encendedor grabado con sus iniciales y lo encendió. Dio una calada delicada.

—Que Ellen tenía una aventura.

—Vaya novedad —repuso Kirby en tono seco. Bostezó y estiró los brazos hacia el techo para aliviar la rigidez que sentía en los omóplatos—. Es la número doscientos tres, ¿o me he perdido alguna?

—Pero, Kirby... —se adelantó para poner más énfasis—... ésta la mantiene con el hijo de su ortodoncista.

Fue el sonido de la risa de Kirby lo que hizo que Adam se detuviera de camino a la torre. Resonó entre las paredes de piedra, rica, real y estimulante. Permaneció quieto mientras reverberaba y se desvanecía. En silencio, continuó subiendo.

—Kirby, vamos. Un ortodoncista —a pesar de lo bien que conocía a su amiga, quedó aturdida por su reacción—. Es tan... tan clase media.

—Oh, Melanie, eres una esnob maravillosa —contuvo otra risita cuando Melanie soltó un bufido indignado—. ¿Es perfectamente aceptable que Ellen tenga un número interminable de aventuras, siempre y cuando mantenga una elección socialmente prominente, pero un ortodoncista hace que vaya más allá del buen gusto?

—No es aceptable, desde luego —musitó, atrapada en la lógica de Kirby—. Pero si se es discreta y...

—¿Selectiva? —aportó ella de buen humor—. Bueno, las ortodoncias son terriblemente caras.

Con un suspiro exasperado, Melanie intentó otro cambio de tema.

—¿Qué tal Stuart?

Aunque había estado a punto de entrar, Adam se detuvo en la entrada y guardó silencio. La sonrisa de Kirby se había desvanecido. Los ojos que habían estado vivos, con humor, se volvieron fríos. En ellos apareció algo duro, fuerte y desagradable. Al presenciar ese cambio, se dio cuenta de que sería una enemiga formidable. Detrás del ingenio relajado, había agallas, con la sexualidad descarnada y el lustre de la joven rica y excéntrica. No lo olvidaría.

—Stuart —manifestó con voz frágil—. No tengo ni idea.

—Oh —al captar el tono gélido, Melanie se mordió el labio inferior—. ¿Habéis tenido una pelea?

—¿Una pelea? —la sonrisa siguió siendo desagradable—. Se podría plantear de esa manera —con un esfuerzo, mantuvo a raya el temperamento que había querido extraer de la madera—. En cuanto acepté casarme con él, supe que había cometido un error. Debí ocuparme de ello de inmediato.

—Me dijiste que albergabas dudas —después de apagar el cigarrillo, se adelantó para tomar las manos de Kirby—. Pensé que se debía a los nervios. Nunca antes habías dejado que una relación llegara hasta la fase del compromiso.

—Fue un error de juicio —era verdad, nunca había dejado que una relación llegara tan lejos como hasta la fase del compromiso. Era lo único que consideraba sagrado—. Lo corregí.

—¿Y Stuart? Supongo que se pondría furioso.

La sonrisa que reapareció en los labios de Kirby carecía de humor.

—Me proporcionó la escapatoria perfecta. ¿Sabes que me estaba presionando para fijar una fecha?

—Y sé que le dabas largas.

—Menos mal —murmuró—. En cualquier caso, al final conseguí el valor para dar marcha atrás. Creo que fue la única vez en la vida que sentí culpa auténtica —movió los hombros y volvió a recoger la madera. La ayudó a concentrarse en el temperamento—. Fui a su casa sin llamarlo antes. Fue un gesto de ahora o nunca. Debí captar lo que sucedía en cuanto abrió la puerta, pero estaba centrada en mi pequeño discurso cuando noté unas... digamos que prendas íntimas diseminadas por la habitación.

—Oh, Kirby.

Suspiró y prosiguió:

—Esa parte fue por mi culpa, supongo. Yo no quería acostarme con él. Sencillamente, no sentía ningún impulso acuciante para alcanzar ese grado de intimidad. No... —buscó una palabra—. Calor —a falta de algo mejor, se decidió por ésa—. Supongo que fue eso lo que me hizo ver que jamás me casaría con él. Pero fui fiel —la furia volvió a manifestarse—. Fui fiel, Melly.

—No sé qué decir —la angustia vibraba en su voz—. Lo siento mucho, Kirby.

Ésta movió la cabeza al captar la simpatía. Jamás la buscaba.

—No me habría indignado tanto si no hubiera estado allí de pie, diciéndome lo mucho que me quería, cuando tenía a otra mujer que le mantenía las sábanas calientes. Me resultó humillante.

—No hay nada por lo que debas sentirte humillada —replicó Melanie con voz acalorada—. Fue un imbécil.

—Es posible. Ya habría sido bastante desagradable si nos hubiéramos ceñido a la cuestión en sí, pero nos desviamos del sendero del amor y la fidelidad. Las cosas se pusieron desagradables —calló y los ojos se le nublaron. Otra vez era hora de secretos—.

Aquella noche descubrí mucho —murmuró—. Nunca me he considerado una tonta, pero al parecer lo había sido.

Melanie volvió a tomarle la mano.

—Debió de ser una sorpresa terrible descubrir que Stuart era infiel incluso antes de haberos casado.

—¿Qué? —parpadeando, se obligó a regresar al momento—. Oh, eso. Sí, eso también.

—¿También? ¿Qué más hay?

—Nada —movió la cabeza para descartar el tema—. Ya está muerto y enterrado.

—Me siento fatal, maldita sea. Yo os presenté.

—Quizá deberías afeitarte la cabeza en compensación, pero te aconsejo que lo olvides.

—¿Puedes tú?

Kirby sonrió y enarcó las cejas.

—Dime, Melly, ¿todavía me echas en cara lo de André Fayette?

—Han pasado cinco años.

—Seis, pero, ¿quién los cuenta? —sin perder la sonrisa, se adelantó—. Además, ¿quién espera que un estudiante francés de arte con un impulso sexual desbocado tenga algo de gusto?

La bonita boca de Melanie hizo un mohín.

—Era muy atractivo.

—Pero ruin —luchó para no sonreír otra vez—. Sin clase, Melly. Deberías darme las gracias por haberlo espantado, aunque de forma involuntaria.

Decidiendo que era hora de hacer notar su presencia, Adam entró. Kirby alzó la vista y sonrió sin rastro alguno de hielo y furia.

—Hola, Adam. ¿Has tenido una charla agradable con papá?

—Sí.

Al mirar en su dirección, llegó a la conclusión de que Melanie resultaba aún más arrebatadora de cerca. Rostro clásico y una figura clásica cubierta con un vestido de color rosa pálido de corte elegante y sencillo.

—¿Interrumpo?

—Nos contábamos chismes. Melanie Burgess, Adam Haines. Adam es nuestro invitado durante unas semanas.

Adam aceptó la mano fina con uñas pintadas de rosa. Era suave y delicada, sin el más leve rastro de callos que Kirby tenía justo debajo de los dedos. Se preguntó qué había sucedido en las últimas veinticuatro horas como para preferir a la desaliñada artista por encima de la mujer perfectamente arreglada que le sonreía. Quizá iba a caer enfermo.

—¿*Ese* Adam Haines? —la sonrisa de Melanie se mostró cálida. Sabía de él y de su irreprochable educación y linaje—. Claro que sí —continuó antes de que él pudiera comentar algo—. Este lugar atrae a los artistas como si fuera un imán. Tengo uno de tus cuadros.

−¿Sí? −Adam le encendió el cigarrillo y luego el suyo−. ¿Cuál?

−*Estudio en Azul* −ladeó la cara para sonreírle, un pequeño truco femenino que había aprendido poco después de caminar.

Desde el otro lado de la mesa, Kirby los estudió a ambos. Llegó a la conclusión de que se trataba de dos caras extraordinarias. Las yemas de sus dedos anhelaron capturar a Adam en bronce. Un año antes, había hecho a Melanie en marfil... suave, fresco y perfecto. Con Adam, se afanaría por alcanzar las corrientes subterráneas.

−Quise ese cuadro por su fortaleza −agregó Melanie−. Pero estuve a punto de no adquirirlo porque me ponía triste. ¿Lo recuerdas, Kirby? Tú estabas conmigo.

−Sí, lo recuerdo −al mirarlo, sus ojos mostraron una expresión franca y divertida, sin el rastro de coquetería que aleteaba en los de su amiga−. Tuve miedo de que se viniera abajo y quedara en evidencia, así que la amenacé con comprarlo yo. A papá lo enfureció que no lo hubiera hecho. El bodegón que hay en mi habitación es de Melanie, Adam. Estudiamos juntas en Francia.

−No, no lo preguntes −se apresuró a pedir Melanie, alzando una mano−. No soy una artista. Soy una diseñadora que frivoliza con el arte.

−Sólo porque te niegas a ahondar en él.

Melanie inclinó la cabeza, pero no lo aceptó ni lo negó.

—He de irme. Saluda al tío Philip de mi parte. No correré el riesgo de perturbarlo también a él.

—Quédate a comer, Melly. No te hemos visto en dos meses.

—En otra ocasión —se levantó con la gracia de alguien a quien le han enseñado a sentarse, ponerse de pie y caminar. Adam se incorporó con ella—. Te veré este fin de semana en la fiesta —con otra sonrisa, le ofreció la mano—. Tú también vendrás, ¿no?

—Me gustaría.

—Estupendo —abrió el bolso y extrajo unos finos guantes de piel—. A las nueve, Kirby. No lo olvides. ¡Oh! —de camino a la puerta, giró en redondo—. Dios, las invitaciones se enviaron antes... Kirby, Stuart va a estar presente.

—No llevaré la pistola, Melly —se rió, aunque sin tanto entusiasmo o libertad—. Das la impresión de que alguien te acaba de echar el caviar sobre tu Saint Laurent. No te preocupes —hizo una pausa y el frío desapareció de sus ojos—. Te prometo que no la llevaré.

—Si estás segura... —frunció el ceño. Pero no era posible discutir un tema así en profundidad delante de un invitado—. Siempre que no te sientas incómoda.

—No seré yo quien experimente incomodidad —manifestó, recuperada su arrogancia indiferente.

—El sábado, entonces —le dedicó a Adam una última sonrisa antes de abandonar el estudio.

—Una mujer hermosa —comentó él acercándose a la mesa.

—Sí, excepcional.

La sencilla aceptación carecía de envidia o desdén.

—¿Cómo pueden dos mujeres excepcionales, de características totalmente diferentes, mantenerse amigas?

—Porque no intentan cambiarse —recogió otra vez la pieza de madera y comenzó a darle vueltas en las manos—. Yo paso por alto lo que considero defectos en Melanie y ella hace lo mismo conmigo —vio el bloc y el bolígrafo en su mano y enarcó una ceja—. ¿Qué haces?

—Unos bocetos preliminares. ¿Cuáles son tus defectos?

—Son demasiado numerosos para mencionarlos —dejó la madera y se reclinó.

—¿Algún punto bueno?

—Docenas —quizá ya era hora de probarlo un poco, de ver qué botón activaba qué interruptor—. Lealtad —comenzó—. Paciencia y honestidad esporádicas.

—¿Esporádicas?

—Odiaría ser perfecta —se pasó la lengua por los dientes—. Y soy magnífica en la cama.

La mirada de él se posó en la sonrisa inocua y se preguntó a qué juego estaría jugando. Los labios se curvaron con tanta facilidad como los de Kirby.

—Apuesto a que lo eres.

Riendo, ella volvió a adelantarse con el mentón apoyado en las manos.

—No se te crispa con facilidad, Adam. Hace que mi determinación no ceje en su empeño de conseguirlo.

—Decirme algo que ya he deducido no es factible que me crispe. ¿Quién es Stuart?

La pregunta la puso rígida. Kirby concedió que lo había desafiado, y era su turno de recibir.

—Un antiguo novio —expuso—. Stuart Hiller.

El nombre le sonó, pero continuó bosquejando.

—¿El mismo Hiller que dirige la Galería Merrick?

—El mismo.

Oyó la tensión en la voz. Durante un momento, deseó dejarlo, respetar su privacidad y su ira. Pero el trabajo estaba primero.

—Conozco su reputación —prosiguió—. Tenía planeado ver su galería. Está a unos treinta y cinco kilómetros de aquí, ¿verdad?

Se puso un poco pálida, algo que lo confundió, pero al hablar, la voz sonó firme.

—Sí, no está lejos. En estas circunstancias, me temo que no puedo llevarte.

—Quizá liméis vuestras diferencias durante el fin

de semana –la intromisión en las vidas ajenas no era su estilo. De hecho, le desagradaba, en especial cuando involucraba a alguien que comenzaba a importarle. Sin embargo, al levantar la cabeza no vio incomodidad. La vio lívida.

–Creo que no –hizo un esfuerzo consciente por relajar las manos–. Se me había ocurrido que mi apellido podría ser Fairchild Hiller –se encogió de hombros–. Ya no sucederá.

–La Galería Merrick tiene muy buena fama.

–Sí. De hecho, es propiedad de la madre de Melanie, quien la llevó hasta hace un par de años.

–¿Melanie? ¿No dijiste que su apellido es Burgess?

–Estuvo casada con Carlyse Burgess, de Burgess Enterprises. Están divorciados.

–De modo que es hija de Harriet Merrick –el reparto empezaba a aumentar–. ¿La señora Merrick le ha entregado la dirección de la galería a Hiller?

–En su mayor parte. De vez en cuando ella toma alguna decisión.

Adam vio que se había vuelto a relajar y se concentró en la forma de los ojos. Eran casi almendrados, aunque no del todo. Como ella misma, eran únicos.

–Sean cuales fueren mis sentimientos personales, Stuart es un marchante competente –emitió una risa breve–. Desde que lo contrató, ha dispuesto de tiempo para viajar. Harriet acaba de regresar de un safari por África. Cuando la llamé el otro día, me dijo que se había traído un collar de dientes de cocodrilo.

—Vuestras familias son amigas, entonces. Imagino que tu padre ha hecho muchas ventas a través de la Galería Merrick.

—En el transcurso de los años. Realizó allí su primera exposición, hace más de treinta años. Le dio un empujón a su propia carrera y a la de Harriet casi a la vez —se irguió y frunció el ceño—. Déjame ver qué has hecho.

—Un minuto —musitó, ignorando la mano extendida.

—Veo que tus modales descienden hasta mi nivel cuando te resulta conveniente —se apoyó otra vez en la silla. Cuando él no respondió, hizo una mueca.

—Yo no las prolongaría mucho —aconsejó Adam—. Te harás daño. Cuando empiece a pintarte, deberás comportarte o te pegaré.

Kirby relajó la cara porque la mandíbula se le entumecía.

—Y un cuerno. Tienes la desventaja de ser un caballero, por dentro y por fuera.

Alzó la cara y la paralizó con una mirada.

—No cuentes con ello.

Bastó su mirada para frenar cualquier réplica que

hubiera podido ofrecerle. No era la expresión de un caballero, sino la de un hombre que hacía todo a su modo cuando así le apetecía. Antes de poder pensar en una contestación apropiada, el sonido de gritos y gemidos ascendió por los escalones de la torre y a través de la puerta abierta. Kirby no hizo amago alguno de ir a investigar. Simplemente, sonrió.

—Voy a hacerte una pregunta —decidió Adam—. ¿Qué diablos es eso?

—¿A qué te refieres, Adam? —solicitó con inocencia.

—Al sonido de gemidos.

—Oh, eso —sonrió, alargó la mano y le arrebató el cuaderno de dibujo—. Es la última pataleta de papá porque su escultura no va bien... algo que jamás funcionará. ¿De verdad mi nariz se ladea de esa manera? —experimentalmente, pasó el dedo por su extensión—. Sí, supongo que sí. Tienes que mostrarle estos bocetos a papá. Querrá verlos —de pronto se dejó caer en su regazo, echó la cabeza para atrás y le rodeó el cuello con los brazos—. Bésame otra vez, ¿quieres? No puedo resistirlo.

«No puede haber otra como ella», pensó Adam al cerrar la boca sobre la suya. Con un sonido bajo de placer, Kirby se fundió contra él, toda ella delicada exigencia.

Entonces, los dos dejaron de pensar, sólo sintieron.

El deseo fue veloz e intenso. Se desarrolló y expandió y ella se permitió el lujo de vivirlo, porque a menudo eran cosas demasiado breves, superficiales. Quería la velocidad, el calor, la corriente. Un riesgo, pero la vida no era nada sin ellos. Un desafío, pero cada día aportaba el suyo. Adam la hacía sentirse suave, embriagada, sin sentido. Nadie lo había conseguido jamás.

Necesitaba lo que nunca habría creído necesitar de un hombre: fortaleza, solidez.

Adam sintió que la primera agitación se convertía en un anhelo... algo profundo, apagado y constante. No era algo que pudiera resistir, sino algo que descubría necesitar. El deseo siempre había sido básico, simple e indoloro. ¿Acaso no había sabido que era una mujer que haría sufrir a un hombre? Sabiéndolo, ¿no debería haber sido capaz de evitarlo? Pero dolía. Tenerla suave y dócil en sus brazos, dolía. De desearla más.

—¿No podéis esperar hasta después de comer? —exigió Fairchild desde la puerta.

Con un suspiro sereno, Kirby retiró los labios de los de Adam. El sabor permaneció tal como sabía que sucedería. Como la madera que se hallaba a su espalda, sería algo que la atraería una y otra vez.

—Vamos —murmuró, y volvió a rozar la boca de Adam, como en una promesa. Se volvió y apoyó la mejilla contra la de él en un gesto de gran dulzura—.

Adam me ha estado dibujando —lo informó a su padre.

—Sí, ya puedo verlo —bufó Fairchild—. Que te dibuje todo lo que quiera después de comer. Estoy hambriento.

IV

La comida pareció mitigar el humor de Fairchild. Mientras se ocupaba del salmón hervido, se lanzó a una larga diatriba técnica sobre el surrealismo. Con un encogimiento de hombros jovial, confesó que sus intentos en ese campo habían sido pobres, y su inmersión en lo abstracto poco mejor.

—Ha desterrado esos lienzos al desván —lo informó Kirby a Adam mientras degustaba la ensalada—. Hay uno en tonalidades azules y amarillas, con relojes de todos los tamaños y formas que se derriten y caen por doquier, y dos zapatos en un rincón. Lo llamó *Ausencia de Tiempo*.

—Experimental —gruñó Fairchild, clavando la vista en el trozo de pescado sin tocar que había en el plato de Kirby.

—Rechazó una cantidad obscena de dinero por él y lo encerró en el desván, como si fuera un pariente loco —con un movimiento fluido, trasladó el pescado al plato de su padre—. En poco tiempo su escultura irá a hacerle compañía.

Fairchild tragó un trozo de pescado, luego apretó los dientes.

—Mocosa desalmada —en un abrir y cerrar de ojos, pasó de querubín encantador a gnomo—. El próximo año por estas fechas, el nombre de Philip Fairchild será sinónimo de escultura.

—Y un cuerno —concluyó Kirby, ensartando un pepino—. Ese tono de rosa te sienta bien, papá —se inclinó y le dio un sonoro beso en la mejilla—. Se acerca al fucsia.

—No eres demasiado mayor para olvidar mi capacidad de sacar el mismo tono en tu trasero.

—Abusador de menores —se puso de pie y rodeó el cuello de Fairchild con los brazos. No había ningún enigma en el cariño que sentía por su padre—. Me voy a dar un paseo antes de que me ponga amarilla y me reseque. ¿Quieres acompañarme?

—No, no, he de acabar un proyecto —le palmeó la mano cuando ella se puso tensa. Adam vio que algo pasaba entre los dos antes de que Fairchild se dirigiera a él—. Llévela a dar un paseo y continúe con sus... dibujos —cacareó—. ¿Le ha preguntado ya a

Kirby si puede pintarla? Todos lo hacen –atacó el salmón–. Y ella jamás los deja.

Adam alzó la copa de vino.

–Le dije a Kirby que iba a pintarla.

El nuevo cacareo irradió regocijo. Unos pálidos ojos azules se iluminaron con el placer de los problemas inminentes.

–Una mano firme, ¿eh? Ella siempre la ha necesitado. No sé de dónde ha sacado ese carácter desagradable –sonrió con ingenuidad–. Debe de ser del lado de su madre.

Adam contempló a la mujer serena, de ojos dulces, del retrato.

–Sin duda.

–¿Ve ese cuadro? –Fairchild señaló el retrato de Kirby siendo niña–. Es la primera y única vez que posó para mí. Y tuve que pagarle –bufó antes de volver a atacar el pescado–. Doce años y ya era una mercenaria.

–Si vas a hablar de mí como si no estuviera presente, iré a buscar mis zapatos –sin mirar atrás, salió de la estancia.

–No ha cambiado mucho, ¿verdad? –comentó Adam mientras se acababa el vino.

–Nada –acordó Fairchild con orgullo–. Lo conducirá a una alegre persecución, Adam, muchacho. Espero que tenga una buena condición física.

–Hice atletismo en la universidad.

La carcajada de Fairchild fue contagiosa. «Maldita sea, me gusta», pensó Adam otra vez. Complicaba las cosas. Desde la otra habitación, oyó a Kirby en una discusión acalorada con Isabelle. Lo que debería haber sido un trabajo sencillo, empezaba a crear capas que no había previsto ni querido.

—Vamos, Adam —Kirby asomó la cabeza por la puerta—. Le he dicho a Isabelle que puede venir, pero Montique y ella han de mantener una distancia de cinco metros en todo momento. Papá, creo que deberíamos tratar de subirle el alquiler. Puede que eso la impulse a buscar un apartamento en la ciudad.

—Jamás deberíamos haber aceptado un arrendamiento a largo plazo —gruñó Fairchild, y centró toda su atención en el salmón de Kirby.

Decidiendo no hacer comentario alguno, Adam se incorporó y salió.

Hacía calor para ser septiembre y soplaba una brisa. El terreno que rodeaba la casa se hallaba vivo con el otoño. Cerca de un arce llameante, vio a un anciano con un peto remendado. Con una caprichosa falta de dedicación, barría las hojas dispersas con un rastrillo. Al acercarse a él, exhibió una sonrisa desdentada.

—Jamás las recogerás todas, Jamie.

Emitió un sonido leve que debía de ser una risa.

—Tarde o temprano, jovencita. Sobra tiempo.

—Mañana te ayudaré —tomó la mano de Adam y se lo llevó.

—¿Ese hombrecillo es el responsable de los terrenos de la propiedad? —calculó que serían unos tres acres.

—Desde que se jubiló.

—¿Jubilarse?

—Jamie se jubiló al cumplir los sesenta y cinco años. Eso fue antes de que yo naciera —la brisa le echó mechones de pelo sobre la cara, haciendo que los apartara—. Dice que tiene noventa y dos, pero, desde luego, tiene noventa y cinco y no quiere reconocerlo —movió la cabeza—. Vanidad.

Kirby lo guió hasta que se encontraron a una altura vertiginosa del río. Lejos, abajo, la cinta de agua parecía quieta. Pequeños puntos que eran casas se desperdigaban a lo largo de la vista. Había una salpicadura de color en vez de tonos nítidos, una fusión de texturas.

En el reborde en el que se hallaban, sólo había viento, río y cielo. Kirby echó la cabeza atrás. Parecía primitiva, salvaje, invencible. Volviéndose, Adam miró hacia la casa. Parecía lo mismo.

—¿Por qué te quedas aquí? —no era su costumbre hacer preguntas directas. Kirby ya había cambiado eso en él.

—Tengo a mi familia, mi casa, mi trabajo.

–Y aislamiento.

Ella movió los hombros.

–La gente viene aquí. Eso no es aislamiento.

–¿No quieres viajar? ¿Ver Florencia, Roma, Venecia?

Desde su posición en una roca, estaba casi a la misma altura ocular que Adam.

Al volverse hacia él, lo hizo sin su habitual arrogancia.

–Fui a Europa cinco veces antes de cumplir los doce años. Pasé cuatro años en París durante los estudios. Me acosté con un conde bretón en un castillo, esquié en los Alpes suizos y recorrí a pie los páramos de Cornualles. He viajado y volveré a viajar. Pero... –miró hacia la casa y sus labios se curvaron–, siempre vuelvo a casa.

–¿Qué te hace regresar?

–Papá –la sonrisa se tornó plena–. Los recuerdos, la familiaridad. La locura.

–Lo quieres mucho –podía hacer que las cosas fueran de imposiblemente complicadas a perfectamente sencillas. El trabajo que había ido a hacer se volvía más y más una carga.

–Más que a nada y que a nadie –su voz pareció formar parte de la brisa–. Él me ha dado todo lo que importa: seguridad, independencia, lealtad, amistad, amor... y la capacidad de dar esas mismas cosas. Me gustaría creer que algún día encontraré a alguien que quiera eso de mí. Entonces mi casa estará con esa persona.

¿Cómo resistirse a la dulzura y la sencillez que podía manifestar de forma tan inesperada? Se recordó que no formaba parte del guión, pero alargó una mano para tocarle la cara. Cuando ella posó la mano en la suya, algo que no era deseo, pero sí igual de potente, se agitó en él.

Kirby sintió esa fuerza en Adam, y percibió una confusión que podría haber sido igual que la suya. Pensó que en otra ocasión podría haber funcionado. Pero no en ese momento, ya que había demasiadas cosas secundarias. Adrede bajó la mano y se volvió hacia el río.

—No sé por qué te cuento estas cosas —murmuró—. No suelo hacerlo. ¿La gente por lo general te confiesa sus pensamientos personales?

—No. O quizá yo no he estado escuchando.

Ella sonrió, y en uno de sus súbitos cambios de ánimo, saltó de la roca.

—No eres el tipo de hombre en quien confiaría la gente —enlazó el brazo con el suyo—. Aunque das la impresión de poseer hombros anchos y robustos, eres un poco distante —concluyó—. Y algo pomposo.

—¿Pomposo? ¿Qué quieres decir con pomposo?

Debido a que sonaba peligrosamente como su padre, tragó saliva.

—Sólo un poco —le recordó, a punto de atragantarse por la risa—. No te ofendas, Adam. Desde luego, la pomposidad tiene su sitio en el mundo —al ver que seguía ceñudo, carraspeó—. Me gusta cómo se te mueven las cejas cuando estás irritado.

—No soy pomposo —aseveró con precisión y vio cómo le temblaban los labios por la diversión que la dominaba.

—Quizá fue una mala elección de palabras.

—Fue una elección completamente incorrecta —apenas tuvo tiempo de contenerse antes de enarcar las cejas. Se juró que no iba a sonreír.

—Convencional —le palmeó la mejilla—. Estoy segura de que quería decir eso.

—Estoy seguro de que esas dos palabras significan lo mismo para ti. No pienso dejar que me pongas en ninguna de esas categorías.

Lo estudió con la cabeza ladeada.

—Quizá me equivoque —dijo, tanto para él como para sí misma—. Me he equivocado con anterioridad. Llévame a caballo.

—¿*Qué*?

—Que me lleves a caballo —repitió.

—Estás loca —podía ser aguda, tener talento, pero parte de su cerebro se hallaba en permanentes vacaciones.

Ella se encogió de hombros y emprendió el regreso a la casa.

—Sabía que no lo harías. La gente pomposa jamás ofrece o recibe paseos a caballo. Es la ley.

—Maldita sea —se lo estaba haciendo y la dejaba. Durante un momento, metió las manos en los bolsillos y se mantuvo firme. La alcanzó—. Eres una mujer exasperante.

—Vaya, gracias.

Se miraron, él frustrado y ella divertida, hasta que Adam le dio la espalda.

—Sube.

—Si insistes —con agilidad saltó sobre su espalda y miró alrededor—. Cielos, eres alto.

—Tú eres baja —corrigió él, acomodándola mejor.

—En mi próxima vida voy a medir uno setenta.

—Será mejor que a tu fantasía también le añadas kilos —las manos de ella eran ligeras sobre sus hombros, los muslos firmes en torno a su cintura. «Ridículo», pensó. «Es ridículo desearla ahora, cuando nos está haciendo quedar a los dos como unos tontos»—. ¿Cuánto pesas?

—Justo cincuenta kilos —saludó a Jamie con un gesto de la mano.

—¿Y cuando te quitas el sobrepeso de los bolsillos?

—Cuarenta y seis, si quieres ser técnico —riendo, le dedicó un abrazo—. Podrías hacer algo atrevido, como no ponerte calcetines.

—El siguiente acto espontáneo podría ser soltarte sobre tu muy atractivo trasero.

—¿Es atractivo? —movió las piernas adelante y atrás—. Veo tan poco de mí misma —lo abrazó un momento más porque le resultaba perfecto, agradable. «Ve con cuidado», se recordó. Mientras pudiera mantenerlo desequilibrado todo iría bien. Se adelantó y le atrapó el lóbulo de la oreja entre los dientes—. Gracias por el recorrido, marinero.

Antes de que pudiera responderle, Kirby saltó al suelo y entró en la casa.

Era de noche, tarde, oscuro y silencioso, cuando Adam se sentó a solas en su habitación. Sostenía el transmisor en la mano y descubrió que quería destrozarlo y olvidar que alguna vez había existido. La regla número uno era no involucrarse personalmente, y siempre la había respetado. Jamás se había sentido tentado a olvidarla.

Con los ojos clavados en el cuadro del Hudson pintado por Kirby, activó el interruptor.

—¿McIntyre?

—Contraseña.

—Maldita sea, no es un capítulo sacado de una novela de Ian Fleming.

—Es el procedimiento —le recordó McIntyre. Después de veinte segundos de silencio sepulcral, cedió—: De acuerdo, de acuerdo, ¿qué has averiguado?

«Que estoy peligrosamente cerca de volverme loco por una mujer que no consigo descifrar», pensó.

—He averiguado que la próxima vez que tengas una idea brillante, puedes irte al infierno con ella.

—¿Problemas? —espetó la voz de McIntyre en el auricular—. Se suponía que debías llamar si había algún problema.

—El problema es que el viejo me cae bien y la hija es... perturbadora —«una palabra idónea», pensó. Su sistema nervioso no se había asentado desde que la había visto.

—Es demasiado tarde para eso. Estamos comprometidos.

—Sí —suspiró y apartó a Kirby de sus pensamientos—. Melanie Merrick Burgess es una amiga íntima de la familia e hija de Harriet Merrick. Es una diseñadora muy elegante que no parece tener un interés muy profundo en la pintura. Kirby ha roto hace poco el compromiso que tenía con Stuart Hiller.

—Interesante. ¿Cuándo?

—No dispongo de una fecha —respondió—. Y no quería interrogarla acerca de algo tan delicado —McIntyre guardó silencio—. Diría que en algún momento durante los dos últimos meses, no más.

Este fin de semana me han invitado a una fiesta. En ella debería conocer a Harriet Merrick y a Hiller. Mientras tanto, he hecho un descubrimiento. La casa está atravesada por pasadizos secretos.

–¿Qué?

–Ya me has oído. Con un poco de suerte, dispondré de fácil acceso a todo el lugar.

McIntyre gruñó su aprobación.

–¿No tendrás problema para reconocerlo?

–Si lo tiene, y si está en la casa, y si por algún milagro consigo encontrarlo en este anacronismo, lo reconoceré –cortó, resistiendo el deseo de tirar el transmisor contra la pared.

Despejó la mente, se puso de pie y comenzó a inspeccionar la chimenea en busca del mecanismo.

Tardó casi diez minutos, pero su recompensa fue que un panel crujiente se deslizara a un lado. Entró con una linterna en la mano. La atmósfera era húmeda, pero iluminó la pared interior hasta dar con el interruptor. El panel se cerró y lo dejó en la oscuridad.

Sus pisadas reverberaron junto con el sonido de la carrera veloz de los roedores. No les prestó atención. Durante un momento se detuvo ante la pared de la habitación de Kirby, pero casi al instante continuó pasadizo abajo.

Giró el primer mecanismo que encontró y pasó

por la abertura. Polvo y sábanas. Con sigilo, inició una búsqueda lenta y metódica.

Kirby estaba inquieta. Mientras Adam había permanecido al otro lado de la pared, controlando el impulso de abrir el panel, ella había caminado de un lado a otro del dormitorio. Había pensado en subir a su estudio. El trabajo quizá la calmara... pero cualquier cosa que realizara en ese estado mental sería basura. Frustrada, se dejó caer en el asiento de la ventana.

El problema era Adam Haines.

¿Atracción? Sí, pero eso era fácil y sencillo de arreglar. Había algo más retorcido que distaba mucho de ser sencillo. Él podía involucrarla, y una vez que sucediera eso, ya nada sería fácil.

Apoyó las manos en el alféizar y luego la cabeza sobre ellas. Adam podía herirla. Era algo que la aterraba, ya que sería la primera vez. Tuvo que reconocer que no representaría un golpe al orgullo o al ego, sino un dolor profundo, donde no sanaría.

Era evidente que lo que tenía que hacer era no permitir que la involucrara y, por ende, no dejar que la hiriera. Y esa pequeña lógica le devolvió el control que no poseía. Mientras luchaba por desenmarañar metódicamente sus pensamientos, las luces de un coche la distrajeron.

Sorprendida, se preguntó quién podía ser a esa hora de la noche. Su padre tenía la costumbre de invitar a gente a horas extrañas. Pegó la nariz al cristal.

—Hace falta tener valor —musitó.

Se puso de pie y recorrió la habitación tres veces antes de ponerse una bata y abandonar el cuarto.

Encima de ella, Adam estaba a punto de regresar al pasadizo cuando también él vio las luces. Automáticamente apagó la linterna y se situó junto a la ventana. Observó al hombre bajar de un Mercedes último modelo y dirigirse a la casa. «Interesante», decidió. Salió con sigilo al pasillo.

El sonido de voces llegó hasta él mientras se escondía en el umbral de una puerta y esperaba. Unas pisadas se aproximaron. Desde su escondrijo, observó a Cards guiar a un hombre delgado de pelo oscuro hasta el estudio que Fairchild tenía en la torre.

—El señor Hiller desea verlo, señor —Cards proporcionó la información como si fueran las cuatro de la tarde y no pasada la medianoche.

—Stuart, qué agradable que hayas venido —atronó la voz de Fairchild desde el umbral—. Pasa, pasa.

Después de contar hasta diez, comenzó a moverse hacia la puerta que Cards había cerrado, pero justo en ese momento un remolino blanco subió por las escaleras. Maldiciendo, volvió a pegarse a la pared cuando Kirby pasaba lo bastante cerca como para tocarla.

Entre la frustración y el deseo de reír, se preguntó qué diablos pasaría. Ahí estaba, atrapado en el umbral de una puerta al tiempo que la gente subía los escalones que conducían a una torre en mitad de la noche. Mientras la observaba, Kirby se recogió la bata y se acercó de puntillas hasta el estudio.

Decidió que no podía ser más que una pesadilla. Mujeres con el pelo desarreglado moviéndose a hurtadillas en corredores ventosos ataviadas de blanco semitransparente. Pasadizos secretos. Reuniones clandestinas. Un hombre normal, sensato, no tendría nada que ver en eso. Aunque había dejado de ser sensato en cuanto atravesó la entrada de esa casa.

Después de que Kirby llegara al rellano superior, él se acercó más. La atención de ella se hallaba centrada en la puerta del estudio. Adam hizo un cálculo rápido y subió los escalones detrás de ella; luego se fundió con las sombras del rincón. Sin quitarle la vista de encima, también él se dedicó a escuchar.

—¿Por qué clase de tonto me tomas? —preguntó Stuart.

Sólo la pared lo separaba de Adam.

—Por el que tú prefieras. A mí me da igual. Siéntate, muchacho.

—Escúchame, teníamos un trato. ¿Cuánto tiempo creías que tardaría en averiguar que me habías traicionado?

—De hecho, no creo que mucho —sonriendo, Fairchild pasó el dedo pulgar por el halcón de arcilla—. No eres tan inteligente como te suponía, Stuart. Deberías haber descubierto el cambio hace semanas. No es que no fuera soberbio —añadió con un toque de orgullo—. Pero un hombre inteligente habría hecho autenticar el cuadro.

Como la conversación la confundía, Kirby se acercó más a la puerta. Se acomodó el pelo detrás de la oreja como si deseara oír con más claridad. Olvidada, la bata se abrió, revelando una leve excusa de camisón y mucha piel dorada y suave. En su rincón, Adam se movió y maldijo para sus adentros.

—Teníamos un trato... —la voz de Stuart se elevó, pero Fairchild lo cortó con un simple movimiento de la mano.

—No me digas que crees en esas tonterías del honor entre ladrones... Es hora de crecer si quieres jugar en las ligas grandes.

—Quiero el Rembrandt, Fairchild.

Kirby se puso rígida. Adam no lo notó, ya que en ese momento su atención se hallaba completamente centrada en la batalla de la torre. «Por Dios», pensó. «El viejo canalla lo tiene».

—Demándame —invitó Fairchild.

—Entrégamelo o te partiré el escuálido cuello.

Durante diez segundos, Fairchild observó con calma mientras la cara de Stuart se ponía colorada.

—De esa manera no lo vas a conseguir. Y he de advertirte que las amenazas me irritan. Verás... —recogió un trapo y comenzó a limpiarse la arcilla de las manos—. No me gustó el trato que le diste a Kirby. No, no me gustó nada —de pronto dejó de ser el excéntrico inofensivo. Dejó de ser un querubín o un gnomo y fue un hombre. Peligroso—. Sabía que jamás llegaría tan lejos como para casarse contigo. Es demasiado brillante para eso. Pero tus amenazas, en cuanto rompió contigo, me irritaron. Y cuando me irrito, tiendo a ser vengativo. Es un defecto —comentó en tono amigable—. Pero soy así —los ojos pálidos estaban fríos y serenos sobre el otro hombre—. Sigo irritado, Stuart. Te haré saber cuándo estaré dispuesto a tratar contigo; mientras tanto, mantente alejado de Kirby.

—No vas a salirte con la tuya.

—Todas las cartas están en mi poder —lo descartó con un gesto impaciente—. Tengo el Rembrandt y sólo yo sé dónde está. Si te conviertes en un incordio, algo a lo que te acercas peligrosamente, puede que decida quedármelo. A diferencia de ti, no me apremia la necesidad de dinero —sonrió, pero el frío no abandonó sus ojos—. Jamás se debería vivir por encima de los propios medios, Stuart. Ése es mi consejo.

Impotente, intimidado, Stuart se plantó ante el hombre pequeño delante de la mesa de trabajo. Era lo bastante grande, aparte de estar lo bastante furioso, como para romperle el cuello con las manos. Pero así no conseguiría el Rembrandt, ni el dinero que con tanta desesperación necesitaba.

—Antes de que hayamos terminado, lo pagarás —prometió—. No permitiré que se burlen de mí.

—Ya es demasiado tarde para eso —repuso Fairchild con indiferencia—. Y ahora vete. Puedes encontrar la salida sin molestar a Cards, ¿verdad?

Como si ya estuviera solo, volvió a dedicarse a su halcón.

Con rapidez, Kirby miró alrededor en busca de un escondite, y durante un ridículo momento, Adam pensó que intentaría ocultarse en el rincón que él ocupaba. En cuanto comenzó a cruzar el pasillo en su dirección, el picaporte de la puerta giró. Se había movido demasiado tarde. Con la espalda pegada a la pared, cerró los ojos y fingió ser invisible.

Stuart abrió la puerta y abandonó la habitación cegado por la furia. Sin mirar atrás, bajó los escalones. Al pasar, Adam notó que tenía una expresión asesina en la cara.

Kirby permaneció en silencio y quieta a medida que las pisadas se perdían. Respiró hondo y luego suspiró. Entonces irguió los hombros y fue a encarar a su padre.

—Papá —la palabra sonó serena y acusadora.

Fairchild levantó la cabeza, pero de inmediato ocultó la sorpresa detrás de su simpática sonrisa.

—Hola, cariño. Mi halcón empieza a respirar. Ven a echarle un vistazo.

Ella respiró hondo otra vez. Toda la vida lo había querido, lo había apoyado. Lo había adorado. Nada de eso le había impedido jamás enfadarse con él. Sin quitarle la vista de encima, se ató bien la bata y se acercó.

—Al parecer no me has mantenido al día de lo que sucede —empezó—. Un acertijo, papá. ¿Qué tienen en común Philip Fairchild, Stuart Hiller y Rembrandt?

—Siempre se te han dado bien los acertijos, cariño.

—*Ahora*, papá.

—Sólo negocios —le ofreció una sonrisa animada mientras evaluaba cuánto iba a tener que contarle.

—Seamos específicos, ¿te parece? —sólo la mesa los separaba—. Y no me ofrezcas esa mirada vacua y tonta. No funcionará. Oí bastante mientras estaba fuera. Cuéntame el resto.

—Escuchar a hurtadillas es una grosería —chasqueó la lengua.

—Fue sin querer. Ahora cuéntamelo o destruiré tu halcón —alzó el brazo y mantuvo la palma de la mano a cinco centímetros de la arcilla.

—Mocosa cruel —con los dedos huesudos, le tomó la muñeca; los dos sabían quién ganaría en última instancia. Suspiró—. De acuerdo.

Con un gesto de asentimiento, Kirby apartó la mano y cruzó los brazos. El gesto habitual hizo que él volviera a suspirar.

—Hace un tiempo, Stuart vino a verme con una pequeña proposición. Ya sabes, por supuesto, que no tiene ni un centavo, a pesar de lo que quiera aparentar.

—Sí, sé que quería casarse conmigo por mi dinero —nadie salvo su padre habría podido detectar la leve tensión en su voz.

—No he sacado ese tema para herirte —le tomó la mano en el vínculo que se había formado cuando ella había respirado por primera vez.

—Lo sé, papá —le apretó la mano, luego metió las dos en los bolsillos de la bata—. Mi orgullo sufrió. Tiene que suceder de vez en cuando, supongo. Pero no me importa la humillación —manifestó con súbita fiereza—. No me importa nada —lo miró—. El resto.

—Bueno —otro suspiro—. Entre sus muchos defectos, Stuart es codicioso. Necesitaba una gran cantidad de dinero y no veía motivo alguno para tener que trabajar para conseguirla. Decidió recurrir al autorretrato de Rembrandt de la galería de Harriet.

—¿Lo *robó*? —estuvo a punto de que se le desencajaran los ojos—. Santo cielo, jamás le habría atribuido semejante atrevimiento.

—Se consideró inteligente —se puso de pie y fue al pequeño fregadero que había en un rincón para lavarse las manos—. Harriet estaba en un safari y durante varias semanas no habría nadie para cuestionar la desaparición del cuadro. Stuart es un poco dictatorial con el personal de la galería.

—Es tan agradable maltratar a los subalternos.

—En cualquier caso... —con gesto cariñoso, cubrió a su halcón para la noche—, vino a verme con una oferta, una oferta despreciable, desde luego, si aceptaba realizar la falsificación para sustituir el Rembrandt.

Kirby no había creído que pudiera hacer algo que la sorprendiera. Desde luego, nada que pudiera herirla.

—Papá, es el Rembrandt de Harriet —manifestó conmocionada.

—Vamos, Kirby, sabes que le tengo cariño a Harriet. Mucho cariño —le pasó un brazo por los hombros para tranquilizarla—. Nuestro Stuart tiene un cerebro muy pequeño. Me entregó el cuadro cuando le dije que lo necesitaba para realizar la copia —movió la cabeza—. No hubo ningún desafío, Kirby. Ninguna diversión.

—Qué pena —repuso con sequedad y se dejó caer en una silla.

—Entonces le dije que ya no me hacía falta el original y le entregué la copia. Jamás sospechó nada —juntó las manos a su espalda y alzó la vista al techo—. Me habría gustado que lo vieras. Fue superlativo. Ya sabes, se trata de una de las obras del último período de Rembrandt. Texturas ásperas, una profundidad luminosa...

—¡Papá! —interrumpió lo que se habría convertido en una conferencia.

—Oh, sí, sí —con un esfuerzo, se controló—. Le dije que necesitaría un poco más de tiempo para completar la copia y tratarla para darle la ilusión de antigüedad. Se lo tragó. Es un crédulo —añadió con un chasquido de la lengua—. Han pasado casi tres semanas y acaba de realizarle la prueba de autenticidad. Me cercioré de que no pudiera pasar ningún test básico, desde luego.

—Desde luego —musitó Kirby.

—Ahora tiene que dejar la copia en la galería. Y yo tengo el original.

Se dio un momento para asimilar todo lo que su padre le había contado. Daba igual cómo se sentía. Furiosa.

—¿Por qué, papá? ¡Por qué lo haces! No es como con los demás. Es Harriet.

—Vamos, Kirby, no pierdas el control. Tienes un temperamento tan vehemente —se esforzó por parecer pequeño y desvalido—. Soy demasiado viejo para soportarlo. Recuerda mi tensión.

—Y un cuerno —lo miró con ojos centelleantes—. Que ni se te pase por la cabeza que vas a poder librarte con eso. ¿Viejo? —espetó—. Sigues siendo un niño pequeño.

Aporreó la mesa con los puños. Las herramientas rebotaron y cayeron mientras soltaba un grito prolongado. Protector, Fairchild colocó las manos alrededor de su halcón y esperó que la crisis pasara. Al fin, ella volvió a sentarse, sin aliento.

—Solías hacerlo mejor —observó él—. Creo que te estás ablandando.

—Papá, sé que me veré obligada a golpearte y luego me arrestarán por parricidio. Sabes que siento terror por los lugares cerrados. Me volvería loca en la cárcel. ¿Quieres tener eso en tu conciencia?

—Kirby, ¿te he dado causa de preocupación alguna vez?

—No me obligues a darte una relación completa, papá, es más de medianoche. ¿Qué has hecho con el Rembrandt?

—¿Hecho? —frunció el ceño—. ¿Qué quieres decir con «hecho»?

–¿Dónde está? –preguntó con perfecta pronunciación–. No puedes dejar un cuadro como ése en cualquier parte de la casa, en especial cuando has elegido tener compañía.

–¿Compañía? Oh, te refieres a Adam. Agradable muchacho. Ya le tengo afecto –movió dos veces las cejas–. A ti te empieza a resultar grato.

Kirby entrecerró los ojos

–Deja a Adam al margen de esto.

–Querida, querida –sonrió con regocijo–. Pensaba que lo habías incorporado tú.

–¿Dónde *está* el Rembrandt? –todo asomo de paciencia se había desintegrado.

–Seguro y a salvo, querida –la voz de Fairchild sonó serena y satisfecha–. Seguro y a salvo.

–¿Aquí? ¿En la casa?

–Por supuesto –la miró asombrado–. No pensarías que lo guardaría en otra parte...

–¿*Dónde*?

–No necesitas saberlo todo –con un movimiento fluido, se quitó el delantal de pintura y lo arrojó sobre una silla–. Conténtate con saber que se encuentra a salvo, escondido con adecuado respeto y afecto.

–Papá.

–Kirby –sonrió, la sonrisa gentil de un padre–. Una hija ha de confiar en su padre, ha de respetar la sabiduría de sus años. Confías en mí, ¿verdad?

—Sí, por supuesto, pero...

La cortó con la primera estrofa de *La pequeña de papá* con un falsete trémulo.

Kirby gimió y apoyó la frente en la mesa. ¿Cuándo iba a aprender? Él continuó cantando hasta que las risitas se hicieron incontenibles.

—Eres incorregible —levantó la cabeza y respiró hondo—. Tengo la terrible impresión de que te reservas una montaña de detalles y de que, de todos modos, te seguiré la corriente.

—Detalles, Kirby —los descartó con un movimiento de la mano—. El mundo está demasiado lleno de detalles, sólo causan problemas. Recuerda, el arte refleja la vida, y la vida es una ilusión. Vamos, estoy cansado —se dirigió hacia ella y le extendió una mano—. Lleva a tu viejo padre a la cama.

Derrotada, aceptó la mano y se puso de pie. Se dijo que nunca iba a aprender. Y que siempre lo adoraría. Juntos salieron del estudio.

Adam los observó mientras bajaban los escalones tomados del brazo.

—Papá... —se detuvo apenas a unos metros del escondite de Adam—. Existe una causa lógica para todo esto, ¿verdad?

—Kirby —el rostro expresivo adquirió una expresión serena y seria—. ¿He hecho alguna vez algo que no tuviera un motivo sensato y lógico?

Emitió una risita casi muda. A los pocos momentos, la carcajada sonó rica y musical, hasta que apoyó la cabeza sobre el hombro de su padre. Bajo esa tenue luz, con los ojos brillantes, Adam pensó que jamás la había visto más atractiva.

Cuando la distancia se los tragó, abandonó las sombras y permaneció en lo alto de la escalera. En una ocasión oyó la risa de Kirby, luego silencio.

Lo más probable era que los dos Fairchild estuvieran locos. Y ambos lo fascinaban.

V

Por la mañana, el cielo estaba gris y pesado. Adam se sintió tentado de darse la vuelta, cerrar los ojos y fingir que se hallaba en su bien organizada casa, donde un ama de llaves se ocupaba de lo básico y no había una gárgola a la vista. En parte por curiosidad, en parte por valor, se levantó y se preparó para encarar el día.

El mejor curso de acción seguía siendo las búsquedas nocturnas con la ayuda de los pasadizos. Por su propia cordura, decidió que los días los dedicaría a pintar.

En cuanto esa situación se acabara, pintar no sólo sería su prioridad, sería lo único que hiciera.

Duchado, vestido y satisfecho con la idea de terminar su segunda carrera en unas pocas semanas, salió al pasillo pensando en tomar un café. La puerta de Kirby estaba completamente abierta. Al pasar por delante, miró dentro. Con el ceño fruncido, se detuvo, dio marcha atrás y se plantó en el umbral.

—Buenos días, Adam. ¿No hace un día precioso? —sonrió en posición invertida, ya que se hallaba en un rincón apoyada sobre la cabeza.

Adrede miró hacia la ventana para cerciorarse de que se hallaba en tierra firme.

—Está lloviendo.

—¿No te gusta la lluvia? A mí sí —se frotó la nariz con el dorso de la mano—. Míralo de esta manera, tiene que haber docenas de lugares donde el sol esté brillando. Todo es relativo. ¿Has dormido bien?

—Sí.

—Pasa y espera un minuto. Bajaré a desayunar contigo.

Se acercó para detenerse justo delante de ella.

—¿Por qué estás cabeza abajo?

—Es una teoría que tengo —cruzó los tobillos contra la pared mientras su cabello se extendía sobre la alfombra—. ¿Podrías sentarte un momento? Me cuesta hablarte cuando tu cabeza está ahí arriba y la mía aquí abajo.

Convencido de que lo lamentaría, se puso en

cuclillas. El jersey de Kirby se había soltado y mostraba la suave piel de su cintura.

—Gracias. Mi teoría es que he estado horizontal toda la noche, y casi todo el día estaré de pie. Por lo tanto... —de algún modo, logró encogerse de hombros—, por la mañana y antes de irme a la cama me pongo sobre mi cabeza. De ese modo, la sangre puede agitarse un poco.

Adam se frotó la nariz con los dedos pulgar e índice.

—Creo que lo entiendo, y eso me aterra.

—Deberías probarlo.

—Dejaré que mi sangre se estanque, gracias.

—Como quieras. Será mejor que te apartes, voy a erguirme.

Dejó caer los pies y se irguió con una agilidad atlética que lo sorprendió. De cara a él, se apartó el pelo que había flotado hacia sus ojos. Luego le ofreció una sonrisa lenta y prolongada.

—Tienes la cara roja —murmuró él, más en defensa propia que por otro motivo.

—No se puede evitar, es parte del proceso —había dedicado bastantes horas la noche anterior a discutir consigo misma. Esa mañana había decidido que dejaría que las cosas sucedieran como tenían que suceder—. Es el único momento en que me ruborizo —le explicó—. Por lo tanto, si quieres decir algo turbador... o halagador...

En contra de su mejor juicio, le rodeó la cintura con las manos. Ella no retrocedió, no avanzó, simplemente esperó.

—Tu rubor ya empieza a desvanecerse, así que parece que he perdido mi oportunidad.

—Oh, ¿de verdad?

—Para el cuadro.

—No quieres hacer un desnudo —el humor de los ojos de ella se transformó en aburrimiento al apartarse—. Ése es el enfoque habitual.

—No pierdo el tiempo con enfoques —la estudió—. Voy a pintarte porque has nacido para que te pinten. Voy a hacerte el amor exactamente por el mismo motivo.

La expresión de Kirby no cambió, pero sí lo hizo el ritmo de sus latidos.

—Qué categórico y arrogante eres —expuso. Se dirigió hacia la cómoda, recogió el cepillo y se lo pasó con rapidez por el pelo—. No he aceptado posar para ti, y tampoco acostarme contigo —se peinó una última vez antes de dejar el cepillo—. De hecho, tengo serias dudas de que haga alguna de esas cosas. ¿Nos vamos?

Antes de poder ir hacia la puerta, la tomó en brazos. La velocidad la sorprendió. Había esperado irritarlo, pero al echar la cabeza atrás para mirarlo, no vio furia. Vio una determinación fría y paciente. Nada podría haberla intranquilizado más.

Entonces la tuvo tan cerca, que su rostro se tornó borroso y la boca fue dominante. No se resistió. Rara vez se resistía a lo que quería. A cambio, dejó que el calor la recorriera en un torrente lento y continuo que, de algún modo, fue aterrador y apacible al mismo tiempo.

Deseo. ¿No era así como había imaginado que sería con el hombre adecuado? ¿No era lo que había estado esperando desde el momento en que se descubrió como mujer? Ahí lo tenía. Abrió los brazos para recibirlo.

Los latidos de Adam no eran firmes y deberían haberlo sido. Su mente no estaba despejada, y debería haberlo estado. ¿Cómo iba a poder ganar con ella si siempre que estaban juntos perdía terreno? Si cumplía la promesa, o amenaza, de que serían amantes, ¿cuánto perdería? «Y ganaré», pensó al dejarse absorber. El riesgo valía la pena.

—Posarás para mí —musitó sobre su boca—. Y harás el amor conmigo. No hay elección.

Ésa fue la palabra que la frenó. Ésa fue la frase que la obligó a resistirse. Siempre había tenido elección.

—Yo no...

—Para ninguno de los dos —concluyó mientras la soltaba—. Decidiremos la ropa después de desayunar —como no quería que ninguno de los dos hablara, la sacó de la habitación.

Una hora más tarde, la llevó de vuelta.

Durante el desayuno Kirby se había mostrado serena. Pero no había podido engañarlo. No le gustaba que fueran más hábiles que ella, ni siquiera en algo insignificante. Le proporcionó una gran satisfacción haber podido hacerlo. La expresión desafiante y malhumorada era exactamente lo que quería para el cuadro.

—Creo que rojo —indicó—. Será lo que mejor te siente.

Kirby indicó el armario con una mano y se tumbó en la cama. Con la vista clavada en el techo, reflexionó en la situación. Era verdad que siempre se había negado a dejar que la pintaran, salvo su padre. Como artista, sabía lo íntima que era la relación entre pintor y modelo, sin importar que el modelo fuera una persona o un cuenco con fruta. Jamás había estado dispuesta a compartirse con alguien más hasta ese punto.

Pero Adam era diferente. Si lo elegía, podía justificarlo debido a su talento, y a que realmente quería pintarla, no halagarla. No era una mentira, pero tampoco la verdad del todo. No obstante, en algunos casos se sentía cómoda con verdades a medias. Si era sincera, tenía que reconocer que sentía curiosidad por ver el aspecto que tendría desde su perspectiva, aunque no se hallaba del todo cómoda con eso.

Movió únicamente los ojos y lo observó mientras hurgaba en su armario.

Mientras Kirby se encontraba ocupada debatiendo consigo misma, Adam buscó entre una variedad increíble de ropa. Alguna era perfecta para una huérfana, otra para una adolescente excéntrica. Se preguntó si se habría puesto esa minifalda púrpura y el aspecto que habría tenido con ella. Vestidos elegantes de París y Nueva York colgaban al azar entre excedentes del ejército. Si la ropa reflejaba a una persona, había más de una sola Kirby Fairchild. Se preguntó a cuántas le mostraría.

Descartó un atuendo tras otro. Uno por demasiado apagado, otro por demasiado elegante. Encontró un mono amplio en la misma percha que un ceñido vestido de lentejuelas de un diseñador muy caro. Al hacer a un lado un traje adecuado para una perfecta fiscal de distrito, lo encontró.

Seda escarlata. Sin duda era caro, pero no elegante en el modo en que imaginaba los diseños de Melanie Burgess. La parte superior de escote cuadrado descendía hasta una cintura estrecha antes de que la tela se abriera en una falda plena. Era de manga corta y abombada, con rayas de color negro y fucsia. Resultaba un diseño para una gitana rica. Era perfecto.

—Esto —lo llevó hasta la cama. Ceñuda, ella siguió

mirando el techo–. Póntelo y ve al estudio. Haré algunos bocetos.

Kirby habló sin mirarlo.

–¿Te das cuenta de que ni una sola vez me has pedido que pose para ti? Me dijiste que querías pintarme, me dijiste que ibas a pintarme, pero nunca me *preguntaste* si podías pintarme. El instinto me dice que básicamente eres un caballero, Adam. Quizá has olvidado decir por favor.

–No lo he olvidado –echó el vestido a lo ancho de los pies de la cama–. Pero creo que oyes demasiados «por favor» de los hombres. Eres una mujer que pone a los hombres de rodillas con un simple parpadeo. Y a mí no me gusta estar de rodillas –no le gustaba, y empezaba a ser imperativo llevar el mando. Se inclinó, apoyó las manos a ambos lados de su cabeza y luego se sentó–. Y estoy tan acostumbrado como tú a salirme con la mía.

Lo estudió al tiempo que analizaba sus palabras.

–Pero yo todavía no he aleteado los párpados en tu dirección.

–¿No? –murmuró.

Podía olerla, la fragancia salvaje e indómita que era idónea para las noches de invierno aisladas. La vio fruncir los labios, no adrede, sino de acuerdo con su estado de ánimo. Era eso lo que lo tentaba. Tenía que probarlos. Lo hizo levemente. Se dijo que sólo sería un roce, un contacto, que luego lo dejaría. Pero la boca se entregó a él como ella no lo había hecho. O quizá lo conquistó.

El deseo lo abrasó. Únicamente era capaz de relacionarse con el fuego. Las llamas, el calor, el humo. Ése era el sabor de Kirby. Humo, tentación y la promesa de delicias irracionales.

Probó, pero ya no fue suficiente. Tenía que tocar.

El cuerpo era pequeño, delicado, algo que un hombre podría temer tomar. Y él lo temía, pero no por el beneficio de Kirby. Sino por el suyo propio. Podía ser pequeña y delicada; sin embargo era capaz de cortar a un hombre por la mitad. De eso estaba seguro. Pero mientras tocaba, mientras probaba, no le importó.

Nunca había deseado tanto a una mujer. Lo hacía sentirse como un adolescente en la parte de atrás de un coche, como un hombre pagando por la mejor prostituta de un burdel de Francia, como un marido acogiéndose a la seguridad de una esposa. Pero al poseerla, estaría reentrando en un ciclo interminable de complicaciones, luchas, excitación. Kirby era un opiáceo. Un salto desde un precipicio. Si no tenía cuidado, iba a sufrir una sobredosis y terminar en las rocas.

Retirarse le costó más de lo que habría creído posible. Ella yacía con los ojos entornados, la boca entreabierta. «No te involucres», se ordenó en tono frenético. «Consigue el Rembrandt y lárgate. Para eso has venido».

«Es una hechicera», se dijo. «Circe». Debía retroceder antes de olvidarlo.

—Tendrás que cambiarte.

—Adam... —aún ingrávida, alzó las manos para tocarle la cara.

—Resalta los ojos —se incorporó antes de saltar.

—¿Mis ojos? —con la mente en blanco y el cuerpo palpitante, lo miró.

—Y déjate el pelo suelto —fue hacia la puerta mientras ella se apoyaba sobre los codos—. Veinte minutos.

No le permitiría ver el dolor. No se permitiría sentir el rechazo.

—Eres frío, ¿verdad? —musitó—. Puede que aún llegues a verte de rodillas.

Tenía razón... y podría haberla estrangulado por ello.

—Es un riesgo que deberé correr —asintió y cruzó la puerta—. Veinte minutos —repitió.

Kirby cerró las manos con fuerza y luego, lentamente, las relajó.

—De rodillas —se prometió—. Lo juro.

Solo en el estudio de Kirby, Adam buscó el mecanismo del pasadizo. Lo hizo más por curiosidad. Dudaba de que tuviera que buscar en una habitación a la que le habían brindado libre acceso, pero se sintió satisfecho cuando encontró el control. El panel se deslizó a un lado con un crujido, tan ruidosamente como todos los otros que había localizado. Después de un rápido vistazo al interior, volvió a cerrarlo y regresó a lo que lo ocupaba... pintar.

Nunca era un trabajo, pero no siempre era un placer. La necesidad de pintar era una exigencia que podía resultar suave y gentil, o aguda y cortante.

Era un artista meticuloso, igual que era un hombre meticuloso. Quizá convencional, como lo había llamado Kirby. Pero no era rígido. Era ordenado donde ella no, pero su proceso creativo resultaba notablemente similar al de ella. Kirby podía contemplar una pieza de madera durante una hora hasta que captaba la vida que anidaba dentro. Él hacía lo mismo con un lienzo.

En ese momento, sólo se preparaba, y estaba tan sereno y ordenado como su equipo. Sobre un caballete colocó el lienzo, blanco y a la espera. Con cuidado, seleccionó tres piezas de carboncillo. Empezaría con ellas. Realizaba los primeros bocetos informales cuando oyó sus pisadas.

Kirby se detuvo en el umbral, ladeó la cabeza y lo miró. Con cuidado deliberado, él dejó el cuaderno sobre la mesa.

El cabello le caía suelto y tupido sobre los hombros rayados. Los ojos oscurecidos aún ardían. Sin esfuerzo, pudo imaginarla dando vueltas en torno a un fuego abierto al sonido de violines y panderetas.

Consciente de la imagen que proyectaba, Kirby puso las dos manos en las caderas y entró en el estudio. La falda escarlata del vestido fluía en torno a sus piernas. De pie delante de él, giró dos veces, mirándolo en cada ocasión por encima del hombro.

Sacó un cigarrillo, para luchar tanto contra ella como contra sí mismo.

—Junto a la ventana del este —le indicó—. La luz es mejor ahí —con movimiento brusco, aplastó el cigarrillo—. Empecemos.

—Creía que ya lo habíamos hecho —murmuró. Sus ojos se veían luminosos y divertidos—. Tú insististe en pintar.

Tuvo ganas de estrangularla tanto como de arrastrarse por ella.

—No me presiones demasiado, Kirby. Tienes la tendencia a sacar mi lado más bajo.

—No creo que se me pueda culpar por eso. Quizá lo has mantenido encerrado demasiado tiempo —como había conseguido la reacción esperada, decidió colaborar en todo—. ¿Dónde quieres que me ponga?

—Junto a la ventana del este.

Él habló sólo cuando fue necesario... «levanta más la barbilla, gira la cabeza». A los pocos momentos, pudo convertir la furia y el deseo en concentración. Caía la lluvia, pero su sonido quedaba apagado por el grueso cristal de las ventanas. Con la puerta de la torre casi cerrada, no había otro sonido.

La observó, la estudió, la absorbió, pero el hombre y el artista trabajaban juntos. Quizá al plasmarla en un lienzo, lograra comprenderla... y también a sí mismo. Pasó el carboncillo sobre el lienzo y comenzó.

En ese momento podía mirarlo, sabiendo que él se hallaba enfocado hacia dentro. Había visto a docenas de artistas trabajando; viejos, jóvenes, con talento, aficionados. Tal como había sospechado, Adam era diferente.

Llevaba un jersey con el que se sentía cómodo, pero no una bata. Incluso al trazar los bocetos, se mantenía erguido, como si su naturaleza le exigiera permanecer siempre en estado de alerta. Fue una de las cosas que había observado desde el principio. Siempre estaba mirando. Sabía que era algo que hacía un verdadero artista, pero parecía haber algo más.

Sabía que no era del todo cierto que fuera convencional, tal como lo había llamado. ¿Qué tenía que no encajaba en el molde para el que lo habían creado? Alto, delgado, atractivo, aristocrático, rico, triunfador y... ¿atrevido? No supo muy bien por qué pensó en esa palabra.

Tenía algo temerario que la atraía. Equilibraba la madurez y fiabilidad que no había sabido que quería en un hombre. Sería una roca a la que aferrarse durante el terremoto. Y él sería el terremoto. Se dio cuenta de que se hundía con celeridad. El truco radicaba en evitar que él lo descubriera y se aprovechara de ella. No obstante, y por debajo de todo, le gustaba. Así de simple.

Adam alzó la vista para verla sonreírle. El gesto, dulce y franco, lo desarmó. Algo le advirtió que Kirby sin guardia era más peligrosa que Kirby con guardia.

—¿Hiller no pinta? —vio que la sonrisa se desvanecía y trató de no lamentarlo.

—Un poco.

—Y no has posado para él...

—No.

—¿Por qué no?

El hielo que se asomó a sus ojos no era lo que buscaba para el cuadro. El hombre y el artista lucharon mientras continuaba dibujando.

—Digamos que su trabajo no me interesaba mucho.

—Supongo que puedo tomarlo como un cumplido hacia mi trabajo.

—Si quieres —repuso tras mirarlo con expresión neutral.

Se dijo que el engaño formaba parte del trabajo. Lo que había escuchado en el estudio de Fairchild no le dejaba mucha opción.

—Me sorprende que no lo molestara, estando enamorado de ti y todo eso.

—No lo estaba —espetó, y el hielo se convirtió en fuego.

—Te pidió que te casaras con él.

—Una cosa no tiene nada que ver con la otra.

Levantó la vista y observó que hablaba en serio.

—¿No?

—Acepté casarme con él sin amarlo.

—¿Por qué? —mantuvo el carboncillo a un centímetro del lienzo, olvidado el cuadro.

Durante un instante, ella sólo fue una mujer en su faceta más vulnerable.

—Sincronización —murmuró—. Probablemente se trata del factor más importante que gobierna nuestras vidas. De no haber sido por la sincronización, Romeo y Julieta habrían criado a media docena de hijos.

Empezaba a entender, y la comprensión sólo lo ponía más incómodo.

—¿Pensaste que era hora de casarte?

—Stuart es atractivo, exquisito, encantador y, eso pensé, inofensivo. Comprendí que lo último que quería era un marido exquisito, encantador e inofensivo. No obstante, creía que me amaba. Durante mucho tiempo no rompí el compromiso porque pensaba que sería un marido adecuado, que no exigiría mucho –sonaba vacío. Había sido vacío–. Que me daría hijos.

–¿Quieres tener hijos?

La furia regresó con rapidez.

–¿Hay algo de malo en eso? –demandó–. ¿Te resulta extraño que quiera una familia? Quizá te sorprenda, pero tengo necesidades y sentimientos como una persona real. Y no tengo por qué justificarme ante ti.

Había atravesado la mitad de la distancia que la separaba de la puerta antes de que pudiera detenerla.

–Kirby, lo siento –cuando trató de soltarse, tensó más el apretón–. Lo *siento*.

–¿Por qué? –soltó.

–Por herirte –murmuró–. Ha sido una estupidez.

Los hombros de ella se relajaron bajo sus manos, lentamente, de modo que supo que le costó. Volvió a sentirse culpable.

–De acuerdo. Has tocado un punto sensible, eso es todo –adrede se quitó las manos de él de los hombros y retrocedió–. Dame un cigarrillo, ¿quieres?

Adam habría preferido que lo hubiera abofeteado.

Aceptó el cigarrillo y dejó que se lo encendiera antes de darse la vuelta otra vez.

—Cuando acepté la proposición de Stuart...

—No tienes que contarme nada.

—No dejo las cosas a medio hacer —parte de la insolencia había vuelto al volverse hacia él—. Cuando acepté, le dije que no lo amaba. No me pareció justo de otro modo. Si dos personas van a mantener una relación que signifique algo, debe empezar de forma honesta, ¿no te parece?

Pensó en el transmisor que tenía guardado en el maletín. Pensó en McIntyre esperando el siguiente informe.

—Sí.

Ella asintió. Era un campo en el que se mostraba inflexible.

—Le dije que lo que buscaba en él era fidelidad e hijos, y que a cambio le daría lo mismo y tanto afecto como pudiera —jugó con el cigarrillo, dándole una calada veloz y nerviosa—. Cuando me di cuenta de que las cosas no funcionarían para ninguno de los dos de esa manera, fui a verlo. No lo hice de forma descuidada, indiferente. Me resultó muy difícil. ¿Puedes entenderlo?

—Sí, entiendo eso.

Más que la simpatía de Melanie, más que el apoyo silencioso de su padre, la simple comprensión de Adam la ayudó.

—No fue bien. Sabía que habría una discusión, pero no conté con que se descontrolara tanto. Él emitió unos comentarios escogidos acerca de mi capacidad maternal. Sea como fuere, ahí salió el verdadero motivo que tenía para casarse conmigo.

Le dio una última calada al cigarrillo y lo aplastó en el cenicero antes de dejarse caer en la silla.

—Jamás me amó. Siempre fue infiel. No creo que importara —pero calló, sabiendo que sí importaba—. Siempre que fingía sentir cariño hacia mí, me estaba utilizando. ¿Puedes imaginar lo que se siente al averiguar que cada vez que alguien te abraza, te habla, sólo piensa en lo útil que puedes serle? —alzó la pieza medio formada de madera que sería su ira—. Útil —repitió—. Qué palabra tan fea.

Se olvidó de McIntyre, del Rembrandt y del trabajo que aún debía realizar. Se acercó a ella, se sentó a su lado y cerró la mano sobre la suya. Debajo estaba su furia.

—No puedo imaginar a ningún hombre que piense en ti como algo útil.

Al alzar la vista, ya comenzaba a sonreír.

—Qué agradables palabras. Perfectas —demasiado perfectas para sus débiles defensas. Como sabía que haría falta muy poco para recurrir a él, aligeró la atmósfera—. Me alegro de que vayas a estar presente el sábado.

—¿En la fiesta?

—Puedes lanzarme largas miradas ardientes y todo el mundo pensará que dejé a Stuart por ti. Me gustan las venganzas mezquinas.

Él se rió y se llevó su mano a los labios.

—No cambies —le pidió con una intensidad súbita que volvió a desconcertarla.

—No pienso hacerlo. Adam, yo... Oh, diablos, ¿qué haces aquí? Es una conversación privada.

Alerta, giró la cabeza y vio que Montique entraba en el cuarto.

—No contará nada.

—Ésa no es la cuestión. Te he dicho que no puedes venir aquí.

Sin hacerle caso, Montique se acercó y con un torpe salto, brincó sobre el regazo de Adam.

—Pequeño diablillo —le acarició las orejas.

—Ah, Adam, yo no haría eso.

—¿Por qué?

—Te estás buscando problemas.

—No seas absurda. Es inofensivo.

—Oh, sí, él lo es. *Ella* no —con la cabeza indicó la puerta en el momento en que Isabelle la cruzaba—. Ya estás perdido. Te lo advertí —echó la cabeza atrás y se enfrentó a la fría mirada de Isabelle—. Yo no he tenido nada que ver.

La gata parpadeó dos veces y luego giró la vista hacia Adam. Decidiendo que su responsabilidad había terminado, Kirby suspiró y se levantó.

—No hay nada que yo pueda hacer —le palmeó el hombro—. Tú te lo has buscado —se marchó de la habitación, cediéndole todo el terreno a la gata.

—Yo no le pedí que subiera hasta aquí —comenzó Adam, mirando ceñudo a Isabelle—. Y no puede haber ningún daño en... Oh, Dios —murmuró—. Ha logrado que lo hiciera.

VI

—Demos un paseo —pidió Kirby. Sabía que su padre no saldría del estudio hasta no haber completado todos los detalles del Van Gogh. Si no salía y olvidaba el proyecto favorito de su progenitor, iba a volverse loca.

—Está lloviendo —señaló Adam, removiendo el café.

—Ya lo has mencionado —Kirby apartó su propio café y se puso de pie—. Muy bien, entonces. Le diré a Cards que te traiga una manta de viaje y una bonita taza de té.

—¿Se trata de un ataque psicológico?

—¿Ha funcionado?

—Iré a buscar una chaqueta —salió de la habitación sin hacer caso de la risa entre dientes de ella.

Cuando salieron, la lluvia fina cayó sobre ellos.

Unos tenues dedos de niebla serpenteaban por el jardín. Adam se encorvó bajo la chaqueta y pensó que hacía un tiempo espantoso para pasear. Kirby caminó con la cara alzada hacia el cielo.

Había planeado pasar la tarde pintando, pero quizá eso fuera mejor. Si iba a capturarla con colores y pinceladas, debería llegar a conocerla mejor. Y no era tarea fácil, aunque sí extrañamente atractiva.

En el aire predominaba la fragancia del otoño. Por primera vez desde que la conocía, percibía serenidad en ella. Caminaron en silencio, con la lluvia fluyendo entre ellos.

Estaba satisfecha. Era una sensación extraña, que rara vez experimentaba. Tomados de la mano, estaba satisfecha con pasear entre la niebla y la lluvia.

Sin dejar de mirarla, le apartó el pelo mojado de la cara. Tenías las mejillas frescas y suaves. Sin embargo, su boca, cuando fue a su encuentro, era cálida e invitadora.

Kirby no lo había planeado de esa manera. Si dispusiera de tiempo para pensar, habría dicho que no lo quería de esa manera. No quería ser débil. No quería la mente enredada. Aunque parecía que ya no tenía elección.

Podía probar la lluvia en ella, limpia e inocente. Podía oler la fragancia de las flores. No podía mantener las manos lejos de su pelo, de la suave maraña que era entonces. La quería más cerca. La quería toda, no como la había querido la primera vez, sino en todos los sentidos. La necesidad ya no era la necesidad simple de un hombre por una mujer, sino de él por ella. Exclusiva, imperativa, imposible.

Había querido enamorarse, pero había querido planificarlo a su propia manera, en su propio tiempo. Se suponía que no debía pasar de forma tan súbita, que la dejara temblando. No debía ocurrir sin su permiso. Aturdida, retrocedió. No iba a suceder hasta que no se encontrara preparada. Tensa otra vez, se obligó a sonreír.

A su espalda, se abrió una ventana.

—¿Es que no se os ocurre nada mejor que estar besándoos bajo la lluvia? —quiso saber Fairchild—. Si queréis arrumacos, venid dentro. ¡No soporto los estornudos ni las narices que gotean! —la ventana se cerró con un ruido sordo.

—Estás empapado —comentó Kirby, como si no hubiera notado la lluvia incesante. Enlazó el brazo con el suyo y se dirigieron hacia la puerta, que abrió el siempre eficiente Cards—. Gracias —Kirby se quitó la chaqueta mojada y el mayordomo se la llevó.

—Bien, niños, ¿os habéis divertido? —Fairchild salió del salón. Llevaba puesta una camisa manchada de pintura y una sonrisa relamida—. He completado mi trabajo y ahora ya dispongo de libertad para centrar toda mi atención en la escultura. Es hora de llamar a

Víctor Álvarez —murmuró—. ¿Qué hora es en Brasil? Lo he mantenido mucho tiempo a la espera.

—Puede esperar un rato más, papá —le envió una mirada rápida de advertencia que Adam habría podido pasar por alto de no haber estado prestando atención—. Llévate a Adam al salón mientras voy a ocuparme del café.

Lo mantuvo ocupado el resto del día. Adam notó que adrede. Sucedía algo que ella no quería que barruntara. En la cena, volvió a mostrarse como la anfitriona perfecta. Durante el café y el brandy en el salón, lo entretuvo con una disquisición exhaustiva sobre el arte barroco. Aunque la conversación y el encanto fluían de ella sin esfuerzo, Adam estaba seguro de que había una razón subyacente para todo ello. Se dijo que era una cosa más que tenía que descubrir.

Pensó que no podría haber preparado mejor el escenario. Un salón tranquilo, un fuego crepitante, una conversación inteligente. Y observaba a Fairchild como un halcón.

Media hora más tarde, se encontró en su habitación con la puerta asegurada y se puso en contacto con McIntyre. Con el tono breve y conciso que el otro hombre siempre había admirado, le transmitió la conversación que había captado la noche anterior.

—Encaja —afirmó McIntyre, con la voz de alguien que se frota las manos—. Has averiguado bastante en poco tiempo. La comprobación a Hiller revela que vive del crédito y de su reputación. Los dos se le empiezan a acabar. ¿No tienes idea de dónde puede guardarlo Fairchild?

—Me sorprende que no lo haya colgado a la vista —encendió un cigarrillo y miró el Tiziano con el ceño fruncido—. Sería típico de él. Mencionó a un tal Víctor Álvarez de Brasil. Se trata de algún negocio que está concretando.

—Veré qué puedo averiguar. Quizá vaya a vender el Rembrandt.

—No necesita el dinero.

—Algunas personas nunca tienen suficiente.

—Sí —pero no encajaba. No encajaba—. Volveré a llamarte.

Se dedicó a reflexionar, pero sólo unos momentos. Cuanto antes consiguiera algo tangible, más pronto podría liberarse de esa situación. Abrió el panel y se puso a trabajar.

Por la mañana, Kirby posó para Adam durante más de dos horas sin plantearle ninguna objeción. Si pensó que su cooperación y disposición alegre estaban planeadas para confundirlo, tenía toda la razón. También lo mantenía ocupado mientras Fairchild llevaba a cabo los últimos preparativos para deshacerse del Van Gogh.

Adam había trabajado la noche anterior hasta pasada la medianoche, pero sin encontrar nada. La inspección de la segunda planta ya casi estaba completa. Era hora de buscar en otra parte.

Una vez que concluyó la sesión de pintura y Kirby regresó a su propio trabajo, Adam vagó por la primera planta. No había nadie para cuestionar su presencia. Después de todo, era un invitado y se confiaba en él. Uno de los motivos por los que lo había reclutado McIntyre para esa misión en particular se debía a que dispondría de fácil acceso a los Fairchild y a la casa. Social y profesionalmente, era uno de ellos. No tendrían motivo para desconfiar de un artista culto y de éxito a quien le habían abierto las puertas de la casa. Cuanto más intentaba justificar sus acciones, más lo devoraba la culpabilidad.

Miró el cielo oscuro y se dijo que ya había tenido suficiente por un día. Era hora de ir a cambiarse para la fiesta de Melanie Burgess. En ella conocería a Stuart Hiller y a Harriet Merrick. Ahí no había ningún lazo emocional que pudiera hacerlo sentirse como un espía y un ladrón. Maldiciendo, subió las escaleras.

Más tarde, cuando bajaba las escaleras, sonrió al oír la voz de Kirby.

Llevaba un vestido de un blanco puro, sin adornos, fino y vaporoso. Le cubría los brazos y se elevaba hasta el cuello, modesto como el hábito de una monja, encendido como una noche tropical. El cabello, negro y lacio, le caía sobre los hombros.

Se lo echó para atrás y recogió una capa negra que se pasó alrededor en un movimiento remolineante. Durante un momento, se quedó quieta, acomodándosela, mientras la luz de las lámparas revoloteaba sobre la ausencia de color. Parecía un retrato de Manet: fuerte, romántico, atemporal.

—Eres una criatura de aspecto fabuloso, Kirby.

Los dos se detuvieron y se miraron. Él ya le había hecho cumplidos con anterioridad, con más estilo y delicadeza, pero nunca los había sentido. Ella había recibido los halagos de príncipes, en lenguas extranjeras y con exquisita finura. Jamás le habían provocado un cosquilleo en el estómago.

—Gracias —logró decir—. Y tú también —sin saber si era sabio hacerlo, le ofreció la mano—. ¿Estás listo?

—Sí. ¿Y tu padre?

—Ya se ha ido —lo informó mientras iba hacia la puerta. Y cuanto antes se fueran ellos, mejor. Necesitaba un poco más de tiempo antes de volver a encontrarse a solas con él otra vez—. No vamos juntos a las fiestas, en especial a las de Harriet. A él le gusta llegar temprano y por lo general se queda hasta más tarde, tratando de convencer a Harriet de que se vaya a la cama con él. He hecho que trajeran mi coche —cerró la puerta y lo guió a un Porsche plateado—. Prefiero conducir antes que ser copiloto, si no te importa.

No esperó su respuesta al sentarse ante el volante.

—Perfecto —convino Adam.

—Es una noche maravillosa —giró la llave. La potencia vibró debajo de sus pies—. Luna llena, montones de estrellas —con suavidad soltó el pedal del freno y pisó el acelerador. Al salir disparados, Adam se vio impulsado contra el asiento—. Harriet te caerá bien —continuó mientras cambiaba de marcha—. Es como una madre para mí —al llegar al camino principal, redujo la marcha y giró hacia la izquierda con un chirrido de ruedas—. Ya has conocido a Melly, por supuesto. Espero que esta noche no me abandones por completo después de volver a verla.

Adam pegó los dos pies contra el suelo.

—¿Alguien la nota cuando tú estás presente? —preguntó, sin saber si llegarían con vida.

—Por supuesto —sorprendida por la pregunta, giró la cabeza para mirarlo.

—¡Santo cielo, no quites la vista de la carretera! —no con demasiada gentileza, le hizo dar la vuelta a la cabeza.

—Melly es la mujer más perfectamente hermosa que jamás he visto —redujo la marcha de nuevo y giró en otra curva antes de acelerar otra vez—. Es una diseñadora muy inteligente y muy, muy honrada. Ni siquiera quiso aceptar una pensión de su marido cuando se divorciaron. Orgullo, supongo, aunque tampoco necesita el dinero. Hay una vista maravillosa del Hudson de tu lado, Adam —se inclinó para señalársela. El coche se desvió.

—Prefiero verla desde aquí arriba, gracias —la informó al volver a empujarla hacia su asiento—. ¿Siempre conduces de esta manera?

—Sí. Ése es el camino que se toma para la galería —indicó al pasar por un cruce.

Adam miró el indicador de velocidad.

—Estás yendo a ciento cuarenta.

—Siempre conduzco más despacio por la noche.

—Es una buena noticia —activó el mechero.

—Ahí está la casa. Fabulosa cuando está iluminada así.

Era una casa blanca y señorial. Resplandecía con elegancia desde una docena de ventanas. Sin aminorar, Kirby tomó el sendero circular. Con un chirrido de frenos y una maldición musitada por Adam, detuvo el Porsche ante la entrada principal.

Adam alargó el brazo, sacó las llaves y se las guardó en el bolsillo.

—A la vuelta conduciré yo.

–Qué considerado –ofreciéndole la mano al mayordomo, Kirby bajó del coche–. Ahora no tendré
que limitarme a una sola copa. Champán –decidió
mientras subía los escalones junto a él–. Parece una
noche idónea para eso.

En cuanto la puerta se abrió, Kirby se vio envuelta por un movimiento deslumbrante de sedas.

–Harriet –Kirby abrazó a la mujer escultural de
llameante pelo rojo–. Es maravilloso verte, pero
creo que estoy siendo mordida por los dientes de
tu cocodrilo.

–Lo siento, cariño –Harriet sujetó su collar y se
inclinó para besar ambas mejillas de Kirby. Era una
mujer impresionante, de cuerpo pleno en el estilo
inmortalizado por Rubens. Tenía una cara ancha y
suave, dominada por unos profundos ojos verdes
que brillaban con párpados plateados. No creía en
la sutileza–. Y éste debe de ser tu invitado –continuó, evaluando con rapidez a Adam.

–Harriet Merrick, Adam Haines –Kirby sonrió
y pellizcó la mejilla de Harriet–. Y compórtate, o
papá lo obligará a elegir arma.

–Una idea maravillosa –con un brazo enlazado
con el de Kirby, el otro lo usó para pasarlo por el
de Adam–. Estoy segura de que tendrás una historia vital fascinante que contarme, Adam.

–Me inventaré una.

–Perfecto –le gustaba su aspecto–. Ya han venido

muchos invitados, aunque me temo que casi todos son los tediosos amigos de Melanie.

—Harriet, tienes que ser más tolerante.

—No, no tengo que serlo —se echó hacia atrás el deslumbrante cabello—. He sido demasiado cortés. Ahora que estáis aquí, ya no tengo que serlo.

—Kirby —Melanie atravesó el salón enfundada en un ceñido vestido azul—. Qué imagen presentas. Llévate su capa, Ellen, aunque es una pena estropear el efecto —con una sonrisa, extendió una mano hacia Adam mientras la doncella le quitaba a Kirby la capa de los hombros—. Me alegro tanto de que hayáis venido. Tenemos algunos conocidos mutuos presentes. Los Birmingham y Michael Towers, de Nueva York. ¿Te acuerdas de Michael, Kirby?

—¿El publicista que chasquea los dientes?

Harriet soltó una carcajada y Adam luchó para controlar la suya. Con un suspiro, Melanie los condujo hacia la fiesta.

—Intenta comportarte, ¿quieres?

Pero Adam no estuvo seguro de que le hablara a Kirby o a su madre.

Ése era el mundo al que estaba acostumbrado... personas elegantes con ropa elegante que mantenían conversaciones racionales. Lo habían educado en el mundo de la riqueza contenida, donde el champán burbujeaba en silencio y la dignidad era tan esencial como el alma máter. Lo entendía, encajaba en él.

Después de quince minutos, se vio separado de Kirby y dominado por un aburrimiento mortal.

–He decidido hacer un viaje por el interior de Australia –le dijo Harriet a Kirby. Jugó con el collar de dientes de cocodrilo–. Me encantaría que me acompañaras. Nos divertiríamos mucho.

–¿De acampada? –preguntó Kirby, meditándolo. Quizá lo que necesitaba era un cambio de entorno, después de que su padre se asentara.

–Piénsatelo –sugirió Harriet–. No pretendo marcharme al menos hasta dentro de seis semanas. Ah, Adam –alargó la mano y le tomó el brazo–. ¿Acaso Agnes Birmingham te ha impulsado a la bebida? No, no contestes. Lo llevas escrito en la cara, pero eres demasiado educado.

Él permitió verse arrastrado entre Harriet y Kirby, donde quería estar.

–Digamos que buscaba una conversación más estimulante. Y la he encontrado.

–Encantador –decidió que le caía bien, aunque se reservaría el juicio de si era apropiado para Kirby hasta más adelante–. Admiro tu obra, Adam. Me gustaría disponer de la primera puja de tu siguiente cuadro.

Él recogió unas copas de un camarero que pasó por allí.

—Estoy haciendo un retrato de Kirby.

—¿Está posando para ti? —estuvo a punto de atragantarse—. ¿La has encadenado?

—Aún no —la miró divertido—. Aunque sigue siendo una posibilidad.

—Tienes que dejarme exponerlo cuando lo termines. Puedo prometer provocar una escena desagradable si te niegas.

—Nadie lo hace mejor —alabó Kirby.

—Tienes que ver el retrato de Kirby que Philip pintó para mí. Ella no quiso posar, pero es brillante —jugó con el pie de la copa—. Lo pintó cuando ella volvió de París... creo que hace unos tres años.

—Me encantaría verlo. Pensaba pasar por la galería.

—Oh, lo tengo aquí, en la biblioteca.

—¿Por qué no vais a verlo? —sugirió Kirby—. Habéis estado hablando como si no existiera, bien podéis abandonarme físicamente.

—No seas malcriada —le dijo Harriet—. Tú también puedes venir. Y yo... Vaya, vaya —murmuró con voz súbitamente carente de calidez—. Algunas personas no tienen sentido del decoro.

Kirby giró la cabeza y vio a Stuart entrar en la sala. Apretó los dedos sobre la copa, pero se encogió de hombros. Al instante Melanie estuvo a su lado.

—Lo siento, Kirby. Había esperado que no viniera.

Con un gesto lento, algo insolente, se echó el pelo hacia la espalda.

—Si hubiera importado, no habría venido.

—Bueno, iré a recibirlo o la situación empeorará —pero Melanie titubeó, indecisa entre la lealtad y la educación.

—Lo despediré, desde luego —musitó Harriet cuando su hija fue a cumplir con el deber social—. Pero quiero hacerlo con sutileza.

—Despídelo si quieres, Harriet, pero no por mí —Kirby se acabó el champán.

—Parece que tendremos espectáculo, Adam —Harriet hizo sonar la uña contra el cristal—. Para angustia de Melanie, Stuart viene hacia aquí.

Sin decir una palabra, Kirby le quitó el cigarrillo a Adam.

—Harriet, tienes un aspecto maravilloso. África te sienta bien.

La voz suave y cultivada no se parecía en nada a la que Adam había escuchado en el estudio de Fairchild.

Harriet le ofreció una sonrisa inocua.

—No esperábamos verte.

—Algo me retuvo un poco —con elegancia, se volvió hacia Kirby—. Estás preciosa.

—Gracias. Te veo recuperado —sin vacilar ni un instante, se volvió hacia Adam—. No creo que os conozcáis. Adam, te presento a Stuart Hiller. Estoy segura de que conoces la obra de Adam Haines, Stuart.

—Desde luego —el apretón de manos fue cortés—. ¿Vas a quedarte mucho tiempo en nuestra parte de Nueva York?

—Hasta que acabe el retrato de Kirby —lo informó, y tuvo la satisfacción doble de ver la sonrisa de Kirby y el ceño de Stuart—. He aceptado que Harriet lo exponga en la galería.

Con esa simple estrategia, Adam se ganó a Harriet.

—Estoy seguro de que será una incorporación extraordinaria a nuestra colección —fue el comentario lleno de resentimiento. Por el momento, Stuart los soslayó—. No pude contactar contigo en África, Harriet, y todo ha sido frenético desde que llegaste. El Tiziano ha sido vendido a Ernest Myerling.

Al levantar la copa, Adam centró la atención en Kirby. Se había quedado pálida como el vestido de seda que llevaba.

—No recuerdo haber hablado de vender el Tiziano —replicó Harriet. Su voz sonó tan carente de tono como la piel de Kirby.

—Como he dicho, no pude contactar contigo. Y como el Tiziano no figuraba en tu colección personal, entraba dentro de los cuadros en venta. Creo que te complacerá el precio —encendió un cigarrillo–. Myerling insistió en que fuera autenticado. Me temo que está más interesado en la inversión que en el arte. Pensé que querrías estar presente mañana cuando se llevara a cabo.

«¡Oh, Dios. Oh, Dios mío!» El pánico, real y poderoso, remolineó por la mente de Kirby. En silencio, Adam observó crecer el miedo en sus ojos.

–¡Autenticado! –exclamó Harriet, ofendida–. Cómo puede tener la osadía de dudar de la autenticidad de un cuadro de mi galería. El Tiziano no se debería haber vendido sin mi permiso, y desde luego no a un patán.

–La autenticación no es algo inusual, Harriet –Stuart trató de aplacarla al ver que se tambaleaba una comisión generosa–. Myerling es un hombre de negocios, no un experto. Quiere hechos –dio una calada al cigarrillo y expelió el humo–. En cualquier caso, el papeleo se ha cerrado y no se puede hacer nada al respecto. La venta es un hecho consumado, dependiendo de las pruebas de autenticación.

–Lo discutiremos por la mañana –la voz de Harriet bajó mientras se terminaba su copa–. Éste no es el momento ni el lugar.

–Ten… tengo que ir a rellenar mi copa –manifestó Kirby de repente. Sin decir otra palabra, dio media vuelta y se metió entre los invitados. Comprendía que las náuseas eran un resultado directo del pánico, que distaba mucho de haber desaparecido—. Papá —se aferró a su brazo y lo sacó de una discusión acerca de la versatilidad de Dalí—. Tengo que hablar contigo. Ahora.

Al oír el nerviosismo en su voz, dejó que lo sacara de la sala.

VII

Kirby cerró las puertas de la biblioteca de Harriet y se apoyó en ellas. No perdió tiempo.

—El Tiziano será autenticado por la mañana. Stuart lo vendió.

—¡Lo vendió! —los ojos de Fairchild se desorbitaron y la cara le enrojeció—. Imposible. Harriet no lo vendería.

—No lo hizo. Estaba jugando con los leones, ¿lo recuerdas? —se pasó las dos manos por el pelo y trató de hablar con calma—. Stuart cerró el trato, se lo acaba de contar.

—Te dije que era un tonto, ¿no? ¿No? —repitió mientras se ponía a mover los pies—. También se lo dije a Harriet. ¿Es que nadie quiere escuchar? No, Harriet no —giró, recogió un lápiz del escritorio y lo partió en dos–. Contrata al idiota de todos modos y se marcha a recorrer la jungla.

–¡No tiene sentido pasar otra vez por eso! –espetó Kirby–. Debemos enfrentarnos a los resultados.

–No habría ningún resultado si me hubieran escuchado. Mujer obstinada que cayó por una cara bonita. Eso ha sido todo –calló, respiró hondo y juntó las manos–. Bueno –añadió con voz suave–, esto representa un problema.

–Papá, no se trata de un error en tu talonario.

–Pero se puede manejar, probablemente con menos esfuerzo. ¿Alguna forma de dar marcha atrás?

–Stuart dijo que el papeleo estaba cerrado. Y es Myerling –agregó.

–Ese viejo pirata –frunció el ceño un momento y le dio una patada al escritorio de Harriet–. Imposible cancelarlo –concluyó–. Vayamos al siguiente paso –por el gesto de su hija, vio que ella ya lo había pensado y se sintió lleno de orgullo antes de que lo dominara la furia–. Por Dios, Stuart va a pagar por obligarme a renunciar a ese cuadro.

–Es fácil decirlo, papá –se acercó hasta quedar frente a él–. Pero, ¿quién puso a Adam en la misma habitación que el cuadro? Ahora vamos a tener que sacarlo de su habitación y cambiarlo por la copia de la galería sin que se entere de lo que ha sucedido. Estoy segura de que has notado que Adam no es ningún tonto.

Fairchild movió las cejas y sus labios se curvaron. Se frotó las palmas de las manos.

—Un plan.

Sabiendo que era demasiado tarde para lamentarlo, Kirby se dejó caer en un sillón.

—Llamaremos a Cards y le diremos que lleve el cuadro a mi cuarto antes de que regresemos.

Él lo aprobó con un leve gesto de asentimiento.

—Tienes una mente criminal maravillosa, Kirby.

Tuvo que sonreír. La sensación de aventura ya empezaba a relegar al pánico.

—Es hereditario. Y ahora, ésta es mi idea… —bajó la voz y comenzó a perfilarla.

—Funcionará —decidió Fairchild unos momentos después.

—Aún está por ver —sonaba plausible, pero no subestimó a Adam Haines—. No queda nada por hacer salvo ejecutarlo.

—Y bien.

—Adam debería estar demasiado cansado para notar la ausencia del Tiziano, y después de hacer el cambio en la galería, lo devolveré a su cuarto. Las pastillas para dormir son la única manera —se miró las manos, insatisfecha, pero convencida de que no había otra salida—. No me gusta hacerle esto.

—Sólo dormirá bien —se sentó en el reposabrazos del sillón–. Todos necesitamos dormir bien de vez en cuando. Y ahora será mejor que volvamos a la fiesta o Melanie organizará grupos de rescate.

–Ve tú primero –suspiró–. Llamaré a Cards y le diré que se ponga en marcha.

Esperó hasta que su padre volvió a cerrar las puertas antes de dirigirse al teléfono que había en el escritorio de Harriet. Después de transmitirle a Cards unas breves instrucciones, colgó. Ya era demasiado tarde para dar marcha atrás. Los dados, por utilizar esa expresión, estaban echados. Mientras titubeaba un momento más, Stuart abrió la puerta; luego la cerró con suavidad a su espalda.

–Kirby –cruzó hasta ella con una media sonrisa en la cara. Su paciencia había dado los frutos deseados, ya que la encontraba sola–. Tenemos que hablar.

No le pareció el momento más apropiado. Sin embargo, pensó en el modo en que la había humillado. El modo en que le había mentido. Quizá era mejor acabar con todo de una vez.

–Creo que nos dijimos todo lo que había que decir la última vez que nos vimos.

–Todo, no.

–La redundancia me aburre –expuso con suavidad–. Pero si insistes, te diré esto. Es una pena que no tengas el dinero acorde a tu aspecto. Tu

error, Stuart, estuvo en no conseguir que te deseara... como tú me deseabas a mí —bajó la voz
adrede hasta darle un tono seductor. Aún no había terminado de hacérselo pagar—. Podías enga-
ñarme sobre el amor, pero no sobre el deseo. Si te
hubieras concentrado en eso en vez de en la codicia, quizá hubieras tenido una oportunidad. Eres
—continuó— un mentiroso y un farsante, y así
como eso pudo ser una distracción interesante
durante un breve tiempo, doy gracias a Dios de
que nunca hayas puesto tus manos en mí o en mi
dinero.

Antes de que pudiera pasar a su lado, la sujetó
por el brazo.

—Será mejor que recuerdes los hábitos de tu padre antes de arrojar cieno.

Ella bajó la vista a su mano, y luego la alzó lentamente otra vez. Era una mirada pensada para enfu-
recer.

—¿De verdad te comparas con mi padre? —su furia se manifestó en una risa insultante—. Jamás tendrás su estilo, Stuart. Eres de segunda categoría, y
siempre lo serás.

Le cruzó la cara con el dorso de la mano, con la
suficiente fuerza como para hacerla trastabillar. Ella
no emitió ningún sonido. Cuando volvió a mirarlo,
tenía los ojos entrecerrados, muy oscuros y muy
peligrosos.

—Sólo corroboras mi afirmación —manifestó mientras se pasaba los dedos por la cara—. Eres de segunda.

Quiso volver a golpearla, pero decidió cerrar las manos. Por el momento, la necesitaba.

—Estoy harto de los juegos, Kirby. Quiero el Rembrandt.

—Lo desgarraría con un cuchillo antes de ver a mi padre entregártelo a ti. Estás fuera de tu liga, Stuart —no se molestó en luchar cuando la aferró por los brazos.

—Dos días, Kirby. Dile al viejo que dispone de dos días, o serás tú quien pague.

—Tus únicas armas son las amenazas y el abuso físico —de repente, transformó su ira en hielo—. Dispongo de armas propias, Stuart, infinitamente más eficaces. Y si decidiera recurrir a tácticas sucias, careces de la sutileza para tratar conmigo —clavó los ojos en los suyos—. Eres una serpiente —añadió con suavidad—. Y no puedes dejar de arrastrarte durante mucho tiempo. El hecho de que seas más fuerte que yo no es más que una ventaja temporal.

—Muy temporal —dijo Adam al cerrar la puerta a su espalda. Su voz reflejaba la frialdad de Kirby—. Quítale las manos de encima.

Kirby sintió que el apretón doloroso en sus brazos se relajaba y observó a Stuart luchar por mantener la compostura. Con cuidado, se colocó la corbata.

—Recuerda lo que te he dicho, Kirby. Podría ser importante para ti.

—Y tú recuerda cómo describió Byron la venganza de una mujer —replicó al volver la circulación a sus brazos—. «Como el salto de un tigre... mortal, veloz y demoledor» —bajó los brazos a los costados—. Podría ser importante para ti —giró y se dirigió hacia un ventanal, para clavar la vista en el vacío.

Adam mantuvo la mano en el picaporte cuando Stuart se dirigió hacia la puerta.

—Vuelve a tocarla, y tendrás que vértelas conmigo —con lentitud, bajó el pomo y abrió la puerta—. Es otra cosa que deberías recordar —los sonidos de la fiesta entraron y volvieron a desvanecerse cuando cerró a la espalda de Stuart—. Bueno —comenzó, luchando con su propia furia—. Supongo que debería estar agradecido de no tener una ex novia —había oído lo suficiente como para saber que el centro de todo había sido el Rembrandt, pero descartó ese pensamiento y fue a su lado—. Es un pobre diablo y tú asombrosa. Cuando casi todas las mujeres se hubieran puesto a llorar o a suplicar, tú te dedicaste a lanzarle insultos.

—No creo en las súplicas —explicó con la máxima

ligereza que pudo mostrar–.Y Stuart jamás me reducirá a las lágrimas.

–Pero estás temblando –musitó al ponerle las manos sobre los hombros.

–Es furia –respiró hondo y soltó el aire despacio. No le gustaba mostrar debilidad ante nadie–. Te agradezco la actitud de caballero al rescate.

Sonrió y le besó la parte superior de la cabeza.

–De nada. ¿Por qué no...? –calló al girarle la cabeza para que lo mirara. La marca de la mano de Stuart había adquirido un rojo apagado, pero resultaba inconfundible.

Cuando le tocó la mejilla, sus ojos estaban helados. Los más fríos y peligrosos que le había visto. Sin decir una palabra, giró en redondo y se dirigió hacia la puerta.

–¡*No*! –le agarró el brazo con inusual desesperación–. No, Adam, no. No te involucres –se soltó de ella, pero Kirby corrió a la puerta y plantó la espalda contra la superficie. Las lágrimas que había logrado controlar con Stuart le anegaron los ojos–. Por favor, tengo suficiente en mi conciencia sin arrastrarte a esto. Llevo mi vida como yo elijo y lo que obtengo de ella es responsabilidad mía.

Quiso hacerla a un lado y atravesar la multitud que había más allá de las puertas para ponerle las manos encima a Stuart. Quería más de lo que jamás había querido algo, oler la sangre del otro. Pero ella estaba delante de él, pequeña y delicada, con lágrimas en los ojos. No era la clase de mujer que llorara con facilidad.

–De acuerdo –le secó una lágrima y realizó una promesa. Antes de que todo acabara, olería la sangre de Stuart Hiller–. Sólo postergas lo inevitable.

Aliviada, cerró los ojos un momento. Cuando volvió a abrirlos, seguían húmedos, pero ya no desesperados.

–No creo en lo inevitable –le tomó la mano y se la llevó a la mejilla hasta que sintió que la tensión los abandonaba a los dos–. Debes de haber venido para ver mi retrato. Está allí, sobre el escritorio.

Lo indicó con la mano, pero él no le quitó los ojos de encima.

–Tendré que someterlo a un estudio minucioso, después de ofrecerle mi atención al original –la abrazó. Fue el gesto perfecto de apoyo, aunque ninguno de los dos lo había sabido.

Kirby apoyó la cabeza sobre su hombro y pensó en la paz, en los planes que ya se habían puesto en marcha.

–Lo siento, Adam.

Captó el pesar en su voz y le besó el pelo.

–¿Por qué?

–No puedo decírtelo –le rodeó la cintura con

más fuerza y se aferró a él como nunca lo había hecho con nadie–. Pero lo siento.

La partida de la mansión Merrick fue más tranquila que la llegada. Kirby iba en el asiento del pasajero. En casi todas las circunstancias, Adam habría atribuido su silencio e inquietud a la escena con Hiller. Pero recordaba su reacción a la mención de la venta del Tiziano.

Se preguntó qué estaría pasando por su mente calidoscópica. Decidió que lo mejor era el enfoque directo.

–El Tiziano que se ha vendido –comenzó, fingiendo que no se percataba del sobresalto de ella–. ¿Hace mucho que lo tiene Harriet?

–El Tiziano –juntó las manos en el regazo–. Oh, años.

–Es una pena que se vendiera antes de que pudiera verlo. Soy un gran admirador de Tiziano. El cuadro de mi habitación es exquisito.

Kirby emitió un sonido que podría haber sido una risita nerviosa.

–El de la galería es igual de exquisito –lo informó–. Ah, ya hemos llegado. Deja el coche en la entrada –dijo, entre aliviada y molesta de que hubiera que llevar a cabo los siguientes pasos–. Cards se ocupará de él. Espero que no te haya molestado que regresáramos temprano, Adam. Ahí está papá —añadió al bajar del coche—. Debió de pelearse con Harriet. Tomemos una copa antes de irnos a la cama, ¿te parece?

Subió los escalones sin aguardar su respuesta. Al saber que iba a convertirse en parte de un plan improvisado, le siguió la corriente. «Todo es demasiado oportuno», pensó mientras Fairchild los esperaba en la puerta con sonrisa jovial.

—Demasiada gente —anunció—. Prefiero las fiestas más pequeñas. Tomemos una copa en el salón e intercambiemos chismes.

«No te muestres tan ansioso», pensó Kirby, con ganas de mirarlo ceñuda.

—Iré a decirle a Cards que se ocupe del Rolls y de mi coche —no obstante, titubeó mientras los hombres iban al salón.

Adam captó la indecisión en sus ojos mientras Fairchild cacareaba y le palmeaba la espalda.

—Y no te des prisa en volver —le indicó a Kirby—. He tenido suficiente de mujeres por un rato.

—Qué dulce —repuso, recuperada la ironía—. Yo iré a comerme el bizcocho de limón de Tulip. Todo —agregó al marcharse.

Fairchild pensó en su refrigerio de medianoche con pesar.

—Mocosa —musitó—. Bueno, nosotros tomaremos unos whiskies.

Adam metió las manos en los bolsillos y observó cada movimiento que hacía Fairchild.

—Tuve la oportunidad de ver el retrato de Kirby en la biblioteca de Harriet. Es maravilloso.

—Uno de mis mejores cuadros, si se me permite decirlo —alzó la botella de Chivas Regal—. Harriet siente mucho cariño por mi pequeña —con movimiento diestro, sacó dos pastillas del bolsillo y las vertió en la copa.

En circunstancias normales, Adam no lo habría visto. «Manos rápidas», pensó, entre divertido e intrigado. «Muy rápidas, ágiles». Al parecer, lo querían fuera del camino. Iba a representar todo un desafío enfrentarse a los dos. Con una sonrisa, aceptó la copa y luego se volvió hacia el paisaje de Corot que tenía a la espalda.

—El tratamiento de Corot a la luz —comenzó, dando un pequeño sorbo—, le da una perspectiva tan honda a toda su obra.

Nada habría funcionado mejor. Fairchild estaba listo para saltar de felicidad.

—Soy muy poco objetivo con Corot. Tenía una mano tan magnífica para los detalles, sin llegar a ser afectado ni bloquear el cuadro en general. Y las hojas —comenzó, dejando la copa para señalarlas.

Mientras la conferencia proseguía, Adam dejó su propia copa, recogió la de Fairchild y disfrutó del whisky.

Arriba, Kirby encontró el Tiziano envuelto en papel grueso.

—Bendito seas, Cards —murmuró.

Miró la hora y se obligó a esperar diez minutos antes de recoger el cuadro y salir de la habitación. Bajó las escaleras en silencio y salió hasta donde la esperaba su coche.

En el salón, Adam estudió a Fairchild sentado en un rincón del sofá, roncando. Decidió que lo menos que podía hacer era ponerlo cómodo y se inclinó para levantarle las piernas, cuando el sonido de un coche lo detuvo. Llegó a la ventana a tiempo de ver el Porsche de Kirby marcharse por el sendero.

—Vas a tener compañía —le prometió. A los pocos momentos, se hallaba al volante del Rolls.

A medio kilómetro de la galería, Kirby aparcó a un lado del camino. Agradecida de que el Tiziano fuera relativamente pequeño, aunque el marco le añadía peso, lo recogió y comenzó a caminar. Los tacones resonaron en el asfalto.

Con la capa oscilando a su alrededor se fundió en la protección de los árboles que lindaban con la galería. La luz era tenue, toda sombras y secretos. Se oyó el gemido bajo de un búho. Se echó el pelo hacia atrás y se rió.

—Perfecto —decidió—. Ya sólo nos falta el retumbar de unos truenos y el centelleo de unos relámpagos —alzó el bulto que llevaba y continuó—. Lo que se hace por los seres queridos.

A través de los árboles pudo ver el majestuoso edificio de ladrillo rojo de la galería. La luz de la luna se posaba de forma oblicua sobre él. Miró el reloj. En una hora estaría en casa... y quizá pudiera probar el bizcocho de limón, después de todo.

Una mano cayó sobre su hombro. Al girarse, la capa se extendió como alas y quedó ante Adam.

—¿Has salido a dar un paseo? —le preguntó.

—Vaya, hola, Adam —intentó esbozar una sonrisa amistosa—. ¿Qué haces aquí?

—Seguirte.

—Qué halagador. Pero, ¿no estabas con papá?

—Se quedó dormido.

Lo miró un momento, y suspiró. Después mostró una sonrisa irónica.

—Supongo que se lo merecía. Espero que lo dejaras en una postura cómoda.

—Bastante. ¿Qué llevas en el paquete?

Aunque sabía que era inútil, aleteó los párpados.

—¿Paquete? —movió el dedo sobre el envoltorio—. Oh, este paquete. Un pequeño recado que he de hacer. Se hace tarde, ¿no deberías volver?

—Ni lo sueñes.

—No —movió los hombros—. Eso pensé.

—¿Qué hay en el paquete, Kirby, y qué pretendes hacer con él?

—De acuerdo —le puso el cuadro en los brazos porque los de ella empezaban a cansarse—. Supongo que mereces una explicación, aparte de que no te irás hasta recibirla. Tendrá que ser la versión condensada, Adam, porque se me agota el tiempo —apoyó una mano en el paquete que en ese momento sostenía él—. Éste es el Tiziano y voy a ponerlo en la galería.

Él enarcó una ceja.

—Tenía la impresión de que el Tiziano se hallaba en la galería.

—No... —suspiró. No se le ocurrió más que contar la verdad—. Éste es el Tiziano —le dijo, indicando el paquete—. El cuadro de la galería es un Fairchild.

Dejó que el silencio flotara en la atmósfera mientras la luz de la luna iluminaba el rostro de Kirby. Parecía un ángel... o una bruja.

—¿Tu padre falsificó un Tiziano y lo plantó en la galería como un original?

—¡Desde luego que no! —la indignación no fue fingida. La controló y trató de ser paciente—. No te contaré nada más si insultas a mi padre.

—No sé qué me ha pasado.

—Muy bien —se apoyó en un árbol—. Quizá debería empezar desde el principio.

—Buena elección.

—Hace años, papá y Harriet estaban de vacaciones por Europa. Se encontraron con el Tiziano y cada uno juró que lo había visto primero. Ninguno quiso ceder, y habría sido un delito olvidarse de la pintura. Alcanzaron un compromiso –indicó el paquete–. Cada uno pagó la mitad y papá pintó una copia. Alternan la propiedad del original cada seis meses y rotan la copia. El trato era que ninguno de los dos podía reclamar la propiedad en exclusiva. Harriet mantenía el suyo en la galería... sin listarlo como parte de su colección privada. Papá guardaba el suyo en la habitación de invitados.

Él reflexionó unos momentos.

–Es demasiado ridículo para que te lo hayas inventado.

–Claro que no ne lo he inventado. ¿Es que no confías en mí? –preguntó con un mohín.

–No. Vas a tener que ofrecerme muchas más explicaciones cuando volvamos. Y ahora, ¿cómo pretendes entrar en la galería?

–Con las llaves de Harriet.

–¿Te dio las llaves?

Kirby soltó un suspiro de frustración.

–Presta atención, Adam. Harriet está furiosa porque Stuart ha vendido el cuadro, pero hasta que no estudie los contratos, no hay manera de saber lo vinculante que es la venta. No tiene buena pinta, y no podemos correr el riesgo de que autentiquen el cuadro... es decir, el de mi padre. Si el procedimiento es sofisticado, demostraría que no se trata de un lienzo del siglo XVI.

—¿Harriet es consciente de que en la galería cuelga una falsificación?

—Emulación, Adam.

—¿Y hay más... emulaciones en la Galería Merrick?

Le dedicó una mirada prolongada y fría.

—Intento no irritarme. Todos los cuadros de Harriet son auténticos, lo mismo que su mitad del Tiziano.

—¿Y por qué no lo cambió ella?

—Porque —miró el reloj. El tiempo se agotaba—, no sólo le habría resultado difícil desaparecer temprano de la fiesta como lo hicimos nosotros, sino que habría sido del todo incómodo. El vigilante nocturno podría informarlo a Stuart que apareció por la galería en mitad de la noche con un paquete. Podría sumar dos más dos. Sí, hasta él podría llegar a hacerlo.

—Entonces, ¿qué dirá el vigilante nocturno de que Kirby Fairchild aparezca en la galería en mitad de la noche?

—No nos verá —sonrió con gesto presumido.

—¿Nos?

—Ya que estás aquí —le sonrió otra vez—. Te he contado todo, y siendo un caballero, me ayudarás en el cambio. Hemos de darnos prisa. Si nos descubren, nos mostraremos descarados. Tú no tendrás que hacer nada, yo me ocuparé de todo.

—Tú te ocuparás de todo. Ya podemos dormir tranquilos. Una condición —la detuvo antes de que pudiera hablar—. Cuando acabemos, si no estamos en la cárcel u hospitalizados, quiero saberlo todo. Si estamos en la cárcel, te asesinaré lo más despacio que pueda.

—Ésas son dos condiciones —musitó—. Pero acepto.

Se observaron un momento.

—Acabemos de una vez —Adam le indicó que avanzara primero.

Kirby atravesó el césped y fue directamente a la entrada principal. Del bolsillo de la capa, sacó unas llaves.

—Estas dos apagan la alarma principal —explicó al girar unas llaves en una serie de cerraduras—. Y ésta abre la puerta —se volvió para estudiar a Adam, elegante con su traje de etiqueta—. Me alegro de que nos hayamos vestido para la ocasión.

—Parece adecuado vestirse con formalidad si se va a allanar una institución distinguida.

—Cierto —guardó las llaves otra vez en el bolsillo—. Y formamos una pareja deslumbrante. El Tiziano está en la primera planta del ala oeste. El vigilante tiene un pequeño cuarto en la parte de atrás, aquí en la planta baja. Doy por hecho que bebe café solo acompañado de unas gotas de ron y que lee revistas pornográficas. Yo lo haría. Se supone que tiene que hacer una ronda cada hora, aunque es imposible saber si es tan diligente.

—¿Y a qué horas las hace?

—A la hora en punto... lo que nos brinda veinte minutos —miró el reloj y se encogió de hombros—. Son suficientes, aunque si no me hubieras exigido más detalles, habríamos dispuesto de más tiempo. No te pongas ceñudo —añadió. Apoyó el dedo en sus labios y entró por la puerta.

De la profundidad de su bolsillo extrajo una linterna. Siguieron el fino haz sobre la alfombra. Juntos subieron la escalera.

Era evidente que Kirby conocía bien la galería. Sin titubear, avanzó por la oscuridad hasta salir en la primera planta y marchar por el pasillo sin alterar el ritmo. La capa le remolineó al entrar en una sala. En silencio, iluminó cuadros hasta detenerse en la copia del Tiziano que había colgado en la habitación de Adam.

—Ahí.

La luz era demasiado débil para que Adam estuviera seguro de la calidad, pero se prometió examinarla minutos después.

—No es posible distinguirlos... ni siquiera por un experto.

Ella sabía en lo que pensaba.

—Harriet es una autoridad respetada, y no fue capaz. Ni siquiera estoy segura de que las pruebas no lo declararan auténtico. Papá sabe tratar las pinturas —se acercó y la linterna iluminó todo el cuadro—. Coloca un círculo rojo en la parte de atrás del bastidor del lienzo para que se los pueda distinguir. Dame el paquete —le pidió—. Puedes bajar el cuadro —se arrodilló y comenzó a desenvolverlo—. Me alegro de que aparecieras —decidió—. Tu altura va a representar una ventaja cuando tengamos que volver a colgarlo.

Adam se detuvo con la falsificación en las manos. Decidió que estrangularla sería muy ruidoso en ese momento. Pero más tarde...

—Acabemos.

En silencio, intercambiaron cuadros. Adam volvió a colgar el suyo mientras Kirby envolvía el otro. Después de anudar el cordel, iluminó otra vez la pared.

—Está un poco torcido —indicó—. Un poco a la izquierda.

—Escucha, yo... —calló al oír un leve silbido.

—¡Se ha adelantado! —susurró Kirby mientras sujetaba el cuadro—. ¿Quién espera eficacia hoy en día de los empleados?

Con un movimiento rápido, pegó a Kirby, el cuadro y a sí mismo contra la pared junto al arco. Encontrándose emparedada y en parte aplastada, Kirby contuvo un impulso desesperado de soltar una risita.

El silbido se hizo más fuerte.

Por el bien del vigilante y la disposición de Adam, esperó que la ronda fuera superficial.

Adam la sintió temblar y la abrazó con más fuerza. De algún modo, lograría protegerla. Olvidó que había sido ella quien lo había metido en el lío en el que se hallaban. Su único pensamiento era sacarla de él.

Un haz de luz cruzó el umbral, con el silbido muy cerca. Kirby tembló como una hoja. La luz entró en la sala y recorrió las paredes en un arco. Adam se puso tenso, sabiendo que faltaban unos centímetros para que los descubrieran. La luz se detuvo, luego recorrió su ruta original y volvió a reinar la oscuridad.

No se movieron. Quietos y en silencio, esperaron hasta que el silbido desapareció.

Como el ligero temblor se había convertido en un continuo escalofrío, Adam la apartó de la pared para susurrarle:

—Ya ha pasado. Se ha ido.

—Has estado maravilloso —se cubrió la boca para ahogar la risa—. ¿Has pensado en hacer de esto una afición?

Deslizó el cuadro bajo un brazo y luego aferró con fuerza el de ella.

—Vamos.

No volvieron a hablar hasta quedar ocultos entre los árboles. Entonces se volvió hacia ella.

—Me llevaré el cuadro y te seguiré. Si superas los ochenta kilómetros de velocidad, te mataré.

Ella se detuvo cuando llegaron junto a los coches, y lo desconcertó con una mirada súbitamente seria.

—Te agradezco todo, Adam. Espero que no pienses muy mal de nosotros. Tu opinión me importa.

Él pasó un dedo por su mejilla.

—Aún no he decidido lo que pienso de ti.

Ella esbozó una leve sonrisa.

—Entonces, está bien. Tómate tu tiempo.

—Sube y conduce —ordenó antes de que pudiera olvidar lo que había que resolver. Tenía la especialidad de hacer que un hombre olvidara cosas, muchas cosas.

El viaje de vuelta tardó casi el doble de tiempo, ya que Kirby se mantuvo muy por debajo del límite de velocidad. Al llegar, volvió a dejar el Porsche fuera, sabiendo que Cards se ocuparía de los detalles. Una vez dentro, fue directamente al salón.

—Bueno —musitó al ver a su padre—. Parece bastante cómodo, pero creo que lo estiraré.

Adam se apoyó en el marco de la puerta y esperó. Después de aflojarle la corbata y quitarle los zapatos, ella lo cubrió con la capa y le dio un beso en la cabeza.

—Papá —murmuró—, te han superado.

—Hablaremos arriba, Kirby. Ahora.

Ella se irguió y lo miró largo rato.

—Ya que lo pides con tanta amabilidad —sacó una botella de brandy y dos copas—, bien podemos mostrarnos sociables durante la inquisición —pasó a su lado en dirección a las escaleras.

VIII

Kirby encendió la lámpara de pantalla rosa de la mesilla de noche antes de servir unos brandys. Le pasó una copa a Adam, se descalzó y se sentó con las piernas cruzadas en la cama. Observó mientras quitaba el envoltorio y examinaba el cuadro.

—¿Ésta es una copia? —preguntó fascinado.

Ella tuvo que sonreír. Calentó el brandy entre las manos pero no bebió.

—La marca de papá está en el bastidor.

Adam vio el círculo rojo, pero no le resultó concluyente.

—Juraría que es auténtico.

—Como todo el mundo.

Apoyó el cuadro contra la pared y se volvió hacia ella.

–¿Cuántos cuadros de la colección de tu padre son copias?

Despacio, se llevó la copa a la boca y bebió. Tuvo que esforzarse para no sentirse irritada por la pregunta, diciéndose que tenía derecho a formularla.

–Todos los cuadros de la colección de mi padre son auténticos. Salvo ahora por este Tiziano –movió los hombros.

–Cuando mencionaste su técnica para tratar las pinturas y darles edad, no diste la impresión de que sólo la hubiera empleado en un cuadro.

¿Qué le había dado la idea de que no captaría ese comentario? Sea como fuere, ya estaba cansada de esquivar la cuestión.

–Confío en ti –murmuró, con sorpresa para ambos–. Pero no quiero involucrarte, Adam, en algo que lamentarás conocer. Realmente quiero que entiendas eso. En cuanto te lo diga, será demasiado tarde para lamentarlo.

Él se preguntó quién engañaba a quién. Y quién pagaría el precio al final.

–Deja que sea yo quien se preocupe de eso –afirmó, desterrando su conciencia para más tarde. Bebió un trago de brandy y dejó que el calor lo recorriera–. ¿Cuántas copias ha hecho tu padre?

–Diez... no, once –corrigió, sin prestar atención al juramento que salió de la boca de él–. Once, sin contar el Tiziano, que cae en una categoría diferente.

—Una categoría diferente —murmuró. Cruzó la habitación y rellenó la copa. Estaba seguro de que iba a necesitarlo—. ¿En qué es diferente?

—El Tiziano fue un acuerdo personal entre Harriet y mi padre. Simplemente un modo de evitar rencores.

—¿Y los otros? —se sentó en un elegante sillón—. ¿Qué clase de acuerdos conllevaban?

—Cada uno es individual, desde luego —titubeó al estudiarlo. Bebió un trago—. Para simplificar las cosas, papá los pintó, y luego los vendió a partes interesadas.

—¿Los vendió? —se puso de pie porque le resultaba imposible quedarse quieto. Se puso a ir de un lado a otro de la habitación—. Santo cielo, Kirby. ¿No entiendes lo que ha hecho? ¿Lo que está haciendo? Es un fraude, pura y llanamente.

—Yo no lo llamaría fraude —replicó, estudiando su brandy. Después de todo, era algo que había meditado mucho—. Y, desde luego, ni pura ni llanamente.

—Entonces, ¿qué? —si hubiera podido elegir, se la habría llevado lejos de allí… habría dejado el Tiziano, el Rembrandt y a su loco padre en ese ridículo castillo, y se hubiera largado. A cualquier parte.

—Una falsificación —decidió con una sonrisa a medias.

—Una falsificación —repitió. Había olvidado que también ella estaba loca—. Maldita sea, su propia obra vale una fortuna. ¿Por qué lo hace?

—Porque puede —repuso con sencillez. Extendió una mano con la palma hacia arriba—. Papá es un genio, Adam. No lo digo sólo como su hija, sino como artista. Con el genio, surge un poco de excentricidad —sin prestar atención al bufido de él, prosiguió—: Para papá, pintar no es sólo una vocación. El arte y la vida son uno. Intercambiables.

—Aceptaré todo eso, Kirby, pero no explica por qué...

—Deja que termine —cerró ambas manos sobre la copa y la apoyó en su regazo—. Una cosa que mi padre no soporta es la codicia, bajo ninguna forma. Para él la codicia no es sólo la adoración del dinero, sino la acumulación de arte. Debes saber que constantemente está prestando su colección a museos y escuelas de arte. Aunque está convencido de que el arte pertenece a los sectores privados, al igual que a las instituciones públicas, odia la idea de que los ricos compren arte con fines de inversión.

—Admirable, Kirby. Pero ha convertido en negocio la venta de cuadros fraudulentos.

—Negocio, no. Jamás se ha beneficiado financieramente —dejó la copa a un lado y juntó las manos—. Cada comprador en potencia de una de las emulaciones de papá primero es investigado exhaustivamente —aguardó un segundo—. De ello se encarga Harriet.

—¿Harriet Merrick está metida en esto? —preguntó con incredulidad, a punto de sentarse.

—Todo esto —respondió con suavidad—, ha sido su afición conjunta durante los últimos quince años.

—Afición —murmuró, sentándose.

—Harriet tiene muy buenos contactos. Ella se cerciora de que el comprador sea muy rico y que viva en un lugar lejano. Hace dos años, papá le vendió a un jeque árabe un Renoir fabuloso. Era uno de mis favoritos. En todo caso... —continuó al tiempo que se ponía de pie para rellenar la copa de Adam, luego la suya—, cada comprador también es conocido por su apego al dinero, y/o a su completa falta de sentido o espíritu de comunidad. A través de Harriet, se enteran de que papá es dueño de una obra de arte rara y oficialmente no descubierta.

Regresó a su posición en la cama mientras Adam guardaba silencio.

—En el primer contacto, papá nunca se muestra cooperativo. Poco a poco, se deja convencer hasta que se cierra el trato. El precio, por supuesto, es exorbitante, de lo contrario, los admiradores de arte se mostrarían insultados —bebió un pequeño trago y disfrutó del calor del brandy—. Sólo acepta efectivo, de modo que no queda registro de la transacción. Entonces los cuadros se trasladan al Himalaya, a Siberia o a alguna parte donde serán aislados y ocultados. Luego papá dona el dinero a obras de caridad de forma anónima —al finalizar la explicación, respiró hondo.

—¿Me estás diciendo que pasa por todo ese trabajo e intriga a cambio de nada?

—Bajo ningún concepto —movió la cabeza y adelantó el torso—. Obtiene mucho a cambio. Recibe satisfacción, Adam. Después de todo, ¿qué más hace falta?

Él luchó por recordar el código del bien y del mal, de lo correcto y de lo erróneo.

—¡Kirby, está robando!

Ella ladeó la cabeza y reflexionó.

—¿Quién captó tu apoyo y admiración, Adam? ¿El gobernador de Nottingham o Robin Hood?

—No es lo mismo —se pasó una mano por el pelo mientras intentaba convencerla a ella y a sí mismo—. Maldita sea, Kirby, no es lo mismo.

—Hay un pabellón infantil reformado en el hospital local —comenzó con ecuanimidad—. Un pequeño pueblo en los Apalaches ha modernizado todo su equipo de bomberos. Otro, en una zona de sequía, tiene una maravillosa biblioteca nueva.

—De acuerdo —se levantó otra vez para callarla—. En quince años, estoy seguro de que la lista es extensa. Quizá, de un modo extraño, sea loable, pero también es ilegal, Kirby. Debe parar.

—Lo sé —la simple aceptación le quebró el ritmo—. Fue divertido mientras duró, pero hace tiempo que sé que tiene que parar antes de que algo salga mal. Papá tiene pensado un proyecto para una serie de cuadros propios, y lo he convencido de que empiece pronto. Debería ocuparlo unos cinco años y nos dará un respiro. Pero, mientras tanto, ha hecho algo que no sé cómo encarar.

Iba a darle más. Incluso antes de que hablara, Adam supo que iba a ofrecerle toda su confianza. Se sentó en silencio, despreciándose, mientras ella le contaba todo lo que sabía sobre el Rembrandt.

—Imagino que una parte es en venganza contra Stuart —continuó, mientras él fumaba en silencio—. De algún modo, Stuart se enteró de la afición de papá y amenazó con entregarlo a las autoridades la noche que yo rompí el compromiso. Papá me dijo que no me preocupara, que Stuart no se hallaba en posición de hacer nada. En ese momento, yo desconocía el asunto del Rembrandt.

Se abría a él, sin preguntas, sin vacilaciones. Iba a sondearla... no tenía otra elección.

—¿Tienes alguna idea de dónde puede haberlo escondido?

—No, pero no lo he buscado —al mirarlo, sólo fue una hija preocupada por un padre al que adoraba—. Es un buen hombre, Adam. Nadie lo sabe mejor que yo. Sé que hay un motivo para lo que ha hecho, y por el momento, he de aceptarlo. No espero que compartas mi lealtad, sólo mi confianza —él no habló, y Kirby tomó el silencio como aceptación—. Mi principal preocupación ahora es que papá esté subestimando la crueldad de Stuart.

—No lo hará cuando le cuentes la escena de la biblioteca.

—No voy a decírselo. Porque —prosiguió antes de que él pudiera argüir algo— me sería imposible predecir cuál sería su reacción. Quizá hayas notado que papá es un hombre muy volátil —ladeó la copa y lo miró con un rápido cambio de estado de ánimo—. No quiero que esto te cause alguna preocupación, Adam. Si quieres, habla con papá de ello. Charla también con Harriet. Personalmente, me resulta útil olvidarme de vez en cuando del asunto para dejarlo hibernar. Como un oso.

—Un oso.

Ella se rió y se puso de pie.

—Deja que te sirva más brandy.

La detuvo con la mano en la muñeca.

—¿Me has contado todo?

—¿He mencionado el Van Gogh? —preguntó con el ceño fruncido.

—Oh, Dios —se llevó las yemas de los dedos a los ojos. De algún modo, y sin terminar de creérselo, había esperado que hubiera un fin—. ¿Qué Van Gogh?

—No se trata exactamente de un Van Gogh —corrigió con un mohín.

—¿Tu padre?

—Es su último cuadro. Se lo ha vendido a Víctor Álvarez, un barón del café de Sudamérica —sonrió ante el silencio de Adam—. Las condiciones de trabajo en su plantación son deplorables. Desde luego, no hay nada que podamos hacer para remediar eso, pero papá ya ha destinado el precio de la compra para construir una escuela en la zona. Es el último cuadro en muchos años, Adam —añadió, mientras él permanecía sentado presionándose los ojos con los dedos—. Y creo que se sentirá complacido de que lo sepas todo. Le encantará mostrarte el cuadro. Se siente especialmente orgulloso de él.

Adam se frotó la cara. No lo sorprendió oírse reír.

—Supongo que debería estar agradecido de que no decidiera hacer el techo de la Capilla Sixtina.

—Lo deja para cuando se retire —indicó Kirby con alegría—. Y para eso aún faltan años.

Lo dejó pasar, inseguro de que fuera una broma.

—He de darme tiempo para asimilarlo todo.

—Me parece justo.

No iba a regresar a su habitación para informar a McIntyre. Tampoco estaba preparado para eso, ya que Kirby lo había compartido todo con él, sin preguntas ni reservas. No le era posible pensar en su trabajo ni recordar obligaciones externas cuando ella lo miraba con toda su confianza. De algún modo, al final encontraría un modo de justificar lo que eligiera hacer. El bien y el mal ya no estaban tan bien definidos.

Sin decir una palabra, la tomó en brazos y le aplastó la boca con la suya, sin paciencia ni peticiones. Antes de que ninguno pudiera pensar, le bajó la cremallera de la espalda del vestido.

Quería darle... todo, todo lo que buscara. No deseaba cuestionarlo, sino olvidar todos los motivos por los que no deberían estar juntos. Sería tan fácil ahogarse en la oleada de sensaciones que era tan nueva y única. Sin embargo, nada real, nada fuerte, era jamás fácil. Desde temprana edad le habían enseñado que las cosas que más importaban eran las más difíciles de obtener.

—Me sorprendes —musitó con una sonrisa que tuvo que obligarse a esbozar.

La apartó. No permitiría que se le escabullera en esa ocasión.

—Bien.

—¿Sabes? Casi todas las mujeres esperan una seducción, sin importar lo rápida que sea.

—Pero casi todas las mujeres no son Kirby Fairchild —si quería darle ligereza a la situación, trataría de complacerla... siempre y cuando el resultado fuera el mismo—. ¿Por qué no calificamos éste como mi siguiente acto espontáneo? —sugirió antes de bajarle el vestido por los hombros—. No querría aburrirte con una persecución convencional.

¿Cómo podía resistirse? Jamás había titubeado en tomar lo que quería... hasta ese momento. Quizá había llegado el instante de que la partida de ajedrez se detuviera en tablas, sin que ninguno de los dos ganara o perdiera algo.

Lentamente, sonrió y dejó que el vestido cayera casi en silencio hasta quedar en torno a sus pies.

La descubrió como un tesoro de fresco satén y piel cálida. Era tan seductora y tentadora como lo había imaginado. En cuanto se decidía a dar, no había más restricciones. Con un gesto sencillo, le abrió los brazos y se unieron.

Suspiros suaves, murmullos bajos, piel contra piel. La luz de la luna y la tonalidad rosácea de la lámpara de noche compitieron. Los dos se fundieron cuando el colchón cedió bajo su peso. La boca de ella se abrió ardiente, los brazos lo recibieron con fuerza. Al situarse debajo de él, invitadora, burlona, olvidó lo pequeña que era.

Todo. En ese momento. Las necesidades los impulsaron a ambos a tomar sin paciencia, y, sin embargo... debajo de esa pasión, de ese calor, había una ternura que ninguno había esperado del otro.

Él tocó. Ella tembló. Ella probó. Él palpitó. Desearon hasta que el aire pareció echar chispas. Con cada segundo, los dos encontraban más de lo que necesitaban, pero eso aportaba más codicia. «Toma», parecía decir ella. «Luego da, da, da».

Kirby no tuvo tiempo de flotar, sólo de latir. Por él. De él. Su cuerpo anhelaba, lo necesitaba... algo único para ella. Y él, con un beso, con un toque de la mano, podía elevarla a planos que ella sólo había soñado que existían. No había nada más.

Adam se aproximó a la locura. Ella lo abrazó con fuerza mientras avanzaban juntos hacia el precipicio. Juntos era en lo único que podía pensar Kirby. Juntos.

Reinaba un silencio tan profundo, que tal vez jamás hubiera existido algo como el sonido. La mano, ligeramente cerrada, reposaba sobre el corazón de él. Adam yacía en el silencio y sufría como nunca había esperado sufrir.

Se preguntó cómo había dejado que sucediera. ¿Control? ¿Qué le había hecho pensar que tenía control cuando se trataba de Kirby?

Se recordó que había ido a hacer un trabajo. Y aún debía llevarlo a cabo, sin importar lo que hubiera sucedido entre ellos. ¿Podría continuar con eso y protegerla? Ya no estaba seguro de nada, pero perdería sin importar cómo acabara el juego. Necesitaba pensar, crear la distancia que requería para ello. Mejor para los dos si empezaba en ese momento.

Pero cuando se apartó, ella lo abrazó con más fuerza. Kirby alzó la cabeza, de modo que la luz de la luna se quedó atrapada en sus ojos y lo hipnotizó.

—No te vayas —murmuró—. Quédate y duerme conmigo. Todavía no quiero que termine.

Ya no podía resistir. Quizá jamás lo lograra. Sin decir nada, la acercó y cerró los ojos. Durante un rato, podría fingir que el mañana se ocuparía de sí mismo.

En el estudio de Fairchild, Adam estudió el paisaje rural. Podía sentir la agitación y el drama. La escena serena vibraba con una vida desesperada. Vívida, real, perturbadora. Su creador se hallaba al lado de él, no el Vincent Van Gogh que Adam habría jurado que había sostenido el pincel y la paleta, sino Philip Fairchild.

—Es magnífico —murmuró. El cumplido salió de sus labios antes de poder detenerlo.

—Gracias, Adam. Le tengo cariño.

Fairchild habló como un hombre que hacía tiempo había aceptado su propia superioridad y la responsabilidad que ésta acarreaba.

—Señor Fairchild...

—Philip —lo interrumpió con amabilidad—. Entre nosotros no hay motivo para la formalidad.

Adam sintió que la intimidad casual podría complicar una situación ya de por sí bastante enredada.

—Philip —comenzó otra vez—, esto es un fraude. Tus motivos pueden ser impecables, pero el resultado sigue siendo un fraude.

—Absolutamente —Fairchild asintió—. Un fraude, una impostura, una mentira sin lugar a dudas —alzó los brazos y los dejó caer—. Carezco de defensas.

«Y un cuerno», pensó Adam con lobreguez.

—Adam... —alargó el nombre y juntó las manos—. Eres un hombre astuto, racional. Me enorgullezco de ser un buen juez del carácter —como si fuera un anciano frágil, se dejó caer en un sillón—. También eres imaginativo y de mente abierta... eso se ve en tu obra.

—¿Y? —alargó la mano hacia el café que había llevado Cards.

—Tu ayuda con el pequeño problema que surgió anoche, y tu habilidad para volver en mi contra la pequeña estratagema que urdí, me llevan a creer que posees la capacidad de adaptarte a lo que algunos llamarían inusual.

—Algunos.

—Ahora bien —aceptó la taza que le ofreció Adam y se reclinó en el asiento—, me has dicho que Kirby te ha informado de todo. Es extraño, pero dejaremos eso por el momento —ya había sacado sus propias conclusiones al respecto y le habían gustado–. Después de lo que te ha contado, ¿puedes encontrar una pizca de egoísmo en mi comportamiento? ¿Consideras que mis motivos no son en un cien por cien humanitarios? Niños pequeños y enfermos, y aquéllos menos afortunados que nosotros, se han beneficiado de mi afición. No me he quedado con un solo dólar, ni un dólar, ni un franco, ni un yen. Jamás, jamás he solicitado el mérito o el honor que la sociedad, de forma natural, estaría ansiosa de concederme.

–Tampoco has solicitado la pena de cárcel que también te concedería.

Fairchild ladeó la cabeza en gesto de reconocimiento, pero continuó:

–Es mi regalo a la humanidad, Adam. El pago por el talento que me otorgó un poder superior. Estas manos... –las alzó, estrechas, delgadas y extrañamente hermosas–. Estas manos contienen una destreza por la que me siento obligado a pagar a mi propia manera. Es lo que he hecho –inclinó la cabeza y la dejó caer en el regazo–. Sin embargo, si debes condenarme, lo entenderé.

Parecía un incondicional cristiano enfrentado a los leones paganos: firme en su creencia, resignado a su destino.

–Un día –murmuró Adam–, tu halo va a caer y te estrangulará.

—Es una posibilidad —sonriendo, volvió a alzar la cabeza—. Pero, mientras tanto, disfrutamos de lo que podemos. Tomemos una de esas pastas suecas, muchacho.

En silencio, le pasó la bandeja.

—¿Has considerado las repercusiones para Kirby si se descubre tu... afición?

—Ah —tragó una pasta—. Un disparo directo a mi talón de Aquiles. Desde luego, los dos sabemos que Kirby puede superar cualquier obstáculo. No obstante, sólo por existir, Kirby exige emoción de una clase u otra. ¿Estás de acuerdo?

Adam pensó en la noche y en lo que había cambiado en él.

—Sí.

La respuesta breve y concisa era exactamente lo que había esperado Fairchild.

—Me tomo un descanso en este negocio por diversos motivos, el primero de los cuales atañe a la posición de Kirby.

—¿Y su posición en lo referente al Rembrandt de la galería Merrick?

—Un problema diferente —se limpió los dedos en una servilleta y analizó tomar otra pasta—. Me gustaría compartir los detalles de ese negocio contigo, Adam, pero aún no soy libre de hacerlo —sonrió y miró por encima de la cabeza de él—. Se podría decir que he involucrado a Kirby figurativamente hablando, pero hasta que las cosas se resuelvan, es una jugadora menor en el juego.

—¿Tú eliges el reparto además de dirigir la representación, papá? —Kirby entró en la habitación y tomó la pasta que había estado observando Fairchild—. ¿Has dormido bien?

—Como un tronco —musitó, recordando la confusión de despertar en el sofá cubierto con su capa. No le gustaba que lo superaran, pero era un hombre que reconocía una mente rápida—. Tengo entendido que tus actividades nocturnas han ido bien.

—La tarea se ha completado —miró a Adam antes de apoyar las manos en los hombros de su padre. El vínculo estaba ahí, irrompible—. Quizá debería dejaros a solas durante un rato. Adam es experto en sacar información. Quizá le digas a él lo que no quieres contarme a mí.

—Todo a su debido tiempo —juntó las manos—. Voy a dedicar la mañana a mi halcón —se puso de pie y fue a descubrir la obra de arcilla, en clara despedida—. Podrías llamar a Harriet para contarle que todo ha ido bien antes de que os dediquéis a divertiros.

Kirby extendió la mano.

—¿Tienes alguna diversión en mente, Adam?

—De hecho… —siguió el impulso y la besó mientras su padre observaba y especulaba—. Tenía en mente una sesión de pintura. Deberás cambiarte.

—Si eso es lo mejor que se te ocurre... Sólo dos horas —le advirtió mientras salían—. De lo contrario, mi tarifa sube. He de dedicarme a mi propia obra.

—Tres.

—Dos y media —se detuvo en el rellano de la primera planta.

—Esta mañana parecías una niña —murmuró, tocándole la mejilla—. No pude obligarme a despertarte —apartó la mano—. Nos veremos arriba.

Kirby fue a su habitación y echó el vestido rojo sobre la cama. Mientras se desvestía con una mano, con la otra marcó un número de teléfono.

—Harriet, soy Kirby y te llamo para tranquilizarte.

—Niña inteligente. ¿Hubo algún problema?

—No —se contoneó para quitarse los vaqueros—. Lo conseguimos.

—¿Quiénes? ¿Philip fue contigo?

—Papá dormía en el sofá después de que Adam le cambiara las copas.

—Santo cielo —comentó divertida—. ¿Se enfadó mucho?

—¿Papá o Adam? —se encogió de hombros—. No importa, al final los dos se mostraron razonables. Adam fue de gran ayuda.

—Falta media hora para la prueba. Dame los detalles.

Mientras terminaba de desvestirse, le ofreció todos los detalles.

—¡Maravilloso!—complacida con el drama, Harriet irradió satisfacción—. Ojalá hubiera estado yo. He de conocer mejor a tu Adam y encontrar alguna manera espectacular de demostrarle mi gratitud. ¿Crees que le gustarán los dientes de cocodrilo?

—Nada le satisfará más.

—Kirby, sabes lo agradecida que te estoy a ti —de repente su voz adquirió un tono serio y maternal—. Como mínimo, la situación es incómoda.

—¿El contrato es vinculante?

—Sí —suspiró ante la idea de perder el Tiziano—. Es culpa mía. Debería haberle explicado a Stuart que el cuadro no estaba en venta. Philip estará furioso conmigo.

—Puedes manejarlo. Siempre lo haces.

—Sí, sí. Pero Dios sabe lo que haría sin ti. La pobre Melly no puede entenderme como lo haces tú.

—Sólo es distinta —bajó la vista al suelo y trató de no pensar en el Rembrandt y en la culpa que le producía—. Venid a cenar esta noche, Harriet, Melanie y tú.

—Oh, me encantaría, querida, pero tengo una reunión. ¿Mañana?

—Perfecto. ¿Llamo yo a Melly o hablas tú con ella?

—La veré esta tarde. Cuídate y dale las gracias a Adam de mi parte. Es una pena que sea demasiado

vieja para poder ofrecerle algo más que unos dientes de cocodrilo.

Riendo, Kirby colgó.

El sol le recorría el vestido, encendiéndolo con
llamas u oscureciéndolo al color de la sangre. Sabiendo que la luz era tan perfecta como jamás llegaría a ser, Adam trabajó con impulso febril.

Pasaron horas sin que se diera cuenta. Sin embargo, a su modelo no le sucedió lo mismo.

—Adam, si miras tu reloj, verás que te he concedido más tiempo del acordado —no le prestó atención y continuó pintando—. No puedo posar ni un
momento más —dejó caer los brazos y luego movió
los hombros para desentumecerlos.

—Puedo trabajar un poco en el fondo —musitó
él—. Por la mañana necesitaré tres horas más. La luz
es mejor entonces.

Estiró los músculos y fue a mirar por encima de
su hombro.

—Tienes buena mano con la luz —decidió al estudiar la pintura emergente—. Desde luego, es halagador, más bien volcánico y desafiante con los colores que has elegido —miró con atención las líneas
vagas de su cara, las tonalidades que empleaba para
crearla en el lienzo—. No obstante, plasmas una fragilidad que no termino de entender.

—Tal vez te conozco mejor de lo que tú te conoces —no la miró.

Al seguir pintando, no pudo captar la expresión aturdida o la aceptación gradual.

Con las manos juntas, se alejó. Decidió que tendría que hacerlo rápidamente. Porque necesitaba hacerlo, decirlo.

—Adam... —un murmullo inarticulado. La espalda todavía hacia ella. Respiró hondo—. Te amo.

—Mmmmm.

Algunas mujeres habrían quedado destrozadas. Otras se habrían puesto furiosas. Kirby se rió y se echó atrás el pelo. La vida nunca era lo que se esperaba.

—Adam, me gustaría un momento de tu atención —aunque no dejó de sonreír, los nudillos se le pusieron blancos—. Estoy enamorada de ti.

Alcanzó su objetivo en el segundo intento. El pincel, coronado de coral, se detuvo en el aire. Muy despacio, lo dejó en la paleta y se volvió. Ella lo miraba con una media sonrisa en el rostro, las manos juntas con tanta fuerza que le dolía. No había esperado una respuesta ni la exigiría.

—No te lo digo para presionarte ni abochornarte —se humedeció los labios—. Es que creo que tienes derecho a saberlo —las palabras comenzaron a salir con rapidez de su boca—. No hace mucho que nos conocemos, lo sé, pero supongo que a veces sucede de esta manera. No podría hacer nada al respecto. No espero nada de ti, permanente o temporalmente —cuando él siguió en silencio, sintió una sacudida de pánico que no supo cómo encarar—. He de ir a cambiarme —comentó con ligereza—. De hecho, has conseguido que me saltara el almuerzo.

Había llegado casi hasta la puerta cuando él la detuvo. La tomó por los hombros y sintió que se ponía tensa. Entonces comprendió que le había dado todo lo que tenía en el corazón. Algo que, instintivamente, supo que nunca le había dado a nadie más.

—Kirby, eres la mujer más excepcional que jamás he conocido.

—Sí, siempre hay alguien que señala eso —tenía que cruzar la puerta con celeridad—. ¿Vas a bajar o digo que te suban una bandeja?

—¿Cuántas personas podrían realizar una declaración de amor tan sencilla y altruista sin pedir nada a cambio? Desde el principio, no has hecho nada que yo esperara —le rozó el pelo con los labios—. ¿No se me concede la oportunidad de decir algo?

—No es necesario.

—Sí que lo es —le dio la vuelta y le enmarcó la cara con las manos—. Y prefiero tener las manos sobre ti cuando te diga que te amo.

Se quedó muy rígida y habló con mucha calma.

–No sientas pena por mí, Adam. No podría soportarlo.

Fue a decir todas las cosas románticas y dulces que una mujer quiere oír cuando se le declara el amor, pero se contuvo. No eran para Kirby. A cambio, enarcó una ceja.

–Si no habías contado con que fuera recíproco, deberás adaptarte.

Kirby esperó un momento porque tenía que estar segura. Correría el riesgo, cualquier riesgo, si era una certeza. Al mirarlo a los ojos, comenzó a sonreír. La tensión de sus hombros se desvaneció.

–Tú te lo has buscado.

–Sí, imagino que tendré que vivir con ello.

La sonrisa se desvaneció al pegarse a él.

–Oh, Dios, Adam, te necesito. No te haces idea de cuánto.

La abrazó con igual desesperación.

–Sí me la hago.

IX

Amar y ser amada. Para Kirby era desconcertante, aterrador, estimulante. Quería tiempo para experimentarlo, para asimilarlo. Entenderlo no importaba, no en ese momento, con la primera oleada de emoción. Para ella, amar significaba compartir, y compartir no tenía restricciones. Fuera lo que fuere lo que tenía, lo que sentía, le pertenecía a Adam tanto como a ella. Sin importar lo que pasara entre ellos en ese momento, jamás podría cambiar eso.

Incapaz de seguir trabajando, bajó del estudio para ir a buscarlo.

La casa estaba en silencio a primera hora de la noche, con el personal en la planta baja, preparando la cena. Siempre le había gustado esa hora del día…

tras una larga y productiva sesión en su estudio, antes de pasar al comedor. Eran las horas para sentarse ante el fuego o pasear por los riscos. En ese instante tenía a alguien con quien compartir esas horas. Se detuvo delante de la puerta de Adam y alzó una mano para llamar.

El murmullo de voces la detuvo. Como tuviera a su padre en otra discusión, quizá terminara por averiguar algo más sobre el Rembrandt que acabara por tranquilizarla. Mientras titubeaba, la aldaba de la puerta de entrada vibró por toda la casa. Se encogió de hombros y se volvió para ir a contestar.

Dentro de la habitación, Adam se pasó el transmisor a la otra mano.

—Ésta es la primera oportunidad que he tenido de llamar. Además, no hay nada nuevo.

—Se supone que debes informar cada noche —irritado, McIntyre ladró en el receptor—. Maldita sea, Adam, empezaba a pensar que te había pasado algo.

—Si conocieras a estas personas, comprenderías lo ridículo que es eso.

—¿No sospechan nada?

—No —maldijo la existencia de esa misión.

—Háblame de la señora Merrick y de Hiller.

—Harriet es encantadora y extravagante —no se atrevía a decir inofensiva. Sólo le contaría lo que creía que correspondía al trabajo y nada más—. Hiller es muy ecuánime y amable y un completo impostor. Llegué a tiempo de interrumpirlo cuando estaba a punto de maltratar a Kirby.

—¿Qué motivos tenía?

—El Rembrandt. No cree que su padre la mantenga a ciegas en el tema. Es el tipo de hombre que cree que siempre puede conseguir lo que busca si intimida a la otra persona... siempre que sea más pequeña que él.

—Parece una joya —pero había captado el cambio en la voz. Como Adam se estuviera involucrando con Kirby Fairchild... No era algo que necesitaran—. Tengo algo sobre Víctor Álvarez.

—Suéltalo —pidió con neutralidad, porque sabía muy bien lo perceptivo que podía ser Mac—. Es una búsqueda infructuosa. Ya lo he investigado y no tiene nada que ver con el Rembrandt.

—Tú lo sabes mejor que nadie.

—Sí —sabía que McIntyre jamás entendería la afición de Fairchild—. Como hemos acordado, tengo una condición.

—¿Condición?

—Cuando encuentre el Rembrandt, llevaré el resto a mi manera.

—¿A qué te refieres con eso de «a tu manera»? Escucha, Adam...

—A mi manera —cortó—. O te buscas a otro. Te lo recuperaré, Mac, pero después de que lo haga, se mantendrá a los Fairchild al margen de todo.

—¿Al margen? —estalló a través de la línea—. ¿Cómo diablos esperas que los mantenga al margen?

—Ése es tu problema. Simplemente, hazlo.

—Ese lugar está lleno de lunáticos —musitó McIntyre—. Tiene que ser contagioso.

—Sí. Te volveré a llamar —con una sonrisa, apagó el transmisor.

Abajo, Kirby abrió la puerta y se encontró con los ojos miopes y con gafas de montura oscura de Rick Potts. Sabiendo que la mano de él estaría húmeda por los nervios, extendió la suya.

—Hola, Rick. Papá me comentó que vendrías a visitarnos.

—Kirby —tragó saliva y le apretó la mano. La simple visión de ella le causaba un descalabro en las glándulas—. Estás mar... maravillosa —le plantó unos claveles en la cara.

—Gracias —aceptó las flores parcialmente estranguladas y sonrió—. Pasa, deja que te prepare una copa. Has hecho un largo viaje, ¿verdad? Cards, ocúpate del equipaje del señor Potts, por favor —continuó sin darle a Rick la oportunidad de hablar. Sabía que necesitaría algo de tiempo para hilvanar las palabras—. Papá no tardará en bajar —encontró un refresco y lo sirvió en un vaso con hielo—. Le ha estado dedicando mucho tiempo a su nuevo proyecto; estoy segura de que querrá hablarlo contigo —después de entregarle el vaso, le indicó un sofá—. ¿Cómo estás?

Él bebió primero, para separar la lengua del paladar.

—Bien. Es decir, la semana pasada tuve un amago de resfriado, pero ya me encuentro mucho mejor. Jamás vendría a verte si tuviera algún germen.

Se volvió a tiempo de ocultar una sonrisa y servirse un vaso de agua mineral.

—Eres muy considerado, Rick.

—¿Has estado... has estado trabajando?

—Sí, casi he hecho suficiente para mi exposición de primavera.

—Será maravillosa —le dijo con lealtad ciega. Aunque reconocía la calidad de su obra, las piezas más poderosas lo intimidaban—. ¿Te quedarás en Nueva York?

—Sí —se acercó para sentarse a su lado—. Una semana.

—Entonces, quizá... es decir, me encantaría, si tuvieras tiempo, por supuesto, me gustaría invitarte a cenar —bebió un sorbo del refresco—. Si dispones de una velada libre.

—Eres muy amable.

Asombrado, la miró boquiabierto, con las pupilas dilatadas.

Desde el umbral, Adam observó al pobre cachorro. Calculó que en diez segundos más, Kirby lo tendría a sus pies, lo quisiera o no.

Ella alzó la vista y su expresión cambió tan sutilmente que no lo habría notado de no haber estado tan sintonizado con ella.

—Adam —comentó con voz casual—. Esperaba que bajaras. Rick, te presento a Adam Haines. Adam, creo que papá el otro día te mencionó a Rick Potts.

El mensaje fue alto y claro. «Sé amable». Con sonrisa relajada, Adam aceptó el húmedo apretón de manos.

—Sí, Philip dijo que ibas a venir a quedarte unos días. Kirby me ha mencionado que trabajas las acuarelas.

—¿Sí? —anonadado por el hecho de que Kirby hubiera hablado de él, no supo qué más decir.

—Mantendremos una larga charla después de cenar —se puso de pie y condujo a Rick con suavidad hacia la puerta—. Estoy segura de que querrás descansar un poco después del viaje. Puedes encontrar el camino hasta tu habitación, ¿verdad?

—Sí, sí, desde luego.

Lo observó avanzar por el pasillo antes de darse la vuelta. Regresó junto a Adam y lo rodeó con los brazos.

—Odio repetirme, pero te amo.

Él le tomó la cara entre las manos y la besó con suavidad, con la promesa de más.

—Repítete tantas veces como quieras —de repente se sintió completamente excitado sólo por su sonrisa—. Me dejas sin aire —murmuró—. No me extraña que conviertas en gelatina a Rick Potts.

—Preferiría convertirte a ti en gelatina.

Y lo hacía. No resultaba fácil reconocerlo.

—¿De verdad vas a contarle que soy un amante celoso con un estilete?

—Es por su propio bien —recogió su vaso de agua mineral—. Siempre se siente tan abochornado después de perder el control. ¿Has averiguado algo más de papá?

—No —desconcertado, frunció el ceño—. ¿Por qué?

—Iba a verte justo antes de que Rick llegara. Te oí hablar.

Lo tomó de la mano y a él le costó evitar que notara la tensión.

—No quiero presionar las cosas ahora —hasta ahí era verdad.

—No, probablemente tienes razón. A papá no le cuesta nada mostrarse obstinado. Sentémonos delante de la chimenea un rato —lo guió hasta el fuego—. Y no hagamos nada.

Se sentó junto a ella, abrazándola, y deseó que las cosas fueran tan sencillas como parecían.

Pasaron horas hasta que volvieron a sentarse en el salón, aunque ya no estaban solos. Después de una copiosa cena, Fairchild y Rick se sentaron con ellos para continuar con la discusión sobre el arte y la técnica. Ayudado por dos copas de vino y media de brandy, Rick comenzó a alabar el trabajo de Kirby. Adam reconoció las señales de advertencia de la batalla... las orejas enrojecidas de Fairchild y los ojos inocentes de Kirby.

—Gracias, Rick —con una sonrisa, ella alzó la copa de brandy—. Estoy segura de que querrás ver la última obra de papá. Es un intento con arcilla. Un pájaro o algo por el estilo, ¿verdad, papá?

—¿Un pájaro? ¿Un pájaro? —en un rápido círculo, él bailó alrededor de la mesa—. Es un halcón, muchacha horrible. Un ave de presa, una criatura astuta.

Veterano ya en esas lides, Rick trató de apaciguar los ánimos.

—Me encantaría verlo, señor Fairchild.

—Y lo harás —con un trago dramático, Fairchild se terminó la copa—. Tengo intención de donarla al Metropolitano.

Sin importar que el bufido de Kirby fuera involuntario o premeditado, consiguió lo que se proponía.

—¿Te burlas de tu padre? —exigió saber Fairchild—. ¿No tienes fe en estas manos? —las extendió—. ¿En las mismas manos que te sostuvieron recién salida del vientre de tu madre?

—Tus manos son la octava maravilla del mundo —le dijo Kirby—. Sin embargo... —dejó la copa, se reclinó y cruzó las piernas. Juntó los dedos y se los estudió—. Por mis observaciones, tienes dificultad con la estructura. Quizá con unos años de práctica, llegues a desarrollar la habilidad para la construcción.

—¿Estructura? —soltó él—. ¿Construcción? —entrecerró los ojos y apretó la mandíbula—. ¡Cards! —su hija le dedicó una sonrisa relajada y volvió a alzar la copa—. ¡Cards!

—Sí, señor Fairchild.

—Cards —repitió, mirando con ojos centelleantes al digno mayordomo que esperaba en el umbral.

—Sí, señor Fairchild.

—¡*Cards*! —rugió antes de ponerse a bailar.

—Creo que mi padre quiere una baraja —explicó Kirby.

—Sí, señorita —con una ligera inclinación de cabeza, Cards fue a buscarla.

Con movimientos veloces, Fairchild comenzó a despejar una mesa pequeña.

—Sus cartas, señor Fairchild —el mayordomo depositó dos paquetes sellados en la mesa antes de abandonar la habitación.

—Ahora te enseñaré algo sobre construcción —acercó una silla y se sentó. Rompió el sello de la primera baraja y extendió las cartas sobre la mesa. Con cuidado meticuloso, apoyó una contra otra y formó un arco–. Mano firme y ojo crítico –musitó mientras comenzaba, lentamente y con total intensidad, a construir una casa de naipes.

–Eso debería mantenerlo alejado de problemas durante un rato –declaró Kirby. Le guiñó un ojo a Adam y se volvió hacia Rick para hablar de amigos mutuos.

Transcurrió una hora bebiendo brandy y manteniendo una conversación serena. De vez en cuando se oía un gruñido del arquitecto en un rincón. El fuego crepitaba. Cuando Montique entró y saltó sobre el regazo de Adam, Rick palideció y se incorporó con celeridad.

–No debería hacer eso. Vendrá en cualquier instante –dejó la copa con fuerza–. Kirby, creo que subiré. Mañana deseo empezar a trabajar pronto.

–Por supuesto –observó su salida antes de volverse hacia Adam–. Isabelle le produce terror. Montique entró en su habitación mientras dormía y se acurrucó junto a su almohada. Isabelle lo despertó con unos comentarios más bien groseros mientras se erguía sobre su torso. Será mejor que suba para comprobar que todo está bien –se levantó y luego se inclinó para darle un suave beso.

–Eso no es suficiente.

–¿No? –esbozó una sonrisa lenta–. Quizá podamos arreglarlo más tarde. Vamos, Montique, a buscar a tu condenada guardiana.

—Kirby... —aguardó hasta que ambos estuvieron en la puerta—. ¿Cuánto alquiler paga Isabelle?

—Diez ratones al mes —respondió con seriedad—. Pero en noviembre voy a subírselo a quince. Quizá se marche antes de las Navidades —complacida con ese pensamiento, se llevó a Montique.

—Una criatura fascinante mi Kirby —comentó Fairchild.

Adam cruzó la habitación y observó la enorme y errática estructura de naipes que Fairchild seguía levantando.

—Fascinante.

—Es una mujer con muchas cosas por debajo de la superficie. Puede ser cruel cuando se siente justificada a ello. La he visto aplastar a un hombre de metro ochenta como si fuera un bicho —sostenía una carta entre los dedos índices de ambas manos; luego la puso en su sitio muy despacio—. Sin embargo, notarás que su actitud hacia Rick es invariablemente amable.

Supo que era algo más que una conversación ociosa la que le ofrecía Fairchild.

—Es evidente que no quiere herirlo.

—Exacto —con paciencia, se concentró en otra ala. Adam vio que las cartas comenzaban a cobrar la forma de la casa en la que se hallaban—. Se esforzará en no hacerlo porque sabe que la devoción que siente por ella es sincera. Kirby es una mujer fuerte e independiente. Sin embargo, en lo que respecta a su corazón, es un malvavisco. Hay algunas personas en este mundo por las que sacrificaría lo que pudiera. Rick es una de ellas... Melanie y Harriet son otras. Y yo –sostenía una carta, como sopesándola–. Sí, yo –repitió con suavidad–. Debido a ello, las circunstancias del Rembrandt son muy difíciles para ella. Se siente atrapada entre lealtades diferentes. Su padre y la mujer que ha sido su madre casi toda su vida.

–Tú no haces nada para cambiarlo –acusó Adam. Tuvo el deseo irracional de derribar la meticulosa construcción. Metió las manos en los bolsillos, donde las cerró con fuerza. Tampoco podía recriminarle mucho a Philip, ya que él engañaba a Kirby de la misma manera–. ¿Por qué no le ofreces alguna explicación? Algo que pueda entender.

–La ignorancia es la felicidad –afirmó con calma–. En este caso, cuanto menos sepa, más sencillas serán las cosas para ella.

–Tienes mucha cara, Philip.

–Sí, sí, es bastante cierto –equilibró más cartas, y luego regresó al tema que más lo ocupaba–. En la vida de Kirby ha habido docenas de hombres. Podía elegirlos y descartarlos como otras mujeres hacen con la ropa. Sin embargo, y a su propia manera, siempre ha sido cuidadosa. Creo que consideraba que no era capaz de amar a un hombre y había decidido conformarse con mucho menos cuando aceptó casarse con Stuart. Tonterías, desde luego —recogió la copa y estudió la casa de naipes—. Kirby posee una gran capacidad para el amor. Cuando ame a un hombre, lo hará con inquebrantables devoción y lealtad. Y cuando lo haga, será vulnerable. Ama con intensidad, Adam —por primera vez, alzó la vista y lo miró a los ojos—. Cuando murió su madre, quedó destrozada. No me gustaría vivir para verla pasar por algo semejante otra vez.

¿Qué podía decir? Menos de lo que le gustaría, pero, no obstante, la verdad.

—No quiero herir a Kirby. Haré cualquier cosa para evitar que resulte herida.

Fairchild lo estudió un momento con esos ojos azules claros que veían mucho y hondo.

—Te creo, y espero que encuentres un modo de evitarlo. Sin embargo, si la amas, encontrarás una manera de arreglar el daño que haya podido hacerse. El juego ha empezado, Adam, las reglas establecidas. No se pueden modificar, ¿verdad?

Adam observó la cara redonda.

—Sabes por qué me encuentro aquí, ¿verdad?

Con una carcajada, Fairchild volvió a concentrarse en sus cartas. Complacido, pensó que Adam Haines era agudo. Kirby lo había visto desde el principio.

—Por ahora, digamos que has venido a pintar y a...

observar. Sí, a observar —colocó otra carta—. Ve a verla, tienes mi bendición si consideras que la necesitas. La partida ya casi ha terminado. Pronto tendremos que recoger las piezas. El amor es tenue cuando es nuevo, muchacho. Si quieres mantenerla, sé tan obstinado como ella. Ése es mi consejo.

Kirby se cepilló el pelo con movimientos largos y metódicos. El sonido de jazz no era más que un latido encendido que salía de la radio. Al oír una llamada, suspiró.

—Rick, deberías irte a la cama. Por la mañana te odiarás.

Adam abrió la puerta. Observó la seda beige y el encaje marfil que llevaba puestos y, sin decir una palabra, cerró a su espalda.

—Santo cielo —dejó el cepillo en la cómoda y giró en redondo con un escalofrío—. Una mujer ya no está a salvo hoy en día. Has venido para aprovecharte de mí... espero.

Adam llegó hasta ella, bajó los brazos por la seda y la envolvió en ellos.

—Pasaba por aquí —al verla sonreír, le dio un beso en la boca—. Te amo, Kirby. Más que a nadie y que a nada —de pronto su boca fue vehemente y la cercó con los brazos—. No lo olvides nunca.

—No lo haré —afirmó casi sin voz contra sus labios–. Pero no pares de recordármelo. Y ahora... –se apartó unos centímetros y con lentitud comenzó a aflojarle la corbata–. Quizá yo debería recordártelo a ti.

–Podría ser una buena idea –vio cómo la corbata caía al suelo y empezaba a quitarle la chaqueta.

–Has estado trabajando mucho –lanzó la chaqueta en dirección a la silla–. Deberían mimarte un poco.

Sintió que el placer se extendía por él al contacto que casi se podía describir como maternal. Tenía las manos suaves, fuertes y hábiles, de artista y de mujer. Lentamente, las subió por sus piernas, luego las bajó... provocándolo, prometiendo, hasta que no supo si tumbarse y disfrutar o aferrarla y tomar. Antes de que pudiera decidirse, Kirby se puso de pie y comenzó a desabrocharle la camisa.

–Me gusta todo de ti –murmuró mientras le sacaba la camisa de la cintura de los pantalones–. ¿Te lo había mencionado?

–No –le permitió soltarle los gemelos y quitarle la camisa.

Tomándose su tiempo, Kirby le acarició la caja torácica hasta llegar a los hombros.

–Tu aspecto –le dio un suave beso en la mejilla–. Tu tacto –en la otra–. Cómo piensas –los labios le rozaron el mentón–. Tu sabor –abriéndole los pantalones, se los quitó centímetro a centíme-

tro, con lentitud–. No hay nada en ti que cambiaría
–se situó a horcajadas sobre él y comenzó a darle
besos prolongados en la cara y el cuello–. Cuando
me preguntaba cómo sería enamorarse, llegué a la
conclusión de que no había ningún hombre que
me gustara lo suficiente como para hacer que eso
fuera posible –detuvo la boca justo encima de la de
él–. Me equivocaba.

Delicados, cálidos y de una ternura exquisita, los
labios de Kirby encontraron los suyos. Nadie lo había amado jamás de esa manera... con paciencia y
devoción. No quería otra cosa que sentir las caricias prolongadas y lentas de los dedos de ella, el rastro húmedo de los labios. Sintió cada milímetro de
su cuerpo. Una experiencia total.

La casa volvía a estar en silencio, salvo por la música baja. La colcha era suave bajo su espalda. La luz
tenue y delicada, la mejor iluminación para los
amantes. Y allí tumbado, ella lo amó hasta que
quedó enterrado en una capa tras otra de placer. El
mismo que le devolvería.

La paciencia comenzó a desvanecerse en ambos.
Podía sentir cómo el cuerpo de Kirby cobraba vida
inquieta allí donde lo tocaba. Podía sentir su propia
tensión por la necesidad que sólo ella le inducía.
Desesperada, urgente, exclusiva. Si tan sólo le quedara un día de vida, habría pasado cada minuto allí,
con Kirby en sus brazos.

Ella olía a humo de madera y a flores, a mujer y a sexo, dispuesta y preparada. Si hubiera tenido el poder, habría detenido el tiempo entonces, mientras estaba sobre él a la luz de la luna, los ojos oscuros por la necesidad, la piel encendida contra la seda.

Entonces le alzó esa seda y se la quitó por la cabeza, para poder verla como juraba que ningún hombre volvería a verla jamás. El pelo le caía en mechones sobre la piel. Desnuda y anhelante, era toda fantasía primitiva, todo sueño de medianoche. Todo.

Tenía los labios entreabiertos mientras respiraba jadeante. La pasión la devoró, de modo que tuvo un escalofrío y se lanzó a tomar lo que necesitaba de él... por él. Todo y más. Con un sonido apagado de triunfo, lo introdujo en su interior y marcó las pautas. Veloces, furiosas.

Su cuerpo lo instó a continuar mientras su mente estallaba en imágenes. Tanto color, tantos sonidos. Semejante frenesí. Con la espalda arqueada, se movió como el relámpago, apenas consciente de la fuerza con que las manos de él le aferraban las caderas. Pero lo oyó pronunciar su nombre. Sintió que la llenaba.

La primera cresta la inundó, sacudiéndole el sistema nervioso para luego empujarla a más, más, más. No había nada que no pudiera tener y nada que no diera. Ciega, se dejó llevar.

Con las manos sobre ella, con el sabor de Kirby aún en sus labios, sintió que temblaba al borde de la liberación. Durante un momento, sólo un momento, se contuvo. Podía verla sobre él, suspendida como una diosa, la piel húmeda y resplandeciente, el pelo fluyendo hacia atrás al alzar las manos por el éxtasis. Lo recordaría siempre.

La luna ya no estaba llena, pero su luz era suave y blanca. Aún seguían sobre la colcha, con los cuerpos entrelazados mientras la respiración se serenaba. Con ella tumbada encima, pensó en todo lo que había dicho Fairchild. Y en todo lo que él podía y no podía hacer al respecto.

No fue capaz de encontrar las respuestas que tanto necesitaba. ¿Qué respuestas podían basarse en mentiras y medias verdades?

Tiempo. Quizá era lo único que tenía en ese momento. Pero ya no dependía de él si mucho o poco. Con un suspiro, se movió y le acarició la espalda.

Kirby se apoyó en un codo. Tenía los ojos despejados. Sonreía.

—La próxima vez que estés en la ciudad, vaquero, no te olvides de preguntar por Lulú —había esperado que sonriera, pero le agarró el pelo y la sostuvo tal como se hallaba. En sus ojos no había humor, sino la misma intensidad que había presenciado cuando pintaba. Pudo sentir que sus músculos se habían tensado–. ¿Adam?

–No hables –se obligó a relajar la mano, y luego le acarició la mejilla. No quería que se estropeara el momento con el movimiento equivocado, la palabra equivocada–. Quiero recordarte así. Al terminar de hacer el amor, con la luz de la luna en el pelo.

Experimentaba el miedo irracional de que nunca volviera a verla de esa manera... con esa media sonrisa a centímetros de su cara. Jamás había sentido la calidez del cuerpo de Kirby extendida sobre el suyo sin nada que los separara.

El pánico fue veloz y muy real. Incapaz de detenerlo, la pegó a él y la abrazó como si no quisiera soltarla nunca.

X

Después de treinta minutos de posar, Kirby se ordenó no ser impaciente. Había aceptado darle a Adam dos horas, y un trato era un trato. Trató de concentrarse en sus planes para esculpir en cuanto terminara sus obligaciones. Su *Furia* estaba casi acabada.

Pero el sol parecía demasiado cálido y brillante. Cada dos por tres su mente se quedaría extrañamente en blanco hasta que tenía que recordarse dónde estaba.

–Kirby –pronunció su nombre por tercera vez y la observó parpadear y concentrarse en él–. ¿Podrías esperar a que terminara la sesión para quedarte dormida?

—Lo siento —con un esfuerzo se aclaró la cabeza y le sonrió—. Pensaba en otra cosa.

—No pienses, si eso te duerme —musitó antes de dar una pincelada escarlata por el lienzo. Nada que hubiera hecho con anterioridad parecía tan idóneo como ese cuadro. Empezaba a tornarse obsesiva la necesidad de acabarlo—. Inclina la cabeza a la derecha otra vez. No paras de quebrar la postura.

—Negrero —pero trató de concentrarse.

—Restallar el látigo es el único modo de trabajar contigo —con cuidado, comenzó a perfeccionar los pliegues de la falda del vestido. Quería que fluyeran pero que estuvieran bien definidos—. Será mejor que te acostumbres a posar para mí. Ya tengo varios estudios más en mente que empezaré después de que nos hayamos casado.

La dominó el vértigo. Sin pensarlo, bajó los brazos.

—Maldita sea, Kirby —empezó a maldecir otra vez cuando vio lo abiertos que tenía los ojos—. ¿Qué pasa?

—No había pensado... no me había dado cuenta de que tú... —se llevó una mano a la cabeza y comenzó a dar vueltas por la habitación—. Necesito un minuto —murmuró, preguntándose si debería sentirse como si alguien le hubiera quitado el aire.

Adam se puso de pie y fue a tomarle la mano.

—¿Te encuentras enferma?

—No —respiró hondo y se dijo que se recobraría en un momento—. No sabía que quisieras casarte conmigo, Adam.

«¿Es eso?», se preguntó mientras le acariciaba la mejilla. «¿No debería haberlo sabido?» Sin embargo, recordó que todo había sucedido muy deprisa.

—Te amo —para él era sencillo. El amor conducía al matrimonio y el matrimonio a la familia—. Me acusaste de ser convencional —le recordó, acariciándole el pelo—. El matrimonio es una institución muy convencional —«una para la que ella quizá aún no esté preparada», pensó con pánico súbito. Debería brindarle espacio si quería retenerla—. Quiero pasar mi vida contigo —esperó hasta que ella volvió a mirarlo. Parecía aturdida por sus palabras. ¿Cómo podía sorprenderla ser deseada? Quizá había sido demasiado rápido y torpe—. Como tú elijas, Kirby. Tal vez debería haber esperado un momento y un lugar mejores, haber preguntado antes de haber dado por hecho.

—No es eso —temblorosa, alzó una mano a la cara de él. Era tan sólido, tan fuerte—. No necesito eso —movió la cabeza y regresó al punto donde había estado posando—. Ya me han hecho proposiciones de matrimonio... y peticiones mucho menos vinculantes —logró sonreír. Él no la deseaba sólo para

el presente, sino también para todos los mañanas.
La quería tal como era. Sintió que afloraban las lágrimas... de amor, de gratitud, pero las contuvo.
Cuando los deseos se hacían realidad, no era momento para llorar—. Ésta es la que he esperado toda
la vida, lo que pasa es que no imaginaba que estaría
tan agitada.

Aliviado, cruzó hacia donde estaba ella.

—Lo tomaré como una buena señal. No obstante,
no me importaría un simple «sí».

—Odio hacer algo simple.

Sintió que la habitación se movía y se desvanecía, y luego las manos de Adam en sus hombros.

—Kirby... santo cielo, ¡hay una filtración de gas!
—mientras la sostenía, percibió el olor fuerte y
dulce—. ¡Fuera! ¡Ve a respirar algo de aire fresco!
Tiene que ser el radiador —la empujó hacia la
puerta y se agachó para inspeccionar el anticuado
aparato.

Ella trastabilló. La puerta parecía estar a kilómetros de distancia, de modo que cuando la alcanzó,
sólo tuvo fuerzas para apoyarse en la pesada madera
y recuperar el aliento. El aire estaba más limpio. Se
obligó a alargar la mano hacia el picaporte. Tiró,
pero se mantuvo firme.

—¡Maldita sea, te dije que salieras! —ya empezaba
a ahogarse cuando llegó junto a ella—. ¡El gas sale
de esa cosa!

—¡No puedo abrir la puerta! —furiosa consigo misma, volvió a tirar. Él la apartó y tiró—. ¡Está atascada! —murmuró, apoyándose en Adam—. Cards se ocupará.

Se dio cuenta de que estaba cerrada por fuera.

—Quédate aquí —después de apoyarla contra la puerta, recogió una silla y la aplastó contra la ventana. El cristal se resquebrajó, pero aguantó. Volvió a golpear, y otra vez, hasta que al final consiguió destrozarlo. Con movimientos rápidos, regresó a buscar a Kirby y le sostuvo la cabeza cerca de la abertura forzada—. Respira —ordenó.

Por el momento, no pudo hacer otra cosa que llenar de aire los pulmones y volver a toser.

—Alguien nos ha encerrado, ¿verdad?

Así como había sabido que en cuanto se le despejara la cabeza ella no tardaría en descubrir la situación, también sabía que no tenía sentido mostrarse evasivo.

—Sí.

—Podríamos gritar durante horas —cerró los ojos y se concentró—. Nadie nos oiría, aquí estamos demasiado aislados —se apoyó contra la pared—. Tendríamos que esperar hasta que alguien viniera a buscarnos.

—¿Dónde se encuentra la válvula principal para ese radiador?

—¿Válvula principal? —apoyó los dedos sobre los

ojos y se obligó a pensar–. Simplemente lo enciendo cuando aquí hace frío y... Espera. Depósitos... hay depósitos en la parte de atrás de la cocina –giró otra vez hacia la ventana rota–. Uno para cada torre y cada planta.

Adam volvió a estudiar el viejo y pequeño radiador. No haría falta mucho más tiempo, incluso con la ventana rota.

–Nos largamos de aquí.

–¿Cómo? –si pudiera echarse... sólo un minuto–... la puerta está cerrada. No creo que sobreviviéramos a un salto al jardín –añadió, mirando hacia donde había caído la silla. Pero él no la escuchaba. Al volverse, vio que pasaba la mano por el borde del friso. El panel se abrió–. ¿Cómo has encontrado ese pasadizo?

La tomó por el codo y la obligó a moverse.

–Vámonos.

–No puedo –con sus últimas fuerzas, apoyó las manos en la pared. El miedo y las náuseas se duplicaron al pensar en entrar en ese agujero negro y húmedo de la pared–. No puedo entrar ahí.

–No seas ridícula.

Cuando iba a empujarla, Kirby se apartó y retrocedió.

–No, ve tú. Esperaré hasta que des la vuelta y abras la puerta.

–Escúchame –luchó contra el efecto del gas y la

sujetó por los hombros–. No sé cuánto tardaría en encontrar el camino a través del laberinto en la oscuridad.

–Seré paciente.

–Podrías estar muerta –replicó con los dientes apretados–. Ese radiador es inestable... Como se produzca un cortocircuito, ¡toda esta habitación volaría! Y ya has inhalado demasiado gas.

–¡No entraré! –la histeria afloró, y carecía de la fuerza o del ingenio para combatirla. Alzó la voz al alejarse de él–. No puedo entrar, ¿no lo entiendes?

–Espero que tú entiendas esto –musitó y le dio un golpe limpio en la mandíbula. Sin emitir sonido alguno, se derrumbó en sus brazos. Adam no titubeó. Se la echó al hombro sin ninguna ceremonia y penetró en el pasadizo.

Cuando se cerró el panel para cortar el flujo de gas, quedaron sumidos en una oscuridad completa. Mientras usaba un brazo para mantener a Kirby en su sitio, utilizó la otra mano para tantear la pared. Tenía que llegar hasta las escaleras y al primer mecanismo.

Oyó las pisadas veloces de los roedores y se quitó telarañas de la cara. Quizá era lo mejor que Kirby estuviera inconsciente. De lo contrario, en vez de tener que tomarla en brazos debería arrastrarla.

Cinco minutos, luego diez, y al final su pie se topó con aire.

Con cautela, acomodó a Kirby sobre el hombro, pegó el otro a la pared y comenzó a bajar. Los escalones eran de piedra, y ya de por sí bastante traicioneros con luz. En la oscuridad, sin barandilla con la que equilibrarse, resultaban mortales. Al llegar al fondo, tanteó la pared en busca de un interruptor.

El primero estaba atascado. Tuvo que concentrarse para respirar. Kirby osciló en su hombro al tomar el giro pronunciado del pasadizo. Maldiciendo, avanzó a ciegas hasta que sus dedos rozaron una segunda palanca. El panel se abrió con un crujido. Pasó con su carga y parpadeó por la luz, rodeó los muebles cubiertos de sábanas y salió al pasillo.

Al llegar a la primera planta y pasar junto a Cards, no se detuvo.

—Corte el gas del estudio de Kirby desde la válvula principal —ordenó, tosiendo mientras avanzaba—. Y que nadie vaya por allí.

—Sí, señor Haines —Cards continuó en dirección a la escalera principal.

Al llegar a la habitación de Kirby, la depositó en la cama y luego abrió las ventanas. Permaneció allí un momento, respirando, dejando que el aire le bañara la cara y le aliviara los ojos. Se le revolvió el estómago. Se obligó a respirar despacio y se asomó al exterior. Cuando pasaron las náuseas, regresó junto a ella.

Estaba pálida como la colcha y no se movía. Con rapidez fue al cuarto de baño para empapar una toalla en agua fría. Al pasarla por su cara, la llamó por su nombre.

Primero tosió con violencia. Nada podría haberlo aliviado más. Al abrir los ojos, lo miró con expresión apagada.

—Te encuentras en tu habitación –la informó–. Ya estás bien.

—Me golpeaste.

Sonrió porque había indignación en su voz.

—Apenas te toqué.

—Eso dices tú –con cuidado, se incorporó y se llevó una mano al mentón. La cabeza le dio vueltas una vez, pero cerró los ojos y esperó hasta que pasara–. Supongo que me lo busqué. Lamento haberme puesto neurótica.

Apoyó la frente contra la de ella.

—Me diste un susto de muerte. Supongo que eres la única mujer que ha recibido una proposición de matrimonio y un directo a la mandíbula en un intervalo de pocos minutos.

—Odio lo corriente –como necesitaba unos minutos más, se tumbó otra vez–. ¿Has cortado el gas?

—Cards se encarga de ello.

—Por supuesto –reconoció con bastante calma; luego se puso a tirar de la colcha–. Hasta donde sé, nadie había intentado matarme antes.

Adam pensó que facilitaba las cosas que entendiera y aceptara la situación desde el principio. Asintió y posó una mano sobre su mejilla.

—Primero llamaremos a un médico. Luego, a la policía.

—No necesito un médico. Sólo estoy un poco mareada, se me pasará —le tomó las dos manos con firmeza—. Y no podemos llamar a la policía.

En sus ojos vio la obstinación que ya empezaba a reconocer.

—Es el procedimiento habitual en un intento de asesinato, Kirby.

—Harán preguntas molestas y hurgarán por toda la casa. Aparece en las películas.

—No se trata de un juego. Podrías haber muerto... de hecho, habrías muerto si hubieras estado sola. A quienquiera que fuera no pienso darle otra oportunidad contigo.

—Crees que fue Stuart —suspiró. «Sé objetiva», se dijo. «Luego podrás hacer que lo sea Adam»—. Sí, supongo que fue él, aunque no lo habría considerado lo bastante ingenioso para tramarlo. No hay nadie más que quisiera hacerme daño. Sin embargo, no podemos probar nada.

—Eso está por verse —los ojos le brillaron un momento al pensar en la satisfacción de sacarle una confesión a Hiller.

Ella lo vio y lo comprendió.

—Eres más primitivo de lo que había imaginado —conmovida, le pasó un dedo por la mandíbula—. No sabía lo agradable que sería tener a alguien que venciera a los dragones por mí. ¿Quién necesita a un montón de policías cuando te tengo a ti?

—No intentes manipularme.

—No lo hago —la sonrisa abandonó sus ojos y sus labios—. No estamos en posición de llamar a la policía. No podría responder las preguntas que me formularían, ¿no lo ves? Papá tiene que solucionar el asunto del Rembrandt, Adam. Si todo sale a la luz ahora, quedaría seriamente comprometido. Podría ir a la cárcel. Por nada —musitó—, por nada me arriesgaría a eso.

—No irá —afirmó él. Sin importar los hilos que tuviese que mover, se encargaría de que Fairchild permaneciera al margen—. Kirby, ¿crees que tu padre continuaría con lo que sea que esté planeando cuando se entere de lo que ha pasado?

—No podría predecir su reacción —cansada, suspiró y trató de que comprendiera—. Podría destruir el Rembrandt en un ataque de furia. Podría acabar con Stuart con sus propias manos. Es capaz de ello. ¿Qué bien haría algo así, Adam? —el mareo comenzaba a pasar, pero la había dejado débil—. Debemos mantener el secreto un poco más.

—¿A qué te refieres?

—Yo se lo contaré a papá... le diré lo que ha pasado a mi propia manera, para que no se exceda en su reacción. Harriet y Melanie vienen a cenar esta noche. Deberá esperar hasta mañana.

—¿Cómo puede sentarse a cenar con Harriet cuando le ha robado algo? —quiso saber Adam—. ¿Cómo puede hacerle algo así a una amiga?

El dolor atravesó los ojos de Kirby. Los bajó, pero él ya lo había visto.

—No lo sé.

—Lo siento.

—No —movió la cabeza—, no tienes motivo para sentirlo. Has sido maravilloso en todo momento.

—No, no lo he sido —pegó las palmas de las manos contra los ojos.

—Deja que yo juzgue eso. Y concédeme un día más —le tocó las muñecas y esperó hasta que bajó las manos—. Sólo un día más, luego hablaré con papá. Quizá consigamos aclararlo todo.

—Sólo eso, Kirby. No más —también él tenía que reflexionar. Quizá una noche más le daría algunas respuestas—. Mañana le contarás todo a Philip. Si entonces no acepta resolver el asunto del Rembrandt, entraré en juego yo.

Ella titubeó un minuto. Había dicho que confiaba en él. Era verdad.

—De acuerdo.

—Y yo me ocuparé de Hiller.

—No vas a pelearte con él.

—¿No? —divertido, enarcó una ceja.

—Adam, no te quiero ver magullado y ensangrentado. Se acabó.

—Tu confianza en mí es abrumadora.

Con una carcajada, se sentó y lo rodeó con los brazos.

—Mi héroe. Jamás te pondrá una mano encima.

—Perdón, señorita Fairchild.

—Sí, Cards —movió la cabeza y reconoció la presencia del mayordomo en la puerta.

—Parece que una silla se ha abierto camino a través de la ventana de su estudio. Por desgracia, aterrizó en las zinias de Jamie.

—Sí, lo sé. Supongo que se encuentra bastante molesto.

—Ciertamente, señorita.

—Yo me disculparé, Cards. Quizá un nuevo cortacésped... ¿Te ocuparás de que arreglen la ventana?

—Sí, señorita.

—Y que cambien el radiador por algo del siglo XX —añadió Adam. Observó cómo Cards lo miraba, y luego a Kirby.

—Lo más pronto posible, por favor, Cards.

Con un gesto de asentimiento, el mayordomo se marchó.

—Ya veo de quién recibe órdenes —comentó Adam—. Y ahora, descansa —ordenó.

—Adam, estoy bien.

—¿Quieres que me ponga duro otra vez? —antes de que pudiera contestar, le cubrió la boca con un beso prolongado—. Apaga las baterías durante un rato —murmuró—. Puede que tenga que llamar al doctor, después de todo.

—Chantaje —volvió a besarlo—. Pero quizá si tú descansaras conmigo...

—Entonces ninguno descansaría —se apartó mientras ella protestaba.

—Media hora.

—Perfecto. Volveré.

Sonrió y dejó que sus ojos se cerraran.

—Te estaré esperando.

Era demasiado pronto para las estrellas, demasiado tarde para la luz del sol. Desde una ventana del salón, Adam observaba cómo la puesta de sol mantenía a raya el crepúsculo unos momentos más.

Después de informar a McIntyre del intento de asesinato que había sufrido Kirby, súbitamente se encontró cansado. Medias mentiras, medias verdades. Debía terminar. Decidió que terminaría al día siguiente. Fairchild tendría que ver la razón y él le contaría todo a Kirby. Al infierno McIntyre, el trabajo y todo lo demás. Ella merecía honestidad, junto con todo lo demás que quería ofrecerle.

El horizonte estalló con una luz rosa dorada.

Pensó en el Tiziano. Se dijo que Kirby lo entendería. Tenía que entenderlo. Se apartó de la ventana con la intención de ir a comprobar su estado.

Al llegar a su habitación, oyó el agua del grifo. El sonido sencillo y natural de Kirby al tararear mientras preparaba el baño le disolvió la tensión. Pensó en unirse a ella, pero luego recordó lo pálida y cansada que la había visto. Mientras cerraba la puerta a su espalda, se prometió que sería en otra ocasión.

—¿Dónde está esa condenada muchacha? —demandó Fairchild detrás de él—. Ha estado escondiéndose todo el día.

—Toma un baño —informó Adam.

—Más le vale tener una buena explicación, eso es todo lo que tengo que decir —con expresión sombría, alargó la mano hacia el pomo.

Adam bloqueó la puerta de forma automática.

—¿Por qué?

—Mis zapatos —Fairchild lo miró con ojos centelleantes.

Bajó la vista a los pies pequeños enfundados en calcetines.

—No creo que ella los tenga.

—Un hombre se enfunda un traje inhibidor, se ahoga con una ridícula corbata, y luego no tiene zapatos —tiró del nudo alrededor del cuello—. ¿Es eso justicia?

—No. ¿Has probado con Cards?

—Cards no podría meter sus grandes pies británicos en mis zapatos —entonces frunció el ceño y los labios—. Aunque él tenía mi traje.

—Me rindo.

—El hombre es un cleptómano —gruñó Fairchild al marcharse por el pasillo—. Si fuera tú, yo comprobaría mis calzoncillos. Quién sabe qué elegirá a continuación. Los cócteles se servirán en media hora, Adam. Daos prisa.

Decidiendo que una copa tranquilo sería una excelente idea después del día que había tenido, fue a cambiarse. Se ajustaba el nudo de la corbata cuando Kirby llamó. Abrió sin esperar respuesta, y permaneció adrede un momento en el umbral... con la cabeza hacia atrás, un brazo en alto apoyado contra el marco, el otro en la cadera. El mono ceñido que llevaba se aferraba a cada curva y prescindía por completo de espalda. En sus orejas, unas esmeraldas del tamaño de monedas de cincuenta céntimos captaban la luz con una vívida tonalidad verde. Cinco cadenas de oro colgaban más allá de su cintura.

—Hola, vecino —resplandeciente, fue hacia él.

Adam le alzó el mentón y estudió su cara. Tenía las mejillas maquilladas con un toque de bronce, los labios un poco más oscuros.

—Se te ve mejor.

—Ésa es una pobre excusa para un cumplido.

—¿Cómo te sientes?

—Me sentiría mucho mejor si dejaras de examinarme como si tuviera una rara enfermedad terminal y me besaras como se supone que debes hacer —le rodeó el cuello con los brazos y entornó los párpados.

Le besó los ojos con una ternura que la hizo suspirar. Luego le recorrió las mejillas y la mandíbula.

—Adam... —su nombre fue un susurro cuando los labios le rozaron los suyos. Volvió a sentir la cabeza ligera y un mareo renovado—. Pronto —añadió—. Pero tendremos que esperar, como mínimo, hasta después de la cena. Harriet y Melanie vendrán en cualquier instante.

—Si pudiera elegir, me quedaría a solas contigo en esta habitación y haría el amor hasta el amanecer.

—No me tientes a manchar tu reputación —dio un paso atrás y terminó de arreglarle la corbata—. Desde que le hablé a Harriet de tu ayuda con el Tiziano, decidió que eras lo mejor desde la mantequilla de cacahuete. No querría que cambiara de parecer por hacerte llegar tarde a la cena.

—Entonces, será mejor que nos marchemos ahora. Cinco minutos más a solas contigo, y llegar tarde sería la menor de nuestras preocupaciones —riendo, le enlazó el brazo con el suyo y la sacó de la habitación–. A propósito, han robado los zapatos de tu padre.

Para el observador casual, el grupo del salón habría parecido un puñado de personas elegantes y cosmopolitas. Seguras, amigables, ricas. Mirando más allá del brillo, un ojo más crítico habría podido distinguir la palidez de la piel de Kirby.

Todos parecían relajados menos Adam. Cuanto más se prolongaba la situación, más deseaba haber insistido en que Kirby postergara la cena. Se la veía frágil. Y cuanta más energía proyectaba, más frágil le parecía. Y conmovedoramente valiente. La devoción que sentía por Harriet era evidente. Adam podía verlo, oírlo. Tal como había dicho Fairchild, cuando amaba, lo hacía por completo. Hasta el pensamiento del Rembrandt debía de estar desgarrándola. En un día, a lo sumo dos, todo habría terminado.

–Adam –Harriet lo tomó del brazo mientras Kirby servía unas copas una vez acabada la cena–. Me encantaría ver el retrato de Kirby.

–En cuanto lo haya terminado, dispondrás de una exposición privada –y hasta que terminaran las reparaciones de la torre, mantendría a todos alejados de allí.

–Supongo que debo conformarme con eso –hizo un mohín, y luego lo perdonó–. Siéntate a mi lado

—ordenó y extendió la amplia tela bermellón de su falda sobre el sofá—. Kirby dijo que podía coquetear contigo.

Adam notó que Melanie se ponía de un rosa delicado ante la extravagancia de su madre. Incapaz de resistirse, se llevó la mano de ella a los labios.

—¿Necesito permiso para coquetear contigo?

—Cuida tu corazón, Harriet —advirtió Kirby mientras repartía las copas.

—Ocúpate de tus propias cosas —replicó Harriet—. A propósito, Adam, me gustaría que aceptaras mi collar de dientes de cocodrilo en señal de mi agradecimiento.

—Santo cielo, madre —Melanie bebió un sorbo de brandy—. ¿Por qué iba a querer Adam esa cosa espantosa?

—Por sentimiento —respondió sin parpadear—. Adam aceptó dejarme exponer el retrato de Kirby y yo quiero devolverle el favor.

Cuando ella le dedicó una sonrisa inocente, Adam decidió que el ingenio de la mujer era rápido y que Melanie desconocía la afición que su madre compartía con Fairchild. Al estudiar la belleza distante de la hija, supo que jamás reaccionaría como Kirby. Podía tener el amor y el afecto de ellos, pero dentro de ese triángulo se mantenían secretos. Extrañamente satisfecho, comprendió que en ese momento era un rectángulo.

—No tiene por qué llevarlo puesto —continuó Harriet.

—Espero que no —corroboró Melanie, poniendo los ojos en blanco.

—Da buena suerte —Harriet miró a Kirby, y luego apretó el brazo de Adam—. Pero quizá ya tienes toda la suerte que necesitas.

—Quizá mi suerte está empezando.

—Con qué facilidad hablan en acertijos —Kirby se sentó en el reposabrazos del sillón de Melanie—. ¿Por qué no prescindimos de ellos?

—Su halcón va cobrando una forma maravillosa, señor Fairchild —aventuró Rick.

—¡Aja!

Era todo lo que necesitaba Fairchild. A rebosar de buenos sentimientos, le dedicó a Rick una conferencia exhaustiva sobre el empleo de calibradores.

—Rick está perdido —le susurró Kirby a Melanie—. Papá es implacable con un público cautivo.

—No sabía que el tío Philip esculpía.

—Ni lo menciones —se apresuró a pedir Kirby—. O nunca escaparás —frunció los labios y observó el elegante vestido de color rosa oscuro de su amiga—. Melly, me pregunto si tendrás tiempo de diseñar un vestido para mí.

Sorprendida, Melanie alzó la vista.

—Claro, me encantaría. De hecho, llevo años intentando convencerte, pero tú siempre te has negado a someterte a las pruebas.

Kirby se encogió de hombros. Pensó que un vestido de novia era algo diferente. Sin embargo, no le mencionó sus planes a Adam. Su padre sería el primero en saberlo.

—Por lo general, compro siguiendo un impulso, lo que me guste en el momento.

—Así que debe de tratarse de algo especial —murmuró Melanie.

—Sabes que siempre he admirado tu talento —fue la respuesta esquiva—, lo que pasa es que sabía que carecería de la paciencia para soportar todos los pasos preliminares —se rió—. ¿Crees que podrías diseñar un vestido que me hiciera parecer recatada?

—¿Recatada? —intervino Harriet—. Pobre Melanie, tendría que ser hechicera para conseguir eso. Incluso de pequeña con aquel vestido de muselina parecías capaz de enfrentarte a una tribu de comanches. Philip, tienes que prestarme ese cuadro de Kirby para la galería.

—Ya veremos —le brillaron los ojos—. Primero tendrás que ablandarme un poco. Siempre he tenido un profundo cariño por ese cuadro —con un suspiro exagerado, se reclinó con su copa—. Su valor va más allá de lo superficial.

Cuando Harriet y Melanie se levantaron para

irse, Kirby luchaba con un fuerte dolor de cabeza. Sabía que se debía a la elevada tensión que había tenido que soportar, pero no quiso reconocerlo. Era capaz de decirse que sólo necesitaba una buena noche de reposo y casi creerlo.

—Kirby —Harriet se pasó el chal de dos metros por los hombros antes de tomar el mentón de la joven en su mano—. Se te ve cansada y un poco pálida. No te veía así desde que tenías trece años y caíste enferma con la gripe. Recuerdo que juraste que nunca más estarías enferma.

—Después de aquel desagradable medicamento que me obligaste a tragar, no podía permitírmelo. Estoy bien —abrazó a Harriet—. Estoy bien, de verdad.

—Mmm —por encima de su cabeza, Harriet miró ceñuda a Fairchild—. Podrías pensar en venirte a Australia. Le daría algo de color a tus mejillas.

—Lo haré. Te quiero.

—Ve a dormir, pequeña —murmuró Harriet.

En cuanto la puerta se cerró, Adam tomó el brazo de Kirby. Sin prestar atención a su padre y a Rick, comenzó a llevarla escaleras arriba.

—Tu lugar está en la cama.

—¿No deberías arrastrarme por el pelo en vez de por el brazo?

—En algún otro momento, cuando mis intenciones sean menos pacíficas —se detuvo delante de la puerta de la habitación de ella–. Te vas a ir a dormir.

–¿Ya te has cansado de mí?

Apenas había terminado de hablar cuando la besó. Se dejó llevar por un momento y liberó todas las necesidades, deseos y amor.

–¿Ves lo cansado que estoy de ti? –la besó otra vez y le tomó la cara entre las manos–. Es evidente lo mucho que me aburres.

–¿Puedo hacer algo? –murmuró, deslizando las manos bajo la chaqueta de Adam.

–Descansa un poco –la sujetó por los hombros–. Ésta es tu última oportunidad de dormir sola.

–¿Voy a dormir sola?

No le resultó fácil resistirse. Quería devorarla, satisfacerla. Quería, por encima de cualquier otra cosa, empezar de cero antes de que volvieran a hacer el amor. Si no hubiera estado tan agotada, le habría contado todo en ese mismo instante.

–Puede que te sorprenda –le comentó con ligereza–, pero no eres la Mujer Maravilla.

–¿En serio?

–Vas a dormir. Mañana –le tomó las manos y su expresión de súbita intensidad la desconcertó–. Mañana, Kirby, vamos a hablar.

–¿Sobre qué?

–Mañana –repitió antes de poder cambiar de parecer–. Ahora descansa –la empujó al interior del dormitorio–. Si mañana no te sientes mejor, te vas a quedar en la cama para que te mime.

–¿Lo prometes? –logró preguntar con una última sonrisa perversa.

XI

Después de ahuecar varias veces la almohada y dar vueltas en la cama durante más de una hora, a Kirby le quedó claro que no iba a poder conseguir el descanso que tanto querían los demás para ella. Su cuerpo estaba exhausto, pero su mente no se relajaba.

El Rembrandt. No podía pensar en otra cosa después de ver a Harriet reír, después de recordar cómo la había cuidado durante la gripe y cómo le había dado esa dulce charla de mujer a mujer siendo una adolescente.

Kirby había sufrido por su propia madre, y aunque ésta había muerto cuando ella era niña, el recuerdo permanecía con perfecta claridad. Harriet no había sido una sustituta. Simplemente había sido Harriet. Sólo por eso ya la quería.

¿Cómo podía dormir?

Irritada, se puso boca arriba y miró el techo. Quizá pudiera aprovechar el insomnio para clarificar todo y darle algo de sentido.

Estaba segura de que su padre no haría nada para dañar a Harriet sin un motivo. ¿Era suficiente causa el ánimo de venganza de Stuart? Tras un momento, decidió que no era lógico.

Harriet había ido a África... eso era lo primero. Habían pasado casi dos semanas después de eso hasta que rompió el compromiso con Stuart. Después, le había contado a su padre las amenazas de chantaje de aquél y su padre no se había mostrado preocupado. Recordó que había afirmado que Stuart no se hallaba en posición de hacer nada.

Entonces, resultaba sensato dar por hecho que ya habían trazado planes para cambiar los cuadros. La venganza quedaba descartada.

En ese caso, ¿por qué?

«No por dinero», pensó. Tampoco por deseo de poseer el cuadro. Ése no era su estilo... mejor que nadie sabía lo que a su padre le inspiraba la codicia. Pero tampoco era su estilo robarle a una amiga.

Si no podía encontrar un motivo, tal vez pudiera localizar el cuadro.

Sin apartar el pensamiento del cuadro, comenzó a repasar todo lo que había dicho su padre. Tantos comentarios ambiguos. Una cosa estaba clara, seguía en la casa. Escondido con afecto y respeto apropiados.

Bufó disgustada y volvió a darse la vuelta. Con un último golpe a la almohada, cerró los ojos. ¿Qué le estaba diciendo su padre a Adam cuando entró en su estudio la noche después de que cambiaran el Tiziano? Algo... Algo... que la involucraba a ella de forma figurada.

Apretó los ojos con fuerza para concentrarse más.

—¿Qué diablos se suponía que significaba eso? —justo cuando iba a rendirse, la idea se concretó. Abrió los ojos al tiempo que se incorporaba—. ¡Típico de él!

Se puso una bata y abandonó la habitación.

Realizó un recorrido rápido hasta el estudio de su padre, y luego bajó al comedor.

En ningún momento se molestó en encender alguna luz. No quería que nadie saliera a preguntarle qué hacía. Con un trapo, un bote y algunos periódicos, atravesó en silencio la oscuridad. En cuanto llegó al comedor, encendió las luces. Nadie investigaría en la planta baja, salvo Cards. Él jamás la cuestionaría. Trabajó con celeridad.

Extendió los periódicos sobre la mesa del comedor y dejó sobre ellos el bote y el trapo. Luego se volvió hacia su propio retrato.

—Eres demasiado inteligente para tu propio bien,

papá —murmuró mientras estudiaba la pintura—. Jamás habría sido capaz de reconocer si se trataba de un duplicado. Sólo hay una manera —en cuanto quitó el cuadro de la pared, lo puso sobre los periódicos—. Su valor va más allá de lo superficial —murmuró, recordando lo que le había dicho a Harriet. Abrió el bote y vertió líquido en el trapo—. Perdóname, papá —susurró.

Con el toque más leve, el toque de una experta, comenzó a quitar capas de pintura en el rincón inferior. Pasaron minutos. Si se equivocaba, quería cometer el menor daño posible. Si acertaba, tenía algo invaluable en las manos. Sea como fuere, no podía precipitarse.

Humedeció el trapo y lo volvió a pasar. La firma florida de su padre desapareció, luego la brillante hierba estival que había debajo, y el imprimador.

Y ahí, donde sólo debería haberse visto el lienzo, apareció un marrón oscuro. Una letra, luego otra. Era todo lo que necesitaba.

—Por todos los ángeles —murmuró—. Yo tenía razón.

Bajo los pies de la niña que había sido estaba la firma de Rembrandt. No avanzaría más. Con el mismo cuidado con el que lo había destapado, cerró la tapa del bote.

—Papá, así que pusiste a Rembrandt a dormir debajo de una copia de mi retrato. Sólo a ti se te habría ocurrido copiarte para lograrlo.

—Muy inteligente.

Giró en redondo y miró hacia la oscuridad que había fuera del comedor. Conocía la voz; no la asustó. Mientras le martilleaba el corazón, las sombras se movieron.

—La inteligencia es un rasgo de la familia, ¿verdad, Kirby?

—Eso me han dicho —trató de sonreír—. Me gustaría explicarlo. Será mejor que salgas de la oscuridad y te sientes. Podría tardar... —calló cuando aceptaron la primera parte de la invitación. Clavó la vista en el cañón de una pequeña pistola. Alzó la vista y se encontró con unos ojos azules, claros y delicados—. Melly, ¿qué está sucediendo?

—Pareces sorprendida. Me alegra —con sonrisa satisfecha, apuntó la pistola a la cabeza de Kirby—. Quizá no eres tan inteligente, después de todo.

—No apuntes eso hacia mí.

—Pienso apuntarlo —bajó el arma a la altura del pecho—. Y haré algo más que apuntar si te mueves.

—Melly —no tenía miedo, aún no. Se sentía confusa, incluso irritada, pero no le tenía miedo a la mujer con la que había crecido—. Guarda esa cosa y siéntate. ¿Qué haces aquí a esta hora de la noche?

—Dos motivos. Primero, ver si lograba dar con algún rastro de la pintura que tan convenientemente has encontrado para mí. Segundo, acabar el trabajo que fracasó esta mañana.

—¿Esta mañana? —dio un paso, pero se paralizó al oír el clic rápido y mortal—. Melly...

—Supongo que debí calcular mal, o ya estarías muerta —la seda rosa susurró cuando se encogió de hombros—. Conozco los pasadizos muy bien. Recuerda que solías arrastrarme por ellos cuando éramos niñas... antes de que entraras con una linterna defectuosa. Fui yo quien cambió las baterías. Jamás te lo conté, ¿verdad? —se rió mientras Kirby guardaba silencio—. Recurrí a los pasadizos esta mañana. En cuanto me cercioré de que Adam y tú os habíais centrado en tu cuadro, fui y abrí el gas con la válvula principal... ya había roto el mando de la unidad.

—No puedes hablar en serio —se pasó una mano por el pelo.

—Absolutamente en serio, Kirby.

—¿Por qué?

—Principalmente, por dinero, desde luego.

—¿Dinero? —se habría reído, pero comenzaba a sentir un nudo en la garganta—. Tú no necesitas dinero.

—Eres tan presumida —soltó con veneno—. Sí, necesito dinero.

—No quisiste aceptar una pensión de tu ex marido.

—No me dio un céntimo —corrigió Melanie—. Me cortó todo, y como me sorprendió en adulterio, no me hallaba en posición de llevarlo a los tribunales. Me permitió obtener un divorcio discreto para que nuestras reputaciones no sufrieran. Y salvo por un incidente, he sido muy discreta. Stuart y yo siempre hemos sido muy cuidadosos.

—¿Stuart? —se llevó una mano a la sien—. ¿Stuart y tú?

—Somos amantes desde hace tres años —divertida, se acercó, seguida por la fragancia de Chanel—. Era más práctico si fingíamos ser sólo conocidos. Lo convencí de que te pidiera que te casaras con él. Mi herencia casi había desaparecido. Tu dinero habría satisfecho bastante bien nuestros gustos. Y nos habríamos acercado al tío Philip.

Kirby soslayó lo demás y se centró en lo más importante.

—¿Qué quieres de mi padre?

—Me enteré del pequeño juego al que mi madre y él se dedicaron años atrás. No todos los detalles, pero los suficientes para saber que podría utilizarlo si hubiera sido necesario. Pensé que ya era hora de usar el talento de tu padre para mi propio beneficio.

—Hiciste planes para robarle a tu propia madre.

—No seas tan santurrona —la voz sonó fría—. Tu padre la traicionó sin ningún resquemor, y luego hizo lo mismo con nosotros en el trato. Ahora has solucionado ese pequeño misterio para mí —con la mano libre señaló el cuadro—. Debería sentirme agradecida de haber fracasado esta mañana. Aún estaría buscando el cuadro.

—Melly, ¿cómo podrías herirme? Hemos sido amigas toda la vida.

—¿Amigas? —la palabra sonó como una obscenidad—. Te he odiado desde que tengo uso de razón.

—No...

—Odiado —repitió con frialdad y un timbre de verdad en la voz—. La gente siempre giraba a tu alrededor, los hombres siempre te preferían a ti. Mi propia madre te prefirió a ti.

—Eso no es verdad —culpable, pensó si sería algo tan arraigado. Se preguntó si debería haberlo visto antes—. Melly... —pero al avanzar, Melanie gesticuló con la pistola.

—«Melanie, no seas tan rígida y formal... Melanie, ¿dónde está tu sentido del humor? —entrecerró los ojos—. Jamás vino directamente a decirme que tuviera que parecerme más a ti, pero eso era lo que quería.

—Harriet te quiere...

—¿Querer? —cortó con una carcajada—. Me importa un bledo el cariño. No me comprará lo que necesito. Es posible que me hayas arrebatado a mi madre, pero eso ha sido una falta leve. Es mayor los hombres que una y otra vez me quitaste delante de mis narices.

—Jamás te quité a un hombre. Nunca mostré interés alguno en alguien con quien fueras en serio.

—Ha habido docenas —corrigió Melanie—. Sonreías, decías algo estúpido y yo quedaba olvidada. Jamás tuviste mi atractivo, pero empleabas ese falso encanto para llevártelos.

—Quizá haya sido amigable con alguien que te interesara —apuntó con rapidez—, pero jamás animé a nadie. Santo cielo, Melly, nunca haría algo para herirte. Te quiero.

—Tu cariño no me sirve para nada. Ya ha cumplido su propósito —sonrió despacio mientras a los ojos de Kirby asomaban las lágrimas—. Mi único pesar es que no te enamoraras de Stuart. Me habría encantado que lo amaras, sabiendo que me prefería a mí... que se casaba contigo sólo porque yo lo quería. Cuando aquella noche fuiste a verlo, estuve a punto de salir del dormitorio sólo por el placer de ver tu cara. Pero... —se encogió de hombros—. Teníamos planes a largo plazo.

—Me has utilizado —musitó cuando ya no pudo negarlo—. Hiciste que Stuart me utilizara.

—Por supuesto. Pero fue un error regresar de Nueva York para pasar el fin de semana con él.

—¿Por qué, Melanie? ¿Por qué has fingido todos estos años?

—Eras útil. Hasta de niña lo sabía. Luego, en París, me abriste puertas, y otra vez lo hiciste en Nueva York. Incluso fue gracias a ti que pasé un año de lujo con Carlyse. Tú no quisiste acostarte ni casarte con él. Yo acepté ambas cosas.

—¿Y eso es todo? —murmuró—. ¿Eso es todo?

—Eso es todo. Ya no eres de utilidad, Kirby. De hecho, eres una molestia. Había planeado tu muerte como una advertencia para el tío Philip, pero ahora se ha convertido en una necesidad.

—¿Cómo he podido conocerte toda la vida y no verlo? ¿Cómo has podido odiarme sin revelarlo?

—Tú dejas que la emoción gobierne tu vida, yo no. Recoge la pintura, Kirby —indicó con el arma—. Y ten cuidado con ella. A Stuart y a mí nos han ofrecido una elevada suma por el cuadro. Como pidas ayuda —añadió—, te pegaré un tiro ahora y desapareceré en los pasadizos antes de que aparezca alguien.

—¿Qué vas a hacer?

—Nos vamos a meter en el pasadizo. Tú vas a sufrir un resbalón serio y partirte el cuello. Yo voy a llevar el cuadro a casa y esperaré la llamada que me cuente lo de tu accidente.

Necesitaba ganar tiempo. Si hubiera despertado a Adam... No, entonces también él estaría ante una pistola.

—Todo el mundo sabe lo que me inspiran los pasadizos.

—Será un misterio. Cuando encuentren el espacio vacío en la pared, sabrán que el Rembrandt fue el responsable. Stuart debería ser el primer blanco, pero lleva tres días fuera de la ciudad. Yo quedaré destrozada por la muerte de mi mejor y más querida amiga. Pasaré meses en Europa para recobrarme del dolor de semejante pérdida.

—Lo has tramado todo con mucho detalle —se apoyó en la mesa—. Pero, ¿eres capaz de asesinar, Melly? —despacio, cerró los dedos alrededor del bote y comenzó a aflojar la tapa con el dedo pulgar—. Un asesinato cara a cara, no con mando a distancia como el de esta mañana.

—Oh, sí —esbozó una hermosa sonrisa—. Lo prefiero. Me siento mejor sabiendo que estás al corriente de quién te va a matar. Y ahora recoge el cuadro. Ya es hora.

Con un movimiento rápido del brazo, le echó la mezcla de trementina, que cayó sobre el cuello y el vestido de Melanie. Cuando ésta alzó el brazo para protegerse, Kirby se lanzó sobre ella. Juntas rodaron por el suelo, con la pistola pegada entre sus cuerpos.

—¿Qué quieres decir con que Hiller lleva en Nueva York desde ayer? —exigió saber Adam—. Lo sucedido esta mañana no fue un accidente. Tuvo que cometerlo él.

—Imposible —con pocas palabras, McIntyre desmanteló la teoría de Adam—. Tengo a un hombre vigilándolo. Puedo darte el nombre del hotel donde se aloja. Puedo darte el nombre del restaurante donde ha comido y lo que comió mientras tú tirabas sillas por las ventanas. Tiene una buena coartada, Adam, pero eso no significa que él no lo preparara.

—Maldita sea —bajó el transmisor mientras modificaba sus pensamientos—. No me da buenas sensaciones, Mac. Una cosa es tratar con Hiller, pero otra distinta es si tiene un cómplice o ha contratado a un profesional que le haga el trabajo sucio. Kirby necesita protección, protección oficial. La quiero fuera de esto.

—Me pondré a ello. El Rembrandt...

—Me importa un bledo el Rembrandt —espetó Adam—. Pero lo tendré en mis manos mañana, aunque para ello tenga que colgar a Fairchild de los pulgares.

McIntyre soltó un suspiro de alivio.

—Eso está mejor. Me ponías nervioso al pensar que estabas enganchado de su hija.

—Estoy enganchado de su hija —corroboró—. Así que será mejor que arregles que... —oyó el disparo. Agudo y claro. No paró de resonar en su cabeza—. ¡*Kirby*! —no pensó en otra cosa al soltar el transmisor abierto al suelo y emprender la carrera.

Gritó su nombre otra vez al bajar las escaleras a toda velocidad. Pero la única respuesta que obtuvo fue el silencio. Llamó mientras recorría como un loco el laberinto de habitaciones de la planta baja, pero ella no le respondió. Casi ciego por el terror, continuó la carrera, encendiendo luces a medida que iba de un sitio a otro, hasta que la casa quedó iluminada como para una celebración. Al entrar en el salón, estuvo a punto de caer sobre las dos figuras que había en el suelo.

—¡Oh, Dios mío!

—¡La he matado! ¡Oh, Dios, Adam, ayúdame! ¡Creo que la he matado! —con lágrimas en la cara, apretó una servilleta de algodón empapada de sangre contra el costado de Melanie. La mancha se extendió por el vestido de seda rosa y hacia la mano de Kirby.

—Mantén firme la presión —no hizo preguntas y agarró varias servilletas del bufé que había detrás de él. Apartó a Kirby a un lado y tanteó en busca de pulso—. ¡Está viva! —pegó más servilletas contra el costado de Melanie—. Kirby...

Antes de que pudiera volver a hablar, imperó el caos. El resto de la casa entró en el salón desde todas las direcciones. Polly soltó un chillido interminable.

—Llame a una ambulancia —le ordenó Adam a Cards en el instante en que el mayordomo giraba para hacerlo—. Cállela o sáquela de aquí —le dijo a Rick, indicando a Polly.

Recobrándose con rapidez, Fairchild se arrodilló junto a su hija y a la hija de su mejor amiga.

–Kirby, ¿qué ha pasado aquí?

–Intenté quitarle la pistola –luchó por respirar mientras contemplaba la sangre en sus manos–. Nos caímos. Yo no... Papá, ni siquiera sé cuál de las dos apretó el gatillo. Oh, Dios, ni siquiera lo sé.

–¿Melanie tenía una pistola? –firme como una roca, Fairchild aferró los hombros de Kirby y la volvió hacia él–. ¿Por qué?

–Me odia –le tembló la voz; luego se afirmó al mirar la cara de su padre–. Siempre me ha odiado, y yo nunca lo supe. Era el Rembrandt, papá. Ella lo ha planeado todo.

–¿Melanie? –miró más allá de su hija, hacia la figura inconsciente que había en el suelo–. Ella estaba detrás –guardó silencio, sólo un momento–. ¿Es grave la herida, Adam?

–No lo sé, maldita sea. Soy artista, no médico –había furia en sus ojos y sangre en sus manos–. Podría haber sido Kirby.

–Sí, tienes razón –los dedos de Fairchild se apretaron sobre los hombros de su hija–. Tienes razón.

–Encontré el Rembrandt –murmuró Kirby. Se obligó a pensar y a hablar con claridad.

Fairchild miró el espacio vacío en la pared, y luego la mesa donde estaba el cuadro.

–Así es.

Con un chasquido de la lengua, Tulip hizo a un

lado a Fairchild y tomó a Kirby del brazo. Sin hacer caso de nadie más, la puso de pie.

–Ven conmigo, cariño. Ahora ven conmigo, eso es.

Sintiéndose impotente, Adam observó cómo se la llevaba mientras él luchaba por detener la hemorragia.

–Será mejor que tengas una explicación condenadamente buena –soltó entre dientes cuando miró a Fairchild.

–Las explicaciones no parecen ser suficientes en este punto –susurró. Muy lentamente, se puso de pie. El sonido de las sirenas atravesó la quietud–. Llamaré a Harriet.

Pasó casi una hora hasta que Adam pudo lavarse la sangre de las manos. Aún inconsciente, Melanie iba de camino al hospital. En ese momento, su único pensamiento era para Kirby, y salió de su habitación con el fin de encontrarla. Al llegar al rellano de la escalera, se encontró con una discusión. Aunque los gritos eran unilaterales, el ruido vibró a través del recibidor.

–¡Quiero ver a Adam Haines y quiero verlo de inmediato!

–¿Imponiéndote, Mac? –avanzó hasta situarse al lado de Cards.

–Adam, gracias a Dios –el hombre pequeño y hosco con la cara cuadrada y los ojos encantadores se pasó una mano por el pelo revuelto—. No sabía qué te había pasado. Dile a esta pared que se haga a un lado, ¿quieres?

—Está bien, Cards —recibió una mirada carente de expresión—. No es un reportero. Lo conozco.

—Muy bien, señor.

—¿Qué diablos está pasando? —exigió saber McIntyre cuando Cards se marchó por el pasillo—. ¿A quién acaban de llevarse en una ambulancia? Maldita sea, pensé que podías ser tú. Lo último que supe fue que gritabas y que cortabas la transmisión.

—Ha sido una noche dura —apoyó una mano en el hombro del otro hombre y lo condujo al salón—. Necesito una copa —fue directamente al bar, se sirvió una, se la bebió y se sirvió otra—. Bebe, Mac —invitó—. Esto tiene que ser mejor que lo que has estado comprando en esa habitación de motel. Philip —continuó cuando Fairchild entró en la estancia—, imagino que no le vendría mal una copa.

—Sí —con un gesto de reconocimiento hacia McIntyre y sin hacer una sola pregunta, aceptó la copa que le ofreció Adam.

—Será mejor que nos sentemos. Philip Fairchild —añadió cuando Philip se sentó—, Henry McIntyre, investigador de la empresa de seguros Commonwealth.

—Ah, señor McIntyre —se bebió la mitad del whisky de un trago—. Tenemos mucho de qué hablar. Pero, primero, Adam, satisface mi curiosidad. ¿Cómo te viste envuelto en la investigación?

—No es la primera vez que he trabajado para Mac, pero sí la última —miró a McIntyre con una mirada serena y acerada—. Pero todo se reduce a que somos primos —agregó—. Primos segundos.

—Parientes —Fairchild sonrió con gesto de comprensión y le dedicó a McIntyre una sonrisa encantadora.

—Sabías por qué estaba aquí —indicó Adam—. ¿Por qué?

—Bueno, Adam, muchacho, no tiene nada que ver con tu inteligencia —se acabó el resto del whisky, y luego se incorporó para rellenar su copa—. Esperaba que viniera alguien. Tú fuiste el único en aparecer —volvió a sentarse con un suspiro—. Así de simple.

—¿Esperabas?

—¿Quiere decirme alguien quién iba en la ambulancia? —intervino McIntyre.

—Melanie Burgess —Fairchild clavó la vista en el whisky—. Melly —sabía que dolería durante mucho tiempo. Por sí mismo, por Harriet y por Kirby. Era mejor empezar a aceptarlo—. Recibió un disparo cuando Kirby intentó quitarle la pistola... la misma con la que apuntaba a mi hija.

—Melanie Burgess —musitó McIntyre—. Encaja con la información que recibí hoy. Información

—añadió en dirección a Adam— que iba a darte cuando cortaste la transmisión. Me gustaría conocer toda la historia desde el principio, señor Fairchild. Doy por hecho que la policía está de camino.

—Sí, no hay modo de esquivar eso —bebió whisky y deliberó cómo llevar las cosas. Entonces vio que ya no tenía la atención de McIntyre, quien miraba hacia la puerta.

Vestida con unos vaqueros y una blusa blanca, Kirby se hallaba justo en la entrada. Estaba pálida, pero sus ojos se veían oscuros. Lo primero que notó McIntyre fue que era hermosa. Lo segundo, que se trataba de una mujer que podía vaciar la mente de un hombre del mismo modo en que una persona sedienta vacía una botella.

—Kirby —Adam se puso de pie y cruzó la estancia—. ¿Te encuentras bien?

—Sí. ¿Melanie?

—Los enfermeros se ocuparon de todo. Me dio la impresión de que la herida no era tan mala como parecía. Ve a descansar —murmuró—. Olvida todo por un rato.

—No —movió la cabeza y logró esbozar una sonrisa débil—. Estoy bien, de verdad. Aunque no diría que no a otra copa. La policía querrá interrogarme —miró a McIntyre. No lo preguntó, pero dio por hecho que estaba con la policía—. ¿Necesita hablar conmigo?

No fue hasta entonces que él se dio cuenta de que la había estado mirando fijamente. McIntyre carraspeó y se puso de pie.

—Primero me gustaría oír la historia de su padre, señorita Fairchild.

—¿No nos gustaría a todos? —luchando por encontrar algo de equilibrio, se acercó al sillón de su padre—. ¿Vas a quedar limpio, papá, o debería contratar a un abogado?

—Es innecesario, querida —le tomó la mano y la retuvo—. El comienzo —continuó con una sonrisa hacia McIntyre—. Supongo que empezó unos días antes de que Harriet se fuera a África. Es una mujer distraída. Una noche tuvo que regresar a la galería en busca de unos papeles que había olvidado. Al ver la luz en el despacho de Stuart, se dirigió hacia allí con la intención de reprenderlo por trabajar hasta tarde. A cambio, escuchó una conversación telefónica que mantenía y descubrió los planes que tenía para robar el Rembrandt. Distraída pero astuta, se marchó y dejó que Stuart creyera que nadie estaba al corriente de lo que planeaba —sonrió y apretó la mano de Kirby—. Mujer inteligente, fue directamente a ver a un amigo conocido por su lealtad y mente aguda.

—Papá —con una risa de alivio, se inclinó y le dio un beso en la cabeza—. Debería haber imaginado que estabais juntos en esto.

—Trazamos un plan. Quizá imprudentemente, decidimos mantener a Kirby al margen —la miró—. ¿Debería disculparme?

—Nunca.

—La relación de Kirby con Stuart nos ayudó a tomar esa decisión. Y su esporádica miopía. Es decir, cuando no está de acuerdo con mi punto de vista.

—Creo que voy a aceptar esas disculpas.

—Sea como fuere —se levantó y se puso a recorrer la estancia con las manos unidas a la espalda—, Harriet y yo sabíamos que Stuart no era capaz de tramar y ejecutar un robo de esa envergadura él solo. Harriet desconocía con quién había podido estar hablando por teléfono, pero se había mencionado mi nombre. Stuart había dicho que me tantearía para averiguar si produciría una copia de la pintura —su rostro mostró líneas irritadas—. Desconozco por qué habría pensado que un hombre como yo haría algo tan bajo, tan deshonesto.

—Increíble —murmuró Adam, y se ganó una sonrisa deslumbrante tanto del padre como de la hija.

—Decidimos que aceptaría, después de regatear un poco. Entonces tendría el original en mi posesión mientras le daba la copia a Stuart. Tarde o temprano, su cómplice se vería obligado a descubrirse para tratar de recuperarlo. Mientras tanto, Harriet informó del robo, pero se negó a solicitar una reclamación. A cambio exigió que la compañía de seguros actuara con discreción. A regañadientes lo informó de sus sospechas de que yo estaba involucrado en el asunto, garantizando de esa manera que la investigación se centrara en mí y, por asociación, en Stuart y su cómplice. Yo oculté el Rembrandt debajo de una copia de un cuadro de mi hija, cuyo original está a resguardo en mi habitación. Soy un sentimental.

—¿Por qué la señora Merrick no le contó simplemente a la policía y a la compañía de seguros la verdad? —quiso saber McIntyre después de haber escuchado la explicación.

—Podrían haberse precipitado en sus actuaciones. No se ofenda —añadió Fairchild con indulgencia—. Habrían atrapado a Stuart, pero lo más probable es que su cómplice hubiera escapado. Y he de confesar que la intriga nos seducía a los dos. Resultaba irresistible. Querrá corroborar mi historia, desde luego.

—Desde luego —convino McIntyre.

—Habríamos actuado de forma diferente de haber sabido que Melanie estaba involucrada. Va a ser difícil para Harriet —callando, le dedicó una larga mirada a McIntyre que de pronto fue muy seria—. Sea delicado con ella. Sea delicado. Quizá nuestros métodos le parezcan poco ortodoxos, pero es una madre que esta noche ha sufrido dos indecibles conmociones: la traición de su hija y la posibilidad de perder a su única hija —pasó una mano por el pelo de Kirby al detenerse junto a ella—. Sin importar lo profundo de la herida, el amor permanece, ¿verdad, Kirby?

—Lo único que siento yo es el vacío —murmuró—. Me odiaba, y creo, de verdad creo, que me quería más muerta que lo que deseaba el cuadro. Me pregunto... me pregunto cuánta culpa recae en mí.

—No puedes culparte por ser como eres, Kirby —Fairchild le tomó la barbilla—. No puedes culpar a un árbol por ir hacia el sol o a otro por descomponerse por dentro. Tomamos nuestras propias decisiones y somos responsables de ellas. La culpa y el mérito corresponden al individuo. No tienes derecho a reclamar ninguna de las dos de otra persona.

—No dejarás que cubra el dolor con la culpa —respiró hondo, se puso de pie y le dio un beso en la mejilla—. Tendré que enfrentarme a ello —sin pensarlo, extendió una mano hacia Adam antes de volverse hacia McIntyre—. ¿Necesita una declaración mía?

—No, los disparos no entran en mi jurisdicción, señorita Fairchild. Sólo el Rembrandt —se terminó el whisky y se levantó—. Tendré que llevármelo, señor Fairchild.

—Es perfectamente comprensible —aceptó Philip con un gesto de amplia cortesía.

—Agradezco su cooperación —si es que podía llamarlo así. Con una sonrisa cansada, se volvió hacia Adam—. No te preocupes, no he olvidado tus condiciones. Si todo es tal como ha dicho, podré mantenerlos oficialmente fuera de esto, tal como acordamos el otro día. Tu parte del trabajo ha terminado, y, en términos generales, la has desempeñado muy bien. De modo que lamentaré si hablas en serio acerca de no volver a trabajar más para mí. Has recuperado el Rembrandt, Adam. Ahora es mi turno para desenmarañar la burocracia.

—¿Trabajo? —helada, Kirby se dio la vuelta. Aún tenía la mano enlazada con la de Adam, pero se sentía tan embotada, que lentamente la apartó—. ¿Trabajo? —repitió.

«Ahora no», pensó él con frustración, mientras buscaba las palabras que habría empleado sólo unas horas más tarde.

—Kirby...

Con la fuerza de que aún disponía y la amargura que sentía, lo abofeteó.

—Canalla —susurró. Huyó a la carrera.

—Maldito seas, Mac —fue tras ella.

XII

La alcanzó justo cuando iba a encerrarse de un portazo en su dormitorio. Empujó con el hombro y entró. Durante un momento, sólo se miraron.

—Kirby, deja que te lo explique.

—No —la expresión herida había dejado paso a una furia glacial—. Lárgate. Por completo, Adam... de mi casa y de mi vida.

—No puedo —la tomó por los hombros, pero ella le dedicó una mirada tan fría y airada, que la soltó—. Kirby, sé lo que has estado pensando. Yo quiero...

—¿Sí? —le costó no alzar la voz—. De todos modos, voy a decírtelo, para que podamos dejar las cosas bien arregladas —lo miró porque se negaba a darle la espalda al dolor o a la traición—. Pienso que jamás he detestado a alguien como te detesto a ti en este momento. Pienso que Stuart y Melanie podrían tomar lecciones de ti sobre cómo utilizar a la gente. Pienso en lo ingenua que he sido, en lo estúpida, por haber creído que había algo especial en ti, algo estable y honesto. Y me pregunto cómo he podido hacer el amor contigo y no haberlo visto nunca. Aunque tampoco lo vi en Melanie. La quise y confié en ella —las lágrimas le quemaron los ojos, pero las ignoró—. Te quise y confié en ti.

—Kirby...

—No me toques —retrocedió—. No quiero volver a sentir jamás tus manos en mí —como quería llorar, se rió, y el sonido fue tan afilado como un cuchillo—. Siempre he admirado a un buen mentiroso, Adam, pero tú eres el mejor. Cada vez que me tocabas, mentías. Te prostituiste en esa cama —quiso arrojarse sobre ella y llorar hasta quedar vacía. Se irguió como una flecha—. Yaciste a mi lado y dijiste todo lo que quería oír. ¿Recibes puntos adicionales por eso, Adam? Sin duda algo así fue más allá del deber.

—No sigas —ya había tenido suficiente de su expresión fría y de sus palabras hirientes—. Sabes que ahí no hubo ninguna deshonestidad. Lo que pasó entre nosotros no tuvo nada que ver con lo demás.

—Tiene que ver todo.

—No —aceptaría cualquier cosa que ella le arrojara, pero no eso. Tenía que saber que le había cambiado la vida–. Jamás debería haberte tocado, pero no pude contenerme. Te deseé. Te necesité. Debes creerlo.

–Te diré lo que creo –musitó–. Viniste aquí por el Rembrandt, y tu intención era encontrarlo sin importar a quién o qué tuvieras que pisar. Mi padre y yo fuimos los medios para un fin. Ni más ni menos.

Entre ellos ya no podía haber mentiras.

–Vine por el Rembrandt. Cuando entré en esta casa, sólo tenía una prioridad, encontrarlo. Pero entonces no te conocía. Entonces no me había enamorado de ti.

–¿Es ésta la parte en la que afirmas que todo cambió? –exigió saber con furia–. ¿Esperamos los violines? –se apoyó en la cama–. Inventa algo mejor, Adam.

Recordó la advertencia de su padre de que Kirby podía ser cruel.

–No puedo inventar nada mejor que la verdad.

–¿La verdad? ¿Qué diablos sabes sobre la verdad? –tenía los ojos húmedos–. En esta misma habitación yo te conté todo, todo lo que sabía sobre mi padre. Te confié su bienestar, lo más importante en mi vida. ¿Dónde estaba tu verdad entonces?

–Tenía un compromiso. ¿Crees que me resultó fácil escucharte, sabiendo que no podía ofrecerte lo que tú me ofrecías a mí?

–Sí –respondió con absoluta calma–. Sí, creo que fue algo rutinario para ti. Si me lo hubieras contado aquella noche, o al día siguiente, tal vez te habría podido creer. Si lo hubiera oído de tus labios, quizá te habría podido perdonar.

—Te lo iba a contar todo, de principio a fin, mañana.

—¿Mañana? —asintió despacio—. Los mañanas son muy convenientes. Es una pena que casi nunca lleguen.

—Lo siento, Kirby. Si hubiera corrido el riesgo de contártelo esta mañana, habría sido diferente para todos nosotros.

—¡No quiero tus disculpas! —las lágrimas la vencieron y comenzaron a caer. Había sacrificado todo lo demás, y en ese momento hasta perdía su orgullo—. Creí haber encontrado al hombre con quien poder compartir mi vida. Me enamoré de ti en un instante. Sin preguntas, sin dudas. Creí todo lo que me dijiste. Te di todo lo que tenía. En mi vida jamás he permitido que nadie me conociera como tú. Te confié todo lo que soy y tú me utilizaste.

Ni siquiera podía negárselo a sí mismo. La había utilizado, tal como Stuart la había utilizado. Como Melanie la había utilizado. Amarla no cambiaba ese hecho, aunque esperaba que marcara todas las diferencias.

—Kirby —con un acto supremo de voluntad, se obligó a no ir a consolarla—. No hay nada que puedas decirme que ya no me haya dicho yo. Vine a hacer un trabajo, pero me enamoré de ti. Yo tampoco recibí advertencia previa. Sé que te he herido. No hay nada que pueda hacer para dar marcha atrás al reloj.

—¿Esperas que caiga en tus brazos? ¿Esperas que diga que sólo importamos nosotros? —se volvió, y aunque aún tenía las mejillas húmedas, los ojos se le habían secado—. Todo importa —aseveró—. Tu trabajo ha terminado aquí, Adam. Has recuperado el Rembrandt. Llévatelo, te lo has ganado.

—No vas a expulsarme de tu vida.

—Lo has hecho tú por mí.

—No —la furia y la frustración se apoderaron de él, de modo que la aferró de un brazo y la obligó a mirarlo—. No, tendrás que adaptarte a cómo son las cosas, porque voy a volver. Puedes hacerme sufrir. Por Dios, puedes hacerlo. Te concedo eso, Kirby, pero volveré.

Antes de que la furia lo empujara demasiado lejos, giró en redondo y la dejó sola.

Fairchild lo esperaba, sentado con calma en el salón, junto al fuego.

—Pensé que necesitarías eso —sin levantarse, indicó la copa de whisky que había en la mesa junto a él. Esperó hasta que Adam se la bebió. No hacía falta que le contara lo que había sucedido entre los dos—. Lo siento. Está dolida. Quizá con el tiempo las heridas cierren y sea capaz de escuchar.

Los nudillos de Adam se pusieron blancos en torno a la copa.

—Es lo que le dije, pero no lo creí. La traicioné —bajó la vista y miró al hombre mayor—. Y a ti.

—Hiciste lo que tenías que hacer. Tenías que desempeñar tu papel —extendió las manos sobre las rodillas, pensando en su propio papel—. Lo habría aceptado, Adam. Es fuerte. Pero hasta Kirby tiene un punto de ruptura. Melanie... Fue muy pronto después de lo de Melanie.

—No me deja consolarla —fue la angustia lo que lo impulsó a mirar por la ventana—. Parece tan herida, y mi presencia aquí se lo hace más difícil. Me marcharé en cuanto haga las maletas —giró la cabeza y observó al hombre pequeño—. La amo, Philip.

En silencio, Fairchild lo observó marcharse. Por primera vez en seis décadas, se sintió viejo. Viejo y cansado. Suspiró, se levantó y fue junto a su hija.

La encontró acurrucada en la cama, con la cabeza entre las piernas y los brazos. Cuando se sentó al lado de ella, levantó la cabeza. Despacio, mientras le acariciaba el pelo, se relajó.

—¿Dejamos alguna vez de quedar como tontos, papá?

—Tú nunca lo has sido.

—Oh, sí, sí, al parecer lo he sido. He perdido nuestra apuesta. Imagino que vas a abrir la caja de cigarros que has estado reservando.

—Creo que podemos tomar en consideración las circunstancias atenuantes.

—Eres muy generoso —intentó sonreír y falló—. ¿No vas a ir al hospital para estar con Harriet?

—Sí, por supuesto.

—Será mejor que vayas, entonces. Ella te necesita.

La mano fina y huesuda siguió acariciándole el pelo.

—¿Y tú no?

—Oh, papá —las lágrimas se desbordaron cuando se refugió en sus brazos.

Kirby siguió a Cards a la planta baja mientras llevaba las maletas. En la semana transcurrida desde el descubrimiento del Rembrandt, le había resultado imposible calmarse. No encontraba consuelo en el arte ni en casa. Todo allí contenía recuerdos con los que ya no podía enfrentarse. Dormía poco y comía menos. Sabía que empezaba a perder el contacto con la persona que era, por lo que hizo planes para forzarse a regresar.

Abrió la puerta para Cards y contempló la mañana luminosa. Hizo que deseara llorar.

—No sé por qué una persona sensata se levantaría a estas horas para conducir al yermo.

Kirby desterró la lobreguez que la embargaba y giró para ver bajar a su padre enfundado en su vieja bata y descalzo. Tenía tieso el poco pelo que le quedaba.

—El ave que madruga evita el moho —lo informó—. Quiero llegar al albergue y acomodarme. ¿Un café?

—No mientras esté dormido —musitó mientras ella lo abrazaba—. No sé qué se te ha metido en la cabeza para marcharte a esa choza en el Himalaya.

—Es una cabaña muy cómoda que tiene Harriet en las Adirondacks, a treinta kilómetros de Lake Placid.

—Olvida esas nimiedades. Estarás sola.

—Ya he estado sola antes —le recordó—. Estás molesto porque durante unas semanas sólo podrás gritarle a Cards.

—Él jamás me devuelve los gritos —pero incluso mientras gruñía, estudiaba la cara de su hija. Los ojos todavía seguían con círculos oscuros y la pérdida de peso era demasiado aparente—. Tulip debería ir contigo. Alguien tiene que obligarte a comer.

—Lo haré yo. El aire de montaña debería abrirme el apetito —le tocó la mejilla—. No te preocupes, papá.

—Estoy preocupado —la tomó de los hombros—. Por primera vez en tu vida, me causas auténtica preocupación, Kirby —le tomó el rostro entre las manos—. Tienes que hablar con Adam.

—¡No! —la palabra salió con vehemencia. Se

obligó a calmarse—. Le he dicho todo lo que quería decirle. Necesito tiempo y un poco de soledad, eso es todo.

—¿Huyes, Kirby?

—Lo más rápidamente que puedo. Papá, Rick volvió a declararse antes de irse.

—¿Y eso qué diablos tiene que ver? —demandó—. Siempre se declara antes de irse.

—Estuve a punto de decirle que sí —alzó las manos para tomar las de su padre, deseando que lo entendiera—. Estuve a punto de decirle que sí porque parecía una salida fácil. Habría arruinado su vida.

—¿Y la tuya?

—Tengo que volver a recomponerla. Papá, estaré bien. Es Harriet quien te necesita ahora.

—Melanie se irá a Europa cuando se haya recuperado del todo.

—Lo sé —Kirby trató de no pensar en la pistola o en el odio—. Harriet me lo contó. Nos necesitará a los dos cuando Melly no esté. Si no puedo ayudarme a mí misma, ¿cómo podré ayudar a Harriet?

—Melanie no quiere ver a Harriet. La muchacha se está destruyendo con el odio —miró a su hija, su orgullo, su tesoro—. Cuanto antes salga del hospital y antes esté a miles de kilómetros, mejor será para todos.

—Todos necesitamos tiempo —murmuró, abrazándolo con fuerza un momento. Al apartarse, sonreía. No pensaba dejarlo con lágrimas en los ojos—.

Me enclaustraré en el yermo y esculpiré mientras tú sigues aporreando a tu halcón.

–Una lengua tan perversa en una cara tan bonita.

–Esa obsesión con la escultura –comenzó, observándolo con atención–. No se te habrá pasado por la cabeza intentar una emulación de Rodin o Cellini, ¿verdad?

–Haces demasiadas preguntas –se quejó al empujarla hacia la puerta–. El día se va, será mejor que te pongas en marcha. No te olvides de escribir.

Se detuvo en el porche y se volvió.

–Tardarás años –decidió–. Si es que alguna vez adquieres el talento. Adelante, ve a jugar con tu halcón –le dio un beso en la frente–. Te quiero, papá.

Con una amplia sonrisa, se despidió agitando la mano. Cuando se perdió de vista, fue directamente al teléfono.

El bosque siempre la había atraído. A mediados de otoño, la vida gritaba en él. El estallido de colores era la última fiesta antes de que los árboles entraran en su ciclo final. Era un orden que Kirby aceptaba... nacimiento, desarrollo, decadencia, renacimiento. No obstante, después de tres días sola, no había encontrado la serenidad.

Casi se había reconciliado con sus sentimientos

hacia Melanie. Su amiga de la infancia estaba enferma, había estado enferma durante mucho tiempo, y quizá jamás se recobrara. No había sido una traición, así como el cáncer tampoco lo era. Pero era una malignidad que debía extirpar de su vida. Casi lo había aceptado, tanto por el bien de Melanie como por el suyo propio.

Sin embargo, aún debía reconciliarse con Adam. Él no tenía una enfermedad ni una vida de resentimiento que la alimentara. Simplemente, había tenido un trabajo. Y eso le resultaba demasiado frío para aceptarlo.

Se sentó y recogió una pieza de madera informe. Ésa iba a ser su *Pasión*. Quizá más que nunca, necesitaba darle forma a esa emoción.

Reinaba el silencio mientras exploraba la sensación y la vida de la madera que sostenía en las manos. Pensó en Adam, en las noches, los contactos, los sabores. Dolía. La pasión podía doler. Utilizándola, comenzó a trabajar.

Pasó una hora. Sólo lo notó cuando se le entumecieron los dedos. Con un suspiro, dejó la madera y los estiró. La sanación había comenzado. Ya podía estar segura.

—Es un comienzo —murmuró para sí misma—. Es un comienzo.

—Es la *Pasión*. Ya puedo verlo.

El cuchillo se le escurrió de los dedos y cayó sobre la mesa mientras giraba en redondo. Al otro lado de la habitación, sentado en un viejo sillón orejero, vio a Adam. Estuvo a punto de correr hacia él antes de obligarse a detenerse. Se lo veía igual, igual. Pero nada lo era. No debía olvidarlo.

—¿Cómo has entrado?

Captó el hielo en su voz. Pero le había visto los ojos. En ese instante, le había revelado todo lo que él había anhelado. No obstante, sabía que no podía precipitarla.

—La puerta no estaba cerrada —se puso de pie y fue hasta ella—. Entré para esperarte, pero cuando te vi llegar, irradiabas tanta intensidad, que no quise perturbar tu trabajo —tomó la pieza de madera y le dio la vuelta. Pensó que quemaba—. Asombroso —susurró—. Es asombroso el poder que tienes —con cuidado, volvió a depositarla en la mesa, pero la estudió con ojos muy intensos—. ¿Qué diablos has estado haciendo? ¿Morirte de hambre?

—No seas ridículo —se incorporó y se alejó de él, aunque no sabía adónde ir.

Adam se metió las manos en los bolsillos y osciló sobre los talones.

—Es una cabaña acogedora. Todo lo que Harriet dijo que sería —volvió a mirarla y sonrió—. Aislada, coqueta, encantadora.

Ella enarcó una ceja.

—¿Has hablado con Harriet?

—Le llevé tu retrato a la galería.

La emoción apareció en sus ojos y desapareció. Recogió un pequeño pelícano de metal y lo acarició con gesto distraído.

—¿Mi retrato?

—Le prometí que podría exponerlo cuando lo acabara —observó los dedos nerviosos recorrer el latón—. No fue difícil acabarlo sin ti. Allí donde miraba te veía.

Con rapidez se volvió para ir hacia la pared frontal. Era toda de cristal, abierta al bosque. Nadie podía sentirse atrapado con esa vista. Kirby se aferró a ella.

—Harriet lo está pasando mal.

—La tensión se refleja un poco —«tanto en ella como en ti», pensó—. Creo que es mejor para ella que Melanie no la vea en estos momentos. Con Stuart fuera del camino, la galería la mantiene ocupada —clavó la vista en su espalda—. ¿Por qué no presentas cargos, Kirby?

—¿Con qué fin? —replicó. Dejó la pieza de latón—. Tanto Stuart como Melanie han caído en desgracia, desterrados de la élite que tanto significa para ellos. La publicidad ha sido horrible. No tienen dinero ni reputación. ¿No es castigo suficiente?

—Melanie trató de matarte. Dos veces —furioso de repente por el tono sereno, fue hasta ella y la obligó a volverse—. ¡Maldita sea, te quería muerta!

—Fue ella quien estuvo a punto de morir —dio un paso atrás—. La policía tiene que aceptar mi historia de que el arma se disparó por accidente, aunque los demás no tengan por qué hacerlo. Podría haber enviado a Melly a la cárcel. ¿No me sentiría vengada viendo sufrir a Harriet?

Adam contuvo la impaciencia.

—Está preocupada por ti.

—¿Harriet? —se encogió de hombros—. No es necesario. Cuando la veas, dile que me encuentro bien.

—Podrás hacerlo tú misma cuando volvamos.

—Aún voy a quedarme aquí cierto tiempo.

—Perfecto. No tengo nada mejor que hacer.

—No era una invitación.

—Harriet ya me ofreció una —repuso con despreocupación. Le dio otro vistazo a la habitación mientras ella echaba chispas—. El lugar parece bastante grande para dos.

—Ahí es donde te equivocas, pero no dejes que te estropee los planes —se dirigió a las escaleras. Antes de haber avanzado metro y medio, los dedos de él la inmovilizaron por el brazo, enfureciéndola.

—No pensarás realmente que te voy a dejar marchar, ¿verdad? Kirby, me decepcionas.

—Tú *no* tienes potestad para permitirme hacer algo, Adam. O para impedírmelo.

—Sólo cuando es necesario —mientras estaba rígida, apoyó las manos en sus hombros—. Esta vez vas a escucharme. Y lo harás dentro de un minuto.

Apoyó los labios sobre su boca tal como lo había necesitado durante semanas. Ella no se resistió. Ni respondió. La sintió luchar contra la necesidad de hacer ambas cosas. Sabía que podía presionarla y que cedería. Pero entonces quizá jamás la tuviera. Despacio, sus miradas se encontraron y él se irguió.

—Ya casi has terminado de hacerme sufrir —murmuró—. He pagado, Kirby, en cada momento que no he estado contigo, en todas las noches que no has estado a mi lado. ¿Cuándo vas a dejar de castigarme?

—No quiero castigarte —era la verdad. Ya lo había perdonado. En esa ocasión, cuando retrocedió, no la detuvo—. Sé que nos separamos mal. Quizá sería mejor si reconociéramos que los dos hemos cometido un error y lo dejáramos ahí. Comprendo que hiciste lo que tenías que hacer. Yo siempre he hecho lo mismo. Es hora de que siga adelante con mi vida y tú con la tuya.

Él experimentó un rápido hormigueo de pánico. La veía demasiado serena. Quería emoción de ella, de cualquier clase que deseara dar.

−¿Qué clase de vida tendríamos sin el otro?

Ninguna. Pero movió la cabeza.

−He dicho que cometimos un error...

−¿Y ahora vas a decirme que no me amas?

Lo miró a los ojos y abrió la boca. Sintió que flojeaba.

−No, no te amo, Adam. Lo siento.

Había estado a punto de destrozarlo. Si no hubiera apartado la vista en el último instante, todo habría acabado para él.

−Creía que podrías mentir mejor −con un movimiento, cerró la distancia que los separaba. La rodeó con los brazos, firmes, seguros. Nada había cambiado−. Te he dado dos semanas, Kirby. Tal vez debería darte más tiempo, pero no puedo −enterró la cara en su cabello mientras ella cerraba los ojos.

Recordó que se había equivocado en muchas cosas. ¿Podría ser verdadero eso?

−Adam, por favor...

−No, basta. Te amo −la apartó y apenas contuvo el deseo de sacudirla−. Te amo y vas a tener que acostumbrarte. Eso no va a cambiar.

Cerró la mano antes de ceder y acariciarle la mejilla.

−Creo que vuelves a ponerte pomposo.

−Entonces, también tendrás que acostumbrarte a eso, Kirby... −le enmarcó el rostro con las manos−. ¿De cuántas maneras querrías que me disculpara?

—No —movió la cabeza y se alejó otra vez. Se dijo que debería ser capaz de pensar. Tenía que pensar—. No necesito disculpas, Adam.

—No deberías —murmuró. El perdón le llegaría con la misma facilidad que cualquier otra emoción—. Tu padre y yo mantuvimos una larga conversación antes de que viniera hasta aquí.

—¿Sí? —centró su atención en un cuenco con flores secas—. Qué bien.

—Me ha dado su palabra de que ya no... emularía cuadros.

De espaldas a él, sonrió. El dolor se desvaneció sin darse cuenta, y con él, las dudas. Se amaban. Había poco más en la vida. Sin dejar de sonreír, decidió no contarle a Adam la ambición de su padre con la escultura. Todavía no.

—Me alegro de que lo convencieras —comentó con ironía.

—Decidió concederme el punto, ya que voy a ser miembro de la familia.

—Qué bonito —se volvió—. ¿Piensa adoptarte?

—No fue precisamente la relación de la que hablamos —se acercó y volvió a tomarla en brazos. En esa ocasión, sintió la fortaleza—. Repíteme que no me amas.

—No te amo —murmuró, y le bajó la boca a la suya—. No quiero que me abraces —le rodeó el cuello con los brazos—. No quiero que vuelvas a besarme. Ahora —sus labios se aferraron a los de él, abriéndose, dando.

—Eres obstinada, ¿verdad? —musitó Adam a medida que se incrementaba la temperatura.

—Siempre.

—Pero, ¿vas a casarte conmigo?

—Con mis condiciones.

—¿Y son? —cuando echó la cabeza para atrás, le llenó el cuello de besos.

—Puede que sea fácil, pero no llegaré gratis.

—¿Qué quieres, un acuerdo prematrimonial? —riendo, la observó. Era suya y nunca más la dejaría ir—. ¿No eres capaz de pensar en otra cosa que no sea el dinero?

—Me gusta el dinero... y aún tenemos que llegar a un acuerdo sobre mi tarifa para posar. Sin embargo... —respiró hondo—. Mis condiciones para casarnos son tener cuatro hijos.

—¿Cuatro? —aun conociéndola, lo sorprendió—. ¿Cuatro hijos?

Se humedeció los labios, pero habló con voz fuerte.

—Soy firme en ese número, Adam. No es negociable. Quiero hijos. Tus hijos —añadió con ojos jóvenes y llenos de necesidades.

Cada vez que pensaba que la amaba por completo, descubría que todavía podía amarla incluso más.

—¿Cuatro? —repitió, asintiendo—. ¿Alguna preferencia de sexo?

El aliento que había contenido salió en una carcajada. No, no se había equivocado. Se amaban. Poco más había.

—Soy flexible, aunque no estaría mal una mezcla —le sonrió—. ¿Qué piensas tú?

La alzó en brazos y se dirigió hacia las escaleras.

—Que será mejor que empecemos.